Kitty Harrison

Die Pfauenvilla

Roman

Aus dem britischen Englisch von
Frauke Meier

lübbe

Dieser Titel ist auch als E-Book erschienen

Die Bastei Lübbe AG verfolgt eine nachhaltige Buchproduktion. Wir verwenden Papiere aus nachhaltiger Forstwirtschaft und verzichten darauf, Bücher einzeln in Folie zu verpacken. Wir stellen unsere Bücher in Deutschland und Europa (EU) her und arbeiten mit den Druckereien kontinuierlich an einer positiven Ökobilanz.

Vollständige Taschenbuchausgabe

Für die Originalausgabe:
Copyright © 2021 by Kitty Harrison
Titel der englischen Originalausgabe: »The Peacock House«
Originalverlag: Hachette, UK

Für die deutschsprachige Ausgabe:
Copyright © 2022 by Bastei Lübbe AG, Köln
Textredaktion: Birgit Volk
Einband-/Umschlagmotive: © Drunaa/Trevillion Images;
© Arletta Cwalina/Arcangel; © Klever_ok/Shutterstock
Umschlaggestaltung: Manuela Städele-Monverde
Satz: hanseatenSatz-bremen, Bremen
Gesetzt aus der Adobe Garamond Pro
Druck und Verarbeitung: GGP Media GmbH, Pößneck
Printed in Germany
ISBN 978-3-404-18784-3

2 4 5 3 1

Sie finden uns im Internet unter luebbe.de
Bitte beachten Sie auch: lesejury.de

Prolog

Dezember 1944, Vaughan Court, North Wales

Vorsichtig stemmte sich Evelyn aus dem großen Himmelbett. In ihrem Kopf drehte sich alles, als sie aufstand, und der dumpfe Schmerz in ihrem Unterleib erinnerte sie daran, was sie verloren hatte.

Der Kummer zerriss ihr das Herz; es fühlte sich an, als würde ein Teil von ihr fehlen, und zugleich wusste sie, dass sie erleichtert sein sollte, denn nun würde sie gewiss niemals in die Verlegenheit kommen, ihrem Mann das Baby erklären zu müssen.

Sie ging zum Schlafzimmerfenster und starrte durch die kleinen Scheiben zwischen den Sprossen. Der Regen zeichnete Tränenspuren auf das Glas, und der Wind wimmerte wie ein ängstliches Kind durch den undichten Rahmen.

Sie wünschte, Jack würde herkommen. Es war mehr als eine Woche her, seit sie zum letzten Mal von ihm gehört hatte. Sie musste ihm von dem Brief erzählen und davon, wie gemein Mrs Moggs zu den evakuierten Jungs gewesen war und dass die Jungen weggelaufen waren. Und sie musste ihm sagen, dass Billy im Gebirge vermisst wurde und es allein ihre Schuld war. Sie musste ihm von dem Baby erzählen.

Evelyn lehnte den Kopf an eine der Glasrauten. Vor dem Fenster gab es nur ein großes Nichts. Die Welt war vollständig von dichtem grauem Nebel verschluckt worden. Es fiel ihr schwer, sich das Meer in der Ferne vorzustellen oder die Berge, deren Hänge zu ihm abfielen. Dies war der gleiche graue Nebel, der die Welt an jenem Tag verhüllt hatte, an dem Jack eingetroffen war, an dem er ihr Herz mit der Macht eines Flugzeugs, das gegen einen Berg kracht, getroffen hatte. Sie wünschte, er käme zurück.

Unten im Garten konnte Evelyn gerade noch die grünen Dächer des Lazaretts ausmachen, in sauberen Reihen standen nun Wellblechbaracken dort, wo einst perfekt gestutzte Hecken und Rosenbeete gewesen waren. Nun gab es dort Hütten und Zelte und Straßen, groß genug für all die Militärjeeps und Krankenfahrzeuge, die Tag und Nacht dort entlangrumpelten. Außerdem war das Lazarett bevölkert von einer ständig wechselnden Schar von Ärzten, Schwestern und Soldaten, deren Akzente sie bislang nur aus dem Kino gekannt hatte und deren nassforsche Lebhaftigkeit so gar nicht in die alte walisische Landschaft passte, in die man sie geworfen hatte. *Vulgär*, hatte Evelyns Schwiegermutter das Lazarettpersonal und die Patienten genannt. Seit der Plan aufgekommen war, hier ein Lazarett zu errichten, hatte sie ihren Sohn wiederholt aufgefordert, er solle dem Kriegsministerium erklären, was für eine lächerliche Idee es sei, es auf Vaughan Court unterzubringen.

Aber Howard und die zuständigen Beamten im Kriegsministerium hatten die Einwände von Lady Vaughan zurückgewiesen, zu angenehm nahe lag das Haus an der US Air Base und der Küste. Lady Vaughan hatte entsetzt zugesehen, wie die Zierhecken und Rosenbüsche aus der Erde gerissen wurden und an ihrer Stelle Lazarettgebäude wie Unkraut zu wuchern begannen. Das war nun beinahe ein Jahr her.

Draußen hörte Evelyn das Poltern eines Lasters, zweifellos ein Ambulanzfahrzeug des Militärs, das neue Patienten brachte. Sie fragte sich, welche Schrecken es enthielt, wie viele Männer mit fehlenden Gliedern und unvorstellbaren Wunden. An ihrem ersten Tag im Freiwilligendienst war Evelyn beim Anblick eines verletzten jungen Mannes in Ohnmacht gefallen; eine Granate hatte sein halbes Gesicht zerfetzt.

»Lady Evelyn, warum sind Sie nicht im Bett?«

Evelyn drehte sich um und sah Nelli mit einem Frühstückstablett in der Tür stehen. Rotbraune Locken lugten unter der kleinen Spitzenhaube hervor.

»Gibt es etwas Neues von Billy?«, fragte Evelyn.

»Sie werden mit der Suche beginnen, sobald sich der Nebel in den Bergen gelichtet hat.«

Nelli stellte das Tablett auf dem Konsolentisch ab, zog die Bettdecke zurück, schüttelte die Kissen auf und strich das Laken glatt.

»Kommen Sie wieder ins Bett, Lady Evelyn. Sie sollten sich ausruhen.«

Evelyn konnte Blut auf dem Laken sehen. Ein dunkler Fleck auf dem weißen Leinen.

Nelli sah es auch.

»Setzen Sie sich hierhin.« Nelli deutete auf einen Lehnstuhl am Kamin. »Ich gehe und besorge frisches Bettzeug, sobald ich ein Feuer für Sie angefacht habe.«

Evelyn tat, was die junge Hausangestellte ihr sagte, und Nelli kniete sich vor den Kaminrost und versuchte, die Kohlen mit ein paar Anzündhölzern wieder zu entfachen.

»Wie geht es Peter?«, fragte Evelyn.

Nelli rollte ein Stück Zeitungspapier zu einem Fidibus zusammen.

»Ich habe ihn letzte Nacht in meinem Bett schlafen lassen. Nicht dass einer von uns viel Schlaf bekommen hätte. Irgendwann im Morgengrauen hat er sich endlich in den Schlaf geweint, der arme kleine Kerl. Ich habe ihm immer wieder gesagt, dass er sich keine Sorgen machen muss, dass es in den Bergen viele Höhlen gibt, in denen sein Bruder Zuflucht gesucht haben kann. Ich habe ihm auch die Geschichte von König Artus erzählt, der in seiner geheimen Höhle schläft und darauf wartet, uns zu Hilfe zu eilen, wenn wir ihn am meisten brauchen. Ich habe ihm gesagt, dass Billy vielleicht König Artus gefunden hat und sie nun Pläne schmieden, wie der alte König zu uns kommen und uns alle vor Hitler retten kann.« Sie verstummte für einen Moment. »Aber selbst König Artus käme zu spät, um meinen Lloyd zu retten.« Nelli starrte in den Kamin, stocherte mit dem Schürhaken in den Kohlen herum, bis eine kleine Flamme aufflackerte. Evelyn streckte die Hand aus und legte sie ihr auf die Schulter. Wenige Sekunden vergingen, dann stand Nelli auf. »Ich hole das Bettzeug.«

Evelyn blieb allein in dem riesigen Schlafzimmer zurück. Sie zitterte. Das Feuer war zu mickrig, um viel zu helfen. Sie blickte zu dem kunstvollen Stuck an der Decke empor. Die jakobinischen Muster erinnerten sie an einen Hochzeitskuchen, und sie dachte an ihre eigene Hochzeit zurück. Einen Kuchen hatte es nicht gegeben, das hatte die Rationierung nicht zugelassen.

Zwei Jahre waren seither vergangen.

Zwei Jahre, flüsterte sie und sah, wie eine frostige Dampfwolke vor ihren Lippen aufstieg.

Zwei Weihnachtsfeste in Wales. Zwei kalte, trostlose Weihnachtsfeste in dem großen Haus, bei denen ihr nur ihre Schwiegermutter am Essenstisch Gesellschaft geleistet hatte. Das war so anders als die ausgelassenen Weihnachtsessen in dem Haus an der Wilton Crescent, bei denen man gelacht und sich gegenseitig Rätsel aufgegeben, Tischfeuerwerk entzündet und unzählige Sektflaschen aus dem Keller geleert hatte. Stets hatte ein großer Tannenbaum in der Eingangshalle gestanden, dessen Zweige bis hinauf in den ersten Stock reichten; Evelyn, ihr Bruder und ihre Schwester waren auf Leitern geklettert, um ihn zu schmücken, und ihre

Mutter hatte Geschenke zwischen den Zweigen versteckt, die sie erst finden sollten, wenn sie den Schmuck im Januar wieder entfernten. In Vaughan Court gab es keinen Baum. *Das wäre unpatriotisch!*, hatte Lady Vaughan verkündet, als Evelyn es gewagt hatte, ihr vorzuschlagen, einen im Salon aufzustellen. *Wir werden uns in Vaughan Court keine germanischen Traditionen zu eigen machen, während wir im Krieg sind.* Die Amerikaner hatten einen Baum. Sie hatten ihn neben dem Offizierskasino aufgestellt. Lady Vaughan hatte sich deswegen bereits bei dem Offizier beschwert, der das Kommando über das Lazarett hatte.

Die Amerikaner würden auch eine Feier veranstalten, einen Tanz am Weihnachtsabend. Evelyn war begeistert gewesen, und Jack hatte versprochen, von seinem Standort rüberzukommen, auch wenn sie wussten, dass sie aufpassen mussten, nicht mehr als einmal miteinander zu tanzen.

Mit dem Baby, das Evelyn am Tag zuvor verloren hatte, hatte sie jedoch auch alle Freude verloren. Ihr war nicht mehr nach Tanzen zumute, und sollte Billy irgendetwas zugestoßen sein, dann, das wusste sie genau, würde sie nie wieder tanzen wollen.

Jack, wo bist du?, flüsterte sie in den leeren Raum hinein.

Im Kamin krachte ein Holzscheit, und Evelyn hörte, wie draußen ein weiterer Laster eintraf. Sie sollte dort unten sein und mit ihrer Schicht beginnen, sollte Kaffee servieren und die Morgenzeitung verteilen. Später sollte sie den Männern, die ihr Augenlicht verloren hatten, Briefe vorlesen und für jene, die keine Hände mehr hatten, Briefe schreiben. Sie war stets froh, wenn sie etwas zu tun hatte, und sei es Böden wischen oder manchmal auch Latrinen reinigen. Höchst undamenhaft, wie ihre Schwiegermutter wiederholt erklärt hatte, aber Evelyn konnte nicht einfach nur vom Fenster aus zusehen. Sie musste wenigstens versuchen, einen Beitrag zu leisten. An den Abenden flickte sie Kragen und Ärmelaufschläge und nähte Purple Hearts an Uniformen, bis ihre Finger bluteten.

Evelyn betrachtete ihre rauen Hände. Jack hatte ihr eine Lavendel-Handcreme geschenkt, aber die war inzwischen aufgebraucht.

Für einen Moment wurde es dunkler im Zimmer, als ob draußen eine riesige Bestie vorbeiliefe und ihr Schatten auf das Haus fiele. Der ganze Raum bebte; sie fürchtete, die Fensterscheiben könnten bersten. Ein Flugzeug auf dem Rückweg zum Stützpunkt. Sie betete, dass es Jacks war oder dass er bereits zurück war und im Kasino beim Frühstück saß, Kaffee trank und mit Walter und den anderen Jungs lachte. Wenn sie ihm doch nur eine weitere Botschaft zukommen lassen könnte. Sie wusste, wenn er erst da wäre, würde alles besser werden; er würde in die Berge ziehen und Billy suchen. Und sollte Billy sich verstecken, so würde er bestimmt herauskommen, wenn er Jacks Stimme hörte.

Evelyn kniff die Augen zusammen, als ein stechender Schmerz durch ihren Bauch schoss und sie von Übelkeit überwältigt wurde. Sie versuchte, nicht an das Baby zu denken, sie durfte einfach nicht an das Baby denken. Sie konzentrierte sich auf Billy.

Er musste frieren, er hatte nicht einmal seinen Mantel mitgenommen, nur seinen Ranzen mit einem Laib Brot darin und seine geliebte Steinschleuder. Sie stellte sich vor, wie er sich an die Felsen kauerte; es gab keine Höhle und keinen König Artus, und bei seinem Appetit würde Billy das Brot inzwischen längst aufgegessen haben. Seine Zwille würde ihm da draußen auch nicht viel nützen.

Der Nebel war immer noch so dicht. Womöglich würde er sich den ganzen Tag nicht lichten. Billy musste Angst haben; trotz all seines Wagemuts war er doch nur ein zehnjähriger Junge. Und Peter brauchte ihn; die beiden Jungs hatten kein Zuhause, keine Familie mehr. Sie hatten nur einander und Evelyn, und sie hatte ihn im Stich gelassen.

Evelyn stand auf, holte sich die scheußlichen braunen Schnürstiefel, die sie nach dem Willen der Oberschwester auf der Station tragen musste, und ignorierte die Schmerzen, während sie sich bückte, um die Schnürsenkel zu binden. Sie ging in ihr Ankleidezimmer und suchte nach einem Mantel. Das Risiko, gesehen zu werden, wenn sie hinunterginge, um sich einen aus der Garderobe zu holen, war zu groß. Doch alles, was sie finden konnte, war der bodenlange Umhang, den sie über ihren Abendkleidern trug. Sie zog ihn über ihr Nachthemd, öffnete, ohne noch einmal nachzudenken, die Tür ihres Schlafzimmers und eilte hastig den langen Korridor hinunter. Sie nahm sich nicht wie sonst die Zeit, die Porträts an den Wänden mit einem finsteren Blick zu bedenken oder den garstigen Marmorbüsten in den Nischen die Zunge herauszustrecken. Stattdessen bemühte sie sich, so leise wie möglich aufzutreten, obwohl die persischen Teppiche ihre Schritte bereits dämpften. Das Letzte, was sie jetzt brauchte, war, dass Lady Vaughan plötzlich aus ihrem Zimmer kam und sie fragte, wo sie in dieser seltsamen Aufmachung hinwollte. Als sie die breite Eichentreppe erreicht hatte, beeilte sie sich noch mehr, huschte zwei Stufen auf einmal nehmend hinunter, lief durch die schwarz-weiß gefliese Eingangshalle zu der schweren Tür und blickte sich beim Öffnen über die Schulter um, um sich zu vergewissern, dass niemand sie gesehen hatte. Und dann war sie draußen in der eisigen Luft, wo die Geräusche aus dem Lazarett viel lauter waren: das Zischen der Kessel, die Stimmen der Männer. Muntere Begrüßungen, Gelächter, Schreie.

Der Regen hatte aufgehört, aber der Nebel umfing sie mit eisigen Schwaden. Es war bitterkalt; schon jetzt fühlten sich ihre Hände taub an, aber es war zu spät, um zurückzugehen und Handschuhe zu holen. Sie hastete um den Ostflügel des Gebäudes herum, duckte sich unter dem großen Erkerfenster des Speiseraums vorbei, für den Fall, dass Lady Vaughan bereits beim Frühstück saß oder Mrs Moggs dabei war, den Tisch zu decken und ihrer stets verdrießlich aussehenden kleine Tochter Olwyn beizubringen, wo das Buttermesser hinzulegen oder wie eine Serviette auf dem Sèvres-Porzellan zu platzieren war.

Evelyn rannte beinahe in eine Schar Krankenschwestern hinein, die auf dem Weg zu ihrer morgendlichen Schicht waren. Eine von ihnen rief ihren Namen, aber Evelyn lief weiter, eilte seitlich an den Krankenbaracken und dem Fahnenmast mit dem Sternenbanner vorbei, das dank des Wetters schon jetzt zerlumpt aussah, vorbei auch an den Vorratszelten und dem abscheulichen Müllverbrennungsofen, in dem sie die Abfälle verbrannten, und dem großen Wasserturm aus Beton, den die Soldaten während des vergangenen Sommers erbaut hatten, als man fürchtete, der Brunnen könne austrocknen. Auf dem Dach des Turms sah sie eine Silhouette im Nebel, es war der Pfau, der wie ein Prinz auf das ausgedehnte Lager herabschaute.

Evelyn ließ das Lazarett hinter sich und rannte durch den ummauerten Gemüsegarten, passierte Gewächshäuser und überquerte den Rasen, und das Einzige, woran sie dachte, war, Billy zu finden. Sie würde ihn zurückbringen, ihn am Feuer in ihrem Zimmer wärmen, ihn in ihre Daunendecke wickeln, ihn mit einem Marmeladenbrot füttern, und Nelli würde süßen Tee für ihn holen. Peter wäre so froh, seinen großen Bruder gesund und wohlbehalten zurückzuhaben, und Evelyn würde die Jungs niemals mehr bitten, Botengänge für sie zu machen.

Sie hastete über das feuchte Gras. Der schwarze Samtumhang flatterte hinter ihr her wie ein Flügelpaar. Bald drängte sie sich zwischen den kahlen Ästen der Rhododendren hindurch und erreichte den Bergpfad. Sie machte sich auf den Weg nach oben und achtete darauf, auf dem rutschigen Schiefer nicht den Halt zu verlieren.

Das Wetter schien aufzuklaren, der Nebel lichtete sich und gab den Blick auf einen tief hängenden grauen Himmel frei. Als sie höher hinaufstieg, breitete sich vor ihr Snowdonia aus wie ein endloses Gemälde voller Gipfel und Senken in einer Million unterschiedlicher Schattierungen von Grau.

Evelyn erkannte die Stelle wieder, an der sie am Tag zuvor ausgerutscht war; da war das Heidekraut, das sie bei dem Versuch, ihren Sturz abzufangen, aus der Erde gerissen hatte. Sie blickte hinauf zu dem zerklüfteten Kamm und kletterte weiter, ignorierte den Schmerz, ignorierte das Blut, das auf der Innenseite ihrer Oberschenkel hinabrann. Sie keuchte, und ihr Herz hämmerte in der Brust. Sie passierte die Stelle, an der das Flugzeug abgestürzt war. Wrackteile breiteten sich über den Berghang aus; große Haufen verbeultes Metall und Stücke des Rumpfs nisteten in dem Heidekraut, es sah aus, als reckte er seine bemalte Nase in die Landschaft. Evelyn schleppte sich weiter hinauf, kraxelte über Felsen, glitt aus und rutschte über kleine Rinnsale, deren Wasser sich in Eis verwandelt hatte. Erst als der Pfad endete, blieb sie stehen. Doch da war nichts als eine kahle Felswand auf der einen und ein zerklüfteter Vorsprung auf der anderen Seite. Dahinter lauerte der Abgrund.

Verzweifelt schaute Evelyn sich um, doch hier ging es nicht mehr weiter. Eine Aaskrähe kreiste über dem Abgrund, der vor ihr lag, und stieß einen kreischenden Ruf aus.

Evelyn ging hinunter auf alle viere und kroch wie ein Tier mit samtenem Fell langsam zum Rand des Abgrunds. Tief unten sah sie einen Bach, ein silbernes Band, das sich zwischen den Felsen entlangwand. Der Ranzen hatte sich zwischen zwei Felsbrocken verfangen, der Riemen war auf einer Seite abgerissen, und der lange braune Lederstreifen bewegte sich in der Strömung wie eine Schlange. Billy lag ein bisschen weiter vorn im gurgelnden Wasser, der hagere Leib verdreht, die Arme ausgestreckt, die Augen weit geöffnet. Seine Gesichtszüge waren erschlafft, das freche Grinsen fortgespült, das goldene Haar verfilzt, ein Schuh verschwunden. In der Hand hielt er seine Steinschleuder, und von seiner Stirn starrte Evelyn eine klaffende Wunde entgegen, dunkel wie Teer trotz des Wassers, das in stetem Fluss darüber hinwegströmte.

Kapitel 1

März 2016, Vaughan Court

Evelyn

Da war eine Menge Staub. Sie fragte sich, wann sie das letzte Mal unter der Anrichte gefegt hatte. Aber *warum* hätte sie unter der Anrichte fegen sollen? Niemand würde den Staub je sehen, es sei denn, er läge auf den kalten Natursteinplatten der Küche, den Kopf so verdreht, dass der gesammelte Schmutz unter der Anrichte das Einzige war, was man sehen konnte.

In dem Halbdunkel konnte sie Porzellanscherben und einen verschrumpelten Apfel ausmachen. Da waren auch kleine Bröckchen, von denen sie hoffte, dass es nur uralte Rosinen waren, keine Rattenköttel, und eine Murmel, die vermutlich Robert gehört hatte. Er hatte Murmeln geliebt; seine Sammlung hatte er in einem großen Einmachglas aufbewahrt. Er hatte sich bestimmt geärgert, dass er so eine schöne Murmel verloren hatte. Evelyn glaubte, sich an die Suche danach zu erinnern. Warum hatte sie nicht daran gedacht, unter der Anrichte zu gucken? Vermutlich hatte sie zu viel zu tun gehabt. Vor fünfzig Jahren hatte sie immer zu viel zu tun gehabt: das Haus, der Garten, ihre Schreiberei, die Wohltätigkeit, die Schule. Und da waren ja auch noch Robert und Howard, die beide, jeder auf seine Weise, eine Menge ihrer Zeit beansprucht hatten.

Nun hatte Evelyn mehr Zeit, auch wenn sie die lieber nicht auf dem Küchenboden liegend zugebracht hätte. Ihr war schrecklich kalt. Sie spürte einen eisigen Luftzug, der durch die offene Tür hereinwehte. Sie wusste, sie durfte nicht einschlafen; sie musste sich mit aller Kraft bemühen, wach zu bleiben, und sich einen Plan überlegen. Das allerdings erwies sich als sehr viel schwerer, als sie ursprünglich angenommen hatte. Ihr Blick wanderte hin und her. Allmählich gewöhnten sich ihre Augen an die Dunkelheit unter der Anrichte. Da lagen eine Haarnadel und eine Gabel und etwas Rundes, Glänzendes, eine Münze vielleicht oder ein in Folie verpacktes Toffee? Wenn sie nur drankäme, sie bekam langsam Hunger.

Ganz hinten, direkt an der Fußleiste, entdeckte sie einen Stift, einen altmodischen Füllhalter, der dort vielleicht schon vor Jahrzehnten hingeraten war, womöglich schon vor Evelyns Zeit. Ihre Schwiegermutter hatte ständig Listen geschrieben. Sie hatte die Küche zugepflastert mit Listen, auf denen stand, was Nelli alles zu erledigen hatte, und wenn das arme Mädchen ihre Handschrift nicht lesen konnte, hatte sie es angebrüllt und Mrs Moggs angehalten, Nelli auf grausame, rachsüchtige Art zu bestrafen. Evelyn schloss die Augen. Selbst nach all diesen Jahren wollte sie nicht an Lady Vaughan oder Mrs Moggs zurückdenken.

Evelyn träumte, sie wäre mit Nelli im Keller eingesperrt, hielte sie in den Armen und versicherte ihr, dass alles gut werden würde.

Evelyn erwachte. Etwas saß auf ihrem Bein. Klauen gruben sich in die nackte pergamentene Haut.

»Runter von mir, verflixter Vogel.«

Sie hörte ein wütendes Flügelschlagen und ein Rauschen, als sich eine lange Reihe Federn durch ihr Blickfeld bewegte. Ein Gesicht mit einem Schnabel beäugte sie. Sie fragte sich, wie lange der Pfau sie schon als Thron benutzt hatte.

»Verschwinde.«

Tapp, tapp, tapp.

Ein weiterer Pfau pickte beharrlich an der alten Keksdose herum, als wollte er Protest erheben. Die Körner, die sie einmal enthalten hatte, waren inzwischen vermutlich längst aufgepickt worden. Evelyn konnte immer noch das laute Klappern von Metall auf Naturstein hören, das erklungen war, als sie über die Türschwelle gestolpert und gestürzt war, das Prasseln, mit dem sich das Vogelfutter über den Boden verteilt hatte, und ihren eigenen schmerzvollen Aufschrei, als sie selbst auf die Steinplatten geprallt war.

Sie hatte die Hände ausgestreckt, um den Sturz abzufangen. An irgendeiner undefinierbaren Stelle in ihrem Körper hatte sie einen stechenden Schmerz gespürt, doch wenige Augenblicke danach hatte sie sich wieder gut gefühlt, etwas außer Atem, etwas zittrig, aber gut. Mit einem erleichterten Seufzer hatte sie versucht, sich aufzusetzen. In dem Moment war der Schmerz zurückgekehrt. Dieses Mal wohldefinierbar. In beiden Handgelenken. Ärgerlicherweise schien es, als könnte sie sich ohne Zuhilfenahme ihrer Hände nicht aufrichten. Sie rollte sich auf die Seite und versuchte, sich mithilfe ihres Ellbogens hochzustemmen, aber auch das erwies sich ohne funktionierende Handgelenke als unmöglich. Also drehte sie sich wieder auf den Bauch und versuchte es mit den Knien, wieder erfolglos. Es gelang ihr, sich sehr langsam vorwärtszuschieben, auf dem Bauch. Sie schaffte es bis zur Anrichte, ehe sie erschöpft liegen blieb. Mittels einer unglaublich schmerzhaften Handbewegung gelang es ihr, einen Blick auf ihre Armbanduhr zu werfen. Sie hatte den ganzen Vormittag gebraucht, um ein, zwei Meter voranzukommen. Bis zum Telefon im Salon würde sie Tage brauchen, eine ganze Woche womöglich, besonders, da sie dafür auch noch die steile Küchentreppe würde überwinden müssen.

»Mist, Mist, Mist.«

Tom hatte recht behalten. Sie brauchte wirklich eines dieser vermaledeiten schnurlosen Telefone, über die er dauernd redete. Oder vielleicht sogar eines dieser Alarmgeräte, die man um den Hals trug. Sie hatte sich so aufgeregt, als er vorgeschlagen hatte, sie solle sich eines anschaffen.

»Mist, Mist, Mist, Scheiße.«

Der japanische Kimono, den sie anstelle eines Morgenmantels trug, war hochgerutscht und hatte sich um ihre Hüften gerollt; ihr langes Seidennachthemd bedeckte nun kaum mehr ihre Knie. Sie hasste den Gedanken daran, so auszusehen, wenn sie jemand finden würde – wer auch immer das sein mochte.

Die kleine, diamantbesetzte Uhr an ihrem Handgelenk verschwand allmählich in dem anschwellenden Fleisch. Die Hand selbst war auch geschwollen, und diverse Ringe schnitten in ihre Finger. Das linke Handgelenk pulsierte genauso wie das rechte. Evelyn musste sich nicht erst ihre Zeit als Krankenschwester ins Gedächtnis rufen, um zu begreifen, dass ihre beiden Handgelenke ordentlich verstaucht waren, mindestens.

»Mist!«, schimpfte sie noch ein weiteres Mal, ehe sie tief Luft holte und, so laut sie konnte, schrie: »Ich hasse es, zweiundneunzig zu sein!«

Kapitel 2

März 2016, Aberseren, North Wales

Bethan

Bethan hatte angenommen, vor dem Bahnhof würde eine lange Reihe Taxis stehen. Sie hatte sich vorgestellt, sie würde auf den weichen, warmen Sitz gleiten, während der Fahrer ihr Gepäck im Kofferraum verstaute. Danach wäre er mit einem Lächeln in den Wagen gesprungen und hätte gefragt: »Wo möchten Sie hin, meine Liebe?«

»Vaughan Court, bitte.«

»Ich bringe Sie in null Komma nichts hin!«

Er hätte die Scheibenwischer eingeschaltet, sie wären losgefahren, und Spritzwasser aus den Pfützen wäre unter den Rädern hervorgestoben. Vielleicht hätte ein Männerchor im Radio gesungen oder Tom Jones hätte *The Green Grass of Home* zum Besten gegeben.

Aber da waren keine Taxis, keine Fahrer, kein Männerchor und auch kein Tom Jones. Da waren nur der unablässige Nieselregen und ein verlassener Bahnhofsvorplatz, der von einer Straßenlaterne beschienen wurde, obwohl es erst drei Uhr nachmittags war.

Bethan blickte hinüber zur Straße, rieb die Hände aneinander und ärgerte sich, dass sie keinen dickeren Mantel eingepackt hatte. In London war es ein warmer Frühlingstag gewesen; dort hatte ihr alter Burberry-Trenchcoat perfekt gepasst. Sie wäre im Traum nicht auf die Idee gekommen, dass die Sonne am Ende ihrer Reise nicht scheinen könnte. In ihren Erinnerungen schien in Aberseren stets die Sonne.

Nach zehn Minuten dämmerte ihr, dass sie sich besser in Bewegung setzen sollte, und sei es nur, um einer Unterkühlung vorzubeugen. Sie erinnerte sich vage, in welche Richtung sie gehen musste. Es standen so oder so nur drei zur Auswahl: die Küstenstraße in nördlicher Richtung, die Küstenstraße in südlicher Richtung und die steile Bergstraße direkt geradeaus.

Zwischen Bergen und Meer, so hatte ihre Granny Nelli die Lage von Vaughan Court immer beschrieben. In Bethans Ohren klang das wunderbar romantisch, und von dieser Romantik geprägt waren auch ihre Erinnerungen an Evelyn und das Haus und an Wales.

Granny Nelli hatte ihr so viele Geschichten über ihre Heimat erzählt, von wunderschönen Damen, die aus Seen auftauchten, und sagenhaften Palästen unter dem Meer. Für Bethan war Wales immer ein geheimnisvolles Land gewesen, in dem Riesen umherstreiften und Frauen sich in Vögel verwandeln konnten. So ganz anders als Battersea, wo sie aufgewachsen war. Als Kind hatte sie sich immer so auf die jährlichen Besuche in North Wales gefreut, und als Erwachsene hatte sie viele Stunden auf dem Oberdeck eines Busses oder in der U-Bahn damit zugebracht, in diesen märchenhaften Erinnerungen zu schwelgen, die sich mit ihren Träumen vermischten, sodass sie manchmal nicht mehr so genau wusste, was real war und was sie sich nur eingebildet hatte.

Aber gerade fand sie es gar nicht mehr so mythisch oder romantisch hier. Bethan zerrte den schweren Koffer über das regennasse, glatte Pflaster, während Helikoptereltern in vorbeifahrenden Wagen auf ihrer Hetzjagd zur Schule das Wasser aus den Pfützen auf ihrer Jeans verteilten. Sie war froh, dass sie sich entschieden hatte, ihre Dr.-Martens-Stiefel anzuziehen. Ihre Mutter hatte sie davon überzeugt und sie gewarnt, das walisische Wetter könne launisch sein.

Das kannst du laut sagen, murmelte Bethan, als der Wind auffrischte.

Ihr langes rotes Haar peitschte ihr gegen die Wangen; die wilden Locken, die sie an diesem Morgen mit dem Glätteisen gebändigt hatte, waren längst wieder auf dem Weg zurück in ihr altes quirliges Leben. Bethan blieb stehen und strich sich das Haar aus dem Gesicht. Dabei berührten ihre Finger die kleinen Schwalbenohrringe, die ihre Großmutter ihr in ihrem Testament vermacht hatte. Nelli hatte sie von Evelyn geschenkt bekommen. Evelyn würde sich vielleicht freuen, wenn sie sah, dass sie von der Enkelin ihrer Freundin immer noch getragen und wertgeschätzt wurden.

Bethan setzte sich wieder in Bewegung. Die Straße kam ihr viel länger vor, als sie sie in Erinnerung hatte. Die Reihe verschiedenfarbiger Cottages entlang der Straße, die von der Küste aus bergan verlief, machte imposanten viktorianischen Villen Platz, von denen die meisten inzwischen als Bed & Breakfast oder Gästehäuser dienten; eines wurde auf einem rostigen Schild als *Luxus Boutique Hotel* ausgewiesen. Der Garten des Hauses grenzte an den Friedhof und die Kapelle mit den hohen Bogenfenstern und der imposanten grauen Fassade. Jenseits der Kapelle schlossen sich weitere Häuser an, eine Ansammlung von Doppelhäusern in imitiertem Tudorstil, die bald einer endlosen Reihe von Bungalows mit ordentlichen Vorgärten und kitschigen Namen wichen. Im Vorbeigehen fiel ihr die Zufahrt zu einem Golfclub auf, an den sie sich nicht erinnern konnte. *Red Rock Golf Club, Restaurant & Spa* stand in eingeätzten Buchstaben auf einer monumentalen Schieferplatte am Anfang der von Narzissen gesäumten Auffahrt. In der Ferne konnte sie einen schicken Flachbau mit Zedernholzverkleidung und Rauchglasfenstern sehen, vor dem etliche teure Wagen parkten. Bethan stellte sich einen Whirlpool vor und Ruheräume mit Lavendelduft. Sie stellte sich vor, in einen flauschigen weißen Bademantel eingewickelt dazuliegen, während geschickte Finger ihre schmerzenden Füße massierten und eine Kellnerin ihr ein großes Glas Chardonnay und eine Riesenschale Chips brachte.

Sie verdrängte die Fantasien aus ihrem Kopf und zwang sich weiterzugehen; allzu weit konnte es ja gewiss nicht mehr sein.

Die Bungalows endeten an einem Flickwerk aus Feldern, die sich über die zerklüfteten Gebirgsausläufer verteilten. Schafe drängten sich an windgepeitschte Hecken und sahen so durchnässt und elend aus, wie Bethan sich allmählich fühlte.

Sie hielt den Kopf zum Schutz vor dem Nieselregen gesenkt und trottete weiter. Der Bahnhof lag inzwischen weit hinter ihr, und die See war nur ein ferner grauer Streifen. Die Stadt hinter ihr schmiegte sich in die Bucht, während sich vor ihr die Berge den tief hängenden Wolken entgegenreckten. Dann und wann blickte Bethan auf der Suche nach der Kirche auf, die ihr als Orientierungspunkt im Gedächtnis geblieben war.

Endlich tauchte die vertraute goldene Wetterfahne hoch oben auf dem kunstvoll verzierten Glockenturm auf; die Kirche auf dem Anwesen der Familie Vaughan war so viel hübscher als die schmucklose Kapelle in der Ortschaft. Sie thronte auf einem kleinen Hügel gegenüber den Torpfosten von Vaughan Court. Bethan hatte sie nur einmal betreten, vor vielen Jahren, anlässlich der Bestattung ihrer Großmutter.

Evelyn hatte darauf bestanden, dass Nelli nach all den Jahren im Dienst der Familie und den vielen weiteren Jahren, in denen sie die Oak Hill School geleitet hatte, auf dem Friedhof der Kirche beigesetzt wurde.

Der Sarg war aus Weidengeflecht, in das Hunderte bunter Bänder eingearbeitet worden waren, von denen ein jedes eines der Kinder repräsentierte, die unter Nellis Obhut in Oak Hill zur Schule gegangen waren. Alte Männer, die Bethan nicht kannte, hatten ihn in die Kirche getragen und auch wieder hinaus. Ihre Mutter hatte ihr erklärt, es wären Einheimische, die Nelli als Kind in Aberseren gekannt hatten. Einer von ihnen hatte ebenfalls auf Vaughan Court gearbeitet, ehe er losgezogen war, um im Zweiten Weltkrieg zu kämpfen.

»Ich war der Stiefeljunge und sie das Küchenmädchen«, hatte er später mit dem Mund voller Eiersandwich im Salon von Vaughan Court erklärt. »Wir haben am selben Tag angefangen; wir hatten erst eine Woche zuvor die Schule verlassen. Wir waren gerade vierzehn, und zur Teezeit hatte die Hausdame uns beiden schon eine Abreibung verabreicht. Das hat Wunder gewirkt, wir wussten stets genau, was von uns erwartet wurde, anders als die heutige Jugend.« Dabei hatte er Bethan streng angeblickt. »Wir brauchen wieder mehr Disziplin, sage ich.« Bethans Eltern hatten einen kurzen Blick gewechselt und vorgeschlagen, dass sie vielleicht besser draußen spielen sollte.

Bethan hatte während der Trauerfeier unentwegt die bunten Kirchenfenster angestarrt, von denen jedes eine Geschichte erzählte, die Bethans atheistische Erziehung ihr vorenthalten hatte. Sie konnte nur raten, was die Lämmer und Lilien und die brennenden Bäume zu bedeuten hatten. Später hatten sie alle um das Grab herumgestanden, und der Kummer, den sie in diesem Augenblick empfand, hatte so gar nicht zu dem strahlend blauen Himmel passen wollen. Bethan hatte ihr Gesicht in den Rockfalten ihrer Mutter vergraben, als der farbenfrohe Sarg in die Erde gelassen wurde.

Später hatten Bethan und Robert im Garten Pfauenfedern gesucht, und Evelyn hatte ihnen die größte Rolle Smarties gegeben, die Bethan je gesehen hatte. Robert war vor Aufregung auf und ab gehüpft, obwohl er schon ein Mann in mittleren Jahren war. Bethan versuchte, sich zu erinnern, wie alt sie damals gewesen war – höchstens acht, denn als sie neun war, hatten ihre Eltern angefangen, ihren Urlaub in Frankreich zu verbringen, während sie vorher zusammen mit Granny Nelli immer für eine Woche nach Aberseren gefahren waren. Nelli hatte diese Zeit stets bei Evelyn verbracht, um, wie sie damals zu sagen pflegten, *Versäumtes nachzuholen*. Bethan und ihre Eltern hingegen waren im *Red Rock Caravan Park* gleich am Strand geblieben. Bethan hatte es geliebt, Tag um Tag im Sand zu spielen. Manchmal war Robert dazugestoßen, und sie hatten riesige Löcher gegraben und darauf gewartet, dass die Flut käme und sie mit Wasser füllte.

Nach Nellis Tod hatten Bethan und ihre Mutter weiterhin einmal im Jahr die weite Fahrt nach Aberseren unternommen, um Evelyn zu besuchen, aber sie blieben immer nur eine Nacht. *Pflichtbesuch*, hatte Bethans Vater diese Stippvisiten genannt. *Sie ist meine Taufpatin*, hatte Bethans Mutter Maggie dagegengehalten. *Ich mache mir Sorgen um sie. Sie lebt mitten im Nirgendwo, allein in diesem großen alten Haus. Sie muss einsam sein, seit der arme Robert gestorben ist.*

Als Teenager hatte Bethan sich geweigert, weiter mit nach Wales zu kommen. Im Vergleich zu London war Aberseren so langweilig, und Evelyn wirkte immer so streng. Allzu neugierig musterte sie Bethan, das picklige Mädchen, das versuchte, Goth- und Boho-Style zu vermischen, und verzweifelt bemüht war, sein rotes Haar unter diversen Schattierungen von Blau oder Violett zu verbergen. Folglich hatte Bethan beschlossen, dass Evelyn snobistisch und selbstgerecht sein musste, und die historischen Liebesromane, die sie schrieb, konnten nur langweilig und altmodisch sein, verglichen mit den Werken der Autoren, die Bethan gern las, und den Büchern, die Bethan selbst schreiben wollte.

Heute fragte sich Bethan, wie sie Evelyn gegenüber nur so überheblich hatte sein können. Evelyn Vaughan, *die* Evelyn

Vaughan. Millionen Leser auf der ganzen Welt liebten ihre Bücher; ihre Geschichten waren für das Fernsehen verfilmt worden, und einige hatten es sogar ins Kino geschafft. Bethan dachte über all das nach, was sie zur Vorbereitung auf dieses Interview im Internet gelesen hatte. Evelyn hatte die Oak Hill School für Kinder mit Lernbehinderungen gegründet, war für mehrere Regierungsausschüsse, die sich mit den Rechten von Menschen mit Behinderungen befasst hatten, beratend tätig gewesen. Sie hatte Reden im House of Lords gehalten und war mehrfach für ihren Einsatz ausgezeichnet worden. Sie war Member of the Order of the British Empire und hatte diverse andere Ehrungen erfahren. Ihr Wikipedia-Eintrag las sich beinahe wie der einer Heiligen. Bethan war verblüfft, dass so eine Frau die beste Freundin ihrer Granny Nelli gewesen war. Sie hatte nie verstanden, wie eine Küchenmagd und ihre Herrin sich so nahe kommen konnten.

Bethan ging an der Kirche vorbei und passierte die großen, steinernen Torpfosten von Vaughan Court.

Eine lange Auffahrtsstraße wand sich den Berg hoch zum Haus, gesäumt nur von ein paar kahlen Bäumen und einigen ungepflegten Reihen Narzissen. Bethan folgte der gewundenen Asphaltspur. Der Regen lief ihr aus den Haaren in die Augen, und sie nahm an, dass ihr Mascara inzwischen über beide Wangen verteilt war. Der Saum ihres Burberry-Mantels war voller Schlammspritzer, und ihre Handtasche glitt ihr ein ums andere Mal von der Schulter, bis sie schließlich aufgab und den Riemen diagonal über Brust und Schulter legte. So würde sie Evelyn nicht den Eindruck vermitteln, den sie eigentlich erwecken wollte: den einer erfolgreichen freiberuflichen Journalistin, so stilvoll wie Evelyn selbst, bereit, das Interview professionell und souverän in Angriff zu nehmen. Stattdessen würde sie nun Evelyns wundervolle Teppiche volltropfen; sie würde um ein Handtuch bitten und ihre Stiefel ausziehen müssen, damit sie trocknen konnten. Das neue Notizbuch, das sie an diesem Morgen am Bahnhof gekauft hatte, war in ihrer Handtasche vermutlich feucht geworden. Evelyn würde sie für eine blutige Anfängerin halten. Bethan wusste, dass sie ihr zunächst erklären musste, was die *Frank* war. Sie konnte nur hoffen, dass Evelyn das Konzept eines Online-Frauenmagazins verstehen würde.

Bethan trottete die Auffahrt hinauf. Von hier aus konnte sie weder den Verkehr noch die See hören, nur das rhythmische Rattern der Räder ihres Koffers, den sie regelmäßig um Schlaglöcher und andere schadhafte Stellen herumsteuern musste, an denen das Pflaster der Auffahrt vollständig im Schlamm versunken war. In Gedanken verfluchte sie Mal, der jetzt vermutlich auf der M25 warm und trocken in dem Nissan unterwegs war, den sie sich eigentlich teilen sollten. Sie fragte sich, ob er allein war, verdrängte den Gedanken aber gleich wieder. Sie war fest entschlossen, nicht über die Botschaften nachzudenken, die sein Handy spät am Abend mit einem leisen Ping meldete, oder über die langen Aufenthalte im Fitnessstudio, die Wochenenden, an denen er unbedingt noch ins Büro fahren musste.

Das ist ein neues Projekt, Babe. Du weißt doch, wie wichtig die Arbeit für mich ist.

Nun, dies war ihr Projekt, ihre Arbeit. Sie hoffte, das Interview mit Evelyn würde ihr mehr Aufträge einbringen und sie so in die Lage versetzen, ihren Brotjob im Café an den Nagel zu hängen. Dann würde sie vielleicht endlich das Gefühl haben, sie könne sich wirklich Journalistin nennen und vielleicht eines Tages sogar den Roman schreiben, von dem sie schon seit der Kindheit träumte. Sie betrachtete die Szenerie, die vor ihr lag. Sie sah aus wie der Schauplatz, den sie sich für die Geschichte vorgestellt hatte, die hervorzuzaubern ihr bis jetzt noch nicht gelungen war.

Vor ihr ragten die Berge auf wie eine Theaterkulisse, eine dramatische Szenerie aus zerklüfteten Felsen und düsteren Wolken. Bethan versuchte sich vorzustellen, wie ihre Protagonisten durch diese wilde Landschaft streiften. Aber ihre Gestalten waren zu unausgereift, sie blieben geisterhaft und verblassten schnell wieder, und Bethan ertappte sich dabei, dass sie wieder an Mal dachte und sich fragte, wo er war und wer bei ihm war.

In den Büschen neben ihr raschelte es. Bethan drehte sich um und sah durch die kahlen Äste etwas Blaues aufblitzen.

»Hallo, ist da jemand?«, rief sie und umklammerte mit einer Hand die Handtasche. Sie erhielt keine Antwort. Dann fiel ihr auf, dass die Sträucher einen Weg überwucherten, der von der Zufahrt abzweigte und zu einem kleinen Holzhaus führte, eigentlich war es eher eine Bretterbude, kaum mehr als ein Spielhaus für Kinder. Es war von Efeu bedeckt, hinter dessen Laub nur ein einziges kreisrundes Fenster und eine Rundbogentür erkennbar waren. Bethan sah genauer hin; eine Erinnerung rührte sich, irgendetwas Beunruhigendes, etwas, das ihr Herz heftiger schlagen ließ. Der Wind lebte auf, und das Gebüsch raschelte wieder, doch dieses Mal wandte Bethan den Blick ab und eilte weiter. Sie ging nun schneller und fragte sich, ob sie sich geirrt hatte, ob dies womöglich gar nicht die Auffahrt war, sondern irgendeine Gebirgsstraße, die sie nirgendwohin führen würde, außer auf den Gipfel des Snowdon. Sie kontrollierte ihr Handy, kein Netz, von 4G ganz zu schweigen. Wenigstens hatte der Regen aufgehört.

Die Straße machte eine Kurve, und da war es plötzlich.

Ein Sonnenstrahl durchbrach die Wolkendecke und fiel wie der Lichtkegel eines Scheinwerfers auf die hellen Mauern des Hauses, beleuchtete den Dachgiebel, die großen, gewundenen Schornsteine, die Fassade aus rosafarbenem Sandstein, die von Koppelfenstern durchbrochen war, und die breiten Schieferstufen der Treppe, die hinauf zu der gewaltigen, uralten Eichentür führte. Über der Tür sah sie den kunstvollen, stuckverzierten Portikus mit dem steinernen Löwen, den sie als Kind so geliebt hatte. Er hockte auf dem Portikus, eine Pfote auf einem Wappenschild, und sein grimmiger Blick war für alle Zeiten hinaus auf die See gerichtet.

Bethan lief noch schneller, und bei dem Gedanken an das Feuer, das sicherlich im Kamin brennen würde, und an die behaglichen, mit Chintz bezogenen Sofas wurde ihr leichter ums Herz. Eine elegant gekleidete Evelyn würde Tee in feinen Porzellantassen servieren. Vielleicht gäbe es sogar Sandwiches oder einen Kuchen. Bethan war am Verhungern; sie hatte seit dem Frühstück nichts außer einer überreifen Banane und einem Sandwich aus dem Supermarkt gegessen. Dann blieb sie plötzlich stehen und betrachtete das Haus genauer. Es war nicht mehr so prächtig, wie sie es im Gedächtnis behalten hatte. Schieferplatten lagen auf dem Kies am Boden verstreut, und einige der Fensterscheiben waren gesprungen. Ein tiefer Riss zog sich durch den Portikus, und der Löwe balancierte in einem gefährlichen Winkel auf seinem Platz. Geborstene Steine lagen auf den Stufen, und als Bethan genauer hinsah, erkannte sie, dass das Wappenschild bereits halb abgebröckelt war.

Alles war sehr still. Bethan starrte hinauf zu den Fenstern im Obergeschoss des Hauses, von denen einige ebenfalls Sprünge hatten. Sie starrten blicklos zurück. Bethan schauderte, als die Sonne hinter den Wolken verschwand. Dann schritt sie auf die große Eichentür zu. Als sie die Hand nach der eisernen Kette ausstreckte, die als Klingelschnur diente, hörte sie einen langen schrillen Schrei.

Kapitel 3

Bethan

Dem Schrei folgte ein Rascheln ganz in ihrer Nähe. Bethan drehte sich um und sah einen Wirbel aus Blau und Grün, als ein Pfau heranflog und auf der steinernen Balustrade der Treppe landete. Sein langer Schwanz hing hinter ihm herab, elegant wie eine Brautschleppe.

Bethan lächelte. Wie hatte sie nur die Pfauen vergessen können? Als Kind hatte sie Evelyns Zuhause nie Vaughan Court genannt, sondern immer nur Pfauenhaus. Hierherzukommen und die wundervollen Vögel zu bestaunen, war ein fester Bestandteil ihrer Sommerferien gewesen. In ihrem Zimmer oben in der kleinen Wohnung über der Töpferwerkstatt ihrer Eltern hatte sie eine ganze Sammlung von Pfauenfedern. Sie hatte sie alle in eine hohe blaue Vase gestellt, die im Brennofen gerissen war.

Ein weiterer Pfau stolzierte um die Ecke, blieb stehen, neigte den Kopf zur Seite und musterte sie.

»Hallo, Hübscher«, sagte Bethan. »Hast du dieses furchtbare Geräusch gemacht?«

Der Pfau plusterte sich auf und fächerte dann seinen Schwanz zu einem prachtvollen Rad auf.

Bethan drehte sich wieder zur Tür um, zog an dem Metallgriff der Glockenkette und hörte sie tief im Inneren des Hauses läuten. Aber niemand kam, um sie einzulassen. Sie trat einen Schritt zurück und blickte erneut zu den Fenstern im Obergeschoss hinauf. Hunderte kleiner Glasscheiben starrten zurück. Bethan wandte sich wieder der Tür zu und drehte den großen Metallring. Der Hebel auf der anderen Seite hob sich, aber die Tür gab nicht nach.

Sie ließ ihren Koffer an der Tür stehen und stieg die Stufen hinab zu dem Kiesweg, der um das Haus herumführte. Ihre Schritte knirschten auf den Kieselsteinen, als sie um die Ecke ging. Von dieser Stelle aus konnte sie den Knotengarten sehen, der sich unter ihr ausbreitete. Als Kind hatte sie die komplizierten Muster aus Zierhecken und Blumenbeeten geliebt, ein geometrisches Puzzle aus Rosen, Lavendel und Geranien. In der Mitte befand sich ein Brunnen mit einem Cherub, aus dessen offenem Mund das Wasser sprudelte. Bethan hatte einmal während des Nachmittagstees auf der Terrasse versucht, ihn mit Orangensaft nachzuahmen. Ihre Mutter war entsetzt gewesen, aber Robert hatte verzückt in die Hände geklatscht, und Evelyn hatte gesagt, es sei nicht so schlimm, und Bethan eine Leinenserviette gegeben, damit sie sich das Gesicht abwischen konnte.

Bethan stand auf der Terrasse und suchte den Garten nach Evelyn ab. Die niedrige Zierhecke sah verwildert aus, und der Brunnen samt dem Cherub verschwand schon halb unter dem Brombeergestrüpp, das auch die Blumenbeete erstickt zu haben schien.

Ein weiterer Pfau hüpfte ganz in ihrer Nähe auf die Balustrade. Bethan zückte ihr Smartphone; sie konnte der Versuchung, ein Foto zu machen, nicht widerstehen. Sie dachte daran, es ihrer Mutter zu schicken, um sie wissen zu lassen, dass sie angekommen war; Maggie war ganz aufgeregt gewesen wegen des Interviews. *Ich kann es nicht erwarten, es zu lesen,* hatte sie am Abend zuvor gesagt, als Bethan nach der Arbeit kurz bei ihren Eltern vorbeigeschaut hatte. *Granny hätte es gefallen, dass du über Evelyn schreibst. Ich würde dich ja begleiten, aber wir haben so viel mit den Vorbereitungen für die Ausstellung zu tun.* Bethan hatte die

Stapel staubiger weißer Schalen und die vielen Vasen betrachtet, die auf dem Boden der Werkstatt standen. Ihr Vater hatte Tag und Nacht an der Töpferscheibe gestanden, um sie herzustellen, und nun warteten sie darauf, dass Maggie die fröhlichen bunten Muster hinzufügte, die sie alle zum Leben erwecken würden.

Bethan ging einen Schritt näher an den Pfau heran und schoss ein paar Nahaufnahmen von seinem Schwanz in der Hoffnung, sie könnten ihrer Mutter als Inspiration dienen. Kurz überlegte sie, ob Mal sich wohl auch für den Pfau interessieren würde. Dann fiel ihr wieder ein, dass sie kein Netz hatte, also steckte sie das Handy wieder ein und ging weiter zur Rückseite des Hauses.

Sekunden später hatte sie das Handy schon wieder in der Hand und machte Fotos von einer großen, mit Pfauen geschmückten Zeder. Auf jedem Ast schien einer zu sitzen. Die Zeder sah aus wie ein prachtvoll geschmückter Christbaum. Überall waren Pfauen, nicht nur auf dem Baum. Etliche thronten auf der hohen Mauer des Küchengartens, weitere auf den Dachpfannen der Stallungen, und einer stand, den Schwanz in all seiner Pracht zum Rad geschlagen, auf der Motorhaube des hellblauen MG-Cabriolets. Bethan erinnerte sich, dass Evelyn sie vor über zwanzig Jahren darin zu einer Spazierfahrt mitgenommen hatte. Zu einer »Spritztour«. Evelyn hatte eine dunkle Brille und einen Mantel mit Leopardenmuster getragen. In den Augen der achtjährigen Bethan hatte sie unfassbar glamourös ausgesehen, obwohl Evelyn da längst in ihren Siebzigern gewesen sein musste.

»Evelyn«, rief Bethan. »Evelyn, bist du da?«

Der Pfau auf dem Wagen stieß einen schrillen Schrei aus, ein anderer antwortete, dann noch einer, bis schließlich eine Kakofonie gellender Pfauenrufe die Luft erfüllte. Das Gekreische wurde von den Bergen zurückgeworfen und wurde damit noch vielstimmiger, sodass sich Bethan irgendwann einfach die Ohren zuhielt.

Kapitel 4

Evelyn

Sie rannte, kraxelte über Felsen und Steine, stapfte durch Bäche ohne Rücksicht auf die Hausschuhe aus Filz, die sie trug. Hinter sich hörte sie Billy und Peter rufen; die beiden forderten sie auf, stehen zu bleiben. Aber das konnte sie nicht, sie musste zu dem Flugzeug. Der Gestank war fürchterlich, in der Luft hing der giftige Qualm von brennendem Treibstoff und Gummi. Sie konnte den zerfetzten, verbeulten Metallklumpen sehen, sah den verletzten Mann im Cockpit; Flammen leckten an dem Glas.

»Bleiben Sie zurück!«, brüllten die Jungs. »Verdammt noch mal, sie wird explodieren.« Aber Evelyn rannte weiter. Sie rutschte auf dem Schiefergestein aus und fiel hin.

Sie rappelte sich wieder auf. Nur noch ein paar Schritte. Sie konnte schon die dunklen Locken des Piloten erkennen, sein schweißnasses Gesicht. Seine Augen waren offen, und er versuchte zu sprechen. Doch sie konnte ihn nicht hören. Sie wollte helfen, versuchte, einen Weg ins Cockpit zu finden. Aber es war so heiß. Dann begann das Flugzeug, sich vor ihren Augen aufzulösen, es verschwand in einem wabernden Nebel, und die Hitze wich einer klirrenden Kälte.

Jack!

Evelyn erwachte.

Sie lag immer noch auf dem Boden.

Die Vögel machten draußen eine Menge Lärm. Sie wünschte, sie würden etwas Nützlicheres tun, beispielsweise runter in den Ort gehen und Tom sagen, dass sie Hilfe brauchte. Sie versuchte erneut, auf ihre Armbanduhr zu schauen, aber es tat zu weh, den Arm zu bewegen. Sie nahm an, dass es längst Teezeit sein musste, und dann fiel ihr das Mädchen ein. Das Mädchen wollte zur Teezeit kommen. Nellis Enkelin, Maggies Tochter. War das heute? Evelyn versuchte, sich zu erinnern, aber in ihrem Kopf herrschte ein wildes Durcheinander aus Daten und Zeiten und Leuten – und mittendrin Jacks Gesicht. Er sah sie mit seinen dunklen Augen an, und sie spürte seinen Atem auf ihren Lippen.

Evelyn bemühte sich, sich auf das Hier und Jetzt zu konzentrieren.

Das Mädchen hatte ihr einen Brief geschrieben und gefragt, ob es kommen könne. Es ging um ein Interview. Es war lange her, dass jemand sie hatte interviewen wollen. Aber an welchem Tag wollte sie kommen? Evelyn erinnerte sich, ein Zimmer für sie vorbereitet zu haben, Narzissen gepflückt und in einer Vase neben das Bett gestellt zu haben. Sie erinnerte sich, dass sie runter zu Olwyn Moggs Laden gefahren war, um eine Packung Kekse zu kaufen. Sie hatte Olwyn erzählt, dass das Mädchen sie besuchen käme, und Olwyn hatte die Nase gerümpft.

»Das muss man sich mal vorstellen, Nelli Evans' Enkelin ist eine Journalistin, dabei konnte Nelli Evans noch nicht mal die Buchstaben des Alphabets aufsagen, von Lesen und Schreiben ganz zu schweigen.«

Am liebsten hätte Evelyn die Kekse zurückgegeben und wäre stattdessen zum Tesco in Caernarvon gegangen.

War das gestern gewesen?

Evelyn versuchte, sich zu erinnern, was in dem Brief gestanden hatte, den das Mädchen geschickt hatte. Es war eine Karte gewesen mit einem Bild von einer Vase mit Stiefmütterchen, offensichtlich ein Motiv, von dem das Mädchen dachte, es würde einer alten Dame gefallen.

Evelyn bewegte sich. Inzwischen tat ihr ganzer Körper weh. Er war schon ganz steif. Außerdem war ihr kalt, und sie war enorm müde. Wann war sie zu einer alten Dame geworden? Sie war doch ganz gewiss immer noch das Mädchen, das in der Wilton Crescent die Treppengeländer hinuntergerutscht war und darauf gewartet hatte, dass das Leben begann. Im Geiste fühlte sie sich jung, obwohl sie wusste, dass sie nicht mehr viel älter werden konnte. Sie schloss die Augen; vielleicht war dies der Tag, an dem sie damit aufhörte. Sie dachte an all die Leute, die schon gegangen waren. Ihre Eltern, ihr Bruder, Howard und seine grässliche Mutter, Nelli, Billy, Peter, der liebe süße Robert. Und Jack.

Jack. Sie sah ihn, wie er sie aus dem Bett gezogen hatte, um mit ihr zu tanzen. Die Holzdielen im Sommerhaus fühlten sich unter ihren nackten Füßen warm an; Staubkörnchen hingen in der Luft wie winzige Diamanten, während Frank Sinatras Stimme aus dem Lautsprecher des Grammophons am Boden schmachtete.

Du tanzt wundervoll, Evelyn.

»Evelyn.«

Du auch, Jack.

»Evelyn.«

Wenn wir alt sind, werden wir immer noch so tanzen, jeden einzelnen Tag.

»Evelyn.«

Glaubst du wirklich, wir werden zusammen sein, wenn wir alt sind?

»Evelyn, bitte!«

Oh ja, genauso wird es sein, ich verspreche es dir.

»Evelyn! Verdammt, wo ist das Telefon?«

Ich liebe dich, Jack.

Und ich liebe dich, Evelyn. Von ganzem Herzen.

»Evelyn, kannst du die Augen aufmachen?«

»Nelli?«

»Oh, Gott sei Dank. Evelyn, sag mir, wo das Telefon ist, dann rufe ich einen Krankenwagen.«

»Nelli?«, wiederholte Evelyn.

»Nein, ich bin's, Bethan.«

Evelyn sah das Mädchen an, das neben ihr kniete. Sie hatte ein hübsches Gesicht voller Sommersprossen und lockiges rotes Haar.

»Du siehst aus wie Nelli.«

»Nelli war meine Großmutter. Ich habe dir geschrieben, dass ich dich besuchen will. Du hast mir eine Postkarte geschickt, auf der stand, heute wäre ein guter Tag.«

»Es ist kein guter Tag.«

»Das sehe ich.« Das Mädchen stand auf. »Wo ist das Telefon? Ich werde einen Krankenwagen rufen.«

»Nein!«

»Aber du bist verletzt und hast Schmerzen.«

»Nein! Kein Krankenwagen.« Evelyn war völlig außer Atem. Die Mühe, die ihr das Sprechen bereitete, war kräftezehrend. »Tom. Hol Tom.«

»Wer ist Tom?«

»Arzt. Mein Arzt. Im Ort.«

»Gibt es hier ein Telefon? Mein Handy hat kein Netz.«

»Nicht anrufen«, würgte Evelyn hervor. »Hol ihn. Praxis. Weißes Haus.« Jedes Wort schien ihr mehr Mühe zu bereiten.

»Ich habe keinen Wagen dabei. Ich bin vom Bahnhof zu Fuß gekommen.«

»Mein Wagen. Schlüssel.« Evelyn wollte auf die Tür zeigen, aber bei dem Versuch, die Hand zu heben, durchfuhr sie ein höllischer Schmerz.

Das Mädchen ging erneut neben ihr in die Knie und legte etwas über Evelyns nackte Beine. Evelyn konnte nicht sehen, was es war, aber sie nahm an, dass es sich um Howards alte Jägerjacke handelte, die bis heute an ihrem Haken neben der Hintertür hing. Das Mädchen trug Ohrringe, kleine goldene Schwalben, sie kamen ihr bekannt vor.

»Ich glaube wirklich, es wäre besser, einen Krankenwagen zu rufen«, sagte es.

»Nein!« Evelyn trat mit einem Bein aus. Die Jacke glitt herunter.

Das Mädchen deckte Evelyn wieder zu und stand auf.

»Okay, ich hole Tom. Bleib du nur ganz ruhig hier liegen. Ich beeile mich.«

Evelyn wollte ihr sagen, sie solle endlich losfahren, doch ihr fielen die Augen zu, und sie sah Nelli, die in der Küche an der großen steinernen Spüle stand und Kartoffeln schälte. Sie flüsterte Evelyn zu: *Ich habe noch einen Brief von meinem Lloyd bekommen. Lesen Sie ihn mir vor? Ich möchte wissen, ob sein Schiff immer noch im Mittelmeer ist. Mein Paps sagt, sie könnten Minen suchen.*

Nelli Evans! peidiwch â phoeni'n Lady Evelyn n gydâ'ch sgwrs.

Mrs Moggs schalt das Mädchen auf Walisisch und stopfte Nellis rote Locken unsanft zurück unter die alberne Spitzenhaube, die Lady Vaughan ihr zu tragen befohlen hatte.

Evelyn wollte Mrs Moggs sagen, sie solle Nelli in Ruhe lassen. Aber sie wusste, das würde dem Mädchen nur noch mehr Ärger einbringen, sobald Evelyn die Küche verlassen hatte. Also schenkte sie Nelli stattdessen nur ein mitfühlendes Lächeln und ging wieder nach oben, um mit Lady Vaughan auf das wie auch immer geartete erbärmliche Essen zu warten, das heute aus Mrs Moggs Kochkünsten und ihren Rationen entstehen würde.

Bethan

Wenigstens gab es im Krankenhaus Netzempfang. Und eine Costa-Coffee-Filiale. Bethan saß in einem riesigen Lehnsessel, zog ihr Handy hervor und fing an zu tippen.

> Hi Mal, das Interview ist nicht ganz planmäßig verlaufen. Evelyn ist gestürzt und hat sich beide Handgelenke gebrochen. Ich bin jetzt im Krankenhaus und warte darauf, dass die Ärzte sich vergewissert haben, dass nicht noch Schlimmeres passiert ist.
> Mir geht es gut, und ich halte dich auf dem Laufenden, wenn ich kann. Hier gibt es nicht überall ein Netz. Kann mein Geburtstagswochenende kaum erwarten, das Hotel in Brighton sieht wundervoll aus. Schick mir eine Nachricht.
> xxx

Bethan las den Text noch einmal durch und fügte »Du fehlst mir« hinzu, ehe sie auf »Senden« drückte.

Ein junges Paar kam herein und setzte sich auf das Ledersofa an der gegenüberliegenden Wand. Die junge Frau war hochschwanger; der Mann legte den Arm um sie und fing an, ihr den Rücken zu reiben. Bethan starrte auf ihr Handy. Mal war vermutlich im Fitnesscenter und würde erst antworten, wenn er mit seinem Training fertig war. Sie fing an, eine neue Nachricht zu tippen.

Hi Mum, wollte dir nur sagen, dass ich bei der Ankunft
Evelyn verletzt auf dem Küchenboden gefunden habe. Sie
war gestürzt, und jetzt ist sie im Krankenhaus. Sie hat sich
beide Handgelenke gebrochen und wird gerade untersucht.
Die Ärzte wollen ausschließen, dass noch irgendwas
anderes ist. Sie ist bei Bewusstsein und böse auf mich!!
Ich bin ins Costas geflüchtet, wo ich einen Kaffee trinke
und Muffins esse. Evelyn muss über Nacht hierbleiben,
also werde ich einfach auf ein Taxi warten, das mich zum
Haus zurückbringt. Ich warte jetzt schon seit einer halben
Stunde. (Wie es aussieht, ist Bangor nicht Battersea, wenn
es um Taxis geht – oder um irgendetwas anderes, nehme ich
an!) Ich bin mit Evelyns kleinem MG gefahren und glaube,
jetzt ist er kaputt. Ich habe mich bisher noch nicht getraut,
es ihr zu sagen! Morgen früh fahre ich dann wieder ins
Krankenhaus.

Die Antwort ihrer Mutter traf exakt zwei Minuten später ein.

Arme Evelyn! Bitte lass mich wissen, was die Ärzte sagen.
Dumme Sache, das mit dem Wagen. Der muss inzwischen
ein echter Oldtimer sein. Wie kommst du morgen wieder
zum Krankenhaus? Und kommst du in diesem riesigen Haus
allein zurecht? Wenn doch nur die Ausstellung nicht wäre!
Ich würde sonst sofort nach Wales kommen und mich um
euch beide kümmern. Wir brennen gerade die erste Glasur,
während ich das schreibe! Dein Vater wird die ganze Nacht
vor Sorge kein Auge zutun. Alles Liebe, Mum xxx

Mum! Ich bin eine erwachsene Frau. Natürlich komme ich
allein in dem Haus zurecht. Ich gebe dir morgen Bescheid,
was die Ärzte wegen E sagen. Hoffentlich ist sie dann ein
bisschen weniger grantig. Ihr Hausarzt aus dem Ort nimmt

mich morgen früh mit; der ist selbst ein bisschen grantig. Liebe Grüße an Dad – mögen die Brennofengötter euch gnädig sein.

Zu guter Letzt schickte Bethan ihrer Mutter noch das Bild von dem radschlagenden Pfau.

Inspiration xx

Bethan trank einen Schluck von ihrem Kaffee und dachte über den grantigen Arzt nach. Er schien sie für völlig unfähig zu halten und der Meinung zu sein, dass der Schaden an dem MG allein Folge ihrer ungeschickten Fahrweise sei.

Haben Sie vergessen, die Handbremse zu lösen? Haben Sie den Motor überdreht?

Das hatte sie natürlich nicht getan. Der kleine MG hatte von Anfang an die merkwürdigsten Geräusche gemacht und es nur halb die Auffahrt hinuntergeschafft, ehe er endgültig stehen geblieben war. Den Rest des Weges in den Ort war sie zu Fuß gelaufen, durch den Regen, der just in diesem Moment wieder eingesetzt hatte. Als sie in der Ferne das Schild des Aberseren Health Centers sehen konnte, war sie bereits bis auf die Haut durchnässt. Das Health Center residierte in einem Bungalow, dessen Tür sich automatisch vor Bethan öffnete. Sie betrat einen Raum mit einem langen Tresen, auf dem eine Vase mit Narzissen stand. Seitlich an den Wänden standen Stühle. Auf einem davon saß mit krummem Rücken ein alter Mann und hustete. Hinter der Empfangstheke stand ein junger Mann und telefonierte.

»Nein! So groß … Oh, das muss ja grauenhaft sein … Armes Ding … Ich sorge dafür, dass Sie schnell einen Termin bekommen.« Der Mann blickte zu Bethan auf. »Oh, warten Sie einen Moment, Mrs Griffiths, wir haben einen Notfall, ist gerade hereingekommen. Mrs Griffith, ich muss auflegen. Wir sehen uns dann morgen früh um neun.«

Der Mann kam hinter dem Tresen hervor. Er trug einen leuchtend violetten Wollpullunder und eine grüne Strickkrawatte.

»Setzen Sie sich«, sagte er und führte Bethan zu einem Stuhl. »Der Doktor ist in einer Minute bei Ihnen.«

»Ich brauche einen Krankenwagen«, entgegnete Bethan, zu aufgeregt, um Platz zu nehmen.

Der Mann legte ihr eine Hand auf den Arm.

»Ist es so schlimm? Was ist passiert? Sie sind bis auf die Haut durchnässt. Sind Sie ins Meer gefallen?«

»Evelyn Vaughan ...«

»Lady Evelyn hat Sie ins Meer geschubst?« Der Mann riss erschrocken die Augen auf.

»Nein! Evelyn Vaughan hatte einen Unfall. Sie ist gestürzt, vielleicht hatte sie auch einen Schlaganfall. Ich weiß es nicht. Sie liegt in ihrem Haus auf dem Boden. Ich habe mich nicht getraut, sie zu bewegen, weil ich die Sache nicht noch schlimmer machen wollte.«

Aus den Räumen jenseits des Wartezimmers waren Geräusche zu hören und eine tiefe Männerstimme.

»Sie wissen doch, dass Sie immer vorbeikommen können. Manchmal ist ein nettes Gespräch die beste Medizin.«

Es öffnete sich eine Tür neben dem Tresen, und eine müde aussehende Frau mit einem Säugling auf dem Arm betrat das Wartezimmer, ihr folgte ein Kleinkind, das sich an ihrem Mantelsaum festklammerte.

»Danke, Doktor Tom«, sagte die Frau. »Ich fühle mich schon sehr viel besser.«

Zuletzt erschien ein großer, auf robuste Art attraktiver Mann in der Tür. Silberne Strähnen durchzogen sein zerzaustes Haar. Sein Gesicht sah allerdings nicht so aus, als sei er schon alt genug für graue Haare.

Als er Bethan sah, hielt er inne und deutete auf den Korridor, der hinter der Tür lag.

»Sie können gleich durchgehen. Hat Owen Ihre Daten aufgenommen?«

Die Frau blieb ebenfalls stehen und musterte die durchnässte Bethan vom Scheitel bis zur Sohle.

Dann setzte sie sich auf einen der Stühle, als wollte sie sich die Show ansehen, und begann, ihrem Baby die Flasche zu geben.

Der junge Mann im Pullunder eilte wieder zurück auf die andere Seite des Tresens und raschelte geschäftig mit irgendwelchen Papieren.

»Sie ist nicht diejenige, die Sie brauchen, Doktor Tom«, sagte er mit einem Nicken in Bethans Richtung. »Sie sagt, auf Vaughan Court sei etwas passiert. Lady Evelyn ist gestürzt, und sie hat sie auf dem Boden liegen lassen.«

»Ich habe sie nicht einfach liegen lassen!«, protestierte Bethan. »Ich habe mich lediglich bemüht, so schnell wie möglich hierherzukommen.«

»Haben Sie einen Krankenwagen gerufen?« Der Arzt klang recht schroff.

»Ich konnte kein Telefon finden, und mein Handy hatte kein Netz.«

»Hier hat niemand ein Netz«, warf die Frau ein.

Der Mann am Empfang schürzte die Lippen.

»Hashtag: Arsch der Welt.«

»Sie wollte mir nicht sagen, wo das Telefon ist«, erklärte Bethan dem Arzt. »Sie hat darauf bestanden, dass ich herkomme und Sie mit ihrem Wagen abhole. Aber der Wagen ist in der Zufahrt liegen geblieben, und aus dem Motorraum roch es so komisch ...«

»Rufen Sie einen Krankenwagen, Owen«, fiel ihr der Doktor ins Wort. »Ich fahre gleich zu ihr.« Er griff nach seinem Mantel, der an der Garderobe in der Ecke hing, und drehte sich dann wieder zu Bethan um. »Kommt der Krankenwagen an dem Auto in der Zufahrt vorbei?«

»Ja, ich denke schon. Ich habe mich bemüht, ihn an den Rand zu steuern, als ...«

»Ich nehme Sie mit«, unterbrach sie der Arzt erneut.

»Danke.« Bethan bedachte ihn mit einem Lächeln, das jedoch nicht erwidert wurde. »Ich wollte Evelyn besuchen und über Nacht bei ihr bleiben. Sie ist eine alte Freundin der Familie.«

»Tja, Ihr Besuch wird wohl nicht ganz so amüsant werden, wie Sie es geplant hatten.« Tom schlüpfte in den Mantel.

»Ich bin nicht gekommen, um mich zu amüsieren.«

»Und was ist jetzt mit mir, Doktor Tom?« Aus der Ecke war ein Husten zu hören. »Ich glaube, ich habe eine bronchiale Pneumatik. Ich spüre genau, dass es von irgendwas Faulem in meiner Thoraxdrainage kommt.«

»Also, Cled«, sagte der Arzt nun in deutlich sanfterem Ton. »Ich erkläre Ihnen das jede Woche aufs Neue. Dieser Husten ist nichts, was sich nicht durch den Verzicht auf die zwanzig Embassys lindern ließe, die Sie jeden Tag rauchen. Aber wenn Sie noch ein paar Stunden länger überleben können, dann komme ich nach dem Abendessen auf der Farm vorbei und höre Ihre Lunge ab.«

»Danke, Doktor. Ich werde auf Sie warten.«

»Ich bringe Tilly mit.«

»Dann besorge ich bei Moggs noch ein paar Kekse. Ich weiß, dass sie eine Schwäche für Party Rings hat.«

Der Doktor nickte dem alten Mann zu und ging zur Tür.

»Würden Sie Sarah sagen, dass ich mich verspäten werde?«, bat er den jungen Mann hinter dem Tresen. »Sagen Sie ihr, dass es mir leidtut. Ich weiß, dass sich heute Abend ihr Buchclub trifft.« Bethan folgte dem Arzt. Kalte Luft umfing sie, als sie hinaustraten.

»Kommen Sie. Wir beeilen uns besser.«, forderte der Doktor sie auf und schloss die Tür eines mit Schlamm bespritzten Volvo auf, der auf einem Parkplatz stand, welcher mit »Dr. Rossall« gekennzeichnet war.

Bethan öffnete die Beifahrertür. Auf dem schwarzen Leder des Sitzes lagen ein flauschiges pinkfarbenes Federmäppchen, ein Satz Gelstifte in Regenbogenfarben und ein paar Herzbonbons verteilt. Der Arzt sammelte Stifte und Süßigkeiten rasch ein und warf sie wortlos auf den Rücksitz des Wagens.

»Sie ist über neunzig, wissen Sie«, sagte er, als er den Motor startete. »Da kommt es sehr leicht zu einer Unterkühlung.«

»Ich habe sie mit einer Jacke zugedeckt.«

»Sie wird mehr brauchen als eine Jacke. Aber da Sie nicht einmal das Telefon finden konnten, wäre eine Decke wohl zu viel verlangt gewesen.«

Bethan murmelte, dass sie angenommen hatte, Hilfe zu holen wäre das Wichtigste, aber der Arzt schien nicht an einer Fortsetzung des Gesprächs interessiert zu sein. Also starrte Bethan hinaus auf die Berge, die sich in der Ferne erhoben, und fragte sich, wie jemand nur solch attraktive Züge an einen derart hochnäsigen Kerl verschwenden konnte.

Kapitel 5

Mittwoch

Evelyn

Sie ließen sie einfach nicht schlafen. Die ganze Nacht fuhrwerkten sie an ihr herum, irgendwelche Leute steckten ihr Gegenstände in die Ohren und wickelten etwas um ihre Arme. Sie legten einen Zugang an ihrer Hand und schlossen einen Tropf an; sie leuchteten ihr mit einer Lampe in die Augen und fragten sie, wer der Premierminister war. Sie wollte ihnen sagen, dass sie sie in Ruhe lassen sollten. Sie hatte es ihnen bereits gesagt. Das wusste sie ganz genau. Mehrfach hatte sie es gesagt, klar und deutlich.

Aber, aber, Liebes. Es gibt keinen Grund, zu so einer Ausdrucksweise zu greifen. Sollen wir Sie Eve oder Evie nennen? Brauchen Sie die Bettpfanne? Trinken Sie einen Schluck hiervon. Schlucken Sie die. Lassen Sie uns nur kurz Ihren Blutdruck kontrollieren. Nein, versuchen Sie nicht, aus dem Bett aufzustehen. Bitte, Eve, Sie müssen doch nicht so einen Wirbel machen. Denken Sie an die anderen Patienten. Die versuchen zu schlafen.

Evelyn sank zurück in die Kissen, die bei jeder ihrer Bewegungen knisterten, als wären sie mit Chipstüten ausgestopft. Sie veränderte ihre Haltung und spürte, wie das Laken über die Plastikmatratze glitt. Es war furchtbar heiß. In ihrem Zimmer lagen noch zwei andere Frauen. Die eine hatte violettes Haar und schnarchte laut, die andere sah aus, als wären ihre Tage ziemlich gezählt.

Evelyn wollte bestimmt nicht in einem Krankenhaus enden. Sie wollte nicht in einem lauten, sterilen Raum sterben und dabei auf den ausgebleichten grünen Vorhang um ihr Bett herum starren und sich fragen, warum sich niemand die Mühe gemacht hatte, die kaputte Vorhangschiene zu reparieren. Sie dachte an Howard in seinen letzten Tagen. Sie hatte sein Bett an das große Erkerfenster geschoben, von dem aus man das Meer sehen konnte. Er war in Sonnenschein gebadet gewesen, erfrischt von einer sanften Sommerbrise, die durch das offene Fenster hereinwehte. Es hatte nicht nach Antiseptika gerochen, und er hatte nicht das Leiden anderer Leute mit ansehen müssen. Es gab nur den Duft der Rosen im Garten und die Rufe der Pfauen draußen auf dem Rasen, auch wenn er die natürlich nicht hören konnte. Peter war wunderbar gewesen; jeden Tag war er gekommen und hatte geholfen, Howards Schmerzen zu lindern, wobei er vermutlich auch ein bisschen dazu beigetragen hatte, das Ende zu beschleunigen, was Tom nie tun würde.

Evelyns Gedanken wanderten weiter zu Robert. Auch ihm war ein Krankenhausaufenthalt erspart geblieben; er war einfach eines Abends zu Bett gegangen und nicht wieder aufgewacht. Vor dem Schlafengehen hatte er sie noch gefragt, ob sie am nächsten Tag an den Strand gehen könnten. Sie hatte ihm versprochen, dass sie zusammen auf den Red Rock klettern und nach Piratenschiffen Ausschau halten würden, und er hatte mit der Begeisterung eines kleinen Jungen in die Hände geklatscht, obwohl er schon fast fünfundfünfzig gewesen war. Evelyn hätte sich gern von ihm verabschiedet, ihm gesagt, wie gern sie ihn hatte, wie sehr er ihr geholfen und dass er sie aus den tiefen Abgründen der Verzweiflung gerettet hatte. Sie hätte ihm allerdings nicht die ganze Geschichte erzählt, das wäre zu grausam gewesen.

Die Frau mit dem violetten Haar schrie im Schlaf.

Ich habe dir doch gesagt, Marlboro Gold, keine Bensons!

Evelyn stellte fest, dass sie selbst gern eine Zigarette gehabt hätte, obwohl sie seit Jahrzehnten nicht mehr rauchte. Sie hatte im Krieg damit angefangen, die amerikanischen Krankenschwestern hatten es ihr gezeigt. Sie hatten in den Pausen ihre Lucky Strikes mit ihr geteilt und ihr beigebracht, wie man Rauchringe blies.

Äußerst unweiblich, hatte ihre Schwiegermutter das genannt.

Mit Jack hatte sie oft geraucht; sie hatten einen schweren Glasaschenbecher im Sommerhaus gehabt, den er in einem Pub hatte mitgehen lassen. Evelyn schloss die Augen und sah Jacks Gesicht vor sich. Sie fragte sich, welches Leiden ihn wohl am Ende erwartet hatte. Wo war er gewesen? In einem Krankenaus? Auf dem Feld? In einem Graben?

Eine neue Schwester kam herein, um ihre Temperatur zu messen, und sah Evelyn an.

»Na, sehen Sie, Liebes? Es gibt keinen Grund zu klagen.«

Mai 1941

Evelyn

Die Glyzinien blühten überall in London, eine trotzige Demonstration der Pracht im Angesicht des Krieges. Evelyn konnte sie riechen – schwer, viel zu süß, übelkeiterregend. Aber zumindest die Nachtluft fühlte sich kühl auf ihren brennenden Wangen an. Sie lehnte sich gegen den Stamm einer Linde an der Wilton Crescent und blickte an dem weiß verputzten Haus vor ihr empor, dem größten und prächtigsten Gebäude in der ganzen Reihe. Die Fenster waren verdunkelt, aber sie waren alle dort drin, Puppen in einem Puppenhaus, die Champagner schlürften und endlos über den Krieg plauderten und darüber, was er für die Geschäftswelt bedeutete. Alle schienen sich einig zu sein, dass die Motorradindustrie prächtig florierte.

»Ich habe gerade einen weiteren Vertrag über zehntausend 16Hs für die Army unterschrieben«, hatte ihr Vater gerade gesagt, als sie zur Tür hinausgeschlüpft war, um Anthony zu folgen.

Evelyn hatte den ganzen Abend auf eine Gelegenheit gewartet, um mit ihm allein zu sein. Sie war sicher, dass er beim Abendessen mehrfach zu ihr herübergeschaut hatte, mit einem Blick, aus dem sie Liebe las.

Genauso hatte er sie angeguckt, als er in den Osterferien von Eton rübergekommen war, um ihren Bruder zu besuchen, und jedes Mal, wenn er im letzten Sommer herunter nach Oak Hill gekommen war, um auf die Jagd zu gehen, zu angeln oder im See zu schwimmen.

Als er heute zu ihrer Geburtstagsfeier erschienen war, hatte er in seiner neuen Offiziersuniform so schneidig ausgesehen. Er hatte sich von einem Schuljungen in einen Mann verwandelt. Evelyn hatte die Party verlassen und war den mit Marmor ausgekleideten Korridor hinuntergeeilt. Sie wusste nicht, hinter welcher der vielen Türen er verschwunden war. Schließlich fand sie ihn im Arbeitszimmer, und sie wusste, er hatte auf sie gewartet. Sie schloss die Tür und lehnte sich an den Türpfosten, wie es ihrer Vorstellung nach Vivien Leigh tun würde, träge, verführerisch in ihrem langen Taftkleid, ehe sie schließlich den Raum durchquerte.

Du darfst mich küssen, wenn du möchtest.

Draußen in der Nachtluft legte Evelyn die Hände an die Ohren und versuchte, die Erinnerung an ihre eigene alberne Stimme zu vertreiben, doch ihre Worte hallten ihr unentwegt durch den Kopf.

Was für eine Närrin sie gewesen war. Sie stöhnte. In ihrem Kopf drehte sich alles nach dem Champagner.

Die Sirene fing an zu heulen. Evelyn blieb, wo sie war. Hitler konnte tun, was er wollte, ihr war es egal. In der Ferne hörte sie das leise Dröhnen und Donnern, als die Bomber die Hafenanlagen und die Fabriken an der Themse unter Beschuss nahmen.

Sie hatte gedacht, die Party zu ihrem sechzehnten Geburtstag würde einfach wunderbar werden, doch nun war sie ruiniert, ihr ganzes Leben war ruiniert. Sie konnte dieses Bild nicht aus dem Kopf bekommen, Anthonys Gesicht, beschämt, hilflos auf die ganz schlimme Art. Sie konnte immer noch seine Hände auf ihren Schultern spüren, als er sie sanft weggeschoben hatte. Sie hatte sich mit glühenden Wangen abgewandt, bereit, die Flucht zu ergreifen, doch da ging die Tür langsam auf, und sie hörte die kichernde Stimme ihrer Schwester.

Liebling, ich dachte, ich würde nie von all den Leuten wegkommen.

Evelyn stand auf dem Rasen und schauderte. Natürlich, das ergab einen Sinn, ihre wunderschöne, achtzehnjährige Schwester mit der entzückenden Figur und der Rita-Hayworth-Frisur. Evelyn hasste sie. Sie hasste ihn. Wieder betrachtete sie das Haus. Sie hasste sie alle.

Die große schwarze Haustür wurde geöffnet, und ihre Mutter erschien auf der Schwelle.

»Evelyn, Liebling, bist du da draußen?«

Und da geschah es. Wind. Ein starker Wind, der Evelyn zurück an den Baumstamm drückte, dann ein Geräusch, ein Vibrieren, ein Hämmern – und schließlich ein Tosen, das Evelyn von den Füßen hob. Schutt flog ihr ins Gesicht, eine unendliche Kaskade aus Stein und Glas und Gemäuer; es schien gar nicht mehr aufzuhören. Und als es dann doch endete, lag Evelyn im Gras. Rings um sie herum war Rauch, und Tausende kleine Stücke von etwas flatterten kreisend durch die Luft wie Blütenblätter; sie dachte an Schmetterlinge, sie dachte an Glyzinien. Eine Staubwolke senkte sich wie ein Leichentuch über sie.

Sie schmeckte Blut auf ihrer Zunge.

Als sich der Staub langsam legte, war das Erste, was sie sah, eine Lücke. Eine entsetzliche Lücke in der halbmondförmigen Bebauung, die der Straße ihren Namen gab.
Mummy!

»Ruhig, Lady Evelyn, es ist alles in Ordnung. Es war nur ein Traum.« Die Schwester hatte ihr die Hände auf die Schultern gelegt, und da waren Maschinen, die piepten, und Lichter auf einem Monitor. Die Schwester drückte sie zurück in die Kissen. Evelyn fiel auf, dass das Mädchen eine Tätowierung auf dem Arm hatte: Engelsflügel und das Wort »Nan«.
Evelyn versuchte zu sprechen, aber ihr Mund war zu trocken.
»Es war nur ein Traum«, wiederholte die Schwester.
»Mein Zuhause«, brachte Evelyn mühsam hervor.
»Schon gut, Lady Evelyn.« Die Schwester lächelte. »Sie werden bald wieder zu Hause in Vaughan Court sein. Ist das nicht schön? Trinken Sie einen Schluck Wasser.« Die Schwester führte einen Plastikbecher an Evelyns Lippen.
Evelyn drehte den Kopf weg.
Auch nach so vielen Jahren fühlte sich Vaughan Court nicht wie ein Zuhause an, und das würde es auch niemals tun. Sie sank zurück und fiel wieder in einen tiefen Schlaf.

Sie war in einem anderen Krankenhaus, St. Thomas, wo sie lange einsame Wochen auf einer Kinderstation verbracht hatte, obwohl sie so viel älter war als die anderen Patienten. Sie hatte nie so genau gewusst, welche Wunden sie hatte, niemand hatte daran gedacht, es ihr zu erzählen. Die tüchtigen Schwestern wechselten jeden Tag ihre Verbände, und die Ärzte kamen und gingen mit ihren Taschenuhren und den grimmigen Gesichtern. Doch niemand sah ihr auch nur einmal in die Augen.

Sir Nigel Overly war ihr einziger Besucher in St. Thomas gewesen. Ein kleiner, unterwürfig wirkender Mann mit einem schmalen Schnurrbart, den Evelyn nie gemocht hatte. Als Kind war sie ihm manchmal in den langen Fluren in der Wilton Crescent begegnet, und einmal, am Ende einer Jagdgesellschaft in Oak Hill, hatte er sie getadelt, weil sie so einen Rummel um seinen Spaniel veranstaltet hatte. »Sie ist ein Jagdhund, kein Schoßhund.«

Er stand so dicht an ihrem Krankenhausbett, dass sie den Zigarrenrauch in seinem Atem riechen konnte, als er sie darüber informierte, dass die Beerdigungen ihrer Familienangehörigen alle schon stattgefunden hatten und die verschiedenen Testamente verlesen worden waren. Dann hatte er gelächelt und ihr erklärt, sie sei nun *in der Tat eine sehr vermögende junge Dame.* Bei ihm klang es so, als müsse sie darüber hocherfreut sein.

Wie vermögend sie auch immer war, als Evelyn aus dem Krankenhaus entlassen wurde, wusste sie nicht, wohin. Alle waren bei ihrer Geburtstagsparty gewesen; ihre Eltern, ihre Geschwister, ihre Tante und ihr Onkel, ihre Großeltern. Mr James, der Butler, war ebenfalls gestorben, zusammen mit seiner Frau, die als Köchin für die Familie gearbeitet hatte. Sogar ihre geliebten Spaniels Gip und Sweet hatte die Brandbombe erwischt.

Evelyn war in das Internat in Cheltenham zurückgekehrt. Dies hätte ihr letztes Halbjahr sein sollen, aber Miss Wyatt hatte sich ihrer erbarmt und sie ein weiteres Jahr bleiben lassen. Doch Evelyn hatte im Zimmer der Hausmutter schlafen müssen, weil ihre Albträume die anderen Mädchen gestört hatten.

Als sie die Schule verließ, kam Evelyn bei einer von Miss Wyatts Verwandten in Hampstead unter.

Die Verwandte schlug vor, dass sie sich dem *Women's Voluntary Service* anschließen solle. Das sollte Evelyn davon abhalten, dass sie sich dem Kummer über ihren Verlust überließ. Zugleich konnte sie so ihrem Land im Krieg dienen. Evelyn sollte Suppe und Sandwiches an die Feuerwehrmänner im East End ausgeben, aber wann immer sie einen Fliegeralarm hörte, erstarrte sie vor Furcht, und so war sie mehr Last als Hilfe.

Evelyn verließ London und ging nach Oak Hill.

Das Landhaus der Familie stand leer, und doch war hier noch die Gegenwart all der Menschen zu spüren, die nicht mehr da waren. Evelyn verbrachte lange Herbsttage damit, über die South Downs zu wandern, auch wenn ihr die vertrauten Spaziergänge ohne Gip und Sweet nutzlos erschienen. Ohne ihre Hunde fühlte sie sich in der Landschaft verloren und orientierungslos. Lustlos las sie die Klassiker in der Bibliothek von Oak Hill, und an den Abenden füllte sie ihre alten Schulhefte mit selbst geschriebenen Geschichten über Liebe und Verlust und attraktive Helden. Stets endeten ihre Erzählungen märchenhaft mit perfekten Frühlingshochzeiten, stattlichen Bräutigamen und jungen Bräuten in wunderschönen Kleidern. Manchmal zeichnete sie die Kleider: bodenlange Seidengewänder, bestickt mit Perlen, lange Spitzenschleppen und riesige Blumensträuße.

Sie sehnte sich nach Gesellschaft, nach jemandem, der noch am Leben war, damit sie ihm ihre Liebe schenken konnte.

Etwa zu dieser Zeit stellte Sir Nigel Overly ihr Howard vor. Evelyn war nach London gereist, um einige Papiere in seinem Büro ganz in der Nähe von The Strand zu unterschreiben. Sie hatte gerade gehen wollen, als Howard hereinkam.

Als »Glücksfall« hatte Sir Nigel die Begegnung bei der kleinen Ansprache bezeichnet, die er anlässlich ihrer Hochzeit hielt.

Howard war Army Captain gewesen. Seine Kompanie war auf dem Weg zum Strand von Dünkirchen in einen Hinterhalt geraten. Deutsche SS-Truppen hatten hundert seiner Männer ermordet, doch Howard war irgendwie davongekommen. Danach hatte man seinen Wirkungskreis auf einen Schreibtisch in

Whitehall beschränkt. Evelyn gegenüber hatte er von Nervenproblemen und Kampfmüdigkeit gesprochen, und er hatte ihr Albträume gestanden, die ihn so sehr ängstigten, dass er keinen Schlaf fand.

Obwohl Howard zwölf Jahre älter war als Evelyn, hatte sie eine Verbindung zu ihm gespürt. Als er ihr seine Geschichte erzählt hatte, hatte sie die Beschreibung dieser Qualen wiedererkannt. Sie hatte geglaubt, dass seine Albträume genauso aussahen wie ihre und seine Entfremdung von der wirklichen Welt sich anfühlte wie ihre.

Sir Nigel hatte ihr Howard als *Lord Vaughan, einer meiner sehr guten Freunde*, vorgestellt. Später hatte Evelyn herausgefunden, dass sie Geschäftspartner waren und dass Howard Sir Nigel aufgrund eines fehlgeschlagenen Geschäfts zu Kriegsbeginn eine Menge Geld schuldete. Rechnete man die finanziellen Verpflichtungen infolge des Todes von Howards Vater hinzu, dann steckte die Familie Vaughan in ernsthaften Schwierigkeiten. Ihre irischen Besitztümer und einen Großteil des Landes, das ihnen über Generationen hinweg in Warwickshire und Cumberland gehört hatte, hatten sie bereits veräußert. Vaughan Court war alles, was übrig geblieben war, doch selbst dieses Anwesen war bis an die Grenzen des Möglichen mit Schulden belastet und verfiel zusehends.

Die siebzehnjährige Evelyn war die perfekte Lösung für all diese Probleme gewesen.

Zwei Monate später hatten sie in St. James's Piccadilly geheiratet. Evelyn hatte ein Kostüm getragen (Jacke und Rock aus steifer grauer Serge, die den ganzen Tag lang an ihren Handgelenken gekratzt hatte) und einen kleinen Pillbox-Hut. Seide und Spitze und lange Kleider hatten keinen Platz im zerbombten London. Einen Brautstrauß hatte es auch nicht gegeben.

Howard hatte in seiner Captains-Uniform vor dem Altar gestanden; das war das erste Mal, dass er etwas anderes trug als einen Anzug. Er hatte sehr attraktiv ausgesehen, und die Beklemmung, mit der Evelyn sich einige Wochen geplagt hatte, legte sich ein wenig. Sie kehrte zurück, als sie aus der Kirche in den Graupel des düsteren Nachmittags traten. Lady Vaughan hatte darauf bestanden, dass Howard ihren Arm nahm und sie die schlüpfrigen Stufen hinuntergeleitete, sodass Evelyn allein hinter ihnen hergehen musste. Sie hörte ihre neue Schwiegermutter sagen, dass sie nie gedacht hätte, dass ein Vaughan einmal *Neues Geld* heiraten müsste. *Motorradfabriken, fürwahr!*

Der Hochzeitsempfang hatte im Ritz stattgefunden. Es war nur eine kleine Gesellschaft, die sich zu Kaffee und Sandwiches einfand. Howard hatte Evelyn gesagt, sie könne einladen, wen immer sie wolle, aber ihr fiel niemand ein außer Miss Wyatt.

Als Evelyn die Gesellschaft kurz verließ, um die Toilette aufzusuchen, folgte ihr Miss Wyatt, um mit ihr über die Intimitäten der vor ihr liegenden Nacht zu sprechen. Sie stand neben ihr an dem marmornen Handwaschbecken und geriet vor Verlegenheit ins Stocken, als ihr bewusst wurde, dass außer ihr noch nie jemand mit Evelyn über solche Dinge gesprochen hatte.

Er könnte sich zu Beginn vielleicht ein bisschen zu sehr von seiner Begeisterung hinreißen lassen ... sogar grob werden ... Versuch, dich zu entspannen ... Mach teilnahmsvolle Laute ... Es wird nicht lange dauern.

Evelyn und Howard waren in die neu ausgestattete Wohnung an der Sloane Street zurückgekehrt, und Howard hatte Evelyn einen Brandy eingeschenkt, der ihr die Luft geraubt hatte. Sie hatten sich im Dunkeln ausgezogen, und Evelyn war in ein Satinnachtkleid geschlüpft, das sie im Zimmer ihrer Schwester in Oak Hill gefunden hatte. Sie hatte sich in das ungewohnte Doppelbett gelegt und gewartet. Nach einigen Minuten war Howard auf der anderen Seite ins Bett gekrochen. Evelyn fühlte, wie sich die Matratze in ihre Richtung neigte, und sie bereitete sich innerlich auf seine Umarmung vor. Aber er näherte sich ihr nicht. Stattdessen lagen sie ganz ruhig Seite an Seite, bis Evelyn Howard leise schnarchen hörte. Nach einer langen Zeit schlief auch sie, und als sie am Morgen erwachte, war Howard bereits aufgestanden und fürs Büro gekleidet.

In der folgenden Nacht, als Evelyn schon dachte, Howard würde wieder einfach schlafen, drehte er sich zu ihr, legte ihr eine Hand auf die Brust und zog mit der anderen Hand ihr Nachtkleid über ihre Oberschenkel. Dann fühlte sie, wie er seine Position veränderte, und gleich darauf sein Gewicht auf ihrem Körper. Seine spitzen Hüftknochen rieben sich an ihren, seine Finger fummelten die ganze Zeit an etwas Weichem herum. Nach ein paar Minuten rollte er sich von ihr herunter und wandte sich schweigend ab. Evelyn blieb mit dem schrecklichen Gefühl zurück, versagt zu haben.

Am folgenden Morgen lag am Frühstückstisch ein Gefühl der Betretenheit zwischen ihnen in der Luft; sie kratzten die Butterrationen auf dünne Toastscheiben und sprachen über die jüngsten Kriegsberichte im Radio, bis der Wagen kam, um Howard abzuholen und in sein Büro in Whitehall zu bringen.

Als er an diesem Abend zurückkehrte, informierte er Evelyn, dass sie London verlassen und Lady Vaughan nach Wales begleiten solle.

»Das ist besser für dich«, sagte Howard. »Du weißt doch, wie leicht du die Nerven verlierst, wenn die Sirenen heulen, und Mutter muss nach Hause zurückkehren. Wir können das Personal nicht so lange allein lassen.«

An einem tristen Dezembernachmittag brachen sie auf. Es wurde bereits dunkel, als sich der alte Bentley über die endlosen Gebirgsstraßen von Snowdonia quälte. Evelyn betrachtete die fremdartige Landschaft: unzählige schroffe, schneebedeckte Gipfel, nasser schwarzer Schiefer, zerklüftete Felsen und weiß schäumende Wasserfälle, die sich tosend in die Tiefe ergossen. Dann und wann erhaschte Evelyn in der Ferne einen Blick auf ein einsames Bauernhaus, und jedes einzelne davon sah so kalt und leer aus, wie sie sich fühlte.

Stunden waren vergangen, seit sie London verlassen hatten. Evelyn musste dringend auf die Toilette, fürchtete sich aber zu sehr vor ihrer neuen Schwiegermutter, um um eine Unterbrechung der Fahrt zu erbitten. Zudem waren sie schon lange an keinem Haus mehr vorbeigekommen, von einem Pub oder Hotel ganz zu schweigen. In Oak Hill hatte Evelyn keine Bedenken gehabt, sich hinter einen Busch zu kauern, wenn sie während einem dieser langen Spaziergänge, die sie mit den Hunden unternommen hatte, von einem dringenden Bedürfnis überrascht worden war. Aber Lady Vaughan würde entsetzt sein, wenn Evelyn sie bitten würde, kurz anzuhalten, damit sie schnell hinter einen Felsen huschen und dort pinkeln konnte. Stattdessen schlug sie die Beine übereinander und rutschte verzweifelt auf dem Sitz herum, bemüht, nicht jedes Mal zusammenzuzucken, wenn der Wagen holperte und sie das Gefühl hatte, ihre Blase würde jeden Moment platzen.

Evelyn hatte hinaus in die kahle Landschaft geschaut und gehofft, dass das alles nur ein böser Traum war. Bald würde sie aufwachen und sich in dem großen Bett mit dem hübschen Messinggestell in ihrem Zimmer in der Wilton Crescent wiederfinden; Gip und Sweet würden auf dem Teppich vor dem Kaminfeuer liegen, und ihre Schwester würde hereinschneien und sie bitten, ihr Haarnadeln und Nivea-Creme zu leihen.

Kapitel 6

Evelyn

Graues Licht fiel in das Krankenzimmer, als jemand die Vorhänge zurückzog und die düstere Dämmerung hereinließ. Tabletten wurden aus kleinen Gefäßen ausgegeben wie Süßigkeiten.

»Wozu sind die alle?«, fragte Evelyn.

»Die sorgen dafür, dass es Ihnen besser geht.« Die Krankenschwester mit den Engelsflügeln auf dem Arm lächelte und hielt einen Plastikbecher mit Wasser an Evelyns Mund. »Kommen Sie, meine Liebe, schlucken Sie sie, dann fühlen Sie sich im Handumdrehen wieder jung.«

Im Geiste saß Evelyn immer noch in dem alten Bentley, war immer noch jung, immer noch siebzehn und starrte durch das Fenster auf die endlose Bergkette. Wo waren all die Jahre geblieben? Sie hatte nie damit gerechnet, dass sie über siebzig Jahre in dieser kargen Landschaft verbringen würde. Sie dachte an all die Dinge, die die Berge ihr gegeben hatten: Schönheit, Raum zum Denken, zum Schreiben, Inspiration. *Jack.* Aber sie hatten auch Einsamkeit bedeutet, Schmerz und Verlust. Sie nahmen ein Leben, mitleidlos und ohne Rücksicht. Sie dachte an den armen Billy und war erleichtert, dass Tom von dieser Geschichte nie erfahren würde. Sie wusste, dass Peter seinem Sohn nie erzählt hatte, was an jenem furchtbaren Tag geschehen war. Auch nach all den Jahren konnte Evelyn noch Billys Leichnam in dem Bach liegen sehen, konnte den ursprünglichen Schrecken und das Entsetzen spüren. Und die Scham angesichts ihrer Erkenntnis, dass das allein ihre Schuld war.

Draußen auf dem Korridor war ein lautes Klappern zu hören, dann das Quietschen von Rädern. Evelyn konnte Essen riechen.

Eine rundliche Frau mit einer dünnen Plastikschürze betrat das Krankenzimmer und schob einen Tisch an Evelyns Bett, ohne einen Ton zu sagen. Gleich darauf verschwand sie wieder auf dem Gang und kehrte mit einem Teller zurück, den sie vor Evelyn abstellte.

»Toast«, sagte sie und watschelte davon.

Evelyn blickte auf ihre Hände hinab. Beide steckten in Plastikschienen, die von ihren Fingerspitzen bis zu den Ellbogen reichten. Sie konnte ihre Finger nicht bewegen, aber sie war extrem hungrig.

»Entschuldigen Sie«, rief sie der Frau hinterher. »Ich kann das nicht essen.«

Die Frau zuckte mit den Schultern, ohne sich auch nur umzudrehen.

»Wie Sie wollen.«

»Nein, ich meine, ich kann es nicht greifen.«

Aber die Frau war bereits auf dem Korridor verschwunden, nur die Bänder ihrer Plastikschürze wehten noch hinter ihr her.

Evelyn seufzte. Sie konnte sich nicht erinnern, noch etwas gegessen zu haben seit den Sardinen, die sie vor zwei Tagen zum Mittagessen verspeist hatte.

»Ihnen entgeht nichts, meine Liebe«, sagte die Frau mit dem violetten Haar, die gerade ihr eigenes Stück Toast aß. »Das schmeckt wie Styropor.«

Eine Schwester kam herein; ihre ausgebeulte blaue Uniform war unvorteilhafter als alles, was Evelyn je an Kleidung an einer Frau gesehen hatte. Ihre eigene langweilig braune Schwesterntracht hatte sie auch nicht leiden können, aber die hatte wenigstens ihre schmale Taille zur Geltung gebracht.

»Wie wäre es, wenn wir den Fernseher für die Damen einschalten?«, sagte die Schwester und griff zu einer Fernbedienung. Gleich darauf flackerte ein riesiger Bildschirm in der Ecke auf, und es erschienen die übermäßig orangefarbenen Gesichter von Leuten, die über den Bewegungsmangel von Kindern diskutierten.

»Schwester«, sagte Evelyn. »Ich fürchte, ich kann das nicht essen.«

Die Schwester eilte zu ihr.

»Ist Ihnen übel?«

»Nein, ich ...«

»Das kommt von den Schmerzmitteln. Ich sage es dem Doktor, wenn er seine Visite macht.«

Die Schwester räumte den Toast weg, und ehe Evelyn ihr erklären konnte, wie hungrig sie war, waren Schwester und Toast verschwunden.

Bethan

Seit sie angekommen waren, hatte Evelyn eigentlich nichts anderes getan, als sich zu beschweren. Gerade schimpfte sie laut darüber, dass eine Vase bei *Cash in the Attic* nichts weiter als wertloser Schrott sei. Bethan und die Frau mit dem violetten Haar tauschten quer durch den Raum ein Lächeln, und die Frau verdrehte die Augen.

»Ich glaube, der Patientin geht es schon besser«, bemerkte Tom, während er die Eintragungen auf dem Klemmbrett am Fußende des Betts las.

Evelyn sah auf jeden Fall besser aus als am Abend zuvor; ein Hauch von Rosa überzog ihre hohen Wangenknochen, und ihre blauen Augen leuchteten, während sie immer wieder vom Fernseher zur Tür wanderten.

»Wann kriege ich endlich was zu essen?«

Eine Schwester rauschte mit einer Schüssel Rice Krispies herein.

»Ich habe einen Karton Frühstücksflocken im Besucherzimmer entdeckt.«

»Geben Sie die Schüssel dem Mädchen.« Mit einem Nicken deutete Evelyn auf Bethan. »Es wird mir seine Hände leihen müssen.«

»Würden Sie das tun?« Die Schwester sah Bethan an und hielt einen Löffel hoch. »Das war alles, was ich zu dieser Tageszeit auftreiben konnte. Neues Besteck gibt es erst zum Mittagessen …«

»Sie wird damit schon zurechtkommen«, fiel Evelyn ihr ins Wort. »Ich bin so hungrig, von mir aus kann sie mir das Zeug mit bloßen Händen reinschaufeln.«

Bethan setzte sich auf den Rand des Betts und holte einen Teelöffel voller Frühstücksflocken aus der Schüssel. Evelyn beugte sich vor wie ein hungriger Vogel.

Tom lachte.

»Ich hätte nie gedacht, dass ich einmal den Tag erlebe, an dem sich Evelyn Vaughan von jemandem mit dem Löffel füttern lässt.«

Evelyn schluckte, ehe sie etwas sagte.

»Und ich hätte nie gedacht, dass ich den Tag erlebe, an dem man an dem Ort, an dem man gesund werden soll, beinahe verhungert«, entgegnete sie mit einem ostentativen Blick in Richtung der Schwester.

»Es tut mir leid, Lady Vaughan.« Die Schwester wurde rot. »Ich dachte, Sie wollten den Toast nicht, und hier herrscht gerade so eine Hektik. Ich habe einfach nicht nachgedacht.« Offenbar hatte man die Mitarbeiterinnen inzwischen darüber unterrichtet, wer diese ältere Patientin war.

Evelyn schluckte den zweiten Löffel Frühstücksflocken.

»Nennen Sie mich einfach Evelyn. Ich kann's nicht leiden, Lady Vaughan genannt zu werden.«

»Tut mir leid«, stammelte die Schwester. »Niemandem hier war klar ... Ich meine ... wir wussten nicht ... Ich meine ...«

Evelyn klappte den Mund auf, und Bethan ließ einen weiteren Löffel Cerealien hineinrieseln, ehe Evelyn antworten konnte.

»Vor ein paar Jahren habe ich *The Pink Heiress* gelesen«, erzählte die Schwester. »Das war toll. Es hat mich zum Weinen gebracht. Es ist mir so peinlich, dass ich Ihren Namen nicht gleich erkannt habe, als Sie eingeliefert wurden.«

Evelyn schenkte der Schwester ein verständnisvolles Lächeln.

»Ich sehe ja, wie beschäftigt Sie alle hier sind, und ich weiß, wie das ist. Ich habe auch einige Erfahrung in der Krankenpflege, wissen Sie.«

»Wirklich?« Die beklommene Miene der Schwester löste sich.

»Während des Krieges, aber nur als Aushilfe. Ich habe nie eine ordentliche Ausbildung genossen, wie Sie sie offensichtlich haben. Sie waren auf der Schwesternschule?«

»Ich habe sogar studiert.« Die junge Frau strich lächelnd ihre Schwesterntracht glatt.

»Ich dachte mir doch, dass Sie eine sehr intelligente junge Frau sind.«

»Danke schön.« Das Lächeln der Schwester wurde breiter. »Ich gehe dann mal und erkundige mich, wann Sie Ihren Gips bekommen.« Energischen Schritts marschierte sie aus dem Zimmer.

»Da haben Sie der Frau ja ordentlich Honig um den Mund geschmiert«, bemerkte Tom kopfschüttelnd. »Aber bei der NHS werden Sie damit nicht weit kommen.«

»Meinen Sie?«, sagte Evelyn spitz. »Sie sollten es vielleicht mal versuchen, Tom. Glauben Sie nur nicht, ich hätte Sie gestern, als Sie hereingekommen sind, nicht hören können. Sie haben Bethan erzählt, ich sei stur wie ein Esel! Ihr Vater hätte niemals so über einen seiner Patienten gesprochen. Peter war als Arzt immer sehr respektvoll.« Sie sah ihn missbilligend an, ehe sie sich wieder dem Fernseher zuwandte.

Ein Paar in mittleren Jahren gab sich alle Mühe, dankbar auszusehen für die zwanzig Pfund, die es für die Vase erhalten hatte.

Evelyn lächelte.

»Ich habe ja gesagt, das Ding ist nichts wert!« Dann öffnete sie den Mund, um ihn sich von Bethan mit einem weiteren Löffel Rice Krispies füllen zu lassen.

»Ich wusste gar nicht, dass du mal Krankenschwester warst, Evelyn«, sagte Bethan. »Granny hat das nie erwähnt.«

»Das war während des Zweiten Weltkriegs, als Vaughan Court als Militärlazarett für die Vereinigten Staaten gedient hat«, erzählte Tom. »Mein Vater hat mir davon erzählt. Ich glaube, das hat sein Interesse an der Medizin geweckt. Er war aus einem Liverpooler Slum evakuiert worden; der Krieg hat sein Leben verändert.«

»Peter war so ein kluger Junge«, sagte Evelyn. »Und er ist ein wunderbarer Arzt geworden.«

»In Evelyns Augen werde ich es niemals so gut machen wie er.« Tom ließ Bethan gegenüber ein überraschendes Grinsen aufblitzen. Es war das erste Mal, dass er lächelte, seit sie sich kennengelernt hatten. »Wenn sie mir nur mehr über ihn berichten würde, dann könnte ich vielleicht noch etwas lernen.«

Evelyn wehrte Bethans nächsten Löffel mit Cerealien ab und ließ sich in die Kissen zurücksinken.

»Das ist alles so lange her.«

Bethan hätte gern noch einige Fragen gestellt: über Vaughan Court während des Krieges, über den evakuierten Peter und darüber, wie es kam, dass eine Frau, die in den Adel eingeheiratet hatte, als Hilfskrankenschwester arbeitete. Das alles könnte sehr interessant sein für ihren Artikel, doch Evelyn sah plötzlich so blass aus, und Tom hatte im Wagen schon darauf hingewiesen, dass Evelyn nicht überanstrengt werden durfte. *Sie hat einen Schock erlitten; der Sturz dürfte sie schwerer beeinträchtigt haben, als sie denkt.*

Bethan unterdrückte ein Gähnen. Sie hatte furchtbar schlecht geschlafen. Als sie nach Vaughan Court zurückgekehrt war, hatte die Dämmerung bereits eingesetzt und das leere Haus in ein Zwielicht getaucht, das unheimliche Schatten in den kalten Erdgeschossräumen erzeugte. Bethan hatte ihren Koffer genommen und war geradewegs die Treppe hinaufgegangen, um sich einen Platz zum Schlafen zu suchen. Aber auch wenn zahlreiche Zimmer die langen Korridore säumten, schien doch keines ein anständiges Bett zu enthalten. Das Mobiliar in den meisten Räumen war mit Staubschutztüchern abgedeckt. Manche Zimmer waren sogar vollkommen leer, dort schälten sich die Tapeten von den Wänden, und die Feuchtigkeit hatte Flecken an den kunstvollen Stuckdecken hinterlassen.

Am Fuß der gewundenen Treppe hatte Bethan ein Klopfen gehört. Sie zögerte lange, ehe sie die Stufen hinaufstieg, auf halbem Wege eine trübe, nackte Glühbirne anschaltete und schließlich durch einen langen Korridor mit geschlossenen Türen ging, an dessen Ende eine blau gestrichene Tür wartete. Der Ursprung des Klopfens schien dahinter zu liegen. Wieder zögerte Bethan, ehe sie die Tür vorsichtig öffnete. Sie schaltete die Taschenlampe ihres Handys ein und richtete den Lichtstrahl in den dunklen Raum. Es war ein Kinderzimmer. Auf dem Boden war eine Spielzeugeisenbahn aufgebaut, Bleisoldaten lagen verstreut vor einem Burgmodell, und auf einem Kinderstuhl in einer Ecke saß ein großer Teddybär, dessen Glasaugen im Licht von Bethans Handy glitzerten. Durch ein hohes Fenster mit einem Metallgitter erblickte Bethan die dunklen Silhouetten der Berge. Das Fenster stand weit offen, und der Wind blies in die dünnen Musselinvorhänge, die sich wie zwei Gespenster in den Raum hinein blähten. Sie hatten sich an einem bunten Schaukelpferd verfangen, das vor und zurück schaukelte und dabei mit den Kufen regelmäßig an die Wand unter dem Fenster krachte, als würde es verzweifelt versuchen hinauszugelangen.

Bethan atmete tief durch, ging quer durch den Raum zum Fenster und schloss es. Die Vorhänge fielen zu beiden Seiten der Glasscheibe zurück an ihren Platz, und das Schaukeln und Hämmern hörte auf. Bethan verließ das Zimmer und eilte die Treppe wieder hinunter.

Anschließend nahm sie ihre Suche in den Korridoren des zweiten Stocks wieder auf und entdeckte eine Tür, die ihr zuvor nicht aufgefallen war. Auf der anderen Seite erwartete sie ein Flügel des Hauses, der ihr völlig fremd war. Dort fand sie, was nur Evelyns Zimmer sein konnte, ein großer Raum, angefüllt mit Büchern und Papieren und einem leisen Hauch von Chanel No. 5.

Gleich nebenan stieß sie auf ein altes Badezimmer. Der zur Toilette gehörende Wasserkasten hing hoch oben unter der Decke, und genau in der Mitte stand eine gusseiserne Badewanne. Das Geräusch eines tropfenden Wasserhahns hallte von den Keramikfliesen der Wände wider, und das Licht flackerte nur, als Bethan an der kaputten Schnur neben der Tür zog.

Jenseits des Badezimmers stieß Bethan auf einen weiteren großen Raum. Er schien für einen Gast vorbereitet worden zu sein. Weiße Handtücher lagen zusammengefaltet auf der Schubladenkommode, und eine kleine Vase mit Narzissen schmückte einen Tisch neben einem riesigen Himmelbett. In einem gusseisernen Kamin stand ein elektrisches Heizgerät. Bethan schaltete es an, und die Metallspulen begannen zu glühen und verbreiteten unter leisem Summen den Geruch von versengtem Staub im Raum.

Das Bett war prachtvoll. Es hatte einen mit Schnitzereien

verzierten Mahagonirahmen und seidene Vorhänge. Aber als Bethan hineinschlüpfte, erwiesen sich die Laken als kalt und etwas feucht. Ihr fiel eine antike Puppe auf der Frisierkommode auf, deren Haar verfilzt und deren Beine steif ausgestreckt waren. Ihr Gesicht war hübsch, aber der offene Mund und die winzigen Zähne wirkten verstörend auf Bethan. Sie wünschte, sie hätte sie im Schrank verstaut, ehe sie zu Bett gegangen war, doch nun war es ihr zu kalt, um noch einmal aufzustehen.

Die ganze Nacht hatte der Wind im Kamin geächzt wie ein alter Mann mit großen Schmerzen, und auch ein eisiger Luftzug hatte sich dem Schlaf in den Weg gestellt. Das Haus war voller Geräusche, es rumste und knarrte und irgendwann, nachdem sie endlich doch eingeschlafen war, erwachte sie von dem Geräusch von Steinen, die ans Fenster geworfen wurden. Sie war ganz still liegen geblieben, so verängstigt, dass sie nicht sicher war, ob das Pochen, das sie hörte, von ihrem Herzen stammte oder von Schritten auf der Treppe. Dann, es war noch dunkel, hatte das schrille Schreien der Pfauen eingesetzt. Doch Bethan war erleichtert. Das bedeutete immerhin, dass sie nicht als Einzige wach war.

»Wir haben uns gefragt, wie lange Sie bleiben werden.« Tom blickte sie an. Die Krankenschwester sah sie ebenfalls an, und dann war da noch ein Arzt in Weiß, der sich wie ein Gespenst neben Evelyns Bett materialisiert hatte.

»Bis morgen«, sagte Bethan. »Nach dem Mittagessen steige ich in den Zug.«

Tom sah Evelyn an.

»Die Sache ist ...«, fing er an.

»Die Sache ist die, dass ich nicht in ein Pflegeheim gehe, auch nicht für ein paar Wochen«, übernahm Evelyn für ihn. In ihrem Gesicht zeigte sich ein gewisser kindlicher Trotz.

»Aber, Evelyn«, wandte Tom ein. »Wie wollen Sie denn ganz allein auf Vaughan Court zurechtkommen? Wenn Ihre Handgelenke eingegipst sind, werden Sie Ihre Finger zwar etwas besser bewegen können, aber ganz alltägliche Dinge, wie sich anzuziehen, werden Sie vor große Probleme stellen.«

»Ich schaffe das schon.« Evelyn bedachte Tom mit einem wütenden Blick.

Der drehte sich zu Bethan um.

»Müssen Sie wegen der Arbeit zurück nach London?«

Bethan biss sich auf die Lippe.

»Ich habe eine Woche frei, aber ich fahre morgen Abend mit meinem Freund nach Brighton. Das ist mein Geburtstagsgeschenk. Da findet eine Messe für klassische Mode statt, auf die ich mich wirklich gefreut habe.«

Tom starrte sie noch einige weitere Sekunden schweigend an, ehe er antwortete.

»Nun ja, wir wollen Ihnen nicht in die Suppe spucken.«

»Unbegleitet kann Lady Evelyn nicht nach Hause gehen«, konstatierte der Arzt im weißen Kittel. »Schwester, können Sie bei Ty Gwin anrufen und sich erkundigen, ob die Platz für sie haben?«

»Nein!« Evelyn brüllte beinahe. »Nicht Ty Gwin. Da ist noch nie einer wieder lebend rausgekommen.«

»Ach, kommen Sie, Lady Evelyn«, sagte der Doktor mit einem unterwürfigen Lächeln. »Das ist doch nicht wahr. Viele Leute verlassen die Einrichtung wieder.«

»Ja, im Sarg!« Finster starrte Evelyn den Arzt an.

»Sie hat recht, wissen Sie«, mischte sich die Frau mit dem violetten Haar ein. »Meine Mutter sagt, man könne genauso gut gleich zum Bestatter gehen. Sie meint, das wäre angenehmer.«

Der Arzt wechselte einen Blick mit Tom, der andeutete, dass Evelyn und die Frau mit dem farbenfrohen Schopf womöglich recht haben könnten.

»Gut, wie wäre es dann mit Lake View?«, schlug der Doktor vor und lächelte Evelyn dabei an. »Wie ich hörte, gibt es dort täglich Makronen und Gurkensandwiches zum Abendessen.«

»Ich will keine Makronen und keine Gurkensandwiches!«, konterte Evelyn. »Und es ist auch kein See, auf den man dort blickt, sondern eine schmutzige Pfütze Regenwasser in einem stillgelegten Schieferbruch.«

Wieder sah Tom Bethan an.

»Könnte Ihre Mutter vielleicht herkommen und bei ihr bleiben?«

»Das Problem ist …«

»Oh, das wäre wunderbar«, fiel Evelyn ihr ins Wort. »Ich würde Maggie so gern wiedersehen.«

»Das Problem ist«, fing Bethan von vorn an, »dass Mum und Dad sich auf eine große Ausstellung vorbereiten. Ich glaube nicht, dass sie jetzt herkommen kann.«

Evelyn kniff die Lippen zusammen.

»Tja, ich nehme an, irgendwelche Töpfe sind wichtiger als eine alte Patentante in Not.« Sie musterte ihre verletzten Handgelenke und seufzte. »Es sieht ganz so aus, als helfe es alles nichts. Rufen Sie Ty Gwin an und fragen Sie sie, ob sie mich aufnehmen.« Sie sank zurück in ihre Kissen. »Auch wenn ich dann Vaughan Court vermutlich nie wiedersehen werde.«

Kapitel 7

Evelyn

Evelyn lächelte Bethan an.

»Tom sagt, ich bin manipulativ. Er sagt, ich würde emotionale Erpressung so gut beherrschen, wie es sonst nur Narzissten tun! Aber ich sage, was ist falsch an ein bisschen emotionaler Erpressung? Das hat mir in meinem Leben schon manches Mal geholfen. Und er denkt doch nicht wirklich, dass man in meinem Alter sein Verhalten noch ändert?«

Bethan lachte, und Evelyn fühlte sich ein wenig besser.

Sie hatte nicht beabsichtigt, dem armen Mädchen ein schlechtes Gewissen zu machen! Das hatte sie wieder und wieder erklärt. Es war die Entscheidung des Mädchens, ob es bleiben wollte oder nicht. Und Bethan schien der Gedanke, ihren Freund zu bitten, nach Vaughan Court zu kommen, durchaus zu gefallen.

»Wie, sagtest du, heißt dein junger Freund?«

»Mal.«

»Ich glaube, du und Mal, ihr werdet eine schöne Zeit haben. Das Haus ist groß, und ich bin sicher, Snowdonia hat genauso viel zu bieten wie Brighton, solange es nicht wie aus Eimern schüttet.«

Bethan lachte erneut, aber die letzte Bemerkung schien sie doch ein bisschen nervös gemacht zu haben.

»Und dann ist da ja noch das Interview«, fuhr Evelyn fort. »Es wäre ziemlich schwierig, mir all diese Fragen in einem Pflegeheim zu stellen. Die Hälfte der Leute dort ist vermutlich gaga, die schreien nur herum und würden uns stören. Außerdem gibt es sicher feste Besuchszeiten. Da bliebe gar nicht genug Zeit, um dir alles zu erzählen. Und du musst ja nur bis Sonntag bleiben. Tom hat versprochen, dass er mir für die nächste Woche eine Haushaltshilfe beschafft.«

Das Mädchen blickte schon wieder auf sein Telefon, was es, wie Evelyn fand, unnötig oft tat.

»Wann wird Mal herkommen?«, fragte Evelyn.

Bethan sah zu ihr auf.

»Entschuldigung, was hast du gesagt?«

»Ich hatte dich gefragt, wann dieser junge Mann sich zu dir gesellen wird.«

Bethan starrte wieder das Telefon an.

»Ich habe ihn gefragt, ob er einen Tag freinehmen und schon heute kommen kann, aber bisher hat er mir noch nicht geantwortet.«

»Es ist so ärgerlich, dass sie mich vor morgen hier nicht rauslassen. *Um auf der sicheren Seite zu sein.* Die sichere Seite von was, das möchte ich wissen. Aber wenn dein Mal heute kommt, dann könnt ihr zumindest eine romantische Nacht genießen, ohne dass ich euch belästige, weil ich Hilfe brauche.«

Bethan fixierte immer noch das Telefon, einen Finger auf dem Display, als wollte sie Mals Antwort herbeibeschwören.

»Bestimmt ist er in einem Meeting. Oder im Fitnessstudio. Da geht er mittags manchmal hin.«

»Ach, das Fitnessstudio.« Evelyn rümpfte die Nase. »Alle jungen Männer scheinen heute ins Fitnessstudio zu gehen. Sogar Tom benutzt das im Golfclub, wenn Tilly dort Schwimmunterricht hat. Mir kommt das vor wie eine fürchterliche Verschwendung von Zeit – und Energie.«

Das Mädchen hörte ihr wieder gar nicht zu. Dieses Mal war es von dem Stuhl am Bett aufgestanden und ans Fenster gegangen, und nun starrte es hinaus in den Nieselregen.

»Du siehst ihr sehr ähnlich, weißt du das?«, fragte Evelyn.

Bethan drehte sich um.

»Wem?«

»Deiner Großmutter. Du hast ihr wundervolles Haar. Und du hast auch ihre fabelhafte Figur.«

»Du meinst große Brüste?« Das Mädchen setzte sich wieder.

»Ich meine, du bist üppig und kurvenreich«, sagte Evelyn. »Alle Jungs mochten Nelli.«

Nun sah Bethan schon interessierter aus.

»Wirklich? War das, bevor sie nach Sussex gegangen ist?«

Evelyn nickte.

»Die amerikanischen Flieger im Lazarett haben immer versucht, einen Blick auf sie zu werfen, wenn sie in der Küche gearbeitet oder unseren Teil des Hauses geputzt hat. Es galt als Zeichen der Besserung, wenn sie nach dem Namen der süßen kleinen Magd mit der Rüschenhaube gefragt haben.«

»Süß? Wirklich?«

Wieder nickte Evelyn.

»Heutzutage würde man deine Großmutter wohl eine heiße Schnecke nennen, nehme ich an.«

»Als heiße Schnecke kann ich mir Granny absolut nicht vorstellen!« Bethan lachte. »Sie hat nie etwas von Freunden in ihrer Vergangenheit erzählt.«

»An diesen amerikanischen Fliegern war sie nicht interessiert, sie hatte nur Augen für Lloyd.« Evelyn schloss die Augen, als sie an Lloyd in seiner Royal-Navy-Uniform zurückdachte, der mit seinem Seemannsgang den Pfad heraufkam, während Nelli ihm entgegenrannte, um ihn zu begrüßen. Das rote Haar und die Schürzenbänder flatterten hinter ihr her, und Mrs Moggs brüllte sie von der Terrasse aus an.

Dewch yn ôl i chi ferch ddrwg! Komm sofort zurück, du ungezogenes Mädchen.

Nelli und Lloyd waren schon seit der Schule ineinander verliebt. Beide hatten die gleichen lachenden Augen und teilten die Leidenschaft für die Märchen und Mythen ihrer Heimat. Sie hatten vor, nach dem Krieg zu heiraten. Lloyd würde die Fischerei-Flotte seines Vaters übernehmen, und Nelli bekäme sechs Kinder, drei von jeder Sorte. Wenn sie Evelyn am Abend die Haare gebürstet hatte, dann hatte sie ihr oft erzählt, wie sie heißen sollten, doch die Namen änderten sich ständig.

Myfanwy nehmen wir jetzt doch nicht, mir gefällt Gwenllian viel besser, aber Lloyd mag Olwen, nach der wunderschönen Tochter des Riesen Ysbaddaden, der auf einem Berg gelebt hat, den man nur nach Einbruch der Dunkelheit sehen kann. Kennen Sie diese Geschichte, Lady Evelyn? Soll ich sie Ihnen erzählen?

»Wer war Lloyd?«, fragte Bethan.

Evelyn schlug die Augen auf. Sie nahm an, dass Nelli ihrer Tochter und ihrer Enkelin nie von Lloyd erzählt hatte. Vermutlich wäre es zu schmerzhaft für sie gewesen, über ihn zu sprechen. Am Ende hatte sie ihr Glück bei Michael gefunden, und als Maggie zur Welt gekommen war, da lag Nellis Leben in Aberseren schon lange hinter ihr.

»Lloyd war nur ein netter junger Mann«, sagte sie leise und fühlte sich plötzlich ermattet. Der Vormittag war schon ziemlich weit fortgeschritten, doch noch immer war niemand gekommen, um ihre Handgelenke einzugipsen.

Das Mädchen stand wieder auf. Stillzusitzen schien ihr schwerzufallen. *Hast du Ameisen in der Hose?* Der Satz kam Evelyn plötzlich in den Sinn; er hatte Robert immer zum Lachen gebracht.

»Ich glaube, ich gehe mal nachsehen, ob Tom inzwischen bereit ist, wieder in den Ort zurückzufahren«, sagte Bethan. »Du siehst aus, als könntest du etwas Ruhe vertragen.«

Evelyn nickte.

»Ein kleines Schläfchen wäre schön.«

»Wir sehen uns dann morgen.« Bethan legte ihr zum Abschied kurz die Hand auf die Schulter. Evelyn dachte schon, sie würde sich zu ihr hinunterbeugen und ihr einen Kuss geben, aber das tat sie nicht. Wahrscheinlich fand sie sie ein wenig schwierig. Schwierig zu sein hatte jahrelange Übung erfordert, und auch die Techniken der emotionalen Erpressung hatte sie im Lauf ihres Lebens perfektioniert. Evelyn hatte beides gebraucht, als sie es mit Abgeordneten zu tun hatte, mit aufdringlichen Betreuern, Ärzten und Leuten, die dachten, der beste Weg, mit Behinderungen umzugehen, sei, die »Heimgesuchten« wegzusperren.

»Soll ich den Vorhang zuziehen?« Bethans Hand hatte den grünen Stoff bereits in der Hand und zog ohne Erfolg daran. Anders als Evelyn wusste sie nicht, dass die Schiene kaputt war.

»Bethan?«

Das Mädchen hörte auf, an dem Stoff zu zerren.

»Ja?«

»Ist auf Vaughan Court alles in Ordnung?«

»Alles bestens. Ich habe etwas Brot gefunden, sodass ich mir Toast zum Frühstück machen konnte. Die Pfauen hatten sich schon vor der Küchentür versammelt, als ich aufgestanden bin. Sie schienen auf Futter zu warten.«

»Hast du die neue Packung Vogelfutter auf der Fensterbank in der Küche gefunden?«

»Ja. Ich habe sie aufgemacht und ihnen ein paar Hände voll Körner in den Hof geworfen.«

»Und alles andere war friedlich?«

»Ja.«

Täuschte sie sich, oder hatte das Mädchen mit der Antwort gezögert?

»Das ist gut. Dann hoffen wir mal, dass der schneidige Mal dir heute Abend Gesellschaft leisten wird.«

»Ja, das hoffe ich auch«, sagte Bethan und winkte ihr zum Abschied. An der Tür drehte sie sich noch einmal zu Evelyn um und schien noch etwas sagen zu wollen, aber sie tat es nicht.

Als Bethan fort war, schloss Evelyn wieder die Augen. Vielleicht hätte sie dem Mädchen sagen sollen, dass es abends genau kontrollieren sollte, ob die Türen auch wirklich verschlossen waren. Beinahe hätte sie es noch einmal zurückgerufen. Aber das Letzte, was sie wollte, war, Bethan Angst zu machen und sie so zu vergraulen.

Bethan

Sorry, Babe, vor morgen kann ich London auf keinen Fall verlassen. Bin voll mit dem neuen Projekt beschäftigt. Schade wegen Brighton, ein anderes Mal, ja? x

Hallo Liebling, du bist toll. Vielen Dank, dass du dich bereit erklärt hast, nach Evelyn zu sehen. Ich habe im Krankenhaus angerufen und mit ihr gesprochen, sie ist dankbar und ich auch. Es wird bestimmt wunderschön, wenn Mal am Wochenende dort ist. Du kannst ihm den Red Rock zeigen und all die Orte, an die Granny und ich dich gebracht haben, als du noch ein kleines Mädchen warst. Hoffen wir, dass die Sonne scheint. Dad schickt dir liebe Grüße. xx

Ihre Mutter hatte ein Foto von einem Haufen kunterbunt kolorierter Schüsseln und Vasen angehängt. Die Ofengötter waren gnädig!

Bethan ließ das Handy in ihren Schoß fallen und sah zum Fenster hinaus. Außer dem Meer sah sie nichts als Berge. Sie zogen sich bis zum Horizont und sahen sogar in dem Regen beeindruckend aus. Sie hoffte, Mal würde auch beeindruckt sein, wenn er am nächsten Tag kam.

Bethan seufzte schwer. Sie hatte sich auf Brighton gefreut. Das Strandhotel hatte einfach wundervoll ausgesehen; sie hatten ein Zimmer mit Blick auf den Brighton Pier reserviert. Es wäre genau das Richtige für sie gewesen, ein bisschen gemeinsame Zeit zum Entspannen und zum Reden.

»Bethan?«

Bethan zuckte zusammen.

»Tut mir leid, ich wollte Sie nicht erschrecken«, sagte Tom und schaltete die Scheibenwischer auf eine höhere Stufe, weil der Regen stärker wurde. »Ich wollte nur sagen, dass Sie sich wirklich nicht hätten nötigen lassen müssen hierzubleiben.«

»Ich konnte es nicht ertragen, sie so hilflos zu erleben.«

»Sie hat so ihre Art, uns alle dazu zu bringen, das zu tun, was sie will.«

»Das kann ich mir vorstellen«, sagte Bethan. »Als Kind war ich total beeindruckt von ihr. Sie hat mir Angst gemacht, mich aber zugleich bezaubert. Ich glaube, sie war die erste Erwachsene, die ich je fluchen gehört habe. Sie hat meiner Mutter und meiner Großmutter eine Geschichte von jemandem erzählt, der am Strand gemein zu Robert gewesen war, und sie hat ihn ein *Arschloch* genannt. Ich weiß noch, dass ich das Wort immer wieder vor mich hin geflüstert habe, als ich allein war.«

Tom lachte, und dann verfielen beide wieder in Schweigen, während er den Wagen über die Küstenstraße steuerte.

Bethan betrachtete sein Profil. Sein Haar war zerzaust, völlig anders als Mals perfekt gewachster Quiff. Er war unrasiert, und schon seit er sie am Morgen auf Vaughan Court abgeholt hatte, hing seine Krawatte auf halbmast. Irgendwann früher am Tag war Bethan aufgefallen, dass eine seiner marineblauen Socken auf der Seite mit einer Reihe Gänseblümchen verziert war.

»Sind Sie in Wales aufgewachsen?«, fragte Bethan.

Tom nickte.

»Mein Vater war über vierzig Jahre lang Allgemeinmediziner in Aberseren, Doktor Peter, wie seine Patienten im Ort ihn immer genannt haben. Er kam damals als Evakuierter aus Liverpool hierher und ist nie wieder weggegangen, abgesehen von der Zeit in Cardiff, wo er seinen medizinischen Abschluss gemacht hat.«

Wieder musterte Bethan Tom. Er wirkte nicht alt genug, um einen Vater zu haben, der den Krieg noch miterlebt hatte. Trotz seiner grauen Strähnen, der tiefen Falten auf seiner Stirn und der dunklen Schatten um seine Augen, hätte sie ihn auf etwa Mitte dreißig geschätzt.

»Er hat spät geheiratet«, sagte Tom, als hätte er ihre Gedanken gelesen. »Zwischen ihm und Mum lagen zwanzig Jahre. Sie haben sich kennengelernt, als sie sich als Arzthelferin in seiner Praxis beworben hat.«

»Wie Owen.«

Tom lachte kurz auf.

»Meine Mum war nicht wie Owen.«

»Ich meinte Owens Job.«

»Ja, sie hat den Laden jahrelang wie ein Uhrwerk am Laufen gehalten. Die Fußstapfen, die sie hinterlassen hat, sind sehr groß. Ich glaube, mein Dad hätte Owen schon längst gefeuert.«

»Wollten Sie immer schon die Praxis Ihres Vaters übernehmen?«

»Nein, überhaupt nicht. Ich konnte es nicht erwarten, Aberseren zu verlassen. Ich konnte es nicht erwarten, Wales zu verlassen. Es kam mir vor wie der Arsch der Welt.«

Bethan lächelte.

»Ich kann mir nicht vorstellen, dass Aberseren einem Teenager viel zu bieten hat.«

»Für Kids, die gern klettern oder surfen, hat es einen gewissen Reiz, aber ansonsten gab es nichts, außer der Disko des Jugendclubs einmal im Monat.« Tom schüttelte den Kopf. »Die haben einen uralten DJ angeheuert, der dachte, Abba wären immer noch in den Charts und Oasis und Blur wären Ausgeburten der Hölle. Mit achtzehn bin ich nach London geflüchtet. Ich bin aufs Kings College gegangen und wollte Kinderarzt werden. Anschließend habe ich fünf Jahre am Bristol Children's Hospital zugebracht und bin danach wieder nach London zurückgegangen wegen des Jobs im Great Ormond Street Hospital, von dem ich immer geträumt habe. Aber dann ...« Er unterbrach sich. »Dann bin ich zurückgekommen.«

Bethan wollte ihn fragen, warum er seinen Traumjob aufgegeben hatte, warum er zurückgekommen war, um in Wales zu leben, aber angesichts der angespannten Art, in der er das Lenkrad umklammerte, verzichtete sie darauf, noch irgendetwas zu fragen.

»Es muss schön sein, in so einer Umgebung zu leben«, sagte Bethan nach einer Weile und zeigte zum Fenster hinaus. Das Meer war gleich rechts von ihnen, und links erhoben sich majestätisch die Berge. »Die Landschaft ist atemberaubend, auch wenn wir hier am Arsch der Welt sind.«

Tom antwortete nicht. Er schien in seine eigenen Gedanken versunken zu sein, und so schwiegen sie für den Rest des Weges. Das einzige Geräusch, das im Wagen zu hören war, war das rhythmische Surren des Scheibenwischers.

Endlich passierten sie das Schild nach Aberseren.

»Sie werden vermutlich ein paar Lebensmittel einkaufen müssen.« Tom hielt vor einem kleinen Laden an der Ecke der Reihe von Cottages gleich an der Küste. Auf dem Schild stand nur ein einziges Wort in roten Lettern: *Moggs*. »Olwyn führt die meisten Grundnahrungsmittel, aber fragen Sie sie nicht nach irgendetwas wie Pesto oder Pinienkernen, und was immer Sie tun, erwähnen Sie auf keinen Fall Hummus.«

Er stieg aus, und Bethan folgte ihm. Sie betrachtete erstaunt die Schaufensterauslage an, die ausschließlich aus Kartons mit Kellogg's Cornflakes und Persil-Vollwaschmittel zu bestehen schien.

»Das sieht ein bisschen einfach aus«, sagte Tom. »Aber Olwyns Lauch-Kartoffel-Pasteten sind köstlich und ihre walisischen Kuchen die besten im ganzen Bezirk.«

In dem Laden war es dunkel, und es dauerte eine Weile, bis sich Bethans Augen an die Lichtverhältnisse gewöhnt hatten. Dann aber erkannte sie, dass dieses Geschäft nichts mit den Eckläden in Battersea gemein hatte. Hier sah es eher aus wie in einem Wohnzimmer mit einem künstlichen Kaminfeuer und einem großen Fernseher an der Wand. Es gab Regale und eine Kommode und mitten im Raum einen Resopaltisch, auf dem einige mit Frischhaltefolie überzogene Teller mit Pasteten und Kuchen, ein Glas mit Lutschern und ein Korb mit einer Auswahl an Schokoriegeln standen. Auf den Regalen und der Kommode waren ordentlich, aber in zufälliger Auswahl diverse Dosen, Pakete und Kisten arrangiert, und in einer Ecke brummte ein beleuchteter Kühlschrank, hinter dessen Glastür Milchflaschen und Diätcoladosen in alternierenden Reihen standen. Ganz unten in dem Kühlschrank lagen einige Blöcke Cheddarkäse und Butter, ein paar Packungen Bacon und drei große Orangen.

Bethan fiel ein merkwürdiger Geruch auf, möglicherweise faulendes Gemüse, dachte sie.

»Schau mal einer an! Sie sieht ja genauso aus wie sie.«

Bethan drehte sich zu der Stimme um. In einem Lehnsessel saß eine alte Frau mit einem Gesicht, so runzlig wie ein alter Apfel. Sie hatte einen Berg Strickzeug auf dem Schoß und schien irgendetwas Riesiges anzufertigen. Winzige Augen blickten aus der faltigen Haut hervor und musterten Bethan einmal von unten bis oben und wieder zurück.

»Das ist Bethan«, sagte Tom laut.

»Kein Grund zum Brüllen, Doktor Tom«, schnaubte die alte Frau. »Ich bin nicht taub. Und ich weiß, wer sie ist. Das Abbild von Nelli Evans. Man könnte glauben, sie wäre aus diesem Grab da oben an der Kirche geklettert und zu uns zurückgekehrt wie einer dieser Zombies in den Filmen, die sich Owen nachts immer ansieht.«

»Ich glaube, ganz so schlimm sieht sie nicht aus, Olwyn.« Tom öffnete den Kühlschrank und nahm eine Flasche Milch heraus.

»Pardon, Doktor?«

Olwyn legte eine Hand ans Ohr.

»Bethan sieht nicht aus wie ein Zombie.«

»Nein, sie sieht aus wie Nelli Evans.«

Bethan schenkte der alten Frau ein Lächeln.

»Sie haben einen außergewöhnlichen Laden.«

»Was hat sie gesagt?«

»Sie sagt, Sie haben einen außergewöhnlichen Laden«, brüllte Tom.

»Daran ist nichts außergewöhnlich.« Olwyn legte ihr Strickzeug zur Seite, stemmte sich steif aus dem Sessel hoch und offenbarte eine Gestalt, die an einen Ball in einem engen violetten Pulli und einer Schürze erinnerte. »Wir verkaufen gute, ehrliche Lebensmittel – nicht so einen ausländischen Fraß, wie man ihn bei Tesco bekommt. Luxusartikel habe ich auch.«

Sie schlurfte zum Tisch und ergriff eine einsame Packung Milk Tray, an deren Ecke etwas hing, das aussah wie ein mit Klebeband befestigtes Tombola-Los.

»Mögen Sie Pralinen?« Sie schüttelte die Schachtel vor Bethan. »Nur acht Pfund für Sie. Sonderangebot.«

Die Glocke über der Tür bimmelte.

»Daddy!«

Ein kleines Mädchen platzte herein und schlang die Arme um Toms Hüften. Es hatte helles, zu zwei langen Zöpfen geflochtenes Haar und ein sehr hübsches Gesicht. Seine großen Augen blickten aufgeregt zu Tom hoch.

»Ich habe im Mathetest zwanzig von zwanzig Punkten. Mrs Mathias hat mir ein Sternchen gegeben.«

Tom hob sie hoch und drückte sie. Bethan fiel auf, wie sich seine Züge binnen eines Augenblicks verändert hatten. All die scharfen Linien und die Härte verschmolzen zu einem gewaltigen, strahlenden Lächeln.

»Gut gemacht, Tilly«, lobte er das kleine Mädchen. »Und was ist mit dem Buchstabiertest?«

Tilly wand sich aus Toms Armen.

»Darüber will ich nicht reden.«

»Ich glaube, wir sonnen uns vorerst nur in dem Erfolg in Mathe«, erklang eine Stimme an der Tür. Als Bethan sich umdrehte, sah sie eine blonde Frau, die einen pinkfarbenen Rucksack und einen Kinderanorak trug. »Ich habe Tilly einen Lutscher zur Belohnung versprochen.«

»Aber nur einen«, sagte Tom.

Tilly war schon dabei, das Glas aufzuschrauben.

»Heute gibt es zwei für drei Pfund«, sagte Olwyn. »Einen zum halben Preis, wenn ihr mehr als fünf kauft.«

Die Frau an der Tür lachte.

»Gestern waren es zwei für fünfzig Pence und drei für ein Pfund.«

»Siehst du jetzt, warum Mathe wichtig ist, Tilly?« Tom löste mehrere zusätzliche Lutscher aus dem festen Griff seiner Tochter und ließ sie zurück in das Glas fallen.

Olwyn gab ein tadelndes Tsts von sich.

»Schlimme Sache da oben am Court. Owen hat es mir gestern Abend erzählt. Er dachte, es wäre ein Schlaganfall oder ein

Herzinfarkt, aber heute hat er mich angerufen und gesagt, es wären nur zwei gebrochene Handgelenke. Ist wohl gestolpert, als sie diese ausgefallenen Vögel gefüttert hat, die sie ja unbedingt da oben halten muss.«

Tom runzelte die Stirn.

»Owen sollte nicht mit Ihnen über unsere Patienten sprechen.«

»Aber er ist mein Enkel! Er lebt hier! Und ich kenne Evelyn, seit ich ein Kind war. Ich habe ein Recht darauf zu erfahren, wie es ihr geht.«

Seufzend drehte sich Tom wieder zu der Frau an der Tür um.

»Ich werde ein bisschen später zu Hause sein, als ich gehofft hatte, aber früh genug, um Tilly zum Schwimmunterricht zu bringen.«

Die Frau lächelte.

»Kein Problem, das kann ich übernehmen, wenn du aufgehalten wirst.«

Er erwiderte das Lächeln, doch in seinen Augen spiegelte sich Besorgnis.

»Du siehst müde aus. Heute Abend hast du Pause, ich kümmere mich um Tilly.«

Bethan ertappte sich dabei, wie sie das Paar anstarrte, und sie verspürte einen Stich von Neid in ihrem Herzen. Hatte Mal je ihretwegen besorgt ausgesehen? Dieser Tage schien er sich weit mehr Sorgen über die Größe seines Bizeps zu machen.

Tilly hatte den Lutscher schon im Mund, als die Frau sie in Richtung Ausgang dirigierte.

»Hoffentlich haben deine Socken den Patienten heute gefallen, Daddy«, rief das Mädchen von der Straße. »Die am rechten Fuß ist von mir.«

Die Tür fiel mit einem Bimmeln zu, und fort waren sie.

Tom zog sein rechtes Hosenbein hoch und runzelte verdutzt die Stirn.

»Sie meint wohl den linken Fuß«, erklärte Bethan.
Tom zog das andere Hosenbein hoch.
»Verdammt!«
Bethan lächelte.
»Sie haben eine wundervolle Tochter.«
Nun lächelte auch er.
»Ich bin ein sehr glücklicher Mann.«
Olwyn schnaubte vernehmlich.

»Also das ist nicht wahr, oder, Doktor Tom?« Sie schüttelte den Kopf. »Jeder weiß, dass Sie kein sehr glücklicher Mann sind.«

Kapitel 8

Donnerstag

Bethan

Bethan schrak aus dem Schlaf.

Da hatte eindeutig etwas gekracht. Sie war absolut sicher. Erst hatte es gekracht, dann hatte es geklirrt. Es hatte geklungen, als ob Glas zerbrochen wäre.

Sie lag ganz still da und wagte kaum zu atmen. Ihr war, als hörte sie ein Knirschen auf dem Kies unter ihrem Fenster. Durch die Lücke zwischen den schweren Damastvorhängen konnte sie erkennen, dass es immer noch dunkel war. Für einen kurzen Moment blitzte ein Licht auf, dann war es wieder stockfinster. Bethan kniff die Augen zu und wünschte, sie wäre wieder in Battersea mit Mal an ihrer Seite. Er hätte bestimmt eine Erklärung dafür.

Das ist nur deine überbordende Fantasie, Babe. Schlaf weiter.

Sie setzte sich auf und schaltete die Nachttischlampe an. Beruhigendes Licht erfüllte den Raum, und dann stürzte wieder alles in Finsternis, als die Birne durchbrannte. Bethan tastete auf dem Tisch nach ihrem Handy und aktivierte die Taschenlampe. Sie ließ den schwachen Lichtstrahl durch den Raum gleiten. Schatten sprangen an den Wänden empor. Die Tür des Mahagoni-Kleiderschranks war aufgegangen, und das viktorianische Puppengesicht starrte mit heimtückischem Blick aus dem Fach, in dem sie das Ding vor dem Zubettgehen verstaut hatte.

Bethan legte sich wieder hin und rutschte so weit unter die Decke, bis auch ihr Kopf darunter verschwunden war. Die Stunden dehnten sich. Die Stille pulsierte in ihren Ohren.

Endlich zog mit grauem Nebel und schrillen Pfauenrufen die Dämmerung herauf. Die lähmende Angst ließ nach. Bethan stand auf.

Sie zog die Steppdecke vom Bett und wickelte sie um ihre Schultern, um sich vor der Kälte zu schützen. Sie ging hinaus auf den Flur und tappte barfuß über die alten Perserteppiche. Die Decke, die sie wie einen Umhang hinter sich herschleifte, raschelte beruhigend, wann immer sie um eine Ecke bog.

Überall hingen Gemälde, Generationen von Vaughans in schweren vergoldeten Rahmen, dazu Marmorbüsten in Nischen, längst verstorbene Familienangehörige, mit Lorbeerkränzen geschmückt wie römische Cäsaren. Als Bethan die breite Eichentreppe hinabstieg, beobachteten die Porträts sie mit ihren stechenden Augen über den langen, scharfen Nasen. Ihre Münder waren schmal und verkniffen, und ihre Gesichter schienen für Bethan Missbilligung auszudrücken. Einem besonders hochmütig aussehenden Mann mit weißer Perücke und scharlachroter Jacke streckte sie die Zunge heraus.

Auf der untersten Stufe hielt sie inne.

Da lag ein Stein auf den schwarz-weißen Fliesen im Eingangsbereich, grau und unbehauen, etwa so groß wie ein Cricketball, genau die richtige Größe, um ein Fenster einzuwerfen. Das Glas verteilte sich überall auf dem Boden, eine Myriade Farben aus der Buntglasscheibe neben der Eingangstür.

Bethans Herz fing wieder heftig an zu klopfen. Der Stein sah so fremdartig aus in dieser prachtvollen Umgebung. Ein Stück Berg. Ein Stück Draußen. Die Vaughans beobachteten sie immer noch, als wollten sie sehen, was sie tun würde.

Sie machte kehrt und ging die Treppe wieder hinauf, um sich anzuziehen.

Der Wagen traf ein, als sie gerade dabei war, eine platt gedrückte Corn-Flakes-Schachtel mit Klebeband über dem Loch in der Fensterscheibe zu befestigen. Bethan hörte den Motor und nahm eine Bewegung jenseits des Buntglases wahr, ein Aufblitzen roter Farbe. Sie holte ihr Handy aus der Hosentasche, um nachzusehen, wie spät es war. Das konnte noch nicht Tom sein. Es war kurz nach zehn, und er hatte gesagt, dass er Evelyn erst aus dem Krankenhaus abholen könnte, wenn seine Vormittagssprechstunde zu Ende wäre.

Bethan wollte die Tür öffnen. Dies war das erste Mal, dass sie diesen Versuch unternahm, und sie war erstaunt, so viele Riegel vorzufinden. Sie waren schwergängig, und während sie mit ihnen kämpfte, klemmte sie sich zweimal den Finger.

Der letzte Riegel löste sich, als jemand die Glocke läutete. Bethan drückte die Klinke herunter und stemmte sich gegen die schwere Eichentür. Im nächsten Moment sah sie sich dem wohl größten Strauß Blumen gegenüber, der ihr je begegnet war. Ein riesiges Bukett aus Tulpen, Narzissen und Hyazinthen. Ihre üppigen Farben bildeten einen krassen Kontrast zu dem verregneten grauen Vormittag. Die Blumen wichen zur Seite, und zum Vorschein kam das Gesicht eines Mannes: attraktiv, kantig, die Haut gebräunt. Er trug das blonde Haar zurückgekämmt und sah aus, als könnte er sein Geld auch mit Werbung für Designer-Aftershave verdienen.

»Sie müssen Lady Evelyns Patenkind sein.« Die Stimme des Mannes klang tief und weich und sein Akzent sehr englisch.

»Eigentlich ist meine Mutter ihr Patenkind. Ich bin nur ...« Bethan brach ab und überlegte, in welcher Beziehung genau sie zu Evelyn stand.

»Ihre Patenenkelin«, schlug der Mann vor. »Oder vielleicht ein Patenkind zweiten Grades?«

Bethan blickte über die Schulter des Mannes und entdeckte einen roten Porsche, auf dessen Nummernschild DD1 stand.

»Stellvertretendes Patenkind«, fuhr der Mann fort, der offenbar Gefallen an dem Thema gefunden hatte.

»Entschuldigung«, sagte Bethan. »Darf ich fragen, wer Sie sind?«

Der Mann streckte die Hand aus.

»Ich bin David Dashwood.«

Bethan ergriff die dargebotene Hand. Sein Griff war fest und warm.

»Mir gehört der Golfclub.« Er ließ los und strich sich eine Haarsträhne aus dem Gesicht. Damit gab er auch die Aussicht frei auf ein Paar überaus blaue Augen. »Und das Spa und das Restaurant, und ich habe hier auch noch ein Jagdrevier.« Er deutete auf einen entfernten Wald. »Grenzt direkt an Lady Evelyns Land.« Er lächelte. Kleine Fältchen kräuselten sich um seine Augen und machten sein Gesicht noch attraktiver. Bethan konnte sich nicht vom Anblick seiner Augen losreißen. Sie waren beinahe türkis.

»Ich habe gerade erst von dem Unfall erfahren. Die arme Lady Evelyn!« David Dashwoods Lächeln machte einer eher besorgten Miene Platz. »Ich hatte keine Ahnung, dass sie im Krankenhaus ist. Schlimme Neuigkeiten. Sie ist sonst so zäh und quirlig. Es tut mir sehr leid, dass es ihr nicht gut geht. Ich hatte mich gefragt, ob Sie ihr die hier bringen könnten, wenn Sie sie besuchen.« Er hielt ihr den wunderschönen Blumenstrauß hin. Erst jetzt fiel Bethan auf, dass sie immer noch das Klebeband in der Hand hielt, mit dem sie den Karton befestigt hatte. In den Sekunden, seit David Dashwood ihr die Hand geschüttelt hatte, hatte sie es fertiggebracht, es sich um ihre Finger zu wickeln, sodass diese nun an hässliche, mit Plastik umhüllte Klauen erinnerten.

Davin Dashwood sah es auch.

»Ich halte die Blumen, bis Sie ...«

»Ja.« Bethan kämpfte mit dem Klebeband und spürte, wie

sich ihre Wangen röteten. »Ich weiß nicht, wie ich das geschafft habe.«

David Dashwood grinste nur.

Kaum hatte sie sich befreit, nahm Bethan die Blumen und vergrub ihr Gesicht darin, um ihre Verlegenheit zu überspielen. Die Blumen rochen süß und äußerst kostspielig.

»Was ist da passiert?« Als Bethan aufblickte, sah sie, dass David das Loch im Glas inspizierte.

»Heute Nacht ist ein Stein da durchgeflogen.«

»Oje! Wie furchtbar. Aber Ihnen geht es gut?«, fragte David, der erneut ganz besorgt aussah.

»Alles bestens.« Bethan würde bestimmt nicht zugeben, dass sie vor Schreck wie gelähmt gewesen war. Im Licht des Vormittags kam ihr ihre nächtliche Angst albern vor. Sie konnte sich nicht erklären, warum sie nicht aufgestanden und in den Salon gegangen war, um die Polizei anzurufen.

»Ich schicke einen meiner Männer her, um eine neue Scheibe einzusetzen – kein so schönes Buntglas, natürlich, aber zumindest etwas Besseres als Pappe.« Er tippte mit dem Finger auf die platt gedrückte Frühstücksflockenpackung, die prompt zu Boden fiel. »Und ich lasse mal jemand nach dem MG sehen. Ich hörte, Sie hatten Probleme mit dem Motor, als Sie nach Evelyns Sturz Hilfe holen wollten.«

»Wer hat Ihnen das erzählt?«

David Dashwood zog eine schön gepflegte Braue hoch.

»Aberseren ist ein sehr kleiner Ort. Den Gerüchten zufolge liegt es an der Kupplung, auch wenn einige meinen, Sie hätten vielleicht nicht gewusst, dass Sie den Choke wieder reindrücken müssen.«

Er lächelte, und Bethan spürte erneut, wie sich ihre Wangen röteten.

Als sie später am Vormittag im Nieselregen die Einfahrt hinuntertrottete, fragte sich Bethan, warum sie Davids Angebot, sie in die Stadt mitzunehmen, abgelehnt hatte. War es, weil ihr die Sache mit dem Klebeband so peinlich gewesen war? Oder lag es an der Art, wie er sie angesehen hatte, als er gefragt hatte, ob sie sich so ganz allein in solch einem großen Haus wirklich wohlfühle?

»Mein Freund kommt später«, hatte sie geantwortet, und Davids Gesichtsausdruck hatte sich verändert. Aber Bethan konnte nicht so recht sagen, ob sie in seinen Augen Missbilligung oder Enttäuschung gesehen hatte. Andererseits konnte Bethan sich beim besten Willen nicht vorstellen, warum ein Mann wie David Dashwood enttäuscht sein sollte, dass sie einen Freund hatte. Welches Interesse konnte er haben an einer Frau mit zerzausten Haaren und einem offenkundigen Faible dafür, sich mit Klebeband zu umwickeln, die noch dazu unfähig war, mit einem Oldtimer umzugehen?

Sie zog den Regenmantel fester um den Körper, um ihn daran zu hindern, sich im Wind aufzublähen wie ein riesiger beigefarbener Ballon. Bevor Mal kam, musste sie unbedingt noch etwas zu essen einkaufen. Denn die Schränke enthielten vorwiegend Sardinenbüchsen und große Vorräte an Buttergebäck. Außerdem schien auch kein Kaffee im Haus zu sein,

Als sie an dem kleinen MG vorbeikam, spähte sie hinein und überlegte, was David Dashwood wohl mit dem Choke gemeint hatte. Sie wollte gerade weitergehen, als ihr Blick auf das kleine Gebäude fiel, das ihr schon am Vortag aufgefallen war. Bethan lugte durch die Äste der Sträucher und Brombeerbüsche, um es sich genauer anzuschauen.

Lange Efeuranken wuchsen an den Holzwänden empor und breiteten sich auch über das mit Schieferschindeln gedeckte Dach aus. Selbst aus dem Schornstein wucherte irgendeine Pflanze. Kunstvolle Schnitzereien zierten die Abschlussleisten des Spitzdaches auf der Giebelseite, unter dem sich ein einzelnes rundes Buntglasfenster befand. Rundbogenfenster flankierten zu beiden Seiten die schmale Eingangstür. Sie hatte ein kleines Vordach, das sich seinerseits mit Schnitzereien schmückte, die so zart wie Spitze waren. Rund um das Haus zog sich eine schmale Veranda mit einem gedrechselten Geländer, um dessen Pfosten sich ebenfalls Pflanzen rankten. Aus der Entfernung konnte Bethan nicht erkennen, ob es Rosen waren oder Brombeeren.

Bethan hatte keine Ahnung, warum man so ein Häuschen an dieser Stelle erbaut hatte, auf halbem Wege die Auffahrt hinauf, so weit von dem großen Haus entfernt. Aber dann fiel ihr das Rauschen auf, und sie sah ein Glitzern, einen dunklen Spiegel, der sich ein ganzes Stück in die Ferne erstreckte und den grauen Himmel in welliger Form reflektierte. Es war ein großer Teich oder sogar ein kleiner See, tintenschwarz und umgeben von dem dichten Laub der ausladenden Baumkronen. Halb versteckt im Schilf entdeckte sie ein verrottetes Boot und einen Steg, dessen geborstene Holzplanken ins Wasser hingen.

Ein Kreischen ertönte, und als Bethan zum Dach des Sommerhauses hinaufblickte, sah sie, dass sich ein Pfau darauf niedergelassen hatte, als wollte er über das Gebäude wachen. Seine langen Federn lagen wie eine schillernde Brautschleppe auf den Schieferschindeln, und sein Blick ruhte auf Bethan. Sie hatte das Gefühl, der Vogel würde herabschießen und sie mit seinem spitzen Schnabel attackieren, sollte sie versuchen, das Haus zu betreten.

Das Sommerhaus. Eine Erinnerung an Ferien vor über zwanzig Jahren regte sich. Da war Evelyn, die ihr sagte, sie könne draußen mit Robert spielen, aber sie dürften nicht zum *Sommerhaus* gehen, denn die Dame, die dort wohne, möge keine Kinder. Natürlich hatte Bethan, kaum dass sie draußen waren, Robert angebettelt, dass er ihr *das Sommerhaus* zeigen solle. Er hatte den Kopf geschüttelt. *Meine Mutter wäre böse auf mich.* Aber Bethan hatte ihn schließlich mit dem Versprechen überzeugt, dass sie anschließend mit ihm Murmel spielen würde. Sie wusste noch, wie sie den Erwachsenen nach dem Mittagessen entschlüpft und zum See hinuntergerannt waren, wie sie Robert ermutigt hatte voranzugehen, obwohl er sich ängstlich zum Esszimmerfenster umgeschaut hatte. Bethan hatte ihn zu einem Rennen herausgefordert, und über den Wettkampf vergaß er alle Verbote, bis er sie zu dem Haus am Wasser geführt hatte, höchst erfreut, dass er als Erster angekommen war. Aber er weigerte sich, näher als drei Meter an die Veranda heranzugehen, und während Bethan sich langsam zwischen Nesseln und Brombeerzweigen hindurchkämpfte, bis sie ein staubiges Fenster erreicht hatte, sah er mit ängstlichem Blick zu und rief: *Das darfst du nicht*. Doch Bethan hatte ihn ignoriert und mit dem Ärmel ihrer Strickjacke eine dicke Schicht Schmutz vom Glas gewischt, um hineinzugucken. Sie konnte sehen, dass die Vorhänge geschlossen waren. Doch da gab es einen Spalt, gerade groß genug, dass sie hineinsehen konnte. In dem Halbdunkel erkannte sie eine Form, eine Gestalt und dann ein Gesicht; ein Gesicht mit goldenem Haar und leuchtend roten Lippen. Eine Dame. Bethan hatte aufgeschrien, kehrtgemacht und war, so schnell sie konnte, zurück zum Haupthaus gelaufen. Robert hatte Probleme, sie wieder einzuholen. Sie hatte solche Angst gehabt, dass sie ihrer Mutter für den Rest des Nachmittags nicht von der Seite gewichen war.

Der Pfau stieß einen weiteren durchdringenden Schrei aus. Bethan wich einen Schritt zurück. Hatte dort damals wirklich jemand gelebt? Oder war das nur ein böser Traum? Sie schauderte; obwohl das kleine Holzhaus heute so verwunschen und harmlos aussah, war sie erleichtert, dass ihr die Rhododendren und die Brombeeren den Weg verstellten. Sie drehte sich um und setzte sich wieder in Bewegung. Jetzt war keine Zeit für solche Erkundungen. Sie musste in den Ort, wo es hoffentlich irgendwo Netz gab. Sie wollte Mal, der auf dem Weg zu ihr war, den Postcode von Vaughan Court schicken. Sie hatte versucht, ihn mit dem altmodischen Telefon im Salon anzurufen, aber nur seinen Anrufbeantworter erreicht.

Als Bethan das Ende der Auffahrt erreicht hatte, sah sie sich noch einmal um. Der Pfau auf dem Dach des Sommerhauses war immer noch zu sehen, wenngleich sein Gefieder halb von den kahlen Ästen der Bäume verdeckt wurde. Bethan eilte zwischen den Torpfosten hindurch, und als sie den ersten Fuß auf die Straße setzte, stieß der Pfau einen langen, anhaltenden Schrei aus.

Kapitel 9

Bethan

Bethan trottete durch das Dorf und kontrollierte alle paar Sekunden ihr Handy in der Hoffnung, endlich wenigstens ein oder zwei kleine Balken oben auf dem Display zu sehen, aber es wollten sich keine zeigen. Ohne Postcode würde Mal Stunden brauchen, um das Haus zu finden, da war sie sicher. Das wäre kein guter Anfang für ihr Wochenende. Bald erreichte sie den kleinen Eckladen am Ufer. Froh, dem Nieselregen und dem Wind zu entkommen, stieß sie die Tür auf.

Olwyn saß genau da, wo sie auch am Vortag gesessen hatte, direkt vor dem flackernden elektrischen Feuer, und strickte an etwas Undefinierbarem.

»Hi«, grüßte Bethan. »Wie geht es Ihnen?«

Olwyn blickte mit verkniffenen Lippen von ihrem Strickzeug auf.

»Ah, Nelli Evans' Enkelin. Sie sind wegen der Orangen wiedergekommen, was?« Sie zeigte mit einer ihrer Stricknadeln auf den Kühlschrank. »Beeilen Sie sich lieber, auf die hat es heute einen Ansturm gegeben.«

Bethan blickte zum Kühlschrank und sah, dass nur noch eine Orange übrig war.

»So ist das zu dieser Jahreszeit«, sagte Olwyn. »Der Frühling liegt in der Luft, und die Leute denken an Obst.«

Bethan hatte in dem kalten Nieselregen draußen ganz bestimmt keinen Frühling gespürt.

»Ich bin auf der Suche nach Kaffee«, sagte sie.

Olwyn zeigte mit der Stricknadel auf die Kommode.

Dort sah Bethan vier ordentlich aufgereihte Gläser Nescafé Gold.

»Haben Sie auch gemahlenen Kaffee?«

»Du lieber Gott, so einen Mist will ich hier nicht haben.« Olwyn widmete sich wieder ihrem Strickzeug, ihre Finger zählten Maschen, ihre Lippen murmelten die Zahlen auf Walisisch.

Bethan ergriff ein Glas Nescafé.

»Haben Sie Granola?«

»Was soll das sein?«, fragte Olwyn, ohne aufzublicken.

»So etwas wie Müsli«, setzte Bethan zu einer Erklärung an. »Hafer und Nüsse und Rosinen – geröstet.«

Seufzend legte Olwyn das Strickzeug zur Seite und stemmte sich hoch. Dann ging sie zum Fenster und holte eine Packung Cornflakes aus der Auslage.

»Wie ich meinem Owen gestern Abend gesagt habe ...« Sie reichte Bethan den Karton. »Es war zu erwarten.«

»Was?«, fragte Bethan, nahm die Packung und überlegte, dass es vermutlich keinen Zweck hatte, nach Mandelmilch zu fragen.

»Dass Nelli Evans' Enkelin genauso wäre wie Nelli Evans.«

»Bitte?«

»Allüren und vornehmes Getue und zum Essen irgendein modischer Quatsch.« Sie schnaubte verächtlich. »Aber wenigstens erweisen Sie mir die Ehre, anders als Ihre Großmutter. Die hat nie einen Fuß in meinen Laden gesetzt, wenn sie zu ihren königlichen Stippvisiten hergekommen ist. Aber ich habe sie vorbeigehen sehen.« Olwyn deutete auf das Fenster. »Unsereins war nicht mehr gut genug für sie. Ja, so war sie mit ihrer Ausbildung und ihrem Job in dieser Schule von Lady Evelyn *und* einem Engländer als Ehemann.« Olwyn reckte einen Wurstfinger hoch und wedelte damit in der Luft. »Aber wie ich schon zu Owen sagte, glaubt nicht, ich wüsste nicht mehr, wie es mit Nelli Evans angefangen hat: Karotten in der Spüle schrubben, Nachttöpfe leeren. Ich war dort, ich hab's gesehen – nutzlos war sie. Sie konnte nicht mal die Briefe von ihrem Schatz lesen und war darauf angewiesen, dass Lady Evelyn ihr vorlas, was er geschrieben hat. Sogar als Kind habe ich verstanden, wie unpassend das war.« Olwyn schlurfte zum Kühlschrank und holte die einsame Orange heraus. »Ich wusste, was los war. Wie ich gestern Abend zu Owen sagte, mir konnten sie keinen Sand in die Augen streuen.«

»Wer?«, fragte Bethan. »Was war los?«

Olwyn schürzte die Lippen und legte die Orange in eine gestreifte Plastiktüte. »Owen wird es Ihnen sagen. Ich halte nichts von dem Getratsche.«

»Ich brauche keine Orange«, sagte Bethan.

Olwyn ignorierte sie, nahm ihr den Kaffee und die Cornflakes aus der Hand und packte beides in die Tüte zu der Orange. »Das macht zwölf Pfund fünfzig und eine Spende von fünf Pence für die Tüte.« Olwyn hielt ein Glas mit Münzen hoch und schüttelte es.

»Du lieber Himmel«, entfuhr es Bethan. »Das ist eine Menge Geld.«

»Kaufen Sie oder lassen Sie es.«

Bethan dachte an Mal. Der würde eine Tasse Kaffee brauchen, wenn er die lange Fahrt hinter sich hatte, und selbst wenn sie zum Abendessen ausgingen, benötigten sie doch etwas für das Frühstück am nächsten Morgen. Bethan zog eine Zwanzig-Pfund-Note aus der Tasche und gab sie Evelyn, als die Glocke über der Ladentür klingelte.

Toms Frau und Tochter kamen herein. Das kleine Mädchen sah aus, als hätte es geweint.

»Guten Morgen, Sarah, guten Morgen, Tilly. Lutscher, richtig?«, sagte Olwyn, watschelte zum Tisch und schraubte den Deckel von dem großen Glas.

»Lieber nicht«, erwiderte Sarah. »Ich habe Tilly gerade mit Bauchweh aus der Schule geholt. Ich brauche nur ein Pint Milch, um es Tom in die Praxis zu bringen.«

»Bitte, darf ich einen Lutscher haben?«, bettelte Tilly. »Mir geht es jetzt schon viel besser.«

Sarah sah das kleine Mädchen streng an. »Ich habe das Gefühl, dein Bauchweh hat mal wieder der Buchstabiertest ausgelöst.«

Tilly wickelte sich das Ende eines ihrer Zöpfe um die Finger, und ihr hübscher Rosenblütenmund verzog sich zu einer Schnute. Olwyn sagte etwas auf Walisisch zu Sarah. Die legte achselzuckend den Arm um Tillys Schultern.

»Ich muss gehen«, sagte Bethan. »Mein Freund ist von London aus auf dem Weg hierher.«

Olwyn musterte Bethan vom Scheitel bis zur Sohle und reichte ihr wortlos die Tüte mit ihren Einkäufen.

»Geben Sie mir mein Wechselgeld?«, fragte Bethan.

Unter stetem Seufzen und Brummen schlurfte die alte Frau zu einer Metallbüchse auf dem Tisch neben ihrem Lehnstuhl und kam mit einer Fünf-Pfund-Note zurück.

»Ich glaube, es müssten sieben Pfund fünfundvierzig sein«, bemerkte Bethan, woraufhin Olwyn grollend zu der Büchse zurückkehrte und mit den fehlenden Münzen wiederkam. Dabei sprach sie Walisisch mit Sarah, bedachte Bethan mit einem spitzen Blick und schüttelte den Kopf.

Als Bethan die Tür hinter sich schloss, hörte sie Olwyn den Namen *Nelli Evans* sagen, und dann, auf Englisch: »Nicht überraschend, nicht wahr?«

Evelyn

Tom war spät dran.
Wie üblich.
Er hatte gesagt, dass er sie gleich nach der morgendlichen Sprechstunde abholen würde. Die aber war um zwölf Uhr zu Ende, und auf dem Fernseher in der Ecke des Krankenzimmers liefen bereits die Ein-Uhr-Nachrichten. Er konnte von Aberseren bis Bangor doch wohl keine Stunde brauchen.

Die Frau mit dem violetten Haar war eine Stunde zuvor entlassen worden. Ein über und über tätowierter Mann war gekommen, um sie abzuholen. Sie hatte ihn Brick genannt und gefragt, ob er ihre Zigaretten dabeihabe.

»Ich nehme an, Sie warten auch schon sehnsüchtig auf mein Bett«, sagte Evelyn zu der Schwester, die am frei gewordenen Nachbarbett die Laken abzog.

»Hoffentlich bin ich bald weg, damit Sie es jemandem geben können, der der medizinischen Versorgung mehr bedarf als ich.«

»Nur keine Sorge, Lady Evelyn«, entgegnete die Schwester fröhlich. »Heute ist es ruhig. Sie können bleiben, so lange Sie wollen.«

Evelyn sah zum hundertsten Mal zur Tür. Tom sollte ihr etwas zum Anziehen mitbringen. Sie hoffte, er hatte es nicht vergessen. Sie hatte ihm gesagt, er solle Bethan bitten, ihm dabei zu helfen, etwas für sie herauszusuchen. Sie wollte nicht in Bademantel und Nachthemd nach Hause gehen müssen; es war schlimm genug, dass sie kein Make-up hatte.

Die Tür öffnete sich, und Evelyn setzte sich auf, aber es war nur ein unglaublich junger Arzt in einem weißen Kittel.

Er trat an Evelyns Bett, ohne sie direkt anzusehen, ein Verhalten, das sie an Howard erinnerte.

»Ich habe die Ergebnisse Ihres EKGs.« Sein Adamsapfel hüpfte, als er schluckte. »Sie haben eine leichte Arrhythmie. Es ist vermutlich nur ein leichtes Vorhofflimmern, aber Sie benötigen Medikamente.«

»Ich verstehe kein Wort«, entgegnete Evelyn. »Wollen Sie damit sagen, dass ich noch länger hierbleiben muss?«

Die Schwester kam herüber und tätschelte Evelyns Schulter.

»Es gibt nur ein kleines Problem mit Ihrem Herz, es schlägt ungleichmäßig. Aber keine Sorge, Sie können heute nach Hause gehen, und Sie haben ja diesen netten Hausarzt, der wird sich um die nötigen Untersuchungen und Tabletten kümmern, die Sie brauchen, damit Sie sich wieder besser fühlen.«

Evelyn sah die Schwester an. »Aber ich fühle mich so stark wie ein Ochse.«

»Gut.« Die Schwester griente. »Dann hoffen wir mal, dass Sie sich noch lange so fühlen werden.«

»In Ihrem Alter ist Vorhofflimmern nicht überraschend«, bemerkte der Arzt. »Und natürlich gibt es noch eine Vielzahl anderer geriatrischer Beschwerden, die im Zuge einer genaueren Untersuchung ans Licht kommen könnten.«

»Vielen herzlichen Dank«, kommentierte Evelyn. »Sie wissen wirklich, wie man ein Mädchen glücklich macht.«

Der Arzt nickte kurz und verließ das Zimmer. Die Schwester folgte ihm.

Evelyn hob einen Arm. Er fühlte sich schwer an. Ihre Fingerspitzen schauten aus dem Gips hervor. Sie legte sie auf ihre Brust und tastete durch das Nachthemd nach ihrem Herzen. Sie konnte es schlagen fühlen – schwach, aber gleichmäßig. Alles *schien* ganz normal zu sein.

Evelyn erinnerte sich an jene Zeit, in der sie wirklich geglaubt hatte, ihr Herz wäre gebrochen. Der Schmerz war so enorm gewesen; sie hatte sich danach gesehnt zu sterben. Vielleicht hatte ihr Herz damals Schaden genommen? Vielleicht war es die ganze Zeit gebrochen gewesen. Vielleicht war es schon vor über siebzig Jahren aus dem Takt geraten.

Bethan

Als Bethan Olwyns Laden verließ, stellte sie überrascht fest, dass der Himmel nicht mehr düster grau, sondern strahlend blau war, und hier draußen im hellen Sonnenschein erinnerte sie sich plötzlich, wie ihre Großmutter sie einmal genau an dieser Tür grob von einer Auslage mit kunterbunten Wasserbällen weggezogen hatte.

Nein! Du kannst keinen haben, Bethan! Komm mit, nicht stehen bleiben. Nicht einmal hinschauen!!

Bethan war den Tränen nahe gewesen. Das war ihrer Erinnerung nach das einzige Mal, dass ihre Großmutter böse mit ihr gewesen war. Normalerweise war sie immer lustig, nahm sie in die Arme, spielte mit ihr und lachte gern.

Bethan blickte zum Strand; es war Ebbe. Der rosarote Sand zog sich in einem perfekten Halbkreis um die Bucht und funkelte in dem hellen Sonnenlicht. Bethan wusste noch, wie sie mit ihrer Großmutter über diesen Strand gerannt war.

Wer zuerst am Red Rock ist, bekommt ein Eis vom Eiswagen.

Plötzlich hatte Bethan das Bedürfnis, wieder über diesen Strand zu laufen, so wie sie es vor all diesen Jahren getan hatte. Sie überquerte die Straße und kraxelte den grasbewachsenen Damm hinunter, sprang das letzte Stück und landete mit einem dumpfen Geräusch auf dem Sand. Die Flutlinie war mit Muscheln getüpfelt, der Sand vom zurückfließenden Wasser geriffelt.

Auf der anderen Seite der Bucht konnte sie Red Rock sehen, ein klobiger rosafarbener Kalksteinhügel, gekrönt von Twr Du, den Ruinen des großen Wachturms, die angeblich über tausend Jahre alt waren. Sie lief in diese Richtung los und rannte, so schnell sie konnte. Der Wind zerzauste ihr Haar, die Sonne wärmte ihre Wangen, während sie die Tüte mit Lebensmitteln an sich drückte. Am Horizont funkelte die See wie eine Diamantkette, und am Himmel kreisten Möwen und schrien laut, als würden sie den Sonnenschein ebenso sehr genießen wie sie selbst.

Als sie das Ende der Bucht erreicht hatte, erklomm sie den Pfad hinauf auf den Red Rock. Angekommen bei den Ruinen von Twr Du, kletterte sie weiter auf die breiten steinernen Befestigungsmauern, um den spektakulären Ausblick zu genießen: die prachtvollen Berge, die zum Meer hin flacher wurden, die bunten Häuser, der Campingplatz, die bogenförmige Bucht. Sie drehte sich langsam um die eigene Achse, so wie sie es als Kind getan hatte, atmete tief ein und nahm die Schönheit der Umgebung in sich auf. Und genau in diesem Moment hörte sie das Geräusch, das eine neue Nachricht ankündigte. Sie lächelte. Endlich hatte sie ein Netz. Sie zog das Handy aus der Tasche und sah, dass sie von Mal war.

Hi Babe,
wir haben ein Problem mit dem neuen Projekt. Ich werde dieses Wochenende leider arbeiten müssen, um das in Ordnung zu bringen. Deshalb kann ich nicht nach Wales kommen. Tut mir leid. Ich hoffe, du hast einen schönen Geburtstag. xxx

Ihr ganzes Glücksgefühl schwand dahin. Die Sonne schien immer noch, aber ihr war, als wäre plötzlich ein eisig kalter Nebel aufgekommen. Sie las den Text erneut und fragte sich, ob er wohl auch gearbeitet hätte, wenn sie nach Brighton gefahren wären. Plötzlich fiel ihr ein, dass sie die Hotelbuchung stornieren musste. Sie war ziemlich sicher, dass Mal das nicht getan hatte. Sie fand die Buchungsbestätigung in ihren Mails und wählte die angegebene Nummer.

»Hallo, wir hatten ein Zimmer reserviert«, sagte sie, als sich eine weibliche Stimme meldete. »Unter dem Namen Malcolm Wright.«

»Ist alles nach Ihrem Geschmack?«

»Pardon?«

»Ich wollte gerade jemanden mit dem Champagner und dem Föhn, um den Sie gebeten hatten, raufschicken. Werden Sie uns heute zum Abendessen im Restaurant beehren?«

Bethan schlug das Herz bis zum Hals. Ihr war, als würde die Zeit stillstehen. Sie hörte die Möwen und die Wellen nicht mehr, sah die Schönheit der Landschaft nicht mehr und fühlte die Wärme der Sonne nicht länger. Sie wusste nicht, wie viel Zeit vergangen war, ehe sie auf das Display tippte, um den Anruf zu beenden.

Anschließend rannte sie den felsigen Pfad hinunter, lief den Weg, den sie gekommen war, wieder zurück, durch den Ort und weiter hangaufwärts bis Vaughan Court. Erst als sie schon die halbe Auffahrt hinter sich hatte, blieb sie stehen, um mit nun wieder etwas klarerem Kopf über die Nachricht nachzudenken, die sie Mal schicken wollte. *Du verdammter untreuer Dreckskerl, ich hasse dich.* Dann machte sie kehrt und ging zurück zum Red Rock, um die Botschaft abzuschicken.

Evelyn

Die Berge sahen im Sonnenschein wie verwandelt aus. Im hellen Licht warfen sie Schatten über die Schluchten und Täler, während Gipfel und Kämme angestrahlt wurden und einzelne Felsbrocken und Findlinge plötzlich in allen Details zu erkennen waren.

»Wunderschön, nicht wahr?« Das war das Erste, was Tom sagte, seit sie am Krankenhaus losgefahren waren.

Evelyn starrte zum Fenster hinaus. Aus der Ferne sahen die Berge aus wie zerknülltes Papier, aber wenn man näher kam, falteten sie sich auf.

»Als ich zum ersten Mal hierherkam, fand ich, dass es hier aussieht wie auf einem anderen Planeten«, sagte sie. »Es war so anders als London oder Sussex oder irgendein anderer Ort, an dem ich bis dahin gewesen war.«

»Ich kann mir Sie gar nicht woanders vorstellen.« Lächelnd sah sich Tom zu ihr um. »Sie sind genauso sehr ein Teil dieser Landschaft wie die Berge.«

»Schroff und uralt?« Evelyn zog eine Braue hoch.

»Angeln Sie nach Komplimenten, Lady Vaughan?«

»Immer.«

»Tja, in diesem Fall sollte ich Ihnen wohl sagen, dass Sie meiner Ansicht nach eine Aura kultivierter Eleganz in diese Gegend bringen. Eine sprudelnde Quelle literarischen Charmes und aristokratischen Stils in diesen zerklüfteten Felsen und steilen Schieferhängen.«

»Haben Sie getrunken, Doktor?«

Tom lachte.

»Niemals vor der Nachmittagssprechstunde.«

Evelyn lächelte, und dann schwiegen sie wieder. Evelyn dachte daran, wie sie Vaughan Court zum ersten Mal gesehen hatte. Es war der letzte Platz auf Erden gewesen, an den sie sich gewünscht hätte.

Dezember 1942

Das Haus tauchte plötzlich wie aus dem Nichts auf, als der Bentley die von Bäumen gesäumte Auffahrt hinauffuhr. Der Wagen war um eine Biegung gerollt, und da zeichnete es sich hinter kahlen Ästen ab: hohe, gewundene Schornsteine und hoch aufragende rosarote Wände, die in dem schwindenden Licht beinahe so ätherisch zart wirkten wie eine Haut.

Evelyn hatte sich vorgebeugt und aus dem Fenster geschaut, um sich das Haus genauer anzusehen. Es schien einen eigenen Puls zu haben, sie konnte ihn spüren. Sein Herz schlug im selben Takt wie das ihre. Ängstlich und deplatziert fühlte es sich, ganz wie sie selbst. Das Haus schien genauso wenig in dieser wilden, unwirtlichen Gegend sein zu wollen wie sie. Die dunklen Sprossenfenster sahen aus wie tausend Augen, die auf die See hinausstarrten, als träumten sie von einem anderen Leben.

Der Wagen hielt vor einem Portikus, über dem ein großer Steinlöwe wachte. Seine Pfote ruhte auf dem Familienwappen. Evelyn hatte es schon auf dem Briefpapier gesehen, das sie benutzt hatte, um den Hochzeitsgästen für ihre Geschenke zu danken.

Eine kleine Gruppe von Menschen stand steif auf den Stufen, Relikte aus einer anderen Zeit, in der die gesamte Dienerschaft die neue Gemahlin seiner Lordschaft auf Vaughan Court willkommen geheißen hatte.

Als Evelyn aus dem Wagen stieg, fiel ihr zuerst Nelli auf, ein hübsches Mädchen mit roten Locken, das unter ihrer Spitzenhaube hervorlugte. Ihr schwarzes Kleid und die Schürze waren viel zu dünn, um damit in der eisigen, winterlichen Luft zu stehen. Neben ihr stand ein alter Mann mit wettergegerbtem Gesicht und buckligem Rücken, der so aussah, als würde er sich in seiner steifen Butler-Uniform ganz und gar nicht wohlfühlen. Seine schwieligen Hände sahen aus wie die eines Mannes, der eher an die derbe Kleidung der Arbeiter gewöhnt war. Da war auch noch ein junger Mann mit einem leichten Bartschatten über der Oberlippe und einer Jacke, die zu groß für seine schmalen Schultern war. Evelyn hatte es nie geschafft, seinen komplizierten walisischen Namen korrekt auszusprechen, und er hatte sie bald verlassen, um sich den Welch Fusiliers anzuschließen. Unter den Wartenden befand sich auch ein Kind, ein strammes kleines Mädchen in einem Tweedmantel mit dünnen Lippen und müden Augen, das Evelyns Lächeln nicht erwiderte. Und schließlich war da noch eine hochgewachsene Frau, die sich ein wenig abseits von der anderen hielt. Ihre Züge ähnelten denen des Kindes, aber ihre große, hagere Gestalt hatte nichts mit der des stämmigen Kindes gemein. Die Frau hatte schwarzes Haar, das sie zu einem strengen Dutt gebunden hatte. Ihre schmalen Augen musterten Evelyn gleich mehrfach vom Scheitel bis zur Sohle.

»Willkommen, Eure Ladyschaft«, sagte sie. Evelyn wusste nicht so recht, ob sie mit ihr oder ihrer Schwiegermutter sprach.

»Guten Abend«, antwortete Evelyn.

Die Frau trat vor, um Lady Vaughan beim Aussteigen zu helfen.

»Es wird reichen müssen, Mrs Moggs«, hörte Evelyn Lady Vaughan murmeln, als sie sich schwer auf den Arm der Frau stützte. »Das Mädchen wird reichen müssen.«

Evelyn wollte dem Chauffeur sagen, dass er sie nach London zurückfahren solle. Sie würde alles tun, in einem Laden arbeiten, Bier im Pub servieren, sie würde sich auch niemals wieder vor den Sirenen fürchten. Aber der Chauffeur war bereits dabei, ihre Lederkoffer aus dem Kofferraum zu holen und den jungen Mann anzuweisen, sie ins Haus zu bringen. Und in diesem Moment war Evelyns Bedürfnis, ihre Blase zu erleichtern, stärker als ihr Wunsch davonzulaufen. Sie folgte Lady Vaughan und Mrs Moggs in die düstere Eingangshalle, und ihr Blick huschte hin und her auf der verzweifelten Suche nach der jungen Magd, die sie fragen wollte, wo sich die Toilette befand.

Sie hörte die Jungs, ehe sie sie sah. Der Lärm weckte sie am nächsten Morgen, ein Donnern über ihrer Zimmerdecke, dann Kindergelächter, das abrupt verstummte, woraufhin die unheimliche Stille des Hauses sie wieder umfing. Sie zog die schweren Damastvorhänge zurück, um hinauszublicken.

In der Ferne sah sie das graue Meer, Berge, die durch herabsinkenden Nebel purzelten, und eine endlose Reihe krummer und schiefer Bäume. Sie senkte den Blick, schaute direkt nach unten und studierte das komplizierte Muster der Blumenbeete, versuchte, einen Weg durch das Labyrinth zu finden. Alle Wege schienen zu der Statue in der Mitte zu führen, einem Cherub, aus dessen offenem Mund Wasser sprudelte.

Erneut hörte Evelyn das Gelächter, und dann sah sie zwei kleine Jungs in knielangen Hosen und Fair-Isle-Pullovern über den Rasen laufen. Einer hatte hellblonde Engelslocken, der andere trug eine Brille, und sein Haar war so kurz, als ob es abrasiert worden wäre.

Der blonde Junge schaute zum Fenster hinauf und entdeckte Evelyn. Er blieb stehen und winkte. Sie winkte zurück, und dann hielt auch der Junge mit der Brille inne, um seinerseits zu winken.

Plötzlich tauchte die große Frau auf, die, wie Evelyn nun wusste, die Hauswirtschafterin Mrs Moggs war. Sie packte die beiden am Schlafittchen ihrer Pullover und zerrte die stolpernden Knaben über den Rasen außer Sicht. Es sollten zwei Tage vergehen, bis Evelyn sie wiedersah. Und als es so weit war, hatte man dem blonden Jungen seine Engelslocken abrasiert, und beide hatten blaue Flecken an den Beinen.

Sie war ihnen in einem der Gewächshäuser begegnet, als sie wieder einmal ziellos über das Gelände gewandert war. Zum ersten Mal hatte sie den ummauerten Garten betreten, das erste Mal die lange Reihe der Gewächshäuser vor der fernen Ziegelmauer gesehen. Die Jungs hatten sich neben eines der kahlen Hochbeete gekauert, und Evelyn hatte die farbenfrohen Pullover durch das Glas gesehen.

»Was macht ihr hier?«, hatte sie gefragt, als sie durch die klapprige Holztür eingetreten war.

»Wir verstecken uns, Miss«, hatten sie im Chor geantwortet.

»Vor wem?«, wollte sie wissen.

»Vor den Gerrys«, informierte sie der Ältere, und Evelyn erkannte den Liverpooler Akzent in seinen Worten. »Da ist ein Junge in der Schule, der sagt, er hat sie letzte Nacht in der Bucht landen sehen.«

»Wir haben Gewehre«, verkündete der Junge mit der Brille und zeigte auf die Bambusrohre in ihren Händen.

»Wir locken sie in die Falle, wenn sie vorbeikommen«, informierte sie der ältere Junge.

»Braucht ihr Hilfe?«, fragte Evelyn. »Ich habe früher mit dem Luftgewehr meines Bruders auf Dosen geschossen. Ich war sehr gut.«

Feierlich überreichte der ältere Junge Evelyn ein weiteres Bambusrohr, und sie hockten zusammen hinter der Mauer, bis es beinahe dunkel war.

Bis dahin wusste Evelyn, dass sie Billy und Peter hießen und acht und neun Jahre alt waren. Sie waren aus Liverpool evakuiert worden und lebten schon fast zwei Jahre auf Vaughan Court.

»Sie will uns nicht hier haben«, sagte Billy und deutete mit einem Nicken auf das Haus.

»Lady Vaughan?«, fragte Evelyn.

Billy schüttelte den Kopf.

»Nein, Mrs Moggs. Der Quartiermacher hat sie dazu verdonnert, uns zu nehmen. Wir waren die Einzigen, die übrig waren.«

Evelyn erfuhr, dass ihre Mutter, ihr Vater und ihre kleine Schwester ein Jahr vorher bei einem Luftangriff ums Leben gekommen waren, ein direkter Treffer auf die Reihenhäuser in Bootle.

»Unser Dad war auf Urlaub daheim«, erklärte der Jüngere.

»Sollte am nächsten Tag zurück zu seinem Regiment«, fügte Billy, der Ältere, hinzu.

»Unsere Schwester haben wir gar nicht kennengelernt«, berichtete Peter still.

Evelyn erzählte ihnen von der Bombe, die die Wilton Crescent getroffen hatte, und von ihrer Familie und den Hunden.

»Pech«, sagten Billy und Peter im Chor.

Evelyn fragte sie nach ihren Haaren.

»Sie denkt, wir hätten Läuse«, erklärte Billy.

»Haben wir aber nicht«, fügte Peter hinzu. »Nicht seit wir hergekommen sind.«

»Komm«, sagte Billy und stand auf. »Wir gehen besser zum Abendessen rein, sonst schimpft Mrs Moggs nur wieder mit uns, wir seien *bechgyn drug.*«

»*Bechgyn drug*?« Evelyn sah Billy fragend an.

»Das bedeutet, böse Jungs.« Billy verdrehte die Augen.

»Sprechen Sie das Kauderwelsch nicht?«, fragte Peter und sah Evelyn aus ernsten Augen an.

»Welches Kauderwelsch?«

»Walisisch«, sagte Billy. »Das sprechen die hier alle.«

Und dann fingen er und Peter zu singen an:

»*Mi welais Jacy do*
Yn eistedd ar ben to,
Het wen ar ei ben,
A dwy goes bren,
ho ho ho ho ho ho!«

Evelyn lachte.

»Ich fürchte, ich spreche gar kein Walisisch.«

»Wir bringen es Ihnen bei«, sagte Billy und zog seinen Bruder am Arm hoch. »Morgen, nach der Schule. Wir treffen uns hier. Wir fangen mit den Zahlen an.«

Und so hatten sie sie unterrichtet, Zahlen, Tage der Woche und die Namen diverser Gegenstände, und Nelli hatte auch mitgeholfen, sodass Evelyn bis zum Frühjahr imstande war, ein einfaches Gespräch zu führen. Wenn Nelli ihr des Abends die Haare bürstete, dann sprach Evelyn Walisisch mit ihr, fragte sie nach ihrem Tag, nach ihrem Liebsten Lloyd und danach, was sie machen wollten, wenn der Krieg erst zu Ende wäre. Evelyn half Nelli beim Lesen der Briefe, die sie von Lloyd bekam. Sie las die walisischen Worte vor, auch wenn sie oft nicht verstand, was sie bedeuteten. Nelli lachte über ihre Aussprache, und dann erklärte sie Evelyn, wie das jeweilige Wort richtig ausgesprochen wurde und was es bedeutete, nur manchmal weigerte sie sich, das, was Evelyn gerade vorgelesen hatte, für sie zu übersetzen.

»Das ist ein bisschen zu persönlich, Lady Evelyn.«

»Ich verstehe.« Evelyn zog dann die Brauen hoch, und Nelli lief rot an, und am Ende kicherten beide, bis es für Nelli Zeit wurde, wieder nach unten in die Küche zu gehen und ihre Pflichten zu erfüllen.

Nelli erzählte ihr auch Geschichten, uralte keltische Legenden über Könige und Königinnen, hingemetzelte Hunde und mythische Vögel.

Evelyn gefiel besonders die Geschichte von Branwen, einer walisischen Prinzessin, gefangen in einer unglücklichen Ehe mit dem König von Irland. Sie brachte einem Star das Sprechen bei, damit er nach Wales flöge und Branwens Bruder, der ein Riese war, von ihrem Elend berichtete. Daraufhin watete ihr Bruder durch die Irische See, um sie zu retten und heimzuholen. Evelyn wünschte, sie hätte einen riesigen Bruder, der kommen und sie aus ihrem Elend erlösen würde.

Von der Zeit abgesehen, die sie mit den Jungs oder Nelli verbrachte, gab es für Evelyn auf Vaughan Court nichts zu tun, als zusammen mit Lady Vaughan im Salon zu bibbern oder über das Gelände zu streifen, bis das nächste trostlose Essen serviert wurde. Manchmal kamen der Vikar und seine langweilige kleine Frau zum Nachmittagstee, aber davon abgesehen war ein Tag wie der andere.

Und es regnete. Ununterbrochen während der ersten vier Monate. Dann gab es um Ostern herum ein paar schöne Tage, ehe es bis Juni weiterregnete. Evelyn war ständig kalt, und ihre

Kleidung war immer ein wenig klamm. Nie gab es eine Gelegenheit, ein Sommerkleid anzuziehen oder wenigstens auf den Pullover zu verzichten. Doch dann war der Juli gekommen, und der war prächtig gewesen. Sie war im Meer geschwommen und von den Klippen am Fuß des Red Rock ins Wasser gesprungen, hatte auf dem Sand gelegen und die warmen Sonnenstrahlen in sich aufgesaugt. Sie hatte auch Billy und Peter ermuntert, sie zu begleiten, und mit einigem Erfolg versucht, ihnen das Schwimmen beizubringen.

Dann hatte Evelyn einen Brief von Howard aus London erhalten.

Liebling,
Mutter ist verstimmt. Sie schrieb, um mir zu sagen, dass du mit den evakuierten Jungs im Meer geschwommen bist und dich in deinem Badeanzug an den Strand gelegt hast. Bitte lass so etwas in Zukunft sein. Es gehört sich nicht, sich so zur Schau zu stellen.
Dein Howard

Evelyn hatte den Brief in hundert Stücke zerrissen, aber sie war in diesem Sommer nicht mehr an den Strand gegangen. Stattdessen hatte sie die langen, heißen Nachmittage allein an dem Teich zugebracht, den Lady Vaughan einen See nannte, die nackten Beine vom Steg baumeln lassen und das trübe Wasser getreten, während sie sich fragte, ob sich in ihrem Leben auf Vaughan Court je irgendetwas ändern würde.

Es war einer dieser nutzlosen Nachmittage, als Evelyn zum ersten Mal die Flugzeuge sah. Zwei von ihnen flogen über sie hinweg, große grüne Drachen, die am Sommerhimmel segelten.

Evelyn hatte von dem Luftstützpunkt gehört und eine Gruppe amerikanischer Flieger gesehen, als sie einen Zahnarzt in Conway aufgesucht hatte. Sie hatte sie durch das Fenster des

Bentley beobachtet, als sie an den Mauern der alten Burg vorbeigefahren waren. Die schlanken Flieger mit den langen Beinen stolzierten prahlerisch umher. Ihre Uniformen waren perfekt gebügelt, das Haar geölt und glänzend. Sie beobachtete, wie sie zwei Mädchen auf der anderen Straßenseite zuwinkten, was diese mit einem Kichern quittierten. Evelyn verdrehte sich den Hals, um zu sehen, wie es weiterging, aber der Bentley war bereits auf der Brücke, um sie nach Vaughan Court zurückzubringen, und sie verlor sie aus den Augen.

»Jetzt ist es nicht mehr weit«, riss Toms Stimme sie aus ihren Erinnerungen, und Evelyn stellte fest, dass sie inzwischen schon das Tor von Vaughan Court erreicht hatten.

»Da ist Bethan«, sagte Tom und wurde langsamer, und Evelyn erkannte die langen roten Locken und den schlammbespritzten Regenmantel. Sie hatte eine der dünnen Einkaufstüten aus Olwyns Laden dabei.

Tom fuhr an den Straßenrand und kurbelte das Fenster herunter.

»Wo ist dein netter junger Mann?«, rief Evelyn vom Beifahrersitz aus.

Bethan zuckte mit den Schultern und schüttelte den Kopf.

»Er ist nicht nett, er ist ein Arschloch.«

Dann schlug sie die Hände vors Gesicht und fing an zu weinen.

Kapitel 10

Bethan

Tom hatte Feuer gemacht. Bethan zog den Regenmantel aus und setzte sich auf die Kante des Chintzsofas vor dem Kamin.

»Geben Sie ihr ein Kissen«, bat Evelyn ihn von ihrem großen Lehnsessel aus. »Etwas Warmes und Weiches zum Anlehnen.«

Tom griff zu seinem gelben Samtkissen und reichte es Bethan. Er sah sie an, und Bethan wusste nicht recht, ob sich in seinen Augen Verlegenheit oder Mitleid spiegelte.

Sie *war* verlegen. Sie hasste es, vor anderen Leuten zu weinen, aber sie hatte die Tränen nicht zurückhalten können.

»Ich gehe und hole uns allen eine Tasse Tee«, sagte er.

»Zucker«, rief Evelyn ihm nach, als er den Raum verließ. »Das arme Mädchen hat einen fürchterlichen Schock erlitten.«

»Mir geht es gut.« Bethan starrte das Kissen in ihren Händen an. »Ich glaube, irgendwie habe ich schon eine Weile den Verdacht gehabt, dass Mal eine andere hat, ich wollte es mir wohl nur nicht eingestehen.«

»Tom, bring Taschentücher mit«, rief Evelyn daraufhin. »Oder eine Rolle Klopapier, falls die Packung leer ist.«

»Mach dir um mich keine Gedanken«, bat Bethan. »Ich werde nicht mehr weinen. Außerdem soll ich eigentlich nach dir sehen.«

»Scheiß drauf.« Evelyn wedelte mit einer eingegipsten Hand.

»Jetzt, da ich zu Hause bin und wieder in meinem Lieblingssessel sitze, fühle ich mich pudelwohl. Du wirst ganz sicher darüber hinwegkommen. Liebeskummer ist wie Trauer, er braucht seine Zeit. Aber anders als bei Trauer hast du den Vorteil, begreifen zu können, dass dein Mann ein Idiot ist und du nicht die Liebe deines Lebens verloren hast, sondern dass du das Glück hast, entkommen zu sein, bevor du deine besten Jahre verwendet hast an einen totalen …«

»Affen«, beendete Bethan den Satz.

Evelyn runzelte tadelnd die Stirn.

»Ich denke, wegen dieses schrecklichen Kerls sollte man nicht gleich eine ganze Tierart in Verruf bringen. Das haben die Affen nicht verdient.«

»Was schlägst du vor?«

»Vollpfosten.«

»Vollpfosten?«

»Ja. Das habe ich in einer Fernsehsendung gehört, als jemand über den Premierminister gesprochen hat. Ist das nicht ein wunderbar passendes Wort?«

Bethan zuckte mit den Schultern. »Klingt nach jemandem, der ziemlich dumm ist.«

»Ja, genau! Zu dumm, um zu begreifen, was für ein wunderbares Mädchen bereits an seiner Seite war!«

Bethan strich mit dem Finger über den gelben Samt des Kissens.

»Es wird wehtun«, fuhr Evelyn fort. »Aber ich kann dir jetzt schon sagen, dass du das hinter dir lassen wirst. Hättest du ihn wirklich geliebt, dann würdest du nicht aufrecht hier auf dem Sofa sitzen. Du würdest dort oben auf diesem Felsen, auf dem du es herausgefunden hast, im Staub liegen und außer dem Schmerz in deinem Inneren nichts mehr wahrnehmen. Du würdest tief im Herzen eine sengende, schreckliche Qual empfinden, und du würdest deinen gemeinen Körper für jeden Atemzug verfluchen, den er tut, denn alles, was du dir wünschen würdest, wäre zu sterben.«

»Du hörst dich an, als wüsstest du, wie sich das anfühlt.« Bethan betrachtete ein Foto auf dem Kaminsims. Es zeigte einen Mann in Uniform mit langem Hals und schmalem Oberlippenbart, daneben ein Mädchen in einem grauen Kostüm mit einem adretten kleinen Hut auf dem Kopf. Sie wusste, dass Evelyn und Howard sehr lange verheiratet gewesen waren, aber ihr war nie in den Sinn gekommen, dass Evelyn sich nach seinem Tod so leer gefühlt haben konnte. Sie drehte sich zu Evelyn um.

Die ältere Frau sah plötzlich sehr müde und blass aus. Sie schien auch ein wenig zu zittern, während sie in das flackernde Feuer starrte.

»Ist dir kalt?«, fragte Bethan. »Hättest du gern eine Decke?«

Als Evelyn nicht antwortete, stand Bethan auf und zog die Überwurfdecke von der Armlehne des Sofas, legte sie der alten Dame über den Schoß und steckte sie an Beinen und Füßen fest.

Evelyn wandte sich von den Flammen ab und sah Bethan in die Augen.

»Ich würde dir ja gern sagen, du sollst dich verziehen, und dass ich nicht so alt bin, dass ich eine Decke über meinen Beinen brauche, aber ich friere tatsächlich ein bisschen.« Sie lächelte, worauf Bethan es wagte, ihre Schulter zu tätscheln.

»Danke«, sagte Bethan. »Danke für dein Mitgefühl und danke für deine weisen Worte.«

Evelyn lachte.

»Na ja, ich bin alt genug, um ein bisschen Wissen über das Leben angesammelt zu haben, und ich weiß, dass die hinreißende Enkelin meiner besten Freundin Nelli Evans etwas Besseres verdient als diesen Mop oder Map oder wie er auch heißt.«

»Mal«, sagte Bethan.

»Kurz für malade, nehme ich an«, schnaubte Evelyn.

»Mal, der kränkelnde Vollpfosten.« Bethan brach in Gelächter aus.

»So ist's recht.« Evelyn grinste sie an. »Wer will schon so einen Mann haben?«

Evelyn

Die Fotoalben boten eine wunderbare Abwechslung.

»Es hat doch keinen Sinn, auf dem Sofa zu hocken und Trübsal zu blasen«, hatte Evelyn zu dem Mädchen gesagt, nachdem Tom zu seiner Nachmittagssprechstunde aufgebrochen war. »Wir können ebenso gut mit diesem Interview anfangen, das du machen willst. Wenn ich es recht verstanden habe, willst du mehr über mein Leben erfahren.« Evelyn hob die Hand und zeigte auf einen hohen Bücherschrank. »Da drüben im unteren Fach sind ein paar Fotoalben, geh und hol das, das mit 1946 bis 1950 datiert ist, und dann erzähle ich dir, wie ich zum Schreiben gekommen bin.«

»Wir müssen das nicht jetzt machen«, sagte Bethan. »Du bist doch vermutlich sehr müde.«

»Nein«, erwiderte Evelyn. »Gar nicht.«

Bethan ging zum Bücherschrank, und Evelyn sah zu, wie sie sich auf die Knie niederließ und eine Reihe von ledergebundenen Alben durchging. Ihre Bluse sah wirklich hübsch aus. Evelyn war ziemlich sicher, dass das eine Original-Biba war.

»Sie sind nicht geordnet«, rief Evelyn dem Mädchen zu.

Bethan fing an, die eingeprägten goldenen Inschriften auf den Rücken vorzulesen.

»Scilly Isles, 1952; Korfu, 1970; Oak Hill, 1973-1986; Roberts Bilder 1978-1980; Gartenparty zur königlichen Hochzeit 1981; Oak Hill, Eröffnungsfeier 1958. Ah, da ist es. Vaughan Court, 1946-1950. Das ist das dickste von allen.«

Sie brachte es zu Evelyn, die auf die Armlehne des Sessels klopfte.

»Setz dich doch hier drauf.«

Bethan ließ sich auf der breiten, gepolsterten Lehne nieder.

»Du musst die Seiten umblättern.« Evelyn hielt ihre eingegipsten Hände hoch.

Bethan beugte sich vor und schlug das Album auf, und ihr Blick fiel auf eine ganze Reihe von kleinen, quadratischen Fotos, allesamt Aufnahmen der endlosen Berge, die Howard mit seiner alten Boxkamera gemacht hatte, wenn sie ihn in seinem Rollstuhl durch den Garten geschoben hatte.

Evelyn konnte das Shampoo in Bethans Haar riechen; es erinnerte sie so sehr an Nellis, und sie entdeckte die gleiche Ansammlung von Sommersprossen auf der Nase und den hohen Wangenknochen des Mädchens. Nelli war hübsch gewesen, aber Bethan war eine Schönheit, auch wenn Evelyn bezweifelte, dass ihr das klar war. Plötzlich stieg Wut auf diesen dummen Kerl in ihr auf, der in Brighton mit einer anderen Champagner trank. Sie erinnerte sich, wie sie sich vor langer Zeit gefühlt hatte, als sie den Brief in Howards Tasche gefunden hatte: Schock, Zorn und dann, am Ende, Resignation.

»Alles in Ordnung?«, fragte Bethan.

Evelyn holte tief Luft.

»Mir geht es prächtig. Blätter weiter, bis du etwas findest, das aufregender ist als diese langweilige Aussicht.«

Bethan tat wie geheißen.

»Hier bin ich einundzwanzig«, sagte Evelyn und zeigte auf ein Foto von sich. »Ich hatte gerade meinen ersten Roman fertiggeschrieben und war ziemlich zufrieden mit mir.«

»Du siehst so jung aus.« Bethan studierte das schwarz-weiße Studiofoto.

»Ich war jung. In jenen Tagen war ich jung genug, um Tag und Nacht zu schreiben.«

»Du musst ziemlich erschöpft gewesen sein.«

»Wenn man einundzwanzig ist, ist Schlaf einem nicht so wichtig, oder?«

»Ich kann dir jedenfalls versichern, dass ich mit einundzwanzig nachts auch nicht immer geschlafen habe.« Bethan lachte und blätterte weiter. Das nächste Foto zeigte die junge Evelyn, die auf einem Heuballen neben einem Stapel gebundener Bücher saß, einen Stift in der Hand.

»Das wurde bei der hiesigen County Show aufgenommen.« Evelyn lächelte. »Ich saß ungefähr einen Meter von dem Preisbullen aus Harlech entfernt. Man hatte mich gebeten, die Show zu eröffnen, nachdem mein erstes Buch veröffentlicht worden war.«

»Was hat dich zum ersten Buch inspiriert?«

»Geld«, antwortete Evelyn.

»Wirklich?« Bethan sah überrascht aus.

»Damit hast du nicht gerechnet, was?«

»Na ja, ich dachte ...« Bethan machte eine Geste, die den großen Raum umfasste. »Ich dachte, du hättest Geld gehabt.«

»Nein.« Evelyn schüttelte den Kopf. »Am Ende des Krieges war nichts mehr übrig. Howard war ein schrecklich schlechter Geschäftsmann und hat sein Geld ständig falsch investiert. Er hat alles verloren, was ich von meiner Familie geerbt hatte. Als der Krieg zu Ende war, saß ich mit einem Ehemann im Rollstuhl, einem Baby mit Down-Syndrom, das ich versorgen musste, einer ältlichen Schwiegermutter und absolut nichts auf der Bank in einem sehr großen Haus in Wales. Ich musste mir etwas einfallen lassen, um uns alle über Wasser zu halten.«

»Wie bist du auf die Idee gekommen, dass Schreiben eine Lösung sein könnte?«

»Ich habe mir immer gern Geschichten ausgedacht, und ich hatte im *Woman's Journal* einen Artikel über Georgette Heyer gelesen. Dort stand, sie hätte in jenem Jahr mehr Bücher verkauft als irgendjemand sonst. Frauen brauchten nach dem Krieg ein bisschen heile Welt und Flucht aus dem Alltag, und eine Romanze, die in der Regency-Epoche spielte, war genau das, wonach sie sich sehnten – keine Spur von Bomben, Rationierungen und all den Schrecken, die aus den Konzentrationslagern in Europa ans Licht kamen.«

»Woher wusstest du so viel über die Regency-Epoche?«, erkundigte sich Bethan.

»Ich bin in Cheltenham zur Schule gegangen und habe mit zwölf *Jahrmarkt der Eitelkeiten* im Kino gesehen. Der Film hat damals einen großen Eindruck auf mich gemacht. Und gelebt habe ich mit dem hier.« Mit einem Nicken deutete Evelyn auf das große Gemälde von einem Mann und einer Frau, das über dem Kamin hing. »Es ist nicht schwer, sich ein wenig Leidenschaft zwischen den beiden vorzustellen. Dieser spezielle Lord Vaughan war ein Freund von Nelson, und die Gerüchte besagen, dass der Admiral und Emma Hamilton einmal ein heimliches Schäferstündchen hier auf Vaughan Court genossen haben.«

Bethan starrte das Bild an, und eine gute Minute zog dahin, ehe sie wieder etwas sagte. »Hast du niemals überlegt, von hier wegzuziehen?«

Evelyn schloss die Augen. »Das waren andere Zeiten«, sagte sie, schlug die Augen wieder auf und drückte die Schultern durch. »Howards Lösung für die finanziellen Probleme lautete, das Landhaus meiner Familie zu verkaufen. Auch wenn es in Sussex war und leer stand, war Oak Hill in meinem Herzen immer noch mein Zuhause, meine Verbindung zur Vergangenheit. Glücklicherweise war es auf meinen Namen im Grundbuch eingetragen, und ganz egal, wie viel Druck er ausübte, ich hätte einem Verkauf nie zugestimmt.«

»Also hast du stattdessen Bücher geschrieben.«

Evelyn nickte. »Ja, und als ich eines geschrieben hatte, dachte ich, ich könnte auch noch eines schreiben und dann noch eines.« Sie lächelte. »Es sind zu viele, um sie zu zählen.«

»Du hast in siebzig Jahren beinahe fünfzig geschrieben.«

»Gütiger Gott!«, rief Evelyn aus. »So viele? Ich nehme an, die Zahl stammt aus Wikipuddles oder wie das heißt.« Sie schnaubte missbilligend. Aber natürlich wusste sie, dass es beinahe fünfzig waren. Ihr Verleger wartete darauf, dass sie das fünfzigste bis Ende des Sommers ablieferte – es sollte als spezielle Jubiläumsedition vermarktet werden, zusammen mit Nachdrucken all ihrer früheren Romane, die rechtzeitig zu Weihnachten vorliegen sollten. Evelyn bemühte sich, nicht an das Manuskript im Obergeschoss zu denken, das noch weit von der Fertigstellung entfernt war.

»Sie stehen bei meiner Mutter in einem eigenen Regal«, berichtete Bethan. »Sie hat Grannys Ausgaben geerbt und alle neueren selbst gekauft. Sie ordnet sie nach den Jahren, in denen sie erschienen sind, angefangen mit *Die widerspenstige Herzogin* bis hin zu *Das Vermächtnis des Barons* aus dem vergangenen Jahr.«

Auf Evelyns Gesicht zeigte sich ein Ausdruck von Rührung.

»Ich hatte keine Ahnung, dass Maggie meine Bücher kauft. Ich hätte ihr gern welche geschickt.« Sie schaute in die Flammen. »Deiner Großmutter habe ich immer eine signierte Erstausgabe geschenkt.«

»Mum sagt, du hast Granny das Lesen beigebracht.«

»Ja, das habe ich. Als Nelli angefangen hat, hier zu arbeiten, kannte sie noch nicht einmal das Alphabet. Ich glaube, in der kleinen Schule im Dorf hat man sich einfach nicht die Mühe gemacht, ihre Probleme zu verstehen. Heutzutage hätte man die Dyslexie bei ihr schnell diagnostiziert, aber damals hat man sie einfach als Einfaltspinsel abgestempelt.« Traurig schüttelte Evelyn den Kopf, doch dann hellte sich ihre Miene wieder auf. »Aber sieh dir nur an, wie gut sie am Ende dastand, ein Lehrerdiplom und eine erfolgreiche Karriere. Ohne ihre Hilfe hätte ich niemals anfangen können, irgendwelche Bücher zu schreiben.«

Die Flammen schienen Nellis Bild vor Evelyns innerem Auge

heraufzubeschwören, ihre wilden roten Locken, ihre lebhafte Art, die Heiterkeit, mit der sie gesprochen hatte, die Fröhlichkeit in ihren funkelnden grünen Augen. Diese Lebendigkeit hatte sie verloren, als Lloyd gestorben war, aber sie war zurückgekehrt, dafür hatte Klein-Robert gesorgt.

»Wieso hat sie dir geholfen, Bücher zu schreiben?«, hakte Bethan nach.

»Deine Großmutter hat sich um Robert und Howard und Lady Vaughan gekümmert, während ich mich mit der Schreibmaschine eingeschlossen habe.« Evelyn wandte sich von den Flammen ab und sah Bethan an. »Sie war wundervoll. Nie hat sie sich beklagt – und mein Mann und seine Mutter waren nicht gerade einfach.«

»Granny hat Robert geliebt.«

Evelyn lächelte.

»Ja, das hat sie. Sie hat ihn behandelt wie jedes andere Baby. Für sie hatte er das gleiche Recht, geliebt und versorgt zu werden wie die sogenannten ›normalen‹ Kinder. Und genauso ist sie mit all den anderen Kindern und jungen Erwachsenen in Oak Hill umgegangen.« Sie signalisierte Bethan, sie möge weiterblättern, und als Nächstes sahen sie ein Foto von Nelli und Robert, die Seite an Seite auf dem Rasen saßen. Robert hielt Nelli eine Blume hin, und sie beugte sich vor, um sie zu nehmen. Auf ihrem Kopf thronte bereits ein Kranz aus Gänseblümchen. »Da siehst du, wie gut sich die zwei verstanden haben.«

»Wer ist das?« Bethan betrachtete ein kleines sepiafarbenes Foto, das aus dem Album gefallen war, und reichte es Evelyn. Es zeigte eine junge Frau in einem geblümten Kleid, die ein Bündel auf den Armen hielt, so winzig, dass es eine Puppe hätte sein können.

»Das bin ich mit Robert am Tag seiner Taufe.«

Bethan studierte es eingehender.

»Du siehst so traurig aus.«

Evelyn zuckte mit den Schultern. Inzwischen taten ihr ihre Handgelenke doch etwas weh.

»Wahrscheinlich war ich besorgt wegen der Tauffeier; es fehlte Butter für die Scones oder Zucker für den Tee des Pfarrers oder irgendetwas anderes. Ich weiß es nicht mehr. Lebensmittel waren immer noch rationiert, obwohl der Krieg schon seit beinahe einem Jahr vorbei war.« Wieder gab sie Bethan ein Zeichen, dass sie weiterblättern möge. »Das ist alles so lange her. Ich kann mich wirklich nicht mehr daran erinnern.«

Evelyn erinnerte sich genau an diesen sonnigen Frühlingsmorgen im Jahr 1946. Es war das erste Mal seit Monaten, dass sie sich um ihr Haar bemühte oder sich aufgerafft hatte, etwas anderes als einen alten Rock und einen Pullover anzuziehen. An jenem Morgen hatte sie sich aus dem Bett und zur Kirche schleppen müssen, um schließlich mit Howard in seinem Rollstuhl am Taufbecken zu stehen, während Robert, inzwischen schon fast ein Jahr alt, aber immer noch so klein und zerbrechlich, in ihren Armen lag. Es war nicht leicht gewesen, Lady Vaughan zu ignorieren, die sie von der Kirchenbank der Familie aus voller Abscheu beobachtete, oder Mrs Moggs, die mit säuerlicher Miene mit Olwyn an ihrer Seite gleich hinter ihr saß. Das kleine Mädchen hatte ein weißes Kleid getragen; es hatte ausgesehen wie ein Klumpen Schmalz. Und dann war da Peter, der reizende Peter, das Haar ordentlich gekämmt, die Socken bis zu den Knien hochgezogen, die Brille extra für diesen Tag repariert. Nelli hatte neben ihm gesessen. Die beiden hatten sich ein Gesangbuch geteilt, und sie hatte sich bemüht, seinem Finger durch die Zeilen der Verse zu folgen. Früher an jenem Tag hatte sie Evelyn geholfen, Robert das Taufgewand der Familie anzuziehen, Unmengen an Spitze und Satin, in denen sein kleiner Körper regelrecht unterging. Sie hatten die Ärmel einige Male hochkrempeln müssen und ein Band um seinen kleinen Bauch geknotet, damit er nicht aus dem Gewand herausrutschte. Und dann, kurz nachdem sie vor der Kirche eingetroffen waren, hatte sich Robert auf all die Pracht übergeben, und Nelli hatte zurück zum Haus laufen und einen Strampelanzug und ein Häkeljäckchen holen müssen.

Wie anstrengend das alles gewesen war! Aber es war doch wichtig gewesen. Es hatte einen Anfang markiert, ein neues Kapitel. Sie hatte akzeptiert, dass kein Wunder geschehen würde. Sie würde ihr Leben auf Vaughan Court weiterleben und das Beste daraus machen müssen. In dieser Nacht hatte sie angefangen, ihren ersten Roman zu schreiben.

Bethan

In dem Album gab es so viele Bilder in Schwarz-Weiß und Sepia. Sie waren mit kleinen goldenen Fotoecken befestigt, und zwischen den Seiten war jeweils ein Blatt Seidenpapier eingefügt, dessen Muster an Spinnweben erinnerte.

Die Fotos waren wie ein Puzzle, bestehend aus Charakteren und Ereignissen. Bethan ertappte sich dabei, wie sie in Gedanken versuchte, eines mit dem anderen zu verknüpfen, um sich ein Bild vom Leben auf Vaughan Court in jenen Nachkriegsjahren zu machen.

Lady Vaughan, die ihren Tee auf der Terrasse in der Gesellschaft von Howard einnahm. Howard in seinem Rollstuhl unter dem Magnolienbaum. Evelyn, die einen Kinderwagen schob, in dem Robert lag. Evelyn, die Robert hochhielt, damit er den Cherub in dem Springbrunnen sehen konnte. Robert auf einer Decke am Strand. Robert schien auf jedem Foto rundlicher zu werden; mit jeder Seite verwandelte sich das winzige Baby mehr in ein kräftiges Kleinkind mit einem strahlenden Lächeln. Das einzige Bild, auf dem Robert nicht lächelte, zeigte ihn mit einer streng aussehenden Frau, die ihn an der Hand hielt.

»Wer ist das?«, fragte Bethan und zeigte auf die Frau.

»Mrs Moggs. Sie war die Hausdame. Während des Krieges wurde sie außerdem zur Köchin, aber sie kochte furchtbar, und ihr Essen konnte man kaum herunterbringen.«

»War sie mit Olwyn Moggs aus dem Laden verwandt?«

»Sie war Olwyns Mutter«, sagte Evelyn. »Ich habe nie herausgefunden, was aus Mister Moggs geworden ist. Womöglich hat sie ihn aufgefressen.« Bethan betrachtete Mrs Moggs genauer und erkannte die Ähnlichkeit: derselbe verkniffene Mund und die gleichen kleinen dunklen Augen wie Olwyn.

»Halten wir uns lieber nicht mit ihr auf«, sagte Evelyn und bedeutete Bethan, sie möge umblättern.

Nun folgte eine endlose Reihe Gartenfotos. Auf einem stand Evelyn neben einer frisch gepflanzten Hecke, und auf einem anderen war ein kleiner Junge mit Brille zu sehen, der ein Blumenbeet umgrub.

»Wer ist das?«, fragte Evelyn.

»Peter, Toms Vater. Er war eine große Hilfe, als ich angefangen habe, den jakobinischen Garten wieder zum Leben zu erwecken. Er und ich haben den ganzen Sommer 1947 Dünger von Home Farm untergegraben und Rosensträucher gepflanzt.«

»Toms Vater war ein Evakuierter, richtig?«

»Ja, und als der Krieg vorbei war, hatte Peter kein Zuhause, in das er hätte zurückkehren können, also ist er hiergeblieben.«

»Mit seinem Bruder?«

»Nein«, sagte Evelyn leise. »Nicht mit seinem Bruder.«

»O mein Gott!«, durchbrach Bethan die anschließende Stille und zeigte auf ein Foto von Evelyn, die in einem weiten Rock, der ihr beinahe bis zu den Knöcheln reichte und mit riesigen Blumen bedruckt war, unter dem Portikus stand. »Das nenne ich mal ein Statement-Piece!«

Evelyns Miene hellte sich auf.

»Das habe ich von einer kleinen Frau im Dorf aus ein paar

alten Vorhängen anfertigen lassen, die ich auf dem Dachboden gefunden hatte. Sie meinte, ich wäre verrückt, und konnte nicht verstehen, warum ich so einen weiten Rock wollte, aber ich wollte Diors New Look kopieren.« Evelyn zeigte auf ein anderes Foto, auf dem sie ein Kleid mit Wespentaille und wirbelndem Ballerinarock trug. »Das ist das echte Stück. Ich habe meine ersten Dior-Klamotten von dem Vorschuss für *Die verzweifelte Herzogin* gekauft. Ich war nach London gereist, um mich mit meinem Verleger zu treffen, und konnte nicht anders. Ich musste einfach zu Harrods, um mir zur Feier des Tages etwas zu gönnen – ein ungeheurer Luxus, wenn ich so darüber nachdenke, aber ich brauchte etwas, das mir sagte, dass das alles der Mühe wert war.«

»Früher als ich klein war und wir dich besucht haben, warst du immer so elegant«, sagte Bethan lächelnd.

»Hübsche Kleidung ist wichtig.« Evelyn strich mit den Fingern, die aus den Gipsverbänden ragten, über die feine Wolle ihrer Hose. »Ich habe fast alles, was ich eingenommen habe, in dieses Haus und dann in die Schule in Oak Hill gesteckt. Aber ein paar schöne Kleider im Jahr habe ich mir zu meinem persönlichen Vergnügen doch immer gegönnt.«

Bethan dachte an das große Ankleidezimmer neben Evelyns Schlafzimmer und an den Abend, als Tom sie gebeten hatte, ihm bei der Auswahl der Kleidung für Evelyns Rückfahrt aus dem Krankenhaus zu helfen.

»Wow!«, hatte Bethan ausgerufen. »Ich glaube, ich bin gestorben und im Himmel gelandet. Das ist der Vintage Shop meiner Träume.«

Tom hatte ihr einen Blick zugeworfen, den Bethan als vernichtend eingestuft hatte.

Doch Bethan hatte sich unbeirrt in dem Raum umgesehen und mit großen Augen die vielen schönen Kleidungsstücke bewundert.

Dutzende von Kleidern und Mänteln und Blusen hatten an

einer Wand auf perfekt abstandsgleich ausgerichteten Bügeln gehangen: Cocktailkleider, Seidenblusen, Miniröcke aus Wildleder, ausgestellte Hosen und lange Abendroben. Da war auch ein Leopardenfellmantel, den Bethan aus ihrer Kindheit zu kennen glaubte, und ein Kleid aus minzgrünem Taft, bestickt mit scharlachroten Pfingstrosen, die an dem Rock emporzuwachsen schienen.

Bethan hatte sich einige der Etiketten angesehen: Chanel, Balenciaga, Yves Saint Laurent, sie entdeckte sogar eine Jacke von Vivian Westwood und einen Schal von Alexander McQueen, der mit einem seiner ikonischen Schädel bedruckt war. Von den übrigen Wänden des Raums war vor lauter Regalen und Kommoden nichts mehr zu sehen. Handtaschen lagen Reihe um Reihe säuberlich geordnet in den Fächern wie Ausstellungsstücke in einem Museum, und die Schals an einer Kleiderstange vermittelten den Eindruck eines vielfarbigen abstrakten Gemäldes. Zu gern hätte Bethan die Schubladen geöffnet, aber sie wollte nicht noch so einen missbilligenden Blick von Tom riskieren.

Sie begann, die Kleider durchzusehen, und zog einen tief ausgeschnittenen Catsuit aus Goldlamé hervor.

»Wenn sie den anhätte, hätten die Schwestern wochenlang etwas zu tratschen.«

Tom ignorierte sie und wählte eine schlichte schwarze Hose und eine beige Strickjacke.

»Das dürfte in Ordnung sein«, konstatierte er und legte einen Tweedmantel mit Ärmeln dazu, die groß genug waren, dass Evelyns Gipsverbände hindurchpassten. Bethan fragte sich, warum er sie überhaupt gebeten hatte, ihm zu helfen.

Inzwischen war es im Salon warm geworden, und das Feuer verbreitete einen behaglichen Schein. Bethan blätterte eine weitere Seite in dem Fotoalbum um und erkannte einige der Kleidungsstücke wieder, die sie am Vorabend im Ankleidezimmer gesehen hatte.

»Das Kleid hast du immer noch«, sagte sie und zeigte auf ein Foto, auf dem Evelyn ein trägerloses weißes Kleid mit einem langen Toile-de-Jouy-Rock trug und mit einem Glas Champagner in der Hand neben einer geschwungenen Treppe posierte.

»Ach, ja.« Evelyn lächelte. »Das war der Premierenabend des Films, den sie aus *Der seidene Schuh* gemacht haben. Der Regisseur hat mir Rotwein über das Kleid geschüttet, direkt nachdem dieses Foto aufgenommen wurde. Das Kleid war ruiniert, genauso wie meine Geschichte in seiner Adaption.«

»Aber du hast es behalten.«

»Ich werfe niemals eines meiner Kleidungsstücke weg.«

»Das ist mir aufgefallen«, sagte Bethan. »Ich wollte dir den Goldlamé-Catsuit für die Heimfahrt vom Krankenhaus mitbringen.«

Evelyn lachte schallend.

»Oh, ich wünschte, du hättest es getan! Ich hätte zu gern das Gesicht dieses Arztes gesehen.«

»Ich bin sicher, du würdest darin toll aussehen.« Bethan musterte Evelyns schlanke Gestalt. »Ich wette, diese ganzen Kleider da oben passen dir immer noch.«

»Wahrscheinlich. Ich glaube, ich wiege noch genauso viel wie damals mit siebzehn, als ich geheiratet habe.«

»Hast du dein ganzes Leben lang Diät gehalten?«

»Gütiger Gott, nein! Nach all den Rationierungen während des Krieges habe ich ständig nach Keksen giegiert. Und ich bin süchtig nach Haribo! Diese Sauren mag ich am liebsten.«

Im Hintergrund von einem der Fotos bemerkte Bethan einen Kreis aus Federn.

»Pfauen hattet ihr da auch schon?«

»Das war Perry. Er war der Erste.« Just in dem Moment ließ

draußen ein Pfau seinen Ruf hören, und mehrere andere stimmten ein, als wüssten sie, dass drinnen über sie gesprochen wurde.

»Wo ist Perry hergekommen?«

Evelyn antwortete nicht, sondern bedeutete Bethan, dass sie das Album zuklappen solle.

»Für heute reicht es mit der Vergangenheit. Ich würde nun gerne zu Bett gehen.«

Bethan klappte das ledergebundene Album zu und stand auf. Dabei flatterte das lose Foto von Evelyn bei Roberts Taufe zu Boden. Bethan bückte sich und hob es auf.

»Wirf es ins Feuer«, sagte Evelyn.

»Bitte?« Bethan dachte, sie hätte sich verhört.

»Wirf das Foto ins Feuer«, wiederholte Evelyn mit fester Stimme. »Ich will mich daran nicht mehr erinnern.«

Bethan betrachtete das Foto erneut. Evelyn sah tatsächlich sehr traurig aus. Waren die Sorgen wegen der Tauffeier wirklich der Grund dafür?

»Bitte.« Evelyn sah Bethan eindringlich an.

Bethan zuckte mit den Achseln, ging zum Kamin und warf das kleine Papierquadrat auf die brennenden Holzscheite. Die Ränder des Fotos rollten sich auf, schrumpften, eine Flamme leckte an dem Bild, und fort war es.

Kapitel 11

Evelyn

Es war wunderbar, wieder im eigenen Bett zu liegen. Evelyn spürte die großen weichen Kissen in ihrem Rücken, das besänftigende Gewicht der satinbezogenen Eiderdaunendecke auf ihren Beinen und die Laken aus ägyptischer Baumwolle.

Bethan hatte ihr beim Ausziehen geholfen, denn sie selbst schaffte es ärgerlicherweise nicht einmal, sich allein auch nur ihrer Strickjacke zu entledigen. Zuvor hatte Evelyn Bethan sogar bitten müssen, ihr Hose und die Unterhose runterzuziehen, damit sie pinkeln konnte. Aber das Mädchen war so nüchtern und sachlich zu Werk gegangen, dass es anschließend überhaupt nicht mehr peinlich gewesen war, dass es ihr auch noch aus den Klamotten und ins Nachthemd geholfen hatte.

Evelyn blätterte die Seiten der *Vogue* des letzten Monats durch. Sie konnte die Texte nicht lesen, weil sie vergessen hatte, Bethan zu bitten, ihr die Brille aufzusetzen. Aber sie wusste, was in der Zeitschrift stand; sie hatte sie in den letzten Wochen schon mehrfach gelesen. Evelyn hatte Bethan bitten wollen, unten nachzusehen, ob inzwischen eine neue Ausgabe mit der Post gekommen war, aber nach allem, was das Mädchen heute schon für sie getan hatte, wollte sie es nicht noch einmal die Treppe hinunter- und hinaufjagen. Außerdem hatte das Mädchen müde und blass ausgesehen nach all der Aufregung wegen seines Freundes.

»Dummer Mann«, sagte Evelyn laut.

Draußen war es noch hell. Bethan hatte angeboten, die Vorhänge zuzuziehen, aber Evelyn hatte kopfschüttelnd abgelehnt.

»Jetzt, da ich tatsächlich in meinem Bett liege, bin ich hellwach, da kann ich ebenso gut den Ausblick genießen.«

Das große Erkerfenster ging zum Meer hinaus, und Evelyn konnte sehen, dass die Sonne langsam unterging.

Im Garten hörte sie die Pfauen, die mit lauten Rufen auf ihre Schlafplätze im Geäst der Bäume flatterten.

Letzten Sommer hatte Tilly sie gezählt.

»Es sind vierunddreißig«, hatte das kleine Mädchen feierlich erklärt. Zu dieser Zeit sah Tilly eigentlich immer traurig aus und lachte überhaupt nicht mehr.

Inzwischen war Tilly ganz anders, sie schwatzte die ganze Zeit, sei es auf Englisch oder auf Walisisch, und war voller Leben, Freude und Lachen. Tom erholte sich nicht so schnell. Er trug immer noch die fassungslose, leidgeprüfte Miene eines Menschen, der sich unerwartet einem großen Schmerz hatte stellen müssen. Evelyn konnte es nachempfinden. Sie kannte das Gefühl selbst gut genug.

Aber Tom hatte Sarah, und in letzter Zeit hatte auch er wieder begonnen zu lächeln, und manchmal lachte er sogar schon wieder. Gerade jetzt hörte sie ihn lachen, es klang, als käme es von draußen. Und da lachte noch jemand. Bethan. Evelyn fragte sich, was die beiden taten. Tom sollte eigentlich in der Küche eine Mahlzeit zubereiten. Evelyn freute sich schon darauf, im Bett zu essen.

»Omelett für alle«, hatte er gesagt, als er mit einem Dutzend frischer Eier, ein Geschenk von einem seiner Patienten, eingetroffen war.

»Ich kann dich sehen!« Tillys Stimme erklang genau unter dem Fenster.

»Ich hatte noch nicht genug Zeit!« Das war Bethan. Evelyn vermutete, dass Tilly Bethan zum Versteckenspielen überredet hatte; das war die Lieblingsbeschäftigung des Mädchens, wann immer es auf Vaughan Court zu Besuch war. Sogar Evelyn war in die Spiele verwickelt worden, hatte sich in kleine Ecken und Schränke gezwängt und einmal eine halbe Stunde bäuchlings hinter dem Sofa gelegen, bis Tilly sie gefunden hatte.

»Du musst einen richtig guten Platz aussuchen.«

»Warte, ich brauche noch ein bisschen länger.«

»*Un, dau, tri*, fertig oder nicht, ich komme!«

Evelyn legte die *Vogue* weg und schob sich an die Bettkante. Es gelang ihr, die Beine über den Rand zu schwingen, die Füße auf den Boden zu stellen und aufzustehen, ohne dabei ihre Hände zu belasten. Sie ging zum Fenster und blickte hinaus. Tilly lief durch das Gartenlabyrinth. Ihre blonden Zöpfe flogen durch die Luft, und die langen Beine steckten in den Shorts, die sie stets über ihren farbenfroh gestreiften Strumpfhosen trug. Außerdem hatte sie Gummistiefel an, leuchtend rot und glitzernd. Sie trug sie sogar an trockenen Tagen. Es war eine sonderbare Zusammenstellung, aber Tom hatte ihr erklärt, dass Tilly sich weigerte, irgendetwas anderes zu tragen, wenn keine Schule war. Evelyn konnte den individuellen Stil des kleinen Mädchens nur bewundern.

»Daddy, du hast dich nicht richtig versteckt.«

Tom kauerte hinter dem Springbrunnen. Er stand auf, und Tilly sprang ihm in die Arme.

»Bethan«, rief Tilly und drehte sich in den Armen ihres Vaters um. »Ich kann dich in dem Gewölbe unter der Terrasse sehen.«

»Nein, kannst du nicht.«

»Doch, kann ich. Du bist hinter dem mittleren Bogen.«

»Ich fürchte, das Spiel ist aus«, rief Tom. »Wir können Ihren Schatten sehen.«

»Dein Schatten sieht ganz komisch aus.« Tilly hatte sich aus den Armen ihres Vaters gewunden und rannte auf das Haus zu. »Tanzt du?«

Evelyn lächelte. Bethan schien ihren Liebeskummer vergessen zu haben oder ließ sich zumindest dem Mädchen zuliebe ihren Kummer nicht anmerken.

Tom folgte seiner Tochter zur Terrasse. Evelyn konnte sie jetzt nicht mehr sehen. Die Stimme und das Gelächter ebbten ab, und Evelyn nahm an, dass sie hineingegangen waren.

Sie presste die Stirn an das kühle Glas des Fensters und starrte zum Horizont hinaus. Die Sonne versank im Meer, eine Scheibe glänzenden Silbers, die an eine Münze erinnerte.

Im Garten konnte Evelyn die Pfauen im Zedernbaum sehen. Ihre langen Schwänze hingen von den Ästen herab und sahen wegen des neuen Frühlingsgefieders besonders prachtvoll aus, Wasserfälle aus schimmernden Federn.

Sie konnte inzwischen auf einige Generationen von Pfauen zurückblicken, alle Nachfahren des ersten. Sie wünschte, Jack hätte sie sehen können.

Es klopfte an der Tür, und Tom kam mit einem Tablett herein. »Ihr Omelett ist fertig. Käse und Käse, bestreut mit ein bisschen mehr Käse, die Spezialität eines Medizinstudenten.«

Evelyn wandte sich vom Fenster ab und stellte fest, wie dunkel es im Raum geworden war. Ihr war gar nicht aufgefallen, wie sehr das Licht draußen nachgelassen hatte, wie viel Zeit vergangen war. Tom stellte das Tablett auf ihrem Frisiertisch ab und schaltete die Nachttischlampe an.

»Was tun Sie denn da? Sie sollten sich doch eigentlich ausruhen.«

Er kam zu ihr herüber und wollte sie zurück zum Bett geleiten.

»Weg da.« Evelyn schlug mit dem eingegipsten Arm nach ihm. »Das kann ich allein.«

Tom ging zum Frisiertisch und nahm den Teller vom Tablett.

»Und ich nehme an, wenn ich das Abendessen auch einfach hier stehen lasse, dann schneiden Sie es allein in mundgerechte Stücke.«

Evelyn maß ihn mit einem finsteren Blick und setzte sich auf die Bettkante.

»Ich glaube nicht, dass die Prinzipien der medizinischen Ethik auch Spott beinhalten. Wo ist Bethan? Ich will, dass sie mir hilft.«

Tom setzte sich neben sie und fing an, das Omelett mit der Gabel zu zerkleinern.

»Sie ist unten mit Tilly. Die beiden futtern sich durch eine Packung Haribo, die sie in Ihrer Spezialschublade entdeckt haben, und diskutieren angeregt darüber, was besser schmeckt, Himbeer-Herzen oder Cola-Flaschen. Also werden Sie sich wohl oder übel mit mir begnügen müssen.«

Evelyn starrte ihre Hände an.

»Dieser verdammte Gipsverband. Ich kann es nicht ertragen, so hilflos zu sein.«

»Wenn die Schwellung nachlässt, können Sie sich wieder ein bisschen besser bewegen – gut genug, um einen Gabel oder eine Tasse zu halten, möglicherweise auch, um Knöpfe zu schließen, aber vorerst brauchen Sie leider wirklich für alles Hilfe.«

Evelyn ächzte.

»Ich komme mir so verflucht nutzlos vor.«

Tom hielt ihr eine Gabel mit Omelett und geschmolzenem Käse hin.

»Es ist nicht schlimm, verwundbar zu sein, wissen Sie?«

»Mmm.« Evelyn klang skeptisch, ließ sich aber das Essen in den Mund stecken und kaute. »Das schmeckt gut.«

»Sie klingen so überrascht.«

»Ich dachte, Sarah wäre bei Ihnen für das Kochen zuständig, weil Sie es nicht können.«

»Sarah ist für das Kochen zuständig, weil sie mehr Zeit hat als ich.«

»Mmm.« Evelyn klang erneut skeptisch. »Mir hat sie gesagt, sie hätte mehr Übersetzungsaufträge, als sie bewältigen kann.«

»Reden Sie mir keine Schuldgefühle ein. Sie weiß, wie dankbar ich ihr für alles bin, was sie tut.«

»Das tut sie, weil sie Sie so sehr liebt.«

Tom schob ihr einen weiteren Bissen Omelett in den Mund, und sie schwiegen, während Evelyn kaute. Binnen Minuten war das Omelett verputzt. Tom wollte Evelyn den Mund mit einem Taschentuch aus der Schachtel neben dem Bett abwischen, aber Evelyn zuckte zurück und schlug wieder nach ihm. Er lachte.

»Anscheinend fühlen Sie sich inzwischen schon kräftiger.«

»Wie ich bereits im Krankenhaus sagte, ich fühle mich stark wie ein Ochse.«

»Gut.«

Evelyn betrachtete ihre Fingerspitzen. Vor dem neuen weißen Gips sahen sie grau aus.

»Aber ich habe mir Gedanken gemacht.«

»Ja?«

»Über diese Sache mit meinem Herzen.«

»Das Vorhofflimmern?«

»Wie auch immer das heißt«, murrte Evelyn mit einem missbilligenden »Ts«, ehe sie fortfuhr: »Mich interessiert weniger, wie es heißt oder was es in medizinischer Hinsicht bedeutet, als vielmehr …« Sie brach ab und atmete einmal tief ein, bevor sie weitersprach: »Alles, was ich wissen will, ist, ob Sie denken, das könnte …« Sie stockte erneut.

»Sie umbringen?«, fragte Tom und faltete das Taschentuch zu einem säuberlichen Viereck zusammen.

»Das ist in der Tat sehr direkt formuliert.«

»Na ja, ich gehe davon aus, dass es das ist, was Sie wissen wollen.«

Evelyn reckte das Kinn vor.

»Ja, das will ich in der Tat wissen. Wird es mich umbringen?«

Tom schlug die Beine übereinander und sah Evelyn direkt in die Augen.

»Nicht heute«, sagte er lächelnd. »Und vermutlich auch nicht morgen. Und hoffentlich überhaupt nicht. Mit den Medikamenten, die Sie bekommen haben, und einer sorgfältigen Überwachung minimieren wir das Risiko so, dass Sie hoffentlich noch eine Menge Zeit haben, auf irgendeine andere, völlig unerwartete Weise zu sterben.«

Evelyn erwiderte das Lächeln nicht. Stattdessen starrte sie zum Fenster hinaus. Ein einzelner Stern leuchtete an dem dunkler werdenden Himmel.

»Ach, einerlei«, sagte sie. »Vielleicht ist es Zeit für mich zu akzeptieren, dass das Ende womöglich nicht mehr so fern ist.«

Nun lächelte Tom nicht mehr. Er faltete das Taschentuch zu einem kleineren Quadrat zusammen.

»Das Ende kann jederzeit kommen, ganz gleich, wie alt man ist.«

Seufzend drehte sich Evelyn um und schaute ihn an.

»Ich wollte nicht so verdrießlich klingen.« Sie bewegte die Hand auf der Decke in seine Richtung und zuckte prompt vor Schmerzen zusammen. »Ich weiß, ich hatte ein erfülltes Leben und mehr als meinen gerechten Anteil an Jahren. Andere waren nicht so gut dran. Es scheint nicht richtig zu sein, dass ich ...«

»Ich weiß, was Sie sagen wollen«, fiel ihr Tom ins Wort. »Aber Sie müssen sich nicht wegen Ihres Alters entschuldigen. Wenn ich in den letzten Jahren eines gelernt habe, dann, dass das Leben eine Lotterie ist. Manche Leute werden hundertzehn, anderen wird das Leben wieder genommen, bevor es überhaupt richtig angefangen hat. Einen Sinn hat nichts von alldem.« Er brach ab und zerknüllte das Taschentuch in der Faust. »Und nichts davon ist fair.«

»Es tut mir so leid, Tom.«

Tom drückte die Schultern durch.

»Ich sage ansonsten hinsichtlich Ihrer Diagnose nur noch: Wenn es etwas gibt, was Sie gern tun wollen, einen Ort, den Sie besuchen, einen Freund, den Sie sehen, ein neues Hobby, mit dem Sie beginnen wollen ...«

»Eine Geschichte, die ich beenden will.«

Tom nickte.

»Warten Sie nicht damit.«

Bethan

Bethan war übel, und sie hatte Schluckauf.

Sie schüttelte den Kopf, als Tilly ihr eine kleine gelbe Süßigkeit über den Küchentisch zuschob.

»Magst du keine Gummibärchen?«

»Ich könnte kein weiteres Haribo essen, und wenn du mich dafür bezahlen würdest.« Bethan verdrehte die Augen.

Tilly lachte und warf sich das Gummibärchen in den Mund.

»Du hast deinen Ohrring verloren«, sagte das kleine Mädchen und tippte sich an das eigene, nicht durchstochene Ohrläppchen. Bethan betastete ihr rechtes Ohr und spürte die kleine goldene Schwalbe unter dem Finger. »Nicht auf der Seite«, korrigierte Tilly. »Auf der anderen. Wenn ich mir Ohrlöcher stechen lasse, dann will ich auch goldene Vögel als Ohrringe haben.«

»Oh, nein!«, rief Bethan und griff sich ans andere Ohr. »Die gehörten meiner Granny.« Sie stand auf und tastete die Innenseite ihres Blusenkragens ab, während sie gleichzeitig mit den Augen den Boden absuchte.

»Meine Mum hat gesagt, ich kann Ohrringe haben, wenn ich zehn bin, aber mein Dad sagt, ich bekomme erst welche, wenn ich dreizehn bin.« Tilly stemmte beide Ellbogen auf den Tisch und stützte theatralisch das Kinn auf die Hände. »Jetzt muss ich noch ganze fünf Jahre warten! Wie alt warst du, als du Ohrlöcher bekommen hast?«

Bethan hörte gar nicht zu. Sie suchte mit den Augen die Natursteinfliesen neben dem alten AGA-Herd hinab, an dem sie Tom bei der Zubereitung der Omeletts geholfen hatte, ehe sie ihren Blick über die Belfast-Spüle gleiten ließ, in der sie und Tilly das Geschirr gesäubert hatten.

»Oje.« Bethan seufzte. »Ich fürchte, ich habe ihn verloren, als wir im Garten Verstecken gespielt haben.«

Sie öffnete die Küchentür. Draußen war es fast dunkel, und sie bezweifelte, dass sie den Ohrring jetzt noch finden würde. Kalt war es auch, und obwohl es derzeit nicht regnete, war die Luft feucht. Der Schluckauf machte sich wieder bemerkbar mit einen sauren Nachgeschmack von Haribos in ihrem Mund. Dies war nicht der Ort, an dem sie in dieser Nacht hätte sein sollen. Sie dachte an Mal in dem hübschen Hotelzimmer und hickste wieder. Bethan starrte in den Hof hinaus und fühlte sich plötzlich zu elend, um auch nur die Tür zu schließen. Etwas strich über ihren Arm. Als sie sich umblickte, sah sie, dass Tilly neben ihr stand.

»Die benutzt Evelyn, wenn sie nachts rausgeht, um nach Schnecken zu schauen.« Das Mädchen hielt eine große Taschenlampe hoch.

»Schon gut, Tilly. Ich suche morgen früh danach.«

»Ich bin richtig gut im Finden von Sachen.« Tilly drückte sich an ihr vorbei.

»Komm wieder rein, es ist zu dunkel, um rauszugehen.«

»Willst du ihn denn nicht finden?« Tilly war bereits draußen im Hof.

»Doch, aber ich denke, das ist nicht der richtige Zeitpunkt.«

»Lass uns auf Ohrringjagd gehen.« Das kleine Mädchen fing an, durch den Hof zu hüpfen, und wedelte mit der Taschenlampe, deren Lichtstrahl über die Scheunenwände und den Kiesboden sauste.

»Also gut, aber wo ist dein Mantel?«, rief Bethan zu ihr hinaus. »Du brauchst ihn da draußen.«

»Mir ist nie kalt«, antwortete Tilly und verschwand um die Ecke.

Bethan sah sich um und entdeckte an den Haken neben der Tür die alte Barbourjacke, mit der sie Evelyns Beine abgedeckt hatte, als sie sie nach ihrem Sturz gefunden hatte. Sie nahm sie vom Haken und schlüpfte hinein.

Eilig folgte Bethan Tilly auf die andere Seite des Hauses, die Terrassenstufen hinunter und über den Rasen in Richtung Gartenlabyrinth, wo ihr Versteckspiel stattgefunden hatte. Tilly ließ den Lichtstrahl auf dem Boden hin und her wandern.

»Komm schon«, rief sie Bethan zu. »Du musst auch suchen.«

Bethan konnte sehen, dass der Rasen dringend gemäht werden musste. Der kleine Ohrring würde vermutlich für alle Zeiten zwischen den Halmen verschwunden sein.

»Das hier kommt mir ein bisschen so vor wie die Suche nach der Nadel im Heuhaufen«, sagte Bethan, als sie den Boden rund um den Brunnen absuchten. Tilly ließ die Lampe über den steinernen Springbrunnen wandern und richtete sie auf das verwitterte Gesicht des Cherubs. Seine Pausbacken waren mit Flechten verkrustet, die geschürzten Lippen von Moos verunstaltet, und aus der Öffnung, aus der das Wasser gelaufen war, hing etwas Schleimiges herab.

»Der sieht unheimlich aus«, bekundete Tilly vergnügt.

Bethan schauderte und wickelte die viel zu große Jacke enger um den Leib.

»Vielleicht sollten wir wieder reingehen.«

»Lass uns darunter nachschauen.« Das kleine Mädchen zeigte auf den langen Durchgang unter der Terrasse, wo Bethan sich zuvor versteckt hatte.

»Ich sehe morgen dort nach«, sagte Bethan.

Aber Tilly lief bereits über den Rasen, und Bethan blieb nichts weiter übrig, als ihr zu folgen.

Unter der Terrasse schwenkte Tilly die Lampe herum. Die Decke war gewölbt, sodass der Gang wie ein Tunnel wirkte. Stalaktiten hingen wie knochige Finger herab, und die einst weiß gekalkten Oberflächen waren feucht und schälten sich ab.

»Hallo«, brüllte Tilly.

Hallo, hallo, hallo, hallte es durch den langen Gang.

Tilly wirbelte herum, und der Lichtstrahl fiel auf einen Haufen Laub, das während des Winters vom Wind unter die Terrasse gefegt worden war. Eine einzelne Pfauenfeder lag vor Bethans Füßen, ihre satten Farben schimmerten in dem hellen Strahl der Taschenlampe.

Als Tillys Licht weiter über den Boden wanderte, glitzerte dort noch etwas anderes.

»Da«, rief Bethan. »Leuchte mal dorthin.« Sie ging auf die Knie. Das kleine Mädchen tat es ihr gleich und richtete die Lampe auf die gewünschte Stelle. Die winzige Schwalbe lag in einer Ritze zwischen zwei dunkelgrauen Schieferplatten. Bethan bemühte sich vergeblich, sie herauszuholen, aber Tilly hatte mit ihren kleinen Fingern mehr Glück. Sie reichte Bethan den Ohrring.

»Das Ding hintendran ist weg.«

»Das macht nichts«, sagte Bethan lächelnd. »Den Verschluss kann ich ersetzen. Ich bin so erleichtert, dass er nicht verloren gegangen ist.« Sie stand auf und ließ ihn in die Tasche der Barbourjacke gleiten.

Tilly hatte angefangen, mit ihren Stiefeln auf die Berge von Gartenabfällen einzutreten, und wirbelte immer wieder um die eigene Achse, sodass der Lichtstrahl die trockenen Blätter einfing und tanzende Schatten an die Wände warf.

»Wir sollten wieder ins Haus gehen«, sagte Bethan. »Dein Dad fragt sich bestimmt schon, was ich mit dir angestellt habe.«

»Hast du die Geister gesehen?« Tilly hörte auf, sich im Kreis zu drehen.

»Welche Geister?«

»Diese Geister«, rief Tilly und war schon hüpfend auf dem Weg zum anderen Ende des Tunnels.

»Warte.« Bethan stand komplett im Dunkeln, als sich die Lampe mit Tilly entfernte.

»Komm schon.« Tilly war stehen geblieben und wedelte mit der Taschenlampe vor einer Wand herum. Bethan ging zu ihr. Zuerst konnte sie nicht erkennen, was Tilly ihr zeigen wollte.

»Sieh doch.« Tilly legte mit gespreizten Fingern die Hand an die Wand. »Siehst du das Gesicht?«

Bethan ging einen Schritt näher heran. Tilly zog die Hand weg, und plötzlich sah Bethan tatsächlich ein Gesicht. Es war ein Profil: Nase, Mund, vorspringendes Kinn, Schwanenhals. Das Gesicht hatte auch ein Auge, es war blau, blickte geradeaus und war von enorm langen Wimpern umrahmt. Und der Kopf hatte auch Haare: Locken, die sich über eine Schulter ergossen. Als Bethan dem Lichtstrahl folgte, erkannte sie die Umrisse einer ganzen Frau in Lebensgröße: Sie hatte ein Knie angezogen und ein Bein ausgestreckt, und sie schien hochhackige Schuhe zu tragen. Die Figur war sehr blass, und es war fast, als träte sie aus dem Kalk hervor, während Bethan sie anstarrte.

»Hier unten ist noch eine.« Tilly ging ein Stück weiter, und Bethan sah die Umrisse einer knienden Gestalt: eine Frau, die Arme hinter dem Kopf verschränkt, das Haar auf eine Seite gekämmt, eine angedeutete Blume hinter dem Ohr. Ihr Gesicht war beinahe zu blass, um etwas zu erkennen, aber da, wo der Mund sein sollte, war ein roter Fleck, und sie sah eine gewölbte Braue.

»Und hier.« Tilly ging erneut weiter. »Aber von der kann man nur den Stiefel und den Hut sehen.« Sie richtete den Lichtstrahl auf einen braunen Kurzschaftstiefel und schwang die Lampe dann weiter nach oben zu etwas, das aussah wie ein Cowboyhut. »Und da ist die Letzte, die mag ich am liebsten.«

Die letzte Gestalt war am deutlichsten erkennbar. Sie saß da in ihrem roten Badeanzug, hatte unfassbar lange Beine, die sie ausgestreckt hatte, trug ein paar Riemchensandalen und hatte rot lackierte Fußnägel. Ihr Gesicht war auch klarer zu sehen. Sie hatte volle rote Lippen, eine perfekte Nase und im Unterschied zur ersten Figur zwei Augen mit langen Wimpern. Sie starrte Bethan aus einem großen Auge direkt entgegen; das andere Auge war zu einem verführerischen Zwinkern geschlossen.

»Wow!«, machte Bethan. »Wer hat die gemalt?«

»Die sind nicht gemalt«, erwiderte Tilly. »Das sind Geister. Sie stecken in der Wand und können nicht raus.«

»Oh.« Verwundert sah Bethan Tilly an. Das kleine Mädchen schien der Gedanke an Geister in den Wänden nicht im Mindesten zu beunruhigen.

»Dad sagt, die sind hier seit dem Krieg vor hundert Jahren.«

Bethan ging an der Wand zurück und studierte die Gestalten noch einmal. Tilly folgte ihr mit der Lampe und hielt bei jeder inne, um sie anzuleuchten. Es war schwer zu sagen, ob sie aus der kalten, feuchten Wand hervortraten oder in ihr verschwanden.

Sie erinnerten Bethan an die alten Höhlenmalereien, die sie in den Ferien in Frankreich gesehen hatte. Sie hatten die gleiche ätherische Qualität, aber ihr Gegenstand war ein ganz anderer, mehr Playboy als Paläolithikum.

»Aber Dad hat unrecht«, verkündete Tilly düster.

»Hat er?«

»Ja.« Tilly nickte bekräftigend. »Das sind tote Mütter.«

Plötzlich war hinter ihnen ein Geräusch zu hören. Bethan zuckte erschreckt zusammen, drehte sich um und sah eine Gestalt in einem der Torbögen stehen.

Bethan nahm Tilly die Lampe ab und richtete sie auf den Torbogen. Tom trat näher.

»Hier steckst du also.« Im Strahl der Taschenlampe sah sie sein besorgtes Gesicht. »Ich habe dich überall gesucht, Tilly.«

Bethans Hand lag an ihrer Brust.

»Sie haben mich erschreckt.«

»Sie hat gedacht, du wärest auch ein Geist«, erklärte Tilly.

»Nicht schon wieder die Geistergeschichten.« Tom kam zu ihnen und legte den Arm um Tillys Schultern. »Was macht ihr hier draußen? Ich habe mir Sorgen gemacht.«

»Ich habe Bethan geholfen, ihren Ohrring zu suchen«, berichtete Tilly.

»Er war von …«, setzte Bethan zu einer Erklärung an, aber Tom unterbrach sie.

»Tilly sollte längst im Bett sein. Ich werde sie nach Hause bringen, ehe Sarah einen Suchtrupp losschickt.«

Er dirigierte Tilly in Richtung Haus.

»Wissen Sie, wo die Bilder an den Wänden herkommen?«, rief Bethan seiner entschwindenden Kehrseite nach. »Ich erinnere mich nicht, die gesehen zu haben, als ich als Kind hier war.«

Tom blieb stehen und drehte sich zu Bethan um.

»Evelyn sagt, ein amerikanischer Flieger hätte sie im Zweiten Weltkrieg gemalt, als Vaughan Court als Militärlazarett gedient hat. Sie wurden im Lauf der Jahre immer wieder übertüncht, aber die Tünche verblasst, darum werden einige davon wieder sichtbar.«

»Das sind keine Bilder!«, schrie Tilly nun und klang dabei sehr wütend. »Das *sind* Geister. Evelyn lügt.«

»Tilly! So etwas darfst du nicht sagen!«, tadelte Tom kopfschüttelnd.

Tilly schüttelte ihrerseits den Kopf, so heftig, dass ihre langen Zöpfe von einer Seite zur anderen flogen.

»Ich weiß, dass sie eine Lügnerin ist, eine runzlige alte Lügendame.«

»Tilly, das ist frech und unverschämt!«

Plötzlich fing Tilly an zu weinen.

»Ich bin nicht frech und unverschämt. Evelyn ist eine Lügnerin. Und du bist auch ein Lügner. Du erzählst mir nie was. Du denkst dir alles nur aus, weil du denkst, ich bin zu klein, um etwas zu verstehen. Du bist genauso ein Riesenlügner wie Evelyn. Und Mummy sagt auch, dass du ein Riesenlügner bist!«

»Das reicht jetzt«, sagte Tom scharf, hob seine Tochter hoch und drehte sich zu Bethan um. Im Lampenschein wirkte sein Gesicht wie aus Stein gemeißelt, und eine Sorgenfalte bildete eine tiefe Kluft zwischen seinen Augen. »Ich hoffe, Sie finden Ihren Ohrring, aber auf die Hilfe dieses kleinen Mädchens, das längst im Bett sein sollte und nicht ohne Mantel draußen in der Kälte, werden Sie verzichten müssen.«

»Ich habe versucht ...«

»Und der leeren Haribo-Packung auf dem Küchentisch entnehme ich«, fuhr Tom ungerührt fort, »dass Tilly vermutlich auch zu viele Süßigkeiten gegessen hat.«

»Sie hat nicht ...«

Aber Tom blieb nicht, um sich anzuhören, was sie zu sagen hatte, sondern verschwand forschen Schritts in der Dunkelheit, während Tilly protestierend in seinen Armen zappelte. Bethan empfand seine Worte als ungerecht und fragte sich, warum er so wütend war, als sie sich hinter den beiden auf den Weg zum Haus machte, langsam zunächst, nicht gewillt, sie einzuholen.

Laub und Bäume warfen ihre Schatten in dem Strahl; Zweige sahen aus wie Arme. Dann hörte sie einen Schrei. Ein Pfau flog von einem der Bäume herab, ließ sich auf einer griechischen Säule nieder, und seine Federn ergossen sich über den flechtenverkrusteten Stein. Bethan eilte vorbei und lief die Stufen zum Haus hinauf, nahm immer zwei auf einmal, bis sie auf der Terrasse war.

Sie konnte Tom und Tilly neben seinem Volvo vor dem Portikus ausmachen. Tilly hatte aufgehört zu strampeln und schluchzte nun an Toms Schulter. Er schnallte sie auf ihrem Sitz fest, ehe er selbst einstieg. Die Scheinwerfer flammten auf. Durch die Scheibe auf der Beifahrerseite sah Bethan das Mädchen. Seine Wangen glitzerten vor Tränen, der Blick war stur geradeaus gerichtet. Bethan winkte, aber Tilly sah sich nicht um. Dann sprang der Motor an, und der Volvo fuhr davon. Bethan sah zu, wie seine Rücklichter langsam die Auffahrt hinunter verschwanden.

Noch lange nachdem die Lichter verschwunden und das Motorengeräusch verstummt waren, blieb Bethan still auf der Terrasse stehen. Ihre Füße schienen am Boden festgewachsen zu sein, und die überdimensionierte Barbourjacke fühlte sich schwer an auf ihren Schultern, der steife gewachste Stoff eine einzige Last.

Sie schob die Hand in die Tasche, um sich zu vergewissern, dass der Schwalbenohrring noch da war. Statt des kleinen Stückchens Gold ertastete sie etwas Größeres, das sich glatt und hart anfühlte. Sie zog eine kleine Schatulle hervor. Sie war aus Silber, das vom Alter schwarz und angelaufen war, und der Deckel hatte ein Muster aus feinen Linien, die sich zu Sonnenstrahlen zusammenfügten. Bethan drückte auf den Schnappverschluss, und das Kästchen sprang auf. Sie sah eine Reihe von Rillen, dort, wo einmal die Zigaretten gelegen haben mussten; Tabakkrümel sammelten sich in den Ecken, und es roch ein bisschen modrig. Auf der Innenseite des Deckels war in einer kunstreichen altmodischen Schrift etwas eingraviert. Bethan richtete die Taschenlampe darauf, und nach einigen Sekunden gelang es ihr, die Botschaft zu entziffern:

Meinem Liebling Howard,
Für immer und ewig,
L.D., Weihnachten 1944

»L.D.«, murmelte Bethan. Wofür mochten die Initialen stehen? Für Evelyns Spitznamen? Sie konnte sich nicht vorstellen, dass der Mann auf dem Hochzeitsfoto zärtliche Kosenamen benutzen würde. Howard sah so steif und streng aus, beinahe viktorianisch. Hätte dieser Mann einen zärtlichen Namen für seine junge Frau gefunden? Mal hatte Bethan immer *Babe* genannt. Ihr hatte das nie gefallen. Sie klappte das Zigarettenetui wieder zu.

»Ich bin nicht mehr dein Babe!«, schrie sie in die Finsternis.

Ein Pfau stieß einen lauten Schrei aus, und ein Echo warf *Ich bin nicht mehr dein Babe* aus großer Ferne zurück.

Kapitel 12

Freitag

Evelyn

»Gütiger Gott, wo um alles in der Welt kommen denn diese Blumen her?« Evelyn hätte beinahe ihren Tee wieder ausgespuckt, als sie Bethan, die in der Tür stand, aus großen Augen anstarrte. »Die sehen eindeutig nach Beerdigung aus.«

Evelyn trank ihren Tee mit einem Strohhalm. Etwas früher am Morgen hatte Bethan den Becher auf einen Stapel Bücher auf dem Nachttisch gestellt. Die extralange Trinkhilfe hatte sie aus zwei Strohhalmen, die sie in einer Schublade gefunden hatte, zusammengeklebt. Nun musste Evelyn sich nur noch vorbeugen und saugen. Zuerst war Evelyn entsetzt gewesen, aber immerhin konnte sie nun allein trinken und kam sich nicht mehr ganz so hilflos vor.

Bethan hielt einen Riesenstrauß Frühlingsblumen in einer Vase in den Händen, die sie auf die Schubladenkommode stellte.

»Ich fürchte, die habe ich gestern ganz vergessen.« Das Mädchen lehnte eine Tulpe, die das Köpfchen hängen ließ, an eine Hyazinthe. »Die armen Dinger haben bis gestern Abend kein Wasser bekommen, aber sie erholen sich schon wieder ein bisschen.«

Evelyn fiel auf, dass Bethan die Vase erwischt hatte, die sie und Howard von Miss Wyatt zur Hochzeit bekommen hatten. Die Morgensonne fing sich in dem Kristallglas und zauberte farbenprächtige Regenbogenmuster an die Wände.

»Wo kommen die her?«, fragte sie nach einem weiteren Schluck Tee erneut.

»Ein Mann hat sie für dich hier abgegeben. Der Besitzer des Golfclubs.«

Evelyn sank zurück in den Berg aus Kissen, die Bethan hinter ihr aufgetürmt hatte, nachdem sie sie mit dem Frühstück geweckt hatte.

»David Dashwood? Blaue Augen, weiße Zähne? Sehr attraktiv?«

»Er hatte allerdings blaue Augen.« Bethan trat einen Schritt zurück und schien das Blumenarrangement prüfend zu mustern. »Wunderschön.« Evelyn war nicht sicher, ob Bethan die Blumen oder die Augen meinte.

»Er war sehr um deine Gesundheit besorgt.«

»Gut, die Vorstellung, dass heiratswürdige Junggesellen um mein Wohlergehen besorgt sind, gefällt mir.«

»Ist er denn ein heiratswürdiger Junggeselle?«, fragte Bethan.

»Bist du interessiert?«

»Nein! Ich bin gerade einen Mann losgeworden, ich brauche keinen neuen.«

Evelyn lächelte.

»Freut mich für dich.«

»Der Golfclub sieht sehr exklusiv aus«, bemerkte Bethan. »Nicht dass ich viel mehr davon gesehen hätte als das Schild an der Zufahrt.«

»Er ist sehr exklusiv«, bestätigte Evelyn. »Und Mister Dashwood baut sein Imperium immer weiter aus. Ich habe ihm vor acht Jahren Land für den Club verkauft und letzten Sommer zwanzig Hektar Wald für die Fasanenjagd. Das habe ich ziemlich bedauert. Von Oktober bis Januar habe ich nichts anderes gehört als das Geknalle erfolgreicher Geschäftsleute, die die armen Dinger totschießen.«

Evelyn seufzte schwer und dachte an die alten Eichenbäume,

zwischen denen sie und Robert früher im Herbst immer spazieren gegangen waren. Robert hatte das herabgefallene Laub getreten wie einen Ball und glänzende Eicheln gesammelt. Es war ein friedlicher Ort gewesen.

Bethan nahm einige Blätter Papier, die sich über einen Hocker am Ende des Betts verteilten, und ordnete sie.

»Um Himmels« willen, bring da nichts durcheinander!«, rief Evelyn, bemüht, nicht allzu gereizt zu klingen.

»Sorry.«

»Das ist nur der erste Entwurf, aber er hat seine eigene Ordnung.«

»Sorry«, wiederholte Bethan und legte die Seiten sorgsam wieder dorthin, wo sie gewesen waren.

Evelyn fragte sich, ob sie dabei versuchte, ihre Handschrift zu entziffern.

»Ich fürchte, das ist ziemlich unleserlich; das war immer schon so. In der Schule habe ich dafür eins auf die Finger bekommen.«

»Oh, ich habe nicht gelesen. Das würde ich mich nicht trauen.«

»Das würde mir nichts ausmachen; ich habe nie zu der Sorte von Romanautoren gehört, die ihre Geschichte niemandem zeigen, solange sie nicht perfekt ist. Aber ich schreibe immer von Hand, bis ich mit dem jeweiligen Kapitel zufrieden bin. Danach tippe ich es auf der Olivetti ab.«

»Nicht auf einem Laptop?«

»Um Himmels willen, nein! Ich habe meine Olivetti seit 1956, warum sollte ich jetzt etwas anderes brauchen?«

»Recherche? Im Internet?«

Evelyn zeigte auf eine Wand voller Regale, die mit Büchern und Aktenordnern vollgestopft waren.

»Ich habe alles, was ich brauche, gleich hier. Geschichtsbücher über das achtzehnte Jahrhundert, Kochbücher, Familiengeschichten, Illustrationen der Mode dieser Epoche, Bücher über die Napoleonischen Kriege und sämtliche Kolonien und nahezu jeden klassischen Roman aus der georgianischen Zeit.« Evelyn beugte sich vor und saugte mit dem Strohhalm den letzten Rest Tee aus der Tasse. »Scheint leer zu sein. Bist du so lieb und holst mir noch eine Tasse?«

Als Bethan auf dem Weg nach unten war, betrachtete Evelyn die Papiere am Ende des Betts. Das fünfzigste Buch, *Aus Liebe zu Hermione*, die Geschichte einer jungen Spülmagd, die eigentlich die Tochter eines Herzogs ist, aber als Kind von Straßenräubern entführt und als Dienstmagd an den königlichen Hof verkauft wurde, wo sie ein elendes Leben führt, Böden schrubbt und Töpfe reinigt. Auf dem Weg in den Wald fällt Hermione dem bösen Lord Melksham auf, und er beschließt, sie zu seiner Kurtisane zu machen. Doch dann begegnet Hermione ein schöner Kronprinz, der das herzförmige Muttermal an ihrem Nacken erkennt und alles daransetzt, ihre wahre Herkunft zu beweisen und sie zu seiner Königin zu machen.

Evelyn stöhnte. Sie hatte ihrem Verleger versprochen, dass sie bis Ende des Sommers fertig sein würde. Wie um alles in der Welt sollte sie das schaffen, wenn ihre Hände weder einen Stift halten noch tippen konnten? Ihr Blick wanderte von dem halb fertigen Manuskript zum Fenster. Die Sonne spiegelte sich in dem fernen Streifen Meer, und Evelyn hatte eine Idee.

Bethan

Evelyn trommelte mit ihren Fingerspitzen, die aus dem weißen Gips herausragten, ungeduldig auf der Satindecke.

»Das ist ganz einfach, ich diktiere, und du schreibst es auf.«

Das erklärte sie nun zum dritten Mal, seit Bethan mit ihrem Tee zurückgekommen war.

Bethan rückte die Tasse zurecht.

»Aber das wird doch bestimmt ziemlich lange dauern«, wandte sie ein und legte ein Taschenbuch darunter, damit die Tasse etwas höher stand.

»Ungefähr drei Monate«, entgegnete Evelyn nüchtern und sachlich.

»Und mein Job?«

»Du kannst deine Artikel auch hier schreiben.«

»Nein, mein Brotjob. Ich arbeite in einem veganen Café.«

»Du ziehst es vor, irgendwelchen Hippos und Gesundheitsfanatikern Soja-Cappuccino zu servieren?«

»Ich glaube, du meinst Hipster«, sagte Bethan.

»Mag sein, aber wie immer du sie nennst, schöner wäre es doch vermutlich, den Sommer in der idyllischen Berglandschaft von Snowdonia zu verbringen.«

Bethan sah zum Fenster hinaus. Nun, da die Sonne herausgekommen war, präsentierte sich die Landschaft ringsum wirklich als Idyll, und in der Tat, manchmal trieben die Gäste im Café sie mit ihren egozentrischen Sonderwünschen regelrecht in den Wahnsinn.

»Tsts«, machte Evelyn.

»Und hast du wirklich die Absicht, dir weiter die Wohnung mit diesem Betrüger Mal zu teilen?«

»Na ja, nein, ich dachte ...« Tatsächlich hatte Bethan noch gar nicht darüber nachgedacht. Sie hatte sich alle Mühe gegeben, nicht über ihre künftigen Lebensumstände nachzudenken. In ihren besseren Momenten stellte sie sich vor, sie würde einfach nach Hause fahren und Mals komplette Habe aus dem Fenster ihrer Wohnung im dritten Stock hinauswerfen. Aber tatsächlich wusste sie genau, dass sie die Miete in Battersea nie allein bezahlen könnte.

»Angenommen, seine neue Freundin zieht ein«, fuhr Evelyn fort. »Was machst du dann?«

Bethan biss sich auf die Lippe. Es war schlimm genug, sich Mal mit einer anderen in einem Hotel in Brighton vorzustellen, noch schlimmer war die Vorstellung, dass er mit einer anderen in ihrer gemeinsamen Wohnung leben würde. Aber es war Mals Wohnung. Sein Name stand im Mietvertrag; er hatte sie angemietet, als er den Job in der Werbeagentur in London ergattert hatte. Als sie sich bei einer Party kennengelernt hatten, hatte Bethan gerade ihren Abschluss gemacht und war zurück zu ihren Eltern in die Wohnung über der kleinen Töpferwerkstatt in Battersea gezogen, gleich um die Ecke von dem prächtigen Mietshaus, in dem Mal wohnte.

Sie war mehr oder weniger aus Versehen eingezogen, Stück um Stück, bis sich der größte Teil ihres Besitzes in Mals Wohnung befand. Manchmal hatte Bethan den Eindruck, dass ihre häusliche Gemeinschaft von Mals Seite aus eher auf Resignation als auf einer Einladung beruhte. Zum Beispiel hatte er sich absolut quergestellt, als Bethan versucht hatte, ihre Katze Ottis zu sich zu holen. Mal sagte, Katzen seien ihm unheimlich. Also war Ottis bei Bethans Eltern geblieben, wo man ihn meist zusammengerollt in einer der großen Obstschalen fand, die Bethans Vater herstellte.

»Ich würde dich natürlich bezahlen«, sagte Evelyn. »Keine große Summe, aber du hättest in der Zeit natürlich auch keine Mietkosten.«

Von der Blumenvase auf der Schubladenkommode zog der schwere Duft der Hyazinthen in Bethans Nase.

»Und ich komme auch für deine Verpflegung auf«, fügte Evelyn hinzu. »Vorausgesetzt, du isst keine Unmengen von diesen schrecklich teuren Bio-Granatäpfeln oder Beluga-Kaviar zum Frühstück.«

»Guten Morgen!« Toms Gesicht tauchte in der Tür auf. Er hielt eine Ausgabe der *Vogue* in der Hand und winkte fröhlich damit. Bethan freute sich zu sehen, dass er die schlechte Laune vom Vorabend inzwischen abgelegt hatte. »Die habe ich bei der Post am Eingang gefunden, und da ich Sie kenne, Evelyn, dachte ich mir, Sie wollen sie bestimmt so schnell wie möglich lesen.« Sein Blick wanderte von Evelyn zu Bethan und wieder zurück. »Ist alles in Ordnung?«

»Ich schikaniere Bethan nur mal wieder«, verkündete Evelyn vergnügt. »Ich tue mein Bestes, um sie dahin gehend zu manipulieren, dass sie den ganzen Sommer bleibt.«

Tom sah Bethan an.

»Wollen Sie das denn?«

»Na ja …«

»Da kommt die Schikane ins Spiel«, klärte ihn Evelyn auf. »Ich mache sie mürbe. Ich glaube, sie ist kurz davor zuzustimmen.«

»Ich kenne da ein kleines Mädchen, das sich sehr freuen würde zu hören, dass Sie noch länger bleiben«, sagte Tom. »Tilly hat auf der Heimfahrt gestern ununterbrochen von Ihnen gesprochen.«

»Tatsächlich?«, fragte Bethan überrascht. »Ich fühle mich schrecklich, weil ich ihr erlaubt habe, so viele Süßigkeiten zu essen und nach draußen in die Kälte zu gehen. Und es tut mir leid, dass sie sich wegen der Gemälde so aufgeregt hat.«

»Welche Gemälde?«, wollte Evelyn wissen.

»Ihre Damen unter der Terrasse«, sagte Tom. »Sie wissen ja, wie fasziniert Tilly von ihnen ist.«

Evelyn lehnte sich an ihren Kissenberg und schloss die Augen.

»Ich muss jemanden kommen lassen, der sie wieder übertüncht. Ich werde David Dashwood fragen, ob er einen seiner Platzwarte entbehren kann.«

»Aber die sind doch sicher von historischem Interesse«, wandte Bethan ein.

»Das denke ich auch«, stimmte Tom zu. »Wertvolle Relikte aus dem Zweiten Weltkrieg.«

»Vielleicht sollten wir einen Historiker kontaktieren?«, schlug Bethan vor. »Die Bilder sind ein Teil der Erinnerungen an den Krieg und die Rolle, die das Haus dabei gespielt hat.«

»Nein! Ich kann hier keine Historiker brauchen! Und ich brauche auch keine Relikte oder Erinnerungen an den Zweiten Weltkrieg! Warum sollte sich irgendjemand an diese schreckliche Zeit erinnern wollen?« Evelyn hatte die Augen wieder aufgeschlagen und war entrüstet. Bethan und Tom verstanden nicht, warum sie so gereizt war, und wechselten einen kurzen Blick.

»Geh zum Golfclub.« Evelyn zeigte auf Bethan und wedelte wild mit ihrem eingegipsten Arm. »Geh und sag Mister Dashwood, dass diese Bilder umgehend übermalt werden müssen. Hast du mich verstanden? Ich will, dass sie weg sind. Ich will, dass sie sofort verschwinden!«

Kapitel 13

Evelyn

Sie waren nach unten gegangen. Tom hatte gesagt, er wolle mit Bethan über die Medikamente sprechen, aber Evelyn wusste, dass sie tatsächlich über sie zu reden gedachten. Sie konnte sich gut vorstellen, wie sie mit leisen Stimmen über sie sprachen.

So aufgebracht habe ich sie noch nie erlebt, würde Tom sagen und mit besorgter Miene den Kopf schütteln. *Behalten Sie sie besser im Auge. Wir wollen nicht, dass ihr Blutdruck noch weiter hochgeht.*

Ihr Blick fiel auf die *Vogue*, die Tom für sie raufgebracht hatte. Sie lag gleich neben ihr auf der Decke. Auf dem Cover lächelte ein schönes, junges Mädchen mit glänzendem Haar und unerreichbar ebenmäßiger Haut. Neben ihrem Kopf stand: *Im neuen Kleid durch den Frühling wirbeln!*

Sie versetzte der Zeitschrift einen Stoß mit ihrem Gipsverband, das Magazin rutschte über die Bettkante und fiel mit dumpfem Schlag zu Boden.

Evelyn starrte die Tür an und wünschte, Bethan und Tom würden zurückkommen. Denn sie hatte vor, *haut ab und lasst mich in Ruhe* zu schreien, sobald sie es täten.

Niemand kam. Sie entschied sich gegen *haut ab* und beschloss, stattdessen freundlich zu sein. Wenn sie weiter so heftig reagierte, würde sie nur neue Fragen zu den Gemälden provozieren.

Noch immer kam niemand.

Sie trommelte mit den Fingerspitzen auf der Decke. Vielleicht war Bethan ja schon unterwegs zum Golfclub, um David über den Job zu informieren, der zu erledigen war. Aber sie bezweifelte, dass das Mädchen so folgsam war. Bethan hatte so einen stählernen Glanz in ihren hübschen Augen, der Evelyn an Nelli erinnerte.

Evelyn stöhnte. Darauf angewiesen zu sein, dass andere Leute alles für einen erledigen, war einfach unerträglich. Vor drei Tagen hätte sie in ihren MG springen und selbst zu David fahren können, einfach so. Nun musste sie ihre Wünsche rechtfertigen, sogar Gründe nennen. Dies war ihr Haus, und das waren ihre Bilder. Mit denen konnte sie machen, was sie wollte.

Es war ja nicht so, dass Jack eines Tages wieder zurückkommen würde, um Anspruch auf sie zu erheben. Er hatte sich vor über siebzig Jahren einfach in Luft aufgelöst und war so plötzlich, wie er gekommen war, wieder aus ihrem Leben verschwunden. Evelyns Gedanken kehrten zu jenem Nachmittag zurück, an dem sie Jack Valentine das erste Mal begegnet war, nicht bei einem Tanz oder auf der Straße, nein, an einem Berghang an einem trüben Wintertag.

Dezember 1943

Trostlos, das war das einzige Wort, das ihr einfallen wollte.

Trostlos, trostlos, trostlos, dachte sie, während sie durch das große Sprossenfenster im Erker blickte. Der Regen perlte in unablässigen Tränen über das Glas, und der Wind pfiff singend durch die undichten Fenster.

Davor lag eine Welt aus nichts. Der Garten unter ihr war zur Gänze in einem dichten grauen Nebel verschwunden. Genauso trostlos wie diese Aussicht war jene auf das Weihnachtsfest, das drohend näher rückte. Sie fürchtete, dass es sogar noch schlimmer werden würde als das letzte. Damals hatte Lady Vaughan kaum mit ihr gesprochen und mehr als deutlich durchblicken lassen, dass Howard ihrer Ansicht nach mit Evelyn trotz ihres Vermögens keine gute Wahl getroffen hatte. Evelyn hätte ihrer Schwiegermutter am liebsten erzählt, was sie wusste. Was sie durch den Brief über Loretta Day und Lady Vaughans hochgeschätzten Sohn erfahren hatte.

Loretta, der Name bereitete Evelyn Übelkeit. Noch immer sah sie die schwungvolle Signatur am Ende des Briefes vor sich, noch immer traf sie der Hohn dieser Worte.

Der Brief war nach einem kurzen Osterbesuch von Howard eingetroffen. Evelyn hatte sich wochenlang darauf gefreut, ihn zu sehen. Sie hatte gehofft, dass sich endlich etwas ändern würde, sie hatte *beschlossen*, dass sich etwas ändern würde. In der Bibliothek von Vaughan Court hatte sie ein Buch entdeckt, versteckt hinter dem Gesamtwerk von Shakespeare: *Dr. Birthwisthle's Guide to Marital Relations*, erschienen im Jahr 1902. Obwohl Dr. Birthwisthles Ausführungen ziemlich verklausuliert formuliert waren, hatte Evelyn sie recht erhellend gefunden.

Aber als Howard aus London eingetroffen war, hatte er sich mit einer Erkältung geplagt und darum gebeten, dass ein separates Schlafzimmer für ihn vorbereitet wurde. Evelyn war enttäuscht gewesen, doch am Ende der Woche, als es ihm bereits viel besser zu gehen schien, war sie um Mitternacht auf Zehenspitzen den Korridor hinuntergehuscht und hatte sich ganz leise in sein Zimmer geschlichen.

»Ich dachte, du hättest vielleicht gern Gesellschaft«, hatte sie in einem Tonfall geflüstert, von dem sie hoffte, dass er nach Begehren klang, als sie zu ihm unter die Decke geschlüpft war. Howard hatte kurz gehustet und ihr den Rücken zugedreht.

»Ich fürchte, ich fühle mich immer noch nicht so gut.«

Evelyn hatte lange Zeit still auf dem Rücken gelegen und in die Dunkelheit gestarrt, ehe sie wieder aufgestanden und in ihr Zimmer zurückgekehrt war.

Der Brief war am nächsten Tag eingetroffen. Howard war bereits mit dem Frühzug nach London gefahren. Evelyn entdeckte den cremefarbenen Umschlag auf den Fliesen in der Eingangshalle, als sie gerade auf dem Weg war, Lady Vaughan zum Mittagessen Gesellschaft zu leisten. Mrs Moggs sammelte morgens stets die Post ein und brachte sie in Lady Vaughans Arbeitszimmer. Wenn sie für Howard war, trug sie die Adresse seiner Wohnung in der Sloane Street ein, und Olwyn musste sie rechtzeitig für die zweite Zustellung zum Postamt bringen. Evelyn war verwundert, dass Mrs Moggs ein Brief heruntergefallen war; Mrs Moggs war bei allem, was sie tat, äußerst penibel.

Evelyn bückte sich und hob ihn auf. Die Schrift auf dem Umschlag war so verschnörkelt, dass es ihr schwerfiel, sie zu entziffern, aber sie erkannte, dass er an Howard adressiert war. Sie drehte den Umschlag um. Sie sah einen zarten Lippenstiftabdruck und nahm einen Duft wahr. Evelyn hielt sich den Umschlag an die Nase, irgendetwas ekelhaft Süßes. Veilchen. Sie zögerte, sah sich um, um sich zu vergewissern, dass niemand sie beobachtete, und steckte den Brief in ihre Rocktasche.

Evelyn erinnerte sich noch immer, dass es zum Mittagessen *Käse-Linsen-Küchlein* gegeben hatte, ein Rezept, das Mrs Moggs einem Flugblatt der Regierung verdankte. Es hatte abscheulich geschmeckt.

Nach dem Mittagessen war Evelyn hinausgegangen und den Bergpfad hinaufgestiegen. Sie hatte sich so weit vom Haus entfernt, wie sie nur konnte. Als sie den Brief gelesen hatte, hatte sie sich übergeben. Kleine rote Linsen hatten sich überall auf dem felsigen Boden verteilt.

Acht Monate später schauderte es Evelyn bei der Erinnerung an den Brief noch immer. Sie konnte den Veilchenduft beinahe noch riechen, als sie an dem großen Schlafzimmerfenster stand und in den trostlosen Dezembernachmittag hinausblickte.

Inzwischen hämmerte der Regen geradezu an das Fenster, und das Singen des Windes hatte sich zu einem Heulen gesteigert. Die Fensterscheiben rasselten. Sie wich zurück. Sie fürchtete, die Scheiben könnten bersten. Das ganze Zimmer schien zu beben. Dann hörte sie einen lauten Knall, nicht im Haus, aber in der Nähe. Evelyn verrenkte sich den Hals, um draußen etwas erkennen zu können, aber alles lag im Nebel. Dann hörte sie Geschrei von unten. Die Jungs.

»Ein Absturz, es hat einen Absturz gegeben.«

Ohne nachzudenken, stürmte sie los, hinaus aus dem Schlafzimmer. Beinahe wäre sie gestürzt, als sie die Treppe hinunterhastete. Wenig damenhaft rutschte sie durch die Eingangshalle und zerrte an der schweren Eichentür, bis sie nachgab und sich öffnete.

Der Regen war in Graupel übergegangen, winzige Eisklümpchen stachen in ihre Wangen. Ihre Füße wurden taub in den dünnen Hausschuhen. Doch sie ignorierte die Kälte ebenso wie die Tatsache, dass sie keinen Mantel anhatte, und rannte um das Haus herum. Die Jungs waren verschwommene Flecken im Nebel, kraxelten aber schon den Pfad in die Berge hinauf.

»Peter, Billy.«

Sie rief ihre Namen und rannte, so schnell sie konnte, hinter ihnen her, kletterte über Steine und Findlinge. Brandgeruch lag schwer in der Luft.

Der Nebel war so dicht, dass sie nicht sehen konnte, wo sie hintrat. Ständig rutschte sie auf dem Schiefer aus, während sie sich von dem orangefarbenen Schimmer oben am Berg leiten ließ. Und von dem Geruch. Brennendes Gummi und Maschinenöl. Inzwischen hatte sie die Jungs überholt, stapfte durch Bäche, stolperte über Felsbrocken, und ihre Wangen brannten von dem eiskalten Graupel.

»Warten Sie«, riefen Peter und Billy ihr nach. »Warten Sie auf uns.«

Schließlich holten die beiden sie ein, und sie nahm Peters Hand, um ihm über die Felsen zu helfen, während Billy bereits weiterlief.

»Das ist einer der Yankeebomber«, rief er ihnen zu. »Und er ist gegen unseren verdammten Berg geknallt.«

»Vorsichtig«, warnte sie ihn. »Pass auf, dass du nicht fällst.«

Als sie den verbeulten Haufen Metall erreichte, lichtete sich der Nebel ein wenig. Evelyn sah Kabel und Glas und eine Tragfläche, zusammengefaltet wie eine Konzertina.

Billy stand in der Nähe des Wracks und zog sich den Pullover über Mund und Nase, um sich vor dem Qualm und den Dämpfen zu schützen. Auch Evelyn und Peter blieben stehen und betrachteten mit Entsetzen das Bild, das sich ihnen bot. Das Flugzeug war riesig, ein Goliath aus Metall in der Wildnis der gebirgigen Landschaft. Die Tragfläche, die gegen den Felsen geprallt war, brannte; Flammen leckten an einem der gewaltigen Propeller.

»Die Treibstofftanks werden explodieren«, schrie Billy gegen den Wind. Evelyn schirmte ihre Augen vor dem Rauch ab. Die Flammen näherten sich langsam der Nase des Flugzeugs. Diese zierte das gemalte Bildnis einer glamourösen Dame, die so gar nicht zu den Trümmern passen wollte, nebst den Wörtern *The Lady Bountiful* in kunstvollen blauen Lettern. Über dieser Galionsfigur konnte sie das Cockpit erkennen, doch sie wandte den Blick ab. Sie konnte nicht ertragen, was hinter der Scheibe zu sehen war.

»Sieh doch!« Peter ließ ihre Hand los und zeigte auf das Flugzeug. »Da ist ein Mann.«

Evelyn zwang sich hinzusehen. Da war eine Gestalt, die nach vorn gegen das Glas gesunken war, den Kopf in einem beängstigenden Winkel zum Körper. Blut lief über das Gesicht des Mannes, und Blut benetzte die Scheibe des Cockpits.

»Der ist tot«, sagte Billy.

»Da ist noch jemand«, rief Peter.

Neben dem leblosen Mann befand sich noch ein weiterer Pilot im Cockpit. Er war in seinem Sitz zusammengesunken, und sie konnten nicht viel mehr als seinen Helm erkennen.

»Ich glaube, der ist auch tot«, sagte Billy.

Aber während Evelyn durch den Rauch hinschaute, glaubte sie zu sehen, wie sich der zweite Mann bewegte. Er hob den Kopf und streckte dann langsam einen Arm in die Höhe, als wollte er versuchen, die Scheibe einzuschlagen.

»Verdammter Mist«, fluchte Billy.

»Er lebt«, sagte Peter.

Sie konnten das Hämmern hören, als der Flieger gegen die Scheibe schlug.

»Wartet hier«, befahl Evelyn den Jungs.

»Ich helfe Ihnen«, erbot sich Billy.

»Warte einfach.« Sie rannte bereits über den torfigen Boden.

»Was ist mit den Treibstofftanks?«, brüllte Peter. »Lady Evelyn, das dürfen Sie nicht riskieren.«

Evelyn ignorierte ihn genauso wie die Hitze, die sie zurücktreiben wollte. Sie lief einfach weiter, bis sie das Flugzeug erreicht hatte. Dort blickte sie auf; sie konnte den Piloten durch die Scheibe erkennen. Sein Gesicht glänzte vor Schweiß, seine Augen waren geweitet, und er sah sie flehend an. Er sagte etwas zu ihr, aber sie konnte ihn nicht verstehen. Seine behandschuhte Hand schlug wieder und wieder an das Glas.

Evelyn wusste, sie musste ihn da rausholen. Das Flugzeug lag schief am Hang, was es ihr einfacher machte, auf die Tragfläche und an den mächtigen Propellern vorbeizuklettern. Sie konnte

Treibstoff aus einem der Tanks laufen sehen; der Geruch war beißend, er brannte in ihrer Kehle und schnürte ihr die Luft ab. Sie erreichte das Cockpit; das Gesicht des Soldaten war nur ein paar Zentimeter von ihrem entfernt, und er sah ihr in die Augen. Sie las von seinen Lippen.

»Zurück, zurück.« Das wiederholte er ständig. Evelyn achtete nicht darauf, zog sich den Ärmel ihrer Strickjacke über die Faust und schlug von außen gegen die Scheibe, doch ohne Erfolg. Schließlich setzte sie sich hin und trat mit dem Fuß zu, doch auch das half nichts. Das Glas war viel zu dick.

»Hier, fangen Sie.« Als sie hinabblickte, sah sie Billy und Peter unten neben dem Flugzeug stehen. Billy hatte einen Felsbrocken in der Hand. Einen Sekundenbruchteil später hatte er ihn schon zu ihr geworfen. Sie fing ihn auf, wurde aber von der Wucht seines Gewichts zurückgeworfen und wäre beinahe von der Tragfläche gefallen. Doch sie fand ihr Gleichgewicht wieder, umfasste den schweren Stein mit beiden Händen und knallte ihn wieder und wieder gegen die Scheibe. Dabei sah sie, wie sich die Flammen auf der anderen Seite auf das Cockpit zubewegten.

»Runter«, brüllte sie den Flieger an und winkte ihm zu, er solle sich ducken. Dann trat sie einen Schritt zurück und schleuderte den Stein mit aller Kraft gegen das Glas. Die Scheibe bekam einen Sprung, dann ein Netz aus Sprüngen, und dann zerschellte das Glas in tausend Teile, die wie Diamanten auf den Helm und den Fliegeranzug des Mannes regneten. Die Scherben glitzerten in dem flackernden Feuerschein, als sich der Mann wieder aufsetzte und die scharfen Kanten aus dem Rahmen schlug.

Er wollte aufstehen, konnte aber nicht.

»Ich bin eingeklemmt«, hörte Evelyn ihn mit amerikanischem Akzent sagen. Er drückte sich mit den Händen hoch und versuchte, sich aus dem Sitz zu stemmen. Evelyn schaute durch das zerbrochene Fenster hinein. Sie sah, dass der andere Mann von einem Maschinenteil aufgespießt worden war, und war sich nun ganz sicher, dass er tot war.

»Mein Bein«, sagte der zweite Pilot. »Mein Bein ist eingeklemmt.«

Evelyn blickte an ihm hinab und sah, dass die Cockpitinstrumente sein Bein an der geborstenen Innenwand des Flugzeugs festhielten.

»Können Sie das Bein überhaupt bewegen?«

Der Mann zog die Lederhandschuhe aus und versuchte, sein Bein mit den Händen herauszuziehen; er stöhnte vor Schmerzen.

»Ein bisschen«, sagte er.

»Ich werde versuchen, Sie rauszuziehen«, sagte sie und blinzelte gegen die Tränen an, die die Dämpfe ihr in die Augen trieben. »Versuchen Sie, gleichzeitig das Bein von der Wand wegzubewegen. Aber das wird wehtun.«

»Tun Sie es einfach«, sagte der Mann. »So schnell Sie können.«

Evelyn zog. Der Pilot stöhnte erneut, doch sein Körper rührte sich nicht. Sie sah sich zu den näher kommenden Flammen um, die inzwischen an dem Fenster auf der anderen Seite des Cockpits leckten, größer wurden und über das Glas zum Dach züngelten. Im Cockpit wurde es immer heißer.

Evelyn rief Billy und Peter.

»Ihr müsst mir helfen!«

Die Jungs kletterten auf die Tragfläche, und dann zogen sie alle drei an dem Mann. Doch es war zwecklos, der Flieger saß fest. Peter kletterte in das Cockpit und zwängte sich zwischen die beiden Männer.

»Sei vorsichtig«, rief Evelyn.

»Ich glaube, ich kann sein Bein lösen«, antwortete Peter. »Ich muss es nur da rüberschieben.«

Der Mann schrie vor Schmerzen.

»Sein Knochen guckt raus.«

»Zieht mich einfach raus«, brüllte der Pilot.

Peter drückte sein Bein erneut von den Trümmern der Instrumente weg, während Evelyn und Billy je einen Arm hielten und den Flieger mit einer gewaltigen Kraftanstrengung hoch und aus dem Flugzeug zerrten. Sie nahmen sich nicht die Zeit, sich sein Bein anzusehen oder besondere Rücksicht auf seine Verletzung zu nehmen, sondern schleiften ihn über die Tragfläche und auf den Boden und weiter über den felsigen Untergrund, so weit wie möglich weg von dem Flugzeug. Peter holte zu ihnen auf und nahm die Beine des Fliegers, doch dann stolperte der Junge und ließ sie wieder fallen, worauf der Mann einen fürchterlichen Schrei ausstieß.

»Schon gut, Junge«, keuchte der Flieger, als Peter sich immer wieder entschuldigte. »Es ist okay, Junge, lass die zwei mich einfach wegziehen.«

Schließlich kam Evelyn zu dem Schluss, dass sie nun weit genug weg waren.

»Stopp«, keuchte sie. Sie stand mit einem Fuß in einem seichten Bach, und eiskaltes Wasser umspülte ihr Fußgelenk, während sie und Billy den Verletzten stützten, damit er sich auf sein unverletztes Bein stellen konnte. Das andere jedoch sah entsetzlich verdreht aus, und der weiße Stumpf eines gebrochenen Knochens hatte sich schauriger Weise durch das Hosenbein seines Fliegeranzugs gebohrt.

Evelyn drehte sich zu dem Wrack um. In diesem Moment blitzte ein gewaltiges Licht auf, und der ohrenbetäubende Donner einer Explosion hallte von den Bergen wider. Das ganze Flugzeug war ein einziges Flammenmeer. Metallstücke und Glasscherben regneten um sie herum zu Boden, krachten auf die Felsen und fielen zischend in den Bach.

»Jesus«, ächzte der Pilot.

»Jesus«, sagten Billy und Peter wie aus einem Munde.

»Verdammt noch mal«, flüsterte Evelyn. »Das war knapp.«

Sie stolperte ein wenig unter dem Gewicht des Fliegers und hörte ihn leise wimmern. »Sorry.« Sie sah ihn an, und er erwiderte ihren Blick aus den dunkelsten braunen Augen, die sie je gesehen hatte.

»Ich glaube, Sie müssen ein Engel sein«, sagte er und brach zusammen.

Zu dritt schafften sie es irgendwie, den verletzten Piloten noch ein paar Meter weiter von dem brennenden Flugzeug weg und auf die andere Seite des morastigen Bachs zu schleifen, aber um ihn zu tragen, war der bewusstlose Mann einfach zu schwer.

»Geht zurück zum Haus«, befahl Evelyn den beiden Jungs an. »Holt irgendetwas, das sich als Trage eignet, ein Brett oder eine Leiter. Vielleicht hat der alte Dobbs eine in seinem Schuppen. Und sagt Mrs Moggs, sie soll den amerikanischen Luftstützpunkt benachrichtigen. Wir brauchen hier dringend einen Rettungswagen.«

Die Jungs hatten Bedenken, sie allein zurückzulassen.

»Es wird dunkel«, sagte Peter.

»Sie werden hier oben erfrieren«, mahnte Billy.

»Ich komme zurecht. Beeilt euch einfach.«

Als sie weg waren, schaute Evelyn sich um. Sie sah das Wrack am Berg glühen und hörte das Knistern und Knacken des Feuers. Evelyn kniete sich neben den Flieger und hoffte, dass sie das Richtige getan hatten, als sie ihn auf den Rücken gelegt hatten. Sein Gesicht war fahl und feucht von dem Nieselregen, der den Graupel abgelöst hatte. Evelyn berührte seine Wange. Seine Lider flatterten, und er sah aus, als wollte er etwas sagen.

»Pst«, machte Evelyn besänftigend. »Hilfe ist unterwegs.«

Er murmelte etwas Unverständliches. Evelyn beugte sich näher zu ihm, das Ohr nahe an seinem Mund.

»Mein Helm«, sagte der Flieger nun deutlicher, und sie fühlte seinen heißen Atem an ihrem Hals.

»Soll ich ihn abnehmen?«

Wieder murmelte er etwas, und Evelyn nahm an, dass es Ja heißen sollte. Vorsichtig zog sie ihm den Lederhelm vom Kopf. Sein Haar war dunkel, länger, als sie erwartet hatte, und der Wind blies ihm die Locken ins Gesicht. Sie strich sie zurück. Er stöhnte. Obwohl sie fror, zog sie ihre Strickjacke aus, faltete sie zu einem Kissen zusammen und schob sie ihm unter den Kopf.

»Sie werden wieder gesund«, flüsterte sie. »Alles wird wieder gut.«

Er blickte zu ihr auf. Seine Augen erinnerten sie an Schokolade, und er hatte lange, wunderschön geschwungene Wimpern. Sie strich ihm eine weitere Locke aus der Stirn, und da lächelte er sie an.

»Danke«, flüsterte er, schloss die Augen und versank wieder in Bewusstlosigkeit.

Die Zeit schien mal schneller, mal langsamer zu laufen, während Evelyn an dem feuchten, kalten Berghang auf Hilfe wartete. Später ging sie das Geschehen tausendmal im Kopf durch. Manchmal schien es ewig zu dauern, manchmal im Handumdrehen vorbei zu sein.

Sie hatte die Hand des Fliegers ergriffen, die in einem Lederhandschuh steckte. Trotzdem fühlte sie sich groß und warm an. Die ganze Zeit hatte sie zu ihm gesprochen. Mit den tröstlichsten Worten, die ihr in den Sinn kommen wollten, hatte sie beruhigend auf ihn eingeredet und sich immer wieder vergewissert, dass er noch atmete, indem sie die Wange an seine Brust gelegt hatte. Einmal hatte sie seine Lippen mit den Fingern berührt, um seinen Atem zu suchen und so ganz sicherzugehen, dass er noch am Leben war.

Sie fragte sich, wo er wohl herkam, versuchte, sich sein Leben in Amerika vorzustellen. Basis ihrer Fantasie waren die Hollywoodfilme, die sie gesehen hatte. Sie bezweifelte zwar, dass er lebte wie Fred Astaire oder Humphrey Bogart, aber vielleicht stammte er aus einem mit weißen Schindeln verkleideten Haus, vielleicht hatte er eine Mutter, die Maisbrot buk, und eine Liebste im Haus nebenan, so wie Gene Kelly in dem Film, den sie vor ein paar Wochen gesehen hatte.

Es war fast dunkel, als die Jungs mit einer alten Tür aus Kiefernholz zurückkehrten. Der alte Dobbs folgte ihnen schnaufend mit einem dicken Seil in der Hand. Sie hoben den Soldaten auf die Tür und banden ihn mit dem Seil fest, sodass er nicht herunterrutschen konnte. Evelyn stopfte ihm erneut die Jacke unter den Kopf, und dann trugen sie ihn zu viert so vorsichtig wie möglich den Berg hinunter zum Haus.

Als sie dort eintrafen, fuhr gerade ein Rettungswagen der US Air Force vor, gefolgt von einem Jeep. Ein paar Minuten später war der Flieger bereits auf eine professionellere Trage umgeladen und wurde im Eiltempo abtransportiert. Die beiden uniformierten Lieutenants in dem Jeep blieben noch, um Evelyn und den Jungs ein paar kurze Fragen darüber zu stellen, was oben am Berg passiert war, und dann waren auch sie wieder fort.

»Genug Aufregung für einen Tag!«

Mrs Moggs tauchte auf und scheuchte die Jungs zum Abendessen in die Küche, und Evelyn blieb allein in der dunklen Auffahrt zurück. In den Händen hielt sie ihre Strickjacke. Sie hob sie an ihr Gesicht. Noch immer konnte sie den Rauch des brennenden Flugzeugs riechen, das Leder des Helms, und sie roch noch etwas anderes, das eine Erinnerung an die Süßigkeiten weckte, die Evelyn vor dem Krieg so geliebt hatte: Sherbet Lemons, von jeher ihre Lieblingsbonbons.

»Lady Evelyn, Sie müssen reinkommen. Sie werden sich hier draußen noch den Tod holen.«

Nelli stand in der offenen Eingangstür.

Evelyn machte kehrt, und als sie langsam die Stufen zu dem düsteren Haus hinaufstieg, breitete sich ein schauerliches Gefühl der Leere in ihr aus, als hätte sie jemanden verloren, den sie schon seit Jahren kannte.

Die Absturzstelle übte eine gewaltige Faszination auf die Jungs aus. In den Wochen vor Weihnachten verschwanden sie regelmäßig den Berg hinauf und kehrten mit neuen Schätzen aus dem Wrack zurück, mit Gewindemuttern und Schrauben und Teilen vom Rumpf.

Als sie eines Sonntags erst nach dem Dunkelwerden von einer dieser Expeditionen zurückkamen, regte sich Mrs Moggs fürchterlich auf und sperrte sie ohne Abendessen im Keller ein. Nicht einmal eine Decke zum Schutz vor der Kälte gab sie ihnen mit.

Als Nelli kam, um Evelyns Bad einzulassen, erzählte sie ihr, welches Schicksal die Jungs ereilt hatte. Sofort ging Evelyn in die Küche, wo Mrs Moggs mit Olwyn am Tisch saß. Beide polierten das Silber, das am Weihnachtsabend beim Essen benutzt werden sollte. Evelyn bat Mrs Moggs, Peter und Billy wieder rauszulassen.

»Sie sind jetzt schon seit drei Stunden da unten in der Kälte und der Dunkelheit, und sie hatten seit dem Mittag nichts zu essen.«

Aber Mrs Moggs hatte nur stoisch weiterpoliert und Evelyns Bitten ignoriert. Evelyn hatte nie vergessen, wie Olwyn sie angegrinst hatte. Dieses kleine Mädchen genoss es offensichtlich sehr, dass seine Mutter über Evelyns verzweifelte Bitten einfach so hinwegging.

Evelyn hatte die Küche verlassen, um ihre Schwiegermutter in ihrem, wie Lady Vaughan zu sagen pflegte, *privaten Flügel* aufzusuchen.

Lady Vaughan hatte an ihrem Chippendale-Sekretär gesessen und geschrieben. Über ihren Schultern lag ein edler Wollschal, und auf dem Rost des Marmorkamins flackerte ein warmes Feuer. Sie nahm ihren Kneifer ab und bedachte Evelyn mit einem bitterbösen Blick, weil diese die Unverfrorenheit besaß, einfach so in ihr Territorium einzudringen.

»Ich weiß, dass die Jungs im Keller sind«, sagte sie und widmete sich wieder ihrem Brief. »Mrs Moggs hat mich nach dem Abendessen darüber informiert.«

»Die Temperatur liegt unter dem Gefrierpunkt; sie können sich da unten unmöglich warm halten.«

»Sie werden lernen müssen, pünktlich zu sein, Evelyn.«

»Aber sie so zu bestrafen, ist übertrieben hart.«

»Sie sind nicht wie wir, Evelyn. Sie stammen aus einem Liverpooler Elendsviertel. Es sind harte Maßnahmen erforderlich, damit sie begreifen, dass sie jetzt nicht mehr in einem Slum leben.«

»Aber …«

»Bitte geh jetzt. Ich schreibe einen Brief an Howard. Der arme Junge arbeitet so schwer, um dem Premierminister zu helfen, den Krieg zu gewinnen.«

Evelyn hätte am liebsten Lady Vaughans Tintenfass genommen und es nach ihr geworfen, doch stattdessen kehrte sie in ihr Zimmer zurück, um sich gemeinsam mit Nelli einen Plan zu überlegen, wie sie die Jungs aus ihrer Lage befreien konnten.

Aber was sie vorhatten, schlug fehl. Mrs Moggs blieb bis weit nach Mitternacht in der Küche und polierte das Silber, und als sie schließlich zu Bett ging, nahm sie den Schlüssel mit.

Evelyn und Nelli hatten an der Kellertür gerüttelt, aber sie war fest verschlossen. Also hatte Evelyn den Jungs durch das

Schlüsselloch zugerufen: »Schaut, ob ihr einen alten Kartoffelsack findet, in den ihr euch wickeln könnt, um euch warm zu halten.«

»Keine Sorge, Lady Evelyn«, hatte Billy geantwortet. »Wir kriegen das hin. Wir haben ja uns.«

Aber am Morgen hatte Peter gehustet. Einen Tag später hatte er Fieber. Er konnte nicht an der Weihnachtsaufführung der Schule teilnehmen, in der er einen der Weisen aus dem Morgenland hätte spielen sollen, und auch die Teegesellschaft im Dorf, wo es Sandwiches mit echter Marmelade gab, verpasste er. Olwyn dagegen gewann bei einem Pass-the-Parcel-Spiel eine Orange.

Am Weihnachtsmorgen hatte Evelyn Peters Geschenk hinauf in die Dachkammer neben Nellis Zimmer gebracht, die er sich mit Billy teilte.

»Ich wollte immer ein Tagebuch haben«, sagte er mit einem strahlenden Lächeln, als er das kleine, ledergebundene Büchlein ausgepackt hatte.

Billy hatte sie eine Zwille geschenkt. Sie wusste, dass eine Waffe ihn weit mehr begeistern würde als ein Tagebuch. Er war ständig draußen und zielte mit Steinen auf alle möglichen Dinge.

»Soll ich dir ein Geheimnis erzählen?«, fragte sie Peter.

Der kleine Junge, der unter einer dünnen grauen Decke in seinem Bett lag, nickte.

»Die Amerikaner werden ein Lazarett bauen.«

»Wo?«, fragte Peter mit großen Augen.

»Hier«, flüsterte Evelyn. »Genau hier auf Vaughan Court.«

Kapitel 14

Januar 1944

Am Neujahrstag rollten die Bagger die Auffahrt hinauf, die Vorboten einer Invasion, die noch folgen sollte.

Von ihrem Zimmer aus sah Evelyn zu, wie der jakobinische Knotengarten geräumt und der Boden eingeebnet wurde. Binnen einer Woche wuchs eine ganze Stadt daraus empor: mehr als zwanzig grün angemalte Wellblechhütten in säuberlichen Linien, dazwischen mit Beton befestigte Straßen. Arbeiter wimmelten Tag und Nacht auf dem Gelände herum, dämmten die Gebäude, installierten Lampen und Holzöfen und schafften all die Möbel und die übrigen Ausrüstungsgegenstände herbei, die man in einem Lazarett benötigte.

Die medizinische Einheit traf Anfang Februar ein, Ärzte, Schwestern, Verwaltungsmitarbeiter, und bald darauf setzte der endlose Strom der Krankenfahrzeuge ein, die Soldaten mit Verwundungen der unterschiedlichsten Schweregrade anlieferten.

»Schauen Sie da besser gar nicht hin, Lady Evelyn«, sagte Nelli, als sie an diesem Morgen in Evelyns Zimmer kam, um das Feuer anzufachen. Evelyn sah zu, wie ein junger Mann auf einer Trage von einem Laster abgeladen wurde. Sie konnte seine qualvollen Schreie sogar durch das Glas hören, sein schmerzverzerrtes Gesicht erkennen.

»Ich ertrage das nicht«, hatte sie zu Nelli gesagt. »Ich ertrage es nicht, nichts zu tun. Ich muss helfen.«

Eine Woche später begann Evelyn mit der Arbeit. Lady Vaughan war entsetzt gewesen, als sie erfahren hatte, dass Evelyn sich um eine Stelle als Hilfskrankenschwester beworben hatte.

»Das werden wir noch sehen.«

Anschließend hatten einige zornige Telefonate mit Howard stattgefunden, doch der hatte die Idee befürwortet.

»So hast du etwas zu tun, meine Liebe«, hatte er Evelyn in seinem wöchentlichen Brief mitgeteilt.

Zusammen mit einigen ortsansässigen Mädchen, die sich ebenfalls freiwillig gemeldet hatten, bekam sie eine zweitägige Ausbildung. Am ersten Tag lernten sie, wie man Bandagen anlegt, Bettpfannen säubert und Betten schnell und ordentlich bezieht. Am zweiten Tag führte man sie in dem Lazarett herum, damit sie wussten, wo die Verpflegungszelte, die Vorratskammern und die Waschküche waren. Man zeigte ihnen auch das Postamt, wo sie Briefe für die Patienten aufgeben und Pakete in Empfang nehmen würden, die die Kranken von ihren Lieben daheim bekamen. Im Postamt befand sich zudem ein kleiner Laden, der Dinge im Angebot hatte, die Evelyn seit Jahren nicht mehr zu sehen bekommen hatte: Bananen, Schokolade, Süßigkeiten und sogar Strümpfe für die Krankenschwestern.

Zunächst war Evelyn der Station für Kopfverletzungen zugeteilt worden, aber es war schnell klar, dass die herzzerreißenden Schicksale der schwer verletzten jungen Männer zu viel für sie waren. Ihre Gesichter waren von Minen oder Kugeln zerfetzt, ihr Gehirn so schlimm in Mitleidenschaft gezogen, dass sie kaum eine Chance hatten zu überleben, ganz zu schweigen davon, je wieder ein normales Leben zu führen. Nachdem man sie das vierte Mal an einem Tag in Tränen aufgelöst angetroffen hatte, wurde sie in die Orthopädie-Baracke versetzt.

Die Soldaten in der Orthopädie waren alle bereits auf dem Weg der Besserung; ihre Knochen mochten gebrochen sein, ihr ungestümer Charme war es nicht. Sie machten ständig Witze und schäkerten mit den Schwestern. Als sie herausfanden, dass Evelyn in dem großen Haus lebte, nannten sie sie *Eure Hoheit*, was im Laufe der Wochen auf ein liebevolles *Queenie* verkürzt wurde.

Die Orthopädiepatienten wurden ermutigt, jeden Tag aufzustehen und sich anzuziehen. Dann saßen sie in der angrenzenden Freizeitbaracke und vertrieben sich die Zeit mit Karten- oder Würfelspielen, rauchten und lauschten der Musik von Swingbands, die aus einem altmodischen Grammophon dudelte. Als das Wetter wärmer wurde, saßen sie gern unter der Terrasse, um frische Luft zu schnappen oder auf einem der beiden Pooltische Billard zu spielen, die auf mysteriöse Weise dort aufgetaucht waren. Viele von ihnen saßen im Rollstuhl oder konnten nur an Krücken gehen, aber das hielt sie nicht davon ab, die Kugeln zu versenken. Das Grammophon erhielt ebenso einen neuen Platz unter der Terrasse wie die Kartentische, und jemand trieb sogar ein paar alte Lehnsessel auf. Sie installierten eine Reihe kahler Glühbirnen an der Decke, um bei Tag mehr Licht zu haben, und bald herrschte in dem langen Gewölbe eine Atmosphäre wie in einem Nachtclub; die Männer nannten ihren Treffpunkt *Die Gruft*. Evelyn schob oft Patienten im Rollstuhl dorthin, und jedes Mal wünschte sie, sie könnte den ganzen Tag dort bleiben, der Musik lauschen und den starken, süßen Kaffee genießen, den die Soldaten in rauen Mengen tranken.

Die amerikanischen Krankenschwestern kamen Evelyn vor wie Filmstars, so lebensfroh und selbstbewusst. Sie sprachen so ungezwungen über Männer und Sex wie über das Mittagessen;

sie fluchten und rauchten und zogen Evelyn beständig damit auf, dass sie so *englisch* und *prüde* sei. Und sie sahen alle hinreißend aus, hatten glänzendes Haar und ebenmäßige weiße Zähne. Selbst bei der grimmigen Oberschwester Clifford mit ihren perfekt geschwungenen Brauen und der beeindruckenden Oberweite fiel einem zum Vergleich nur Joan Crawford ein.

Außerdem waren da noch die Patienten, die ganz anders aussahen als die britischen Soldaten. Sie waren größer, breiter, viel besser genährt. Sogar auf Krücken machten die meisten noch eine gute Figur.

Billy und Peter waren nicht minder verzaubert von den Amerikanern. Die beiden Jungs verbrachten so viel Zeit wie möglich unter der Terrasse. Sobald die Schule aus war, tauchten sie dort auf. Die Soldaten gaben ihnen Kaugummis und Schokolade und zeigten ihnen, wie man Billard spielt. Sie ließen sie auch an ihren Zigaretten ziehen und brachten ihnen Würfel- und Kartenspiele bei. Mrs Moggs war fuchsteufelswild, als Olwyn ihr erzählte, dass die Jungs Poker um Pennys spielten. Sie verbot ihnen den Umgang mit den Soldaten und sperrte sie einen ganzen Tag lang in den Keller, um ihnen eine Lektion zu erteilen. Aber es dauerte nicht lang, und die Jungs waren wieder da; manchmal erwischte Evelyn sie sogar unter der Terrasse, wenn sie eigentlich in der Schule sein sollten.

Der März ging schon zu Ende, als er eintraf. Es hatte tagelang geregnet, und der Schlamm war überall, auch in den Krankenbaracken. Evelyn tat tagelang kaum etwas anderes, als Böden zu schrubben. Als sie eines Morgens auf dem Weg zur Arbeit war, nahm sie Mopp und Eimer gleich mit auf die Station, denn sie ging davon aus, dass es heute nicht anders sein würde. Doch als sie eintraf, fing eine Schwester sie an der Tür ab.

»Kannst du den Jungs heute ihren Kaffee servieren? Wir sind knapp an Personal, weil so viele Schwestern krank sind. In eurem verdammten britischen Wetter haben sich alle die Grippe geholt, dabei sollte jetzt eigentlich Frühling sein!«

Evelyn nahm sich einen der Servierwagen, schob ihn von Bett zu Bett und schenkte aus einer großen emaillierten Kanne Kaffee in weiße Metallbecher aus.

»Hey, Queenie, ich mag ihn wie meine Frauen, heiß und süß.«

»Hast du keinen Whiskey, den du mir da reintun kannst?«

»Vergiss den Neuen in der Ecke nicht, Queenie. Er ist gerade erst angekommen.«

Ohne einen genaueren Blick auf den Neuankömmling zu werfen, schenkte Evelyn den letzten Becher Kaffee ein. Mit dem dampfenden Becher in der Hand drehte sie sich um und erstarrte. Er blickte sie aus dunkelbraunen Augen an und sah so verblüfft aus, wie sie selbst es vermutlich auch tat. Dann lächelte er.

»Hi«, sagte er leise.

»Hallo.« Evelyn ertappte sich dabei, ebenfalls zu lächeln. Nach einer scheinbar endlosen Zeit schaffte sie es endlich zu fragen: »Wie geht es Ihnen?«

Er klopfte auf sein Bein, und da erst registrierte Evelyn den weißen Gipsverband.

»Ich wurde dreimal operiert und werde von einem Dutzend Metallstücken zusammengehalten, aber davon abgesehen geht es mir bestens.«

»Gut.« Evelyn fiel nichts anderes ein, und diesem einen Wort folgte eine lange Pause, in der sie den Regen auf das Dach der Baracke trommeln hörte.

»Ich habe oft an Sie gedacht.«

»Und ich an Sie, ich meine, ich hatte mich gefragt, was aus Ihnen geworden ist.« Evelyn spürte, wie sie rot wurde.

»Nachdem Sie mir das Leben gerettet haben?«

»Na ja, ich bin sicher, ich habe nicht so viel …«

»Doch, das haben Sie. Ohne Sie wäre ich nicht aus diesem Flugzeug rausgekommen.«

Wieder trat eine lange Pause ein. Evelyn fiel auf, dass sein Haar jetzt kürzer war. Sie erinnerte sich, dass sie ihm die langen dunklen Locken aus der Stirn gestrichen hatte; sie erinnerte sich, wie sich seine Lippen unter ihren Fingern angefühlt hatten.

»Hey, Queenie, gibst du dem armen Kerl jetzt einen Kaffee, oder willst du ihn nur den ganzen Tag lang angaffen?«, rief einer der anderen Männer, und die ganze Baracke brach in Gelächter aus. Evelyn fühlte, wie sie noch röter wurde. Hastig reichte sie ihm den Kaffeebecher.

»Heißen Sie wirklich Queenie?«

Sie schüttelte den Kopf. »Evelyn. Evelyn Vaughan.«

»Mein Name ist Jack. Jack Valentine.«

»Schön, Sie wiederzusehen, Jack Valentine.«

Er nippte an seinem Kaffee und blickte aus seinen Schokoladenaugen zu ihr auf.

»Ich freue mich auch, Sie wiederzusehen, Evelyn Vaughan.«

»Evelyn!«, rief Schwester Clifford mit donnernder Stimme. »Hast du diesen Mopp und den Eimer hier stehen lassen? Räum das auf der Stelle weg oder, besser noch, wisch den Boden, und danach …«

Evelyn wandte sich von Jack ab und ging zur Tür. Sie war nicht sicher, was den Rest von Schwester Cliffords Worten übertönt hatte: das Trommeln des Regens oder das Trommeln ihres Herzens.

Zu ihrem Glück bedeutete der Grippeausbruch für Evelyn, dass sie zusätzliche Schichten auf der Orthopädiestation einlegen musste. Allerdings fiel es ihr äußerst schwer, sich auf ihre

Pflichten zu konzentrieren. Schwester Clifford tadelte sie wieder und wieder für ihre Fehler, denn Evelyn lebte nur noch dafür, an Jacks Bett zurückzukehren.

»Hier ist Ihr Kaffee, Lieutenant Valentine.«

»Lassen Sie sich nicht von Schwester Clifford schikanieren.«

»Ich werde es versuchen.«

»Die Jungs hier drin sind zu dem Schluss gekommen, dass sie mit Hitler verwandt sein muss. Wir glauben sogar, dass wir den Schatten eines kleinen Schnurrbarts sehen können; sie rasiert ihn ab, wenn sie sich die Brauen zupft.«

Evelyn hatte gelacht.

Mit Jack zu reden war so leicht. Er erkundigte sich nach Dingen, nach denen sie seit Jahren niemand mehr gefragt hatte. Er fragte nach dem, was sie mochte oder nicht mochte, interessierte sich für ihre Kindheit, ihre Familie. Bald ertappte sie sich dabei, ihm alles über ihre Eltern, ihren Bruder, ihre Schwester und die Bombe, die das wunderschöne Haus in der Wilton Crescent getroffen hatte, zu erzählen.

»Das muss sehr schlimm für Sie gewesen sein. Bestimmt fehlt Ihnen Ihre Familie sehr.«

Zum ersten Mal gestand ihr jemand zu, dass es schwer für sie gewesen war.

Jack erzählte ihr von seiner Familie in Mankato, von der Eisdiele seines Vaters und seinen fünf Schwestern und all dem Unsinn, den sie anstellten, von ihren Freunden und den Tanzabenden und den hübschen Kleidern, von denen sein Vater sagte, sie würden ihn eines Tages in den Bankrott treiben.

Vor Evelyns innerem Auge entstand Mankato in prachtvollem Technicolor. Sie stellte sich die fünf schönen Schwestern vor, lachend und zankend in der großen sonnigen Küche, die Jack ihr beschrieben hatte, während seine Mutter und seine Großmutter am Herd unzählige köstliche italienische Mahlzeiten zubereiteten.

Einmal bat sie Jack, ihr die Eissorten zu nennen, die sein Vater in seiner Eisdiele servierte. Es waren mehr als fünfundzwanzig. An diesem Abend wiederholte sie all die Geschmacksrichtungen vor Nelli, als die heraufkam und ihr half, sich fürs Zubettgehen fertig zu machen. Gemeinsam saßen sie stundenlang auf ihrer Decke und überlegten, welche Sorten sie auswählen würden, wären sie in jener viele Tausend Meilen entfernten Eisdiele. Nelli hatte entsetzlichen Ärger mit Mrs Moggs bekommen, weil sie zu spät in die Küche zurückgekommen war, aber noch Wochen später flüsterten Evelyn und Nelli miteinander, wann immer sie einander begegneten, ob es auf der Treppe war oder ob Nelli einen Teller abräumte.

»Schokolade-Pfefferminz.«

»Erdbeertörtchen.«

»Zitrone-Limette.«

»Schokoladenkeks mit Karamellsoße.«

Jack erzählte ihr von dem See, den er an den Tagen, an denen er nicht in der Eisdiele gebraucht wurde, gern umrundet hatte.

»Ich träume davon, dort eines Tages ein Haus zu bauen. Mit einem riesigen Fenster mit Blick auf das Wasser.«

Als Evelyn in jener Nacht die Augen schloss, konnte sie es vor sich sehen: Jacks Haus, den See, die Schwäne, die, wie er ihr erzählt hatte, jedes Jahr zurückkehrten, um sich zu paaren. Wenn Evelyn nicht im Dienst war, träumte sie von der nächsten Schicht.

»Was stimmt nicht mit dir, Evelyn?« Lady Vaughan starrte sie über ihren Kneifer hinweg an, den sie beim Frühstück stets aufzusetzen pflegte, um ihre täglichen Listen zu schreiben. »Hast du dir womöglich diese Influenza eingefangen, die diese Amerikaner wie ein Lauffeuer zu verbreiten scheinen? Ich glaube, ich werde Howard sagen, er soll dir verbieten, auf diesem Zeltplatz zu arbeiten, den die ein Lazarett nennen.«

»Nein!« Evelyn hatte ihrer Schwiegermutter das Wort beinahe entgegengeschrien. »Entschuldigung, ich wollte sagen, es geht mir recht gut, danke. Man braucht mich dort im Lazarett, gerade jetzt, da so viele Schwestern krank sind.«

Lady Vaughan hatte sie ein zweites Mal über die winzigen Gläser hinweg angestarrt und sich wieder ihrem Notizbuch gewidmet.

»Ich werde Mrs Moggs bitten, dir ein Eisentonikum anzumischen«, sagte Lady Vaughan. »Ich schreibe ihr das Rezept auf, und du musst es zweimal täglich einnehmen. Das Letzte, was wir brauchen können, ist, dass du dir diese scheußlichen amerikanischen Erreger einfängst und sie an mich weiterreichst. Ich bin, wie du weißt, beinahe sechzig.«

Evelyn hatte ein kurzes Lächeln mit Nelli ausgetauscht, die neben der Kredenz bereitstand, um den Tisch abzuräumen. Mrs Moggs war in der Küche einmal herausgerutscht, dass Lady Vaughans Vater in der Schlacht um Rorke's Drift gestorben sei. Evelyn hatte die Daten nachgeschlagen. Lady Vaughan konnte unmöglich jünger als fünfundsechzig sein.

Zuzustimmen, Lady Vaughans widerliches Tonikum zweimal täglich einzunehmen, war ein geringer Preis dafür, dass sie weiter im Lazarett arbeiten konnte, auch wenn sie alle Hände voll zu tun hatte, um Schwester Cliffords Anforderungen gerecht zu werden: Böden wischen, dreckige Bettwäsche in die Waschküche bringen und saubere dort wieder abholen. Manchmal bekam sie Jack den ganzen Tag nicht zu sehen.

Bald schon verbrachte er seine Zeit mit den anderen Männern unter der Terrasse, spielte Billard und sang mit, während Sinatras Platten auf dem Grammophon spielten. Die anderen Männer hatten den neuen *Gruftkrüppel* willkommen geheißen. So nannten sie die Patienten, die sich in zunehmender Zahl die Zeit an diesem belebten Treffpunkt vertrieben.

Bei Billy und Peter erfreute sich Jack größter Beliebtheit. Er ließ sie ihre Namen auf seinen Gips schreiben und brachte ihnen Zaubertricks mit einem Taschentuch und einem Löffel bei.

Bald fanden sie heraus, dass er der Pilot war, den sie auf dem Berg gerettet hatten. Von da an belegten sie ihn mit Beschlag, wie einen lange vermissten Lieblingsonkel. Jack nannte sie seine Superhelden.

»Ganz wie Batman und Robin.«

Es dauerte nicht lange, und die Namen hatten unter den Männern in der Gruft die Runde gemacht. Billy, der ältere Bruder, war Batman, und Peter war Robin.

»Und Sie sind die echte Wonder Woman«, hatte Jack zu Evelyn gesagt. Evelyn und die Jungs wussten nicht, wer Batman und Robin oder Wonder Woman waren, also schickte Jack seinem Freund Walter auf dem Stützpunkt eine Nachricht. Eines Sonntagnachmittags tauchte Walter mit einem ganzen Stapel DC-Comics für Billy und Peter auf. Er hatte auch eine Ausgabe mit Wonder Woman auf dem Cover dabei, die Jack Evelyn als ganz besonderes Geschenk überreichte.

»Damit Sie sich immer an den Tag erinnern werden, an dem Sie mir das Leben gerettet haben.«

»Ich glaube nicht, dass ich den je vergessen werde.«

Danach kam Walter an seinen freien Tagen öfter zu Besuch. Er saß mit Jack und den anderen Männern unter der Terrasse, schwatzte mit ihnen über das Leben auf dem Stützpunkt, erzählte von den letzten Missionen, die sie geflogen waren, den Flugzeugen, die sie dabei verloren hatten. Eines Nachmittags zeigte er ein Foto der *Lucky You* herum. Die Männer waren sehr beeindruckt von dem Hula-Mädchen auf der Nase des Flugzeugs.

»Das hat Jack gemalt«, berichtete Walter.

»Die würde hier bestimmt bessere Stimmung reinbringen«, bemerkte einer der Männer, und an diesem Tag wurde die Idee geboren, dass Jack die kahlen weißen Wände dekorieren sollte.

Billy und Peter waren nur zu gern bereit, die Farben zu besorgen.

»Im Schuppen vom alten Dobbs gibt es haufenweise Farbtöpfe«, hatte Billy zu Evelyn gesagt, als die Jungs ihr von dem Plan erzählt hatten. »Fragen Sie Lady Vaughan, ob Jack die haben darf?«

Evelyn war skeptisch gewesen.

»Sie wird nicht wollen, dass die Wand bemalt wird. Sie ist schon wütend genug, dass ihr Besitz für das Lazarett beschlagnahmt wurde. Außerdem, was sollen diese Bilder überhaupt darstellen?«

»Mädchen«, sagte Peter.

»Frauen«, sagte Billy, deutete mit den Händen Brüste an und wackelte mit den Hüften, woraufhin beide Jungs einen Lachanfall bekamen.

Evelyn hatte nur den Kopf geschüttelt.

»Damit wird Lady Vaughan bestimmt nicht einverstanden sein.«

Als Evelyn in der darauffolgenden Woche einen Patienten im Rollstuhl zur Terrasse geschoben hatte, hatte sie das Mädchen im roten Badeanzug erblickt.

Billy hatte mit einem Flieger, der den Arm in der Schlinge und eine Bandage über einem Auge trug, Billard gespielt. Jedes Mal, wenn es dem Flieger nicht gelang, eine Kugel einzulochen, jubelte der Junge entzückt.

»Hey, Batman, das ist einfach nicht fair«, beschied ihm der Mann mit einem schweren Südstaatenakzent. »Siehst du nicht, dass ich benachteiligt bin?«

»Was ist das?«, zischte Evelyn Peter zu, der in einem Lehnsessel saß und in dem kleinen Tagebuch schrieb, das er seit Neujahr überall mit hinschleppte. Sie zeigte auf die spärlich bekleidete Dame an der Wand.

»Das hat Jack gemalt«, sagte Peter. »Wir finden sie spitze.«

»Spitze?« Evelyn konnte sich das Lachen in Anbetracht der

Sprache, derer sich die zwei Jungs neuerdings bedienten, nicht verkneifen. Sie musterte das Gemälde. »Du hast recht; sie ist spitze, aber Jack wird eine Menge Ärger bekommen, wenn Lady Vaughan sie entdeckt.«

»Er kann wirklich gut malen«, bemerkte Billy und ging um den Billardtisch herum, um die schwarze Kugel gekonnt zu versenken.

»Das sehe ich, aber lasst uns Lady Vaughan und Mrs Moggs nichts davon erzählen. Und ich will definitiv nicht wissen, woher Jack die Farbe hatte!«

»Das ist Vandalismus«, hatte Lady Vaughan entrüstet erklärt, als Mrs Moggs ihr später in derselben Woche die Wand unter der Terrasse gezeigt hatte. »Und das Mädchen ist so gut wie nackt!«

Evelyn war an diesem Abend nach ihrer Schicht mit Lady Vaughan aneinandergeraten.

»Weißt du irgendetwas über diese geschmacklosen Schmierereien unter der Terrasse, Evelyn?« Hochmütig blickte Lady Vaughan Evelyn an, die noch immer ihre Hilfsschwesternuniform trug, nachdem sie den ganzen Arbeitstag damit verbracht hatte, den Wäscheraum aufzuräumen und zu putzen, und dann noch eine zusätzliche Stunde darauf verwendet hatte, den provisorischen Duschbereich zu schrubben.

»Einige dieser Farben erkenne ich eindeutig wieder«, fuhr Lady Vaughan fort. »Ich denke, dieser obszön kurze Rock wurde mit dem Azurblau gemalt, das wir für den Salon verwendet haben. Und das Kastanienbraun ist doch gewiss dieselbe Farbe, mit der wir 1937 die Küchentreppe gestrichen haben?« Sie drehte sich zu Mrs Moggs um, die lauernd hinter ihr stand. »Ich bin überzeugt, jemand hat die Farbe aus dem Schuppen benutzt.«

Beide, Mrs Moggs und Lady Vaughan, wandten sich wieder

Evelyn zu, die nichts sehnlicher wollte, als nach oben zu gehen und ein heißes Bad zu nehmen.

»Ich weiß nichts über die Farbe. Ich habe in den letzten Wochen ununterbrochen gearbeitet und hatte kaum Zeit, zu essen und zu schlafen, ehe ich schon wieder zurück auf Station musste.«

Lady Vaughan rümpfte die Nase.

»Das ist deine Entscheidung, Evelyn. Du weißt, wie ich darüber denke. Dass du überhaupt arbeitest, ist höchst unpassend. Noch dazu als Krankenschwester.« Erneut rümpfte sie die Nase. »Mit Soldaten.«

»Amerikanischen Soldaten«, fügte Mrs Moggs hinzu, die immer noch hinter Lady Vaughan stand.

»Das ist ausgesprochen undamenhaft«, setzte Lady Vaughan ihre Tirade fort. »Der arme Howard gibt in London sein Bestes, um diesem scheußlichen Krieg ein Ende zu machen, während du die Unterwäsche fremder Männer wäschst und sie mit Wackelpudding fütterst oder was immer die da drüben essen.« Mit ihrem Kneifer zeigte sie auf das große Fenster der Eingangshalle und die dahinterliegenden Barackenreihen.

»Das sind Piloten«, wagte Evelyn ausnahmsweise aufzubegehren. »Sie geben auch ihr Bestes, um diesem Krieg ein Ende zu machen. Sie riskieren ihr Leben, wenn sie Nacht für Nacht über den Kanal fliegen, um unsere Feinde zu bombardieren. Sie müssen zusehen, wie ihre Freunde getötet werden, viele haben grauenvolle Verletzungen davongetragen. Einige werden nie wieder gehen können. Auf meiner Station gibt es einen Jungen, der beide Arme und Beine verloren hat.«

Lady Vaughan zog die Brauen hoch.

»Bitte, Evelyn, verschon mich mit weiteren Einzelheiten.« Sie drehte sich zu Mrs Moggs um. »Ich werde Howard einen Brief schreiben und ihn beauftragen, beim US Army Hospital Board offiziell Beschwerde einzulegen, wegen dieser frivolen Kritzeleien unter der Terrasse.«

»Soll ich den alten Dobbs fragen, ob etwas von der Farbe im Schuppen weggekommen ist, Lady Vaughan?«

Evelyns enge Schnürschuhe quietschten, als sie ihre Position veränderte. Sie war überzeugt, dass der alte Dobbs es überhaupt nicht bemerkt hätte, wenn sich die Jungs an seiner Farbe vergriffen hätten. Er war viel zu sehr damit beschäftigt, den Verlust seiner kostbaren Rosen zu beklagen und darüber zu nörgeln, dass das Ananashaus nun dem Anbau von Kohl und Kürbissen diente.

Peter und Billy waren sehr vorsichtig gewesen und hatten immer nur ein, zwei, drei Farbdosen auf einmal mitgenommen. Der schwere Bottich mit weißer Farbe hatte ihnen die meisten Probleme bereitet. Darum hatten sie ihn, wie sie Evelyn erzählt hatten, gemeinsam getragen und sich dabei hinter Büschen und Bäumen in Deckung gehalten, um auf ihrem Weg zu dem Raum unter der Terrasse nicht gesehen zu werden.

Jack war hocherfreut über die Beute, die die beiden Jungs in dem Schuppen gemacht hatten.

»Sie sollten für ihre Kriegsanstrengungen einen Orden bekommen«, hatte er scherzhaft zu Evelyn gesagt, als sie ihn beim Mischen der Farben angetroffen hatte. Sie war am Morgen auf ihn getroffen, als sie die Kaffeetassen wegräumen wollte, die sich unter der Terrasse angesammelt hatten. Jack war gerade dabei, eine neue Figur an die Wand zu malen.

Fasziniert hatte sie zugeschaut, wie Jack zarte Hauttöne und Pastellfarben für Kleid und Stiefel eines Cowgirls anmischte. Bisher war es nur ein Umriss an der weiß gekalkten Wand, aber Evelyn konnte schon den Hut mit der breiten Krempe sehen, der in einem kecken Winkel auf dem Kopf saß. In ihren Händen hielt das Mädchen etwas, das aussah wie ein Lasso.

»Arbeiten Sie zu Hause auch als Künstler?«, fragte sie.

Er lachte.

»Teufel, nein! Dad sagt, wir seien nicht den ganzen Weg aus

Italien gekommen, damit sein Sohn seine Zeit mit Ölgemälden und Pinseln vergeudet, wenn man mit dem Verkauf von Eiscreme gutes Geld verdienen kann.«

»Ihr Freund Walter meinte, Sie seien ein Genie.« Evelyn hob einen emaillierten Becher vom Boden auf. »Er sagt, Sie würden die Flugzeuge der Air Force mit den wundervollsten Bildern bemalen, es seien die schönsten in der ganzen US-Luftwaffe.«

»Genie!« Wieder lachte Jack. »Walter übertreibt. Ich hätte ihm nicht erlauben dürfen, mich hier zu besuchen. Ich bin kein Genie, aber ich bemale die Flugzeuge. Das ist eine Art Air-Force-Tradition. Ein Mädchen auf der Nase ist so etwas wie ein Glücksbringer.« Er zog ein Stück Kohle aus der Tasche und fing an, die Umrisse eines weiteren Kopfs auf die glatt verputzte Wand zu zeichnen. »Drüben auf der Ausbildungsbasis in Carolina haben die Jungs meine Skizzenbücher gesehen und mich gebeten, ein Mädchen auf einen der neuen B17-Bomber zu malen. Das war meine Erste, *Lucky Lou*. Und sie bringt wirklich Glück. Sie ist hier, ist jede Nacht im Einsatz und hat noch keinen Kratzer abgekriegt.«

Jack fügte die Konturen zweier großer Augen hinzu, dann eine leicht schiefe Nase und volle Lippen.

»Sind alle Flugzeuge mit Ihren Mädchen so mit Glück gesegnet?«, fragte Evelyn.

Jack schüttelte den Kopf.

»Das prächtigste Mädchen, das ich je gemalt habe, war das auf der Nase der *Lady Bountiful*, und die liegt ja nun zertrümmert da oben im Gebirge.« Er zeigte in Richtung der Berge. »Und mein Bein ist ebenfalls zertrümmert.« Er schlug auf den Gipsverband, der sich von seinem Fußgelenk bis zum Oberschenkelansatz zog. »Andererseits hat sie mir ja trotzdem Glück gebracht.« Lächelnd sah er Evelyn an. »Ich meine das Glück, dass Sie mich gefunden und aus dem Cockpit geholt haben. Eine echte Wonder Woman ist gekommen, um mich zu retten.«

Evelyn wandte sich ab, um zu verbergen, dass sie errötete, und betrachtete das Gesicht an der Wand.

»Sie ist sehr hübsch«, sagte sie.

Jack stützte sich auf seine Krücke, wandte sich Evelyn zu, strich sich das Haar aus dem Gesicht und sah sie an. Er holte Luft, als wollte er etwas sagen, brach ab und flüsterte dann so leise, dass sie es kaum hören konnte: »Nicht so hübsch wie Sie ...«

April 1944

Kurz nach Ostern hatte es angefangen. Es war das Letzte, womit Evelyn gerechnet hätte, aber zugleich auch das, was sie seit Wochen herbeigesehnt hatte.

Es war schon dunkel. Die Männer lagen in ihren Betten, die Lichter im Lager waren gelöscht worden und die Verdunkelungsvorhänge im Haus vorgezogen. Evelyn war vorsichtig die düstere Treppe hinuntergestiegen, hatte die Betonstraße überquert und war zu den Torbögen unter der Terrasse gegangen. Dort stand sie nun und kniff die Augen zusammen in dem Versuch, in der Dunkelheit etwas zu erkennen.

Als sie die schattenhafte Bewegung vor der Wand erkannte, stieß sie einen leisen Schrei aus.

»Hey, keine Angst, ich bin's nur!«

»Was tun Sie hier, Lieutenant Valentine?«

»Ich will nur diesem neuen Mädchen hier den letzten Schliff geben, eine Blume im Haar, ganz wie die hübschen rosaroten Blüten des kleinen Magnolienbaums, der dahinten steht.«

»Aber es ist doch viel zu dunkel.«

»Das macht mir nichts aus.« Er deutete auf ein Glas mit einem Kerzenstumpf. »Aber was tun Sie hier?«

Evelyn trat in den Lichtkegel der Kerzenflamme.

»Ich wollte nach Peters Brille sehen. Er hat sie vorhin hier liegen lassen, und Mrs Moggs wird furchtbar wütend werden, wenn sie herausfindet, dass er hier gewesen ist. Ich habe Peter versprochen, dass ich sie finde, ehe sie etwas merkt.«

»Das hört sich nach einer wichtigen Mission an. Lassen Sie mich helfen.«

Jack hatte das Glas mit der Kerze in der einen, die Krücke in der anderen Hand. Er hielt das Licht hoch, damit Evelyn etwas sehen konnte, als sie unter den Polstern der Lehnsessel und zwischen den Zeitschriften und Spielkarten auf den kleinen Tischen nachschaute.

Auf einem Stapel Schallplatten neben dem Grammophon sah Evelyn schließlich etwas aufblitzen.

»Da ist sie ja«, sagte sie und ging zu dem Stapel.

Sie griff nach der Brille, übersah dabei einen kleinen Hocker zu ihren Füßen und geriet ins Stolpern. Jack ließ die Kerze fallen und griff nach ihrem Arm. Das Glas mit der Kerze zerschellte auf den Natursteinplatten, und es war auf einen Schlag stockdunkel. Jack hielt Evelyns Arm immer noch, schwankte aber leicht, sodass Evelyn ihrerseits die Hand ausstreckte, um ihn zu stützen.

Sie sagten nichts. Sekunden schienen sich zu Stunden zu dehnen, alles schien in Zeitlupe abzulaufen. Ihre Lippen fanden sich, als würden sie im Dunkeln von einer unsichtbaren Macht angezogen werden. Evelyns einziger Gedanke war, wie wunderbar sich sein Mund auf ihrem anfühlte. Er zog sie an sich, und sie spürte seinen Körper warm an ihrem eigenen, und sie küssten sich eine Ewigkeit, bis sich Evelyn atemlos von ihm löste.

»Ich bin verheiratet«, flüsterte sie.

Jack berührte ihr Gesicht.

»Ich weiß. Aber ich glaube nicht, dass dich das glücklich macht.«

Evelyn fühlte, wie plötzlich Tränen in ihren Augen brannten, und sie war froh, dass Jack in der Dunkelheit nicht sehen konnte, dass sie weinte.

»Ich muss gehen«, sagte sie.

Jack antwortete nicht, sondern zog sie erneut an sich.

Dieses Mal dauerte der Kuss noch länger, und nur weil Evelyn an Peter und seine Brille und die Folgen von Mrs Moggs Zorn dachte, gelang es ihr endlich, sich von Jack zu befreien und zum Haus zurückzugehen.

Mai 1944

»Sie verdienen jemanden, der Sie glücklich macht«, flüsterte Nelli mit ihrem weichen walisischen Akzent, während sie Evelyn das Badewasser einließ und sich ihre Locken in der feuchten Luft unter der Spitzenhaube hervordrängten.

Evelyn war furchtbar erschrocken gewesen, als Nelli in ihrer Teepause auf die Terrasse gekommen war und gesehen hatte, wie sie und Jack sich hinter einem der Pfeiler küssten.

»Es ist nicht, wie es aussieht«, sagte sie zu der jungen Dienstmagd, als Nelli nach Evelyns Schicht zu ihr kam, um ihr ein Bad einzulassen. »Bitte denk nicht ...«

»Es ist schon gut, Lady Evelyn. Ich werde niemandem etwas davon erzählen. Sie können mir vertrauen.«

»Ich weiß, wie das aussehen muss.« Evelyns sprach ebenfalls mit gedämpfter Stimme, obwohl allein das Rumpeln der Leitungen in dem uralten Badezimmer verhindert hätte, dass irgendjemand außerhalb des Raums sie hören konnte.

»Für mich sieht es aus wie die verständlichste Sache auf der Welt«, erklärte Nelli.

»Wirklich?«

Nelli nickte.

»Er ist ein netter Mann, Lady Evelyn. Und er sieht auch gut aus. Wie Erol Flynn mit einem frechen Grinsen, wenn ich das sagen darf.«

Evelyn lächelte.

»Er sieht wirklich gut aus, nicht wahr? Er ist nett und lustig, und er hat so viel Talent.«

»Er kann auf jeden Fall sehr gut malen.« Nelli schüttete Badesalz in den Wasserstrahl. »Diese Mädchen, die er unter der Terrasse gemalt hat, sehen aus wie Bilder aus einer Zeitschrift. Auch wenn Mrs Moggs sagt, das wäre nichts als Schmutz.« Sie krempelte einen Ärmel hoch und rührte mit der Hand im Wasser. Lavendelduft erfüllte die Luft.

»Sie hat doch nicht herausgefunden, woher Jack die Farbe hat, oder?« Evelyn streifte die verhassten Schnürschuhe ab und rollte die dicken braunen Strümpfe herunter. Ihre Beinen hatten den ganzen Tag darunter gejuckt, während sie den ganzen Tag auf der Station hin und her gerannt war, Schwester Cliffords Befehle ausgeführt und das Durcheinander aufgeräumt hatte, das die Flieger wieder einmal hinterlassen hatten.

Nelli schüttelte den Kopf.

»Sie hat Billy und Peter gefragt, ob sie irgendetwas über die Farbe wüssten, aber die haben sie angeschaut, als könnten sie kein Wässerchen trüben. Ich glaube nicht, dass sie sie verdächtigt.«

»Das ist gut.« Evelyn knöpfte ihre Uniform auf. »Es wäre furchtbar, wenn die Jungs in Schwierigkeiten gerieten.«

»Es wäre auch furchtbar, wenn Sie in Schwierigkeiten gerieten.« Nelli zog einen Schlüssel aus ihrer Schürze. Er war klein und rostig, und ein verblasstes Etikett war mit einem Blumendraht daran befestigt. »Das ist der Schlüssel für das kleine Sommerhaus am See. Niemand geht je dorthin, nur mein Lloyd und ich manchmal. Aber er ist auf See und wird noch Monate fort sein.« Nelli drückte Evelyn den Schlüssel in die Hand. »Sie können das ganze Haus für sich allein haben. Es gibt sogar ein Bett, es hat ein altes schmiedeeisernes Gestell. Lloyd hat eine Matratze dafür besorgt, und ich habe Teppiche auf dem Boden ausgelegt und Vorhänge vor die Fenster gehängt; es ist wirklich nett und behaglich.«

»Nelli! Ich kann doch nicht …«

»Nehmen Sie ihn, Lady Evelyn. Sie verdienen jemanden, der Sie glücklich macht.«

Es war herrlich gewesen. Sechs ganze Monate lang. Zuerst hatten sich Evelyn und Jack nur ein- oder zweimal in der Woche treffen können. Sie hatten sich für ein paar Stunden zwischen Evelyns Schichten davongeschlichen. Jack hatte sich auf der Station mit einer Ausrede abmelden können, nachdem er einen Arzt davon überzeugt hatte, dass lange Spaziergänge zum Meer helfen würden, sein Bein zu kräftigen, wenn der Gips erst abgenommen würde. Weder der Arzt noch sonst jemand war Zeuge, wie Jack dann noch vor dem Ende der Auffahrt zu dem kleinen Holzhaus abbog, das sich hinter den Hecken verbarg. Das Wetter in diesem Frühsommer war unbeständig gewesen. Deshalb verließen die anderen Soldaten, die sich im Lazarett erholten, die Krankenbaracken nur selten, und wenn sie es taten, zogen sie es vor, sich unter die Terrasse zu setzen und Karten oder Billard zu spielen, während ein Kohlenbecken für Wärme sorgte. Lady Vaughan litt unter einer Gürtelrose und war wochenlang ans Bett gefesselt, und Mrs Moggs musste sich ständig zu ihrer Verfügung halten. Es war perfekt. Niemand schien auf Evelyn oder Jack zu achten oder darauf, wo sie hingingen und was sie taten.

Evelyn hatte nie gedacht, dass es so schön sein könnte, Liebe zu machen. Die Beschreibung in *Dr. Birthwisthle's Guide to Marital Relations* hatte nach einem rein mechanischen Akt geklungen, aber mit Jack war es so einfach und köstlich, wie

Zuckerwatte auf einem Volksfest zu essen. Er war zärtlich und aufmerksam, erfreute sich an ihrem Genuss ebenso wie an seinem eigenen, nahm sich Zeit, wartete, bis ihre Begierde sie beide überwältigte.

Danach lagen sie eng umschlungen da, unterhielten sich, lachten miteinander oder sahen sich einfach nur in die Augen. Diese wenigen Stunden, die ihnen vergönnt waren, schienen stets so schnell zu vergehen. Es tat jedes Mal weh, wenn Jack zurück ins Lazarett und Evelyn wieder ins Haus musste.

Auf dem Dachboden von Vaughan Court entdeckte Evelyn ein altes Kurbelgrammophon und brachte es ins Sommerhaus. Jack schmuggelte ein paar Platten aus der Gruft; Frank Sinatra und Ella Fitzgerald waren ihre Favoriten.

Manchmal tanzten sie Wange an Wange über die Holzdielen, die nackten Leiber aneinandergeschmiegt, verloren sich in der Musik und ineinander.

Sie zu malen war Jacks Idee gewesen.

»Du bist so verdammt schön«, hatte er gesagt, während er sich angezogen und sie betrachtet hatte, wie sie noch nackt auf dem Bett gelegen hatte. »Ich würde dich zu gern malen.«

Evelyn lachte.

»Was für ein Pech, dass du keine Leinwand hast.«

Jack lächelte und zeigte auf die Wände.

»Was ist damit?«, fragte er. »Das ist die beste leere Leinwand, die es gibt.«

Evelyn hatte sich umgeschaut.

»Und wenn jemand das Gemälde sieht?«

»Niemand kann hier reinkommen. Du hast den Schlüssel, und Nellis Lloyd wird noch monatelang auf See sein, also werden die beiden auch nicht herkommen. Wir könnten die Wände wieder weiß streichen, ehe er zurückkommt.«

Evelyn sah verunsichert aus.

»Bist du sicher, dass du mich malen willst?«

»Ich war noch nie so sicher in Bezug auf irgendetwas. Morgen bringe ich ein wenig Farbe mit, und du solltest deine schönsten Perlen anlegen.«

Jack hatte Wochen für das erste Gemälde gebraucht. Es fiel ihm schwer, sich zu konzentrieren, und es dauerte nie lang, bis er von der Sehnsucht überwältigt den Pinsel weglegte und sich die Kleider vom Leib riss. Mehr als einmal hatte das Unterfangen mit bunten Fingerabdrücken auf Evelyns Brüsten und Hüften geendet.

Als das Gemälde fertig war, starrte Evelyn es ungläubig an.

»Ich bin bisher nie auf die Idee gekommen, dass ich schön bin.«

Juli 1944

Allzu schnell wurde Jack als gesund genug eingestuft, um den aktiven Dienst wieder aufzunehmen. Vielen Piloten wurde ein ausgezeichneter Gesundheitszustand attestiert, sogar denen, die sich noch nicht ganz erholt hatten. Die D-Day-Landungen hatten im Juni stattgefunden, und nun wurden so viele Soldaten wie möglich gebraucht, um die Deutschen in Frankreich zurückzudrängen.

»Ich habe Angst um dich«, hatte Evelyn an Jacks Brust geflüstert, als sie in dem schmiedeeisernen Bett lagen. Ella Fitzgeralds schmachtende Stimme ertönte vom Grammophon, und eine einzelne Kerze auf dem Boden ließ Schatten über die liegende Gestalt auf dem Bild an der Wand tanzen, das Jack gerade fertiggestellt hatte. »Ich habe Angst um uns.«

»Es gibt keinen Grund, Angst zu haben.« Jack hatte Evelyn

eine Locke aus dem Gesicht gestrichen. »Wenn ich euren Berg überleben kann, dann werde ich wohl auch ein paar Deutsche überleben, die versuchen, mich abzuschießen.«

»Ach, Jack, bitte, ich möchte gar nicht darüber nachdenken, was passieren könnte.«

Jack streichelte ihren Hals.

»Man nennt unsere Flugzeuge nicht umsonst fliegende Festungen.« Seine Finger wanderten über ihren nackten Rücken. »Walter sagt, dass wir eine brandneue Maschine bekommen haben. Wurde gerade erst hergeflogen. Man hat mich gefragt, ob ich die Nase bemale, wenn ich wieder auf dem Stützpunkt bin.« Mit einem Finger verweilte er in der kleinen Mulde am unteren Ende ihres Rückens und malte zärtlich kleine Kreise auf ihre Haut.

»Hast du zugestimmt?«, fragte Evelyn und fing an, seine Brust zu küssen.

»Natürlich habe ich zugestimmt, aber unter einer Bedingung.«

»Und die wäre?«

»Dass ich den Namen aussuchen darf.«

Evelyn schaute ihn erwartungsvoll an.

»Willst du wissen, welchen Namen ich ausgewählt habe?«

Evelyn nickte.

»The Lady Evie«, sagte Jack grinsend.

»Oh, Jack! Nein!«

»Die Jungs lieben ihn.«

»Sie werden denken, dass du das Flugzeug nach mir benannt hast.«

»Ich habe es ihnen sogar gesagt.«

Evelyn setzte sich auf und wickelte sich in die rot-weiß karierte Decke. »Aber dann werden sie ahnen, dass etwas zwischen uns ist.«

Jack lachte.

»Die Jungs ahnen gar nichts. Sie denken, ich hätte den Namen gewählt, weil du mich aus dem brennenden Flugzeug gerettet und mich gesund gepflegt hast.« Sanft zog er sie an sich. »Sie wissen, dass ich eine kleine Schwäche für dich habe. Aber wer hätte keine Schwäche für ein Mädchen, das so aussieht?« Er zeigte auf das Wandgemälde. »Aber du bist mit einem Lord verheiratet und lebst in einem prächtigen Haus und siehst aus wie eine Prinzessin.« Er küsste sie, doch sie rückte von ihm ab.

»Ich sehe nicht aus wie eine Prinzessin!«

»Sicher tust du das, du siehst mehr wie eine Prinzessin aus als Prinzessin Elizabeth. Du bist viel schöner und sehr viel sinnlicher.«

»Für derlei Gerede könnte man dich in den Tower schicken, Lieutenant Valentine.«

Evelyn versetzte ihm einen spielerischen Stoß und ließ sich wieder von ihm küssen.

»Bist du sicher, dass die Jungs auf dem Stützpunkt keinen Verdacht haben?«, fragte sie nach einer Weile.

Jack lächelte.

»Niemand käme im Traum darauf, dass du Interesse an einem dahergelaufenen Italiener aus Mankato haben könntest, der kaum mehr kann, als Knickerbocker Glory servieren und spärlich bekleidete Damen malen.« Er sah sich zu dem Gemälde um; die blonde Frauengestalt war bis auf eine einreihige Perlenkette vollkommen nackt. »Was solltest du mit einem Jungen wie mir anfangen?«

Evelyn erwiderte sein Lächeln.

»Ich weiß schon, was ich mit einem Jungen wie dir anfangen kann.«

Jack lachte.

»Sie sind schamlos, Lady Evelyn.« Dann wurde er plötzlich ernst. »Du weißt, dass du für mich nicht nur irgendein Techtelmechtel bist.« Er streichelte ihre Wange und sah sie mit seinen braunen Augen fest an. »Ich möchte eine Möglichkeit finden, damit wir zusammen sein können. Ich möchte eine Möglichkeit finden, dich als Kriegsbraut mit nach Amerika zu nehmen.«

Evelyn schüttelte langsam den Kopf.

»Das ist unmöglich, Jack.«

»Es ist nicht unmöglich. Ich werde einen Weg finden, das verspreche ich dir.« Wieder küsste er sie. »Ich möchte nie mehr ohne dich sein.«

Evelyn strich ihm mit den Fingern durch sein dichtes schwarzes Haar. »Ich möchte auch nicht mehr ohne dich sein.«

Sie schob den Finger in eine Locke, die ihm in die Stirn gefallen war. Sie passte so perfekt wie ein Ring.

»Ich werde einen Weg finden«, wiederholte Jack. »Ich werde Himmel und Hölle in Bewegung setzen. Gib mir die Zeit, mir etwas zu überlegen. Ich verspreche dir, wenn dieser Krieg vorbei ist, dann nehme ich dich mit nach Hause.«

»Evelyn, Evelyn ...« Die Stimme schien von weither zu kommen. »Es ist Zeit für deine Tabletten.« Bethan sah sie an und hatte ihr eine Hand auf die Schulter gelegt. »Kannst du die Augen aufmachen? Tom sagt, es ist wichtig, dass du sie pünktlich einnimmst.«

Evelyn bemühte sich, sich aufzusetzen. Ihr Nacken war steif, nachdem sie mit dem Gesicht zur Tür eingeschlafen war.

»Wo ist er hin?«, murmelte sie, während sie sich umblickte. Sie hatte damit gerechnet, einen kleinen Raum mit Holzwänden und ihrem Abbild an einer davon zu erblicken, aber stattdessen sah sie nur einen riesigen Blumenstrauß in einer Vase und schwere Vorhänge vor einem Stabkreuzfenster.

»Tom?«, fragte Bethan. »Der musste zu seiner Nachmittagssprechstunde.« Sie hielt eine rautenförmige Tablette zwischen Daumen und Zeigefinger. Evelyns Mundwinkel fühlten sich rissig und wund an, als Bethan ihr die Tablette in den Mund schob und ihr ein Glas hinhielt. Wasser rann über Evelyns Kinn, als Bethan das Glas kippte, damit sie trinken konnte.

»Ich habe eine Entscheidung getroffen«, informierte sie Bethan, stellte das Glas ab und wischte Evelyns Kinn mit einem Taschentuch ab. »Du hast recht. Es gibt wirklich keinen Grund, nach London zurückzukehren. Ich kann nicht mehr mit Mal zusammenleben, und ich bin überzeugt, das Café kommt sehr gut ohne mich aus.« Bethan lächelte. »Also werde ich bleiben und dir bei deinem Buch helfen.«

»Buch«, wiederholte Evelyn und bemühte sich nach Kräften, sich ins Gedächtnis zu rufen, wovon Bethan redete. Das Einzige, woran sie sich erinnerte, waren Jacks wunderschöne braune Augen: tiefe Seen aus geschmolzener Schokolade, die in ihr den Wunsch weckten, sie könnte sich einfach hineinfallen lassen, in ihnen ertrinken, sich für alle Zeiten in seinem betörenden Blick verlieren.

Kapitel 15

Samstag

Bethan

Herzlichen Glückwunsch, Liebling,
hoffentlich kannst du deinen besonderen Tag genießen. Was du über Mal geschrieben hast, tut mir schrecklich leid. Dad und ich fanden immer, dass er nicht der Richtige für dich ist. #traunieeinemmannderkeinekatzenmag.

Dieser Nachricht folgte ein Foto von Ottis, der Katze, zusammengerollt in einer Obstschale mit einer winzigen Papierkrone auf dem Kopf.

Bethan setzte sich an die raue Steinmauer der Turmruine und blickte auf das Meer hinaus. Zwar war der Ausblick von Redrock einfach spektakulär, zumal sich gerade sogar die Sonne einen Weg durch die Wolken bahnte, dennoch hatte sie sich ihren siebenundzwanzigsten Geburtstag anders vorgestellt. Wieder schaute sie aufs Handy. Über Facebook hatte sie einige liebe Nachrichten erhalten. Ihre beste Freundin aus Schulzeiten hatte ein Bild von ihnen beiden bei einem Konzert der Spice Girls gepostet, das sie mit zehn besucht hatten, und geschrieben: *Freundschaft hält ewig. Herzlichen Glückwunsch, du hinreißendes Mädchen! Ich hoffe, Mal verwöhnt dich in Brighton nach Strich und Faden.*

Bethan ließ das Handy sinken. Wie sollte sie den anderen nur die Sache mit Mal erklären? Ihre Freunde machten ständig

Witze über die zu erwartende Hochzeitseinladung; #wenndudenriesenhutkaufst war zum Insiderwitz geworden. Bethan rief ihre Facebook-Seite auf. Ihr Profilbild zeigte sie und Mal im letzten Sommer auf Korfu, die Wangen aneinandergedrückt. Die Hälfte ihrer Beiträge bestand aus Selfies von ihnen beiden, auf denen sie glücklich aussahen. Nun ja, zumindest Bethan sah glücklich aus. Sie scrollte auf der Seite weiter nach unten. Dabei fiel ihr auf, dass sie seit Weihnachten kein gemeinsames Bild mehr gepostet hatte. Bethan legte das Handy weg und starrte auf die Bucht hinaus. Die Berge ragten in der Ferne über dem blauen Meer auf, Sonnenschein zauberte ein strahlendes Grün auf das Gras der Gebirgsausläufer und tauchte die zerklüfteten Gipfel in Nuancen von Purpur und Dunkelblau. Bethan machte ein Foto und postete es auf Instagram, zusammen mit dem Hashtag #planänderung und den Worten »eingecheckt im Snowdonia National Park«.

Auf dem Rückweg durch den Ort fiel ihr ein, dass sie Evelyn versprochen hatte, zum Golfclub zu gehen und David Dashwood eine Nachricht zu hinterlassen wegen der Wandmalereien unter der Terrasse.

Als sie die Auffahrt zum Golfclub hinaufging, fing es wieder an zu nieseln. Drei korpulente Männer machten sich gerade mit einem Buggy auf den Weg zu einer Spielbahn und wedelten dabei mit ihren geschlossenen Schirmen wie Ritter auf dem Weg in die Schlacht. Am Rande der Auffahrt zupften zwei magere Jungs mit Arbeitsoveralls und roten Mützen welke Blumen aus den in breiten Streifen angelegten Narzissenbeeten, die zu beiden Seiten des Wegs wuchsen. Beim Anblick des glatten schwarzen Asphalts musste Bethan an die mit Schlaglöchern gespickte Auffahrt nach Vaughan Court denken.

Als sie das Haus am Morgen verlassen hatte, hatte sich Bethan gefragt, wie viele Hunderttausend Pfund es wohl kosten würde, Vaughan Court und den Garten wieder in alter Pracht auferstehen zu lassen. Dadurch, dass in der Nacht jemand den Steinlöwen auf dem Portikus attackiert hatte, wurde die Rechnung allerdings schon wieder ein bisschen länger. Bethan war von dem Krach wach geworden. Sie hatte zum Fenster hinausgeschaut, aber nichts entdeckt, obwohl sie für einen Sekundenbruchteil geglaubt hatte, einen schwachen gelben Lichtschein durch den Garten huschen zu sehen. Gleich darauf war er allerdings in der Finsternis verschwunden.

Im ersten Tageslicht war Bethan hinuntergegangen, um sich den Schaden anzusehen. Auf dem Kies lag nun auch noch der Rest des Wappens, das der Löwe gehalten hatte. Bethan wollte Evelyn nicht aufregen, doch als sie zum Golfclub ging, fragte sie sich wieder einmal, ob sie die Polizei informieren sollte. Wie es schien, wurden nachts immer wieder Fenster eingeworfen oder Sachen beschädigt, als wäre irgendein geisterhafter Vandale darauf aus, das große Haus Stück für Stück zu zerstören.

Auf den Glastüren prangte in schwungvollen Lettern der Schriftzug *Red Rock Golf Club, Spa and Gourmet Restaurant*. Sie glitten auseinander, als Bethan sich näherte. Drinnen wurde sie von einer Mischung aus Lavendel- und Eukalyptusduft empfangen. Klassische Musik spielte leise im Hintergrund, und in geschickt beleuchteten Vitrinen teilten sich Golfzubehör und teuer aussehende Schönheitsprodukte den verfügbaren Platz. Bethan ging über den polierten Schieferboden zu einem schwungvollen Gebilde aus geöltem Holz, bei dem es sich um den Empfangstresen handeln musste. Das Einzige, was sich darauf befand, war eine Glasvase mit einer Orchidee. Dahinter stand eine Frau in einer türkisfarbenen Bluse mit Stehkragen. Ihr glattes Gesicht war auf eine Art und Weise geschminkt, die in einem kleinen walisischen Dorf absolut fehl am Platz wirkte.

Die Frau musterte Bethan von Kopf bis Fuß.

»Kann ich Ihnen helfen?«

Hastig knöpfte Bethan den Trenchcoat zu, um die Bluse und die Jeans zu verbergen, die sie schon tagelang trug, aber der schlammverspritzte Mantel war auch nicht besser.

Ihre Unterwäsche hatte sie von Hand gewaschen, aber ihre Abneigung gegenüber jeglicher Interaktion mit Evelyns uralter Waschmaschine hatte sie daran gehindert, noch irgendetwas anderes zu waschen.

Nun, da sie beschlossen hatte, länger auf Vaughan Court zu bleiben, aber nur Kleidung für ein Wochenende dabeihatte, wusste sie nicht recht, was sie machen sollte. Mal anzurufen und ihn zu bitten, ihr einen Karton voll Kleidung zu schicken, war keine Option, nachdem er sie dermaßen hintergangen hatte.

»Ich würde gern eine Nachricht für David Dashwood hinterlassen«, sagte Bethan.

Die Frau musterte sie erneut von oben bis unten.

»Was darf ich ihm denn ausrichten?«

Bethan fiel auf, dass ihr Akzent eher nordenglisch als walisisch klang.

»Es wäre vielleicht einfacher, wenn ich es aufschreibe«, entgegnete Bethan, die keine Lust hatte, der Frau die Sache mit den spärlich bekleideten Damen und Evelyns Wunsch, sie zu bedecken, zu erklären.

»Moment, ich hole Stift und Papier.« Die Frau drehte sich um und öffnete einen kleinen Schrank hinter dem Tresen.

Stifte und Papier in Griffweite parat zu halten hätte den Tresen vermutlich zu unordentlich aussehen lassen.

Hinter ihr waren plötzlich Stimmen zu hören, Männerstimmen.

»Natürlich, ich freue mich darauf. Danke, dass du gekommen bist.«

»Ist mir wie immer ein Vergnügen, David.«

Bethan drehte sich zu den Stimmen um. David Dashwood schüttelte einem Mann die Hand, der ähnlich attraktiv war wie er selbst. Beide trugen pastellfarbene Hemden, die ihre gebräunte Haut zur Geltung brachten.

»Wir müssen irgendwann mal eine Runde spielen.«

»Gern.«

»Grüß Abby von mir und sag ihr, dass es mir leidtut, deine kostbare Zeit an einem Samstagmorgen mit Geschäftlichem beansprucht zu haben.«

Die Glastür öffnete sich, und der Mann verschwand. David Dashwood drehte sich zum Tresen um.

»Bethan, was für eine reizende Überraschung.«

Bethan war erstaunt, dass er ihren Namen behalten hatte.

»Sie sehen großartig aus«, fuhr er fort und kam auf sie zu. »Die Seeluft scheint Ihnen gut zu bekommen.« Bethan war überzeugt, dass sie ganz und gar nicht großartig aussah; sie hatte am Morgen nicht einmal ihr zunehmend krisseliges Haar gebändigt. »Mir ist zu Ohren gekommen, dass Sie den Sommer hier verbringen werden.« David Dashwood baute sich neben ihr auf, und sie befürchtete schon, dass er ihr einen Begrüßungskuss geben würde, aber stattdessen lehnte er sich an den Tresen. Seine langen Beine steckten in teuer aussehenden Jeans. »Zu wissen, dass sie nicht allein ist, während sie sich von ihrem Sturz erholt, muss eine Erleichterung für Evelyn sein.« Bethan fragte sich, woher er wusste, dass sie bleiben würde, doch ehe sie fragen konnte, beugte er sich vor und hauchte beinahe verschwörerisch: »Also, sagen Sie mir, Bethan, spielen Sie Golf?«

»Ich fürchte, nein.«

»Gehen Sie ins Fitnessstudio?«

»Nein.«

»Schwimmen?«

»Manchmal.«

»Dann müssen Sie hier Mitglied werden und unser Schwimmbad benutzen.«

Bethan war seit Jahren nicht geschwommen, aber der Pool, den sie durch die Rauchglasfenster hinter der Rezeption sehen konnte, hatte nichts gemein mit dem Becken im städtischen Schwimmbad von Battersea. Außerdem konnte sie dahinter in einer Ecke einen Whirlpool erkennen, der recht einladend wirkte, und sie nahm an, dass die Duschen erheblich komfortabler wären als die kalte Emailwanne in Vaughan Court.

»Ich habe keinen Badeanzug dabei.«

»Kein Problem.« David deutete auf einen Raum auf der anderen Seite des Foyers. »Wir haben einen kleinen Laden, der eine Auswahl an Badebekleidung anbietet.« Er lächelte. »Ich bin sicher, wir haben etwas, das perfekt zu Ihnen passt.« Die Frau hinter dem Tresen hüstelte leise. David Dashwood drehte sich zu ihr um.

»Chantal, geben Sie mir ein Anmeldeformular, wir müssen Bethan aufnehmen.« Er bedachte Bethan mit einem weiteren strahlenden Lächeln. »Das geht natürlich aufs Haus.«

Bethan sah Chantal an. Täuschte sie sich, oder bebten Chantals Nasenflügel tatsächlich? Aber sie tat, worum David Dashwood sie gebeten hatte, und holte ein Formular aus dem Schrank, das sie auf den Tresen legte und mit ihren langen Fingernägeln zu Bethan hinüberschob.

»Name, Adresse, Geburtsdatum und gesundheitliche Einschränkungen«, sagte Chantal ausdruckslos und schubste einen Stift hinterher.

Bethan ergriff den Stift und fing an zu schreiben, fühlte sich aber ein wenig gehemmt, weil Chantal und David Dashwood ihr quasi über die Schulter blickten. So würde sie ihre gesundheitlichen Einschränkungen ganz sicher nicht preisgeben, wenn sie welche hätte.

Bethan fing mit ihrem Namen an.

»Es ist sehr großzügig von Ihnen, mir nichts zu berechnen«, sagte sie.

»Ist mir ein Vergnügen«, entgegnete David. »Wie Sie wissen, mache ich mir Sorgen um Evelyn. Sie ist so eine gute Nachbarin, und es ist wundervoll, dass Sie hier sind und sich um sie kümmern.«

Bethan schrieb die erste Zeile ihrer Adresse in Battersea und hielt inne. Dann strich sie entschlossen »Flat c 38 Albert Bridge Road« durch und schrieb stattdessen Vaughan Court, Aberseren. Es fühlte sich befreiend an. Wie ein neuer Anfang.

Sie notierte ihr Geburtsdatum.

»Heute ist Ihr Geburtstag!«, rief David. »Wie aufregend!«

Bethan hörte auf zu schreiben.

»Es ist überhaupt nicht aufregend. Evelyn habe ich es nicht einmal erzählt.«

»Dann muss ich ihn aufregend machen«, sagte David. »Lassen Sie sich heute Abend von mir zum Essen einladen. Hier, im Restaurant.«

Chantal schniefte leise. Bethan sah sie an und stellte fest, dass ihre Nasenflügel sich noch mehr geweitet hatten.

»Ich kann Evelyn nicht allein lassen«, antwortete sie.

»Sie müssen doch bestimmt nicht die ganze Zeit bei ihr bleiben.«

»Abends muss ich bei ihr sein.« Bethan dachte an die Skulptur und die eingeworfene Scheibe. »Nach Einbruch der Dunkelheit möchte ich sie nicht allein lassen.«

»Dann lade ich Sie zum Tee ein«, lenkte David ein. »Unser Konditor macht ganz erstaunliche Kuchen.« Ein Funkeln trat in Davids Augen. »Zitronenkuchen, Mini-Pavlovas, kleine viereckige Teufelsküchlein, die auf der Zunge zerschmelzen.«

Bethan drehte den Stift zwischen den Fingern; irgendwie entglitt er ihr und rollte über den Tresen.

»Sie wären nur eine oder zwei Stunden fort.« David streckte die Hand aus und fing den Stift auf, ehe er zu Boden fallen konnte. »Ich schicke Ihnen um halb drei einen Wagen.« Er stieß sich vom Tresen ab. »Jetzt muss ich leider weg. Ich habe eine Besprechung wegen eines Sponsorings. Es geht um ein Sportfest für die hiesigen Kinder. Aber ich freue mich schon darauf, Sie später zu sehen.«

Bethan bemühte sich, ihm nicht hinterherzustarren. Aber Chantals Blick klebte an ihm, bis er durch eine Tür mit der Aufschrift »Geschäftsführer« verschwunden war. Dann ergriff sie den Stift und blickte auf das Formular auf dem Tresen.

»Also keine gesundheitlichen Probleme?«

»Nein.«

»Allergien?«

»Nein.«

Chantal drehte den Bogen um und zeigte auf einige weitere Fragen auf der Rückseite.

»Größe, Gewicht, Grundumsatz?«

»Oh, das weiß ich gar nicht so genau«, sagte Bethan. Sie hatte nicht vor, Chantal zu erzählen, wie viel sie wog.

»Dann schätze ich.« Chantal notierte einen Meter sechzig und achtundsechzig Kilo.

»Das ist zu viel«, protestierte Bethan.

Eine Frau in einem Frotteebademantel tauchte mit hochrotem Kopf am Tresen auf. Chantal bedachte Bethan mit einem gütigen Lächeln.

»Es tut mir sehr leid, aber ich fürchte, ich habe jetzt keine Zeit mehr dafür. Ich kümmere mich später darum.« Dann widmete sie sich der Frau. »Mrs Davies, ich hoffe, Sie haben das Dampfbad genossen. Ich werde Tiffany gleich sagen, dass Sie bereit sind für Ihren Elf-Uhr-dreißig-Termin.«

Nachdem Chantal ihr den Rücken zugekehrt hatte, schnappte Bethan sich den Stift und änderte die Zahlen auf einen Meter fünfundsechzig und neunundfünfzig Kilo. Dann machte sie kehrt und verließ das Foyer durch die Schiebetüren. Als sie draußen auf der sauber asphaltierten Auffahrt stand, hörte sie, wie sich die Türen leise wieder hinter ihr schlossen, und drehte sich noch einmal um. Da sah sie, dass Chantal hinter dem Glas stand und sie beobachtete, die Arme vor der Brust verschränkt und einen Ausdruck in den weichen Zügen, der einer finsteren Miene auf jeden Fall nahekam.

Evelyn

»Du hast vergessen, ihn zu fragen?«

»Tut mir leid.«

Bethan hatte erzählt, dass sie im Golfclub gewesen war, sich für Pool und Spa angemeldet und David Dashwood gesehen hatte, dabei aber ganz vergessen hatte, ihn auf das Übermalen der Bilder an der Wand anzusprechen.

»Ich will, dass diese Wand so schnell wie möglich übertüncht wird. Ich dachte, ich hätte das deutlich genug gesagt.«

»Heute ist mein Geburtstag«, platzte Bethan heraus. Evelyn fragte sich, ob das eine Art Ausrede sein sollte. Sie starrte das Mädchen an, und ihr fiel auf, wie gerötet seine Wagen waren. Da war ein kleines Zucken im Mundwinkel, als bemühte sich Bethan, ein Lächeln zu unterdrücken, oder stünde kurz davor, in Tränen auszubrechen.

Evelyn seufzte. Ihr fiel ein, dass Bethan ihren Geburtstag eigentlich nicht damit zubringen sollte, eine alte Frau in Wales zu umsorgen. Stattdessen hätte sie ein romantisches Wochenende in Brighton verleben sollen. Evelyn bemühte sich, nicht länger an die Wand zu denken, und rang sich ein Lächeln ab.

»Herzlichen Glückwunsch.« Sie hob die eingegipsten Arme. »Wenn ich nicht lahmgelegt wäre, hätte ich dir einen Kuchen gebacken.« Sie legte eine kurze Pause ein. »Oder zumindest wäre ich zu der neuen Patisserie in Caernarvon gefahren und hätte dort einen gekauft.«

»Ist schon gut«, sagte Bethan und wandte sich ab, um die Blumen in der Vase neu zu arrangieren. »David Dashwood hat mich zum Nachmittagstee in den Golfclub eingeladen.«

»Sapperlottchen.« Evelyn riss die Augen auf. Bethan hatte ihr den Rücken zugekehrt und war mit einer Hyazinthe beschäftigt. »Ein Gratis-Geburtstagstee, welche Ehre. Ich wünschte, ich könnte mitkommen.«

Es klopfte laut, und dann erschien zuerst Toms Kopf in der Schlafzimmertür und dann auch der von Tilly.

»Wir wollten nach der Patientin sehen«, sagte Tom.

»Und Bethan besuchen!« Tilly hüpfte förmlich in den Raum hinein. Ein Regenbogen zierte ihren blassrosafarbenen Pullover, und sie trug wieder ihre roten glitzernden Gummistiefel.

»Heute ist Bethans Geburtstag«, sagte Evelyn.

»Herzlichen Glückwunsch!« Das kleine Mädchen marschierte zu Bethan und schlang die Arme um ihre Taille. Bethan wirkte überrascht und warf Tom einen kurzen Blick zu, ehe sie die Umarmung erwiderte.

»Herzlichen Glückwunsch auch von mir«, sagte Tom in förmlichem Ton und nickte ihr zu.

»Feierst du eine Party?«, fragte Tilly und sah Bethan mit ihren großen grauen Augen an.

»Na ja, keine Party«, erwiderte Bethan mit einem Lächeln. »Aber ich gehe zum Tee in den Golfclub.«

Plötzlich hatte Evelyn eine Idee.

»Wir könnten alle gehen.« Sie sah Tom an. »Wenn Sie fahren, könnten wir alle in den Golfclub gehen und gemeinsam Tee trinken.«

»Ja!« Tilly begann so wild auf der Stelle zu hüpfen, dass die Parfümfläschchen auf Evelyns Frisierkommode klirrten. »Ich würde *so* gern zum Tee in den Golfclub gehen. Die haben da diese großen silbernen Türme mit Kuchen und Torten und Dreiecks-Sandwiches ohne Rinde und Scones und Marmelade und ganz kleine Schalen mit Sahne.« Beschwörend sah sie ihren Vater an. »*Bitte*, können wir hingehen?«

»Es wäre wirklich nett, mal rauszukommen«, bemerkte Evelyn. »Ein kleiner Ausflug würde mir guttun, und Bethan braucht eine Aufmunterung, nicht wahr, Bethan?«

»Na ja, eigentlich ...«

»Und es gibt da ganz lange Samtsofas.« Tilly klang schrecklich aufgeregt. »Und große Lampen, die wie riesige Schneeflocken von der Decke hängen.« Sie zerrte am Ärmel ihres Vaters. »Ich würde auch nicht herumlaufen oder die Füße auf die Stühle legen oder irgendwas von den verbotenen Sachen machen, von denen du gesagt hast, ich würde sie tun, als ich das letzte Mal gefragt habe, ob wir dahin zum Tee gehen können.«

Tom blickte auf sie herab.

»Aber ich habe Mabon Morgan gesagt, dass ich heute Nachmittag auf der Farm vorbeischaue und mir seinen Fuß ansehe. Er wollte dir seine Lämmer zeigen.«

»Da können wir doch später noch hin«, beharrte Tilly. »Ich kann den Lämmern ein Sandwich mitbringen.«

»Es wäre doch nett, deinen Geburtstag ein bisschen zu feiern.« Evelyn schenkte Bethan ein Lächeln. »Deine Mutter würde nicht wollen, dass du an deinem Ehrentag ganz allein bist und Trübsal bläst.«

»Ich könnte jetzt sofort zu dem alten Mabon fahren, denke ich«, sagte Tom. »Dann könnte ich euch zwei um drei abholen.« Sein Blick wanderte von Evelyn zu Bethan und wieder zurück zu Evelyn. »Meinen Sie, Sie schaffen das, Evelyn?«

»Natürlich schaffe ich das.« Der Gedanke, sich mal wieder etwas Schönes anzuziehen, erfüllte Evelyn mit Freude. »Bethan, kannst du mir helfen, etwas Make-up aufzulegen?«

»Die Sache ist ...«, setzte Bethan an.

»Fragen wir Sarah doch auch«, sagte Evelyn.

»Das wäre toll«, sagte Tom. »Eine kleine Abwechslung würde ihr auch guttun, sie hat sich heute Vormittag durch einen Riesenstapel Übersetzungen gearbeitet.«

»Und sie liebt Kuchen«, sagte Tilly. »Schokolade mag sie am allerliebsten.«

»Die Sache ist ...«, versuchte Bethan es erneut.

»Natürlich wird David nicht mit uns allen rechnen«, sagte Evelyn, »also werde ich für uns andere zahlen.«

»Nein«, protestierte Tom. »Ich zahle.«

»Seien Sie nicht albern.« Evelyn wedelte mit einem Gipsarm. »Das geht auf meine Rechnung.«

»Die Sache ist ...«

»Darf ich vor den Sandwiches Kuchen essen?«, unterbrach Tilly.

»Nein«, sagte Tom.

»Natürlich darf sie«, widersprach Evelyn. »Das ist ein besonderer Tag.«

»Die Sache ist ...!« Bethan sprach plötzlich sehr laut. Evelyn starrte das Mädchen an, dessen Wangen nun einen deutlichen Rosaton angenommen hatten.

»Was ist los?«, fragte Evelyn.

»David Dashwood hat *mich* eingeladen, mit *ihm* Tee zu trinken.« Sie hielt inne. Evelyn sah, dass Tilly ein langes Gesicht machte und Toms Miene sich verhärtete, doch Bethan fuhr fort: »Nur wir zwei – allein.«

Kapitel 16

Bethan

Bethan stand draußen, wartete auf den Fahrer, den David Dashwood ihr hatte schicken wollen, und ärgerte sich über sich selbst. Sie dachte an die Gesichter, als sie »Nur wir zwei – allein« gesagt hatte. Evelyn hatte die Stirn gerunzelt, Tilly die Mundwinkel herabgezogen, und Tom hatte eine Miene aufgesetzt, die man nur als Missbilligung interpretieren konnte. In Evelyns Schlafzimmer war für einige Sekunden Stille eingekehrt, bis Tilly gefragt hatte: »Wie bei einem Date?«

»Nein«, hatte Bethan hastig erwidert. »Nicht wie bei einem Date.«

»Aber ihr wollt unter euch sein«, bemerkte Evelyn.

»Ja.« Bethan nickte zögerlich. »Nur wir zwei.«

Nun fragte sie sich, warum sie nicht alle eingeladen hatte mitzukommen. Was um alles in der Welt dachte sie sich dabei, mit dem umwerfend attraktiven David Dashwood allein zum Tee zu gehen? Hatte sie nicht Evelyn erst einen Tag zuvor gesagt, das Letzte, was sie sich brauche, sei ein neuer Mann?

Bethan blickte die Einfahrt hinunter.

David Dashwood wäre vermutlich entzückt gewesen, wenn sie mit Hunderten von Gästen aufgetaucht wäre. Bestimmt war er selbst besorgt, sie könnte denken, es ginge um ein Date, obwohl es weiter nichts war als eine freundliche Geste.

Sie fror und begann, die Knöpfe ihres Mantel zu schließen. Plötzlich stellte sie fest, dass es warme Wolle und nicht die kühle, glatte Gabardine ihres Trenchcoats war, was sie spürte. Für einen Moment hatte sie ihr neues Outfit völlig vergessen. Sie berührte den Seidenschal an ihrem Hals und fragte sich, ob sie wirklich so mondän aussah, wie Evelyn gesagt hatte.

Tom und Tilly waren ziemlich bald nach dem »Nur wir zwei« gegangen, und Evelyn hatte Bethan von Kopf bis Fuß gemustert und gesagt: »Tja, so kannst du jedenfalls nicht zu einem Date gehen.«

»Es ist kein Date.«

»Nun ja, was immer es ist, in dieser dreckigen Jeans und dem schmuddeligen Shirt kannst du nicht gehen. Schau dich doch mal in meinem Ankleideraum um. Vielleicht findest du dort etwas Passendes.«

»Wirklich?«

Evelyn zeigte mit dem eingegipsten Arm auf die Tür zum Nebenraum.

»Probier ein paar Sachen an, und dann zeig mir, wie es aussieht.«

Bethan tat, was Evelyn gesagt hatte, brauchte aber erst einmal gute zehn Minuten, um sich zwischen all den tollen Sachen umzusehen, die an den Kleiderstangen hingen, ehe sie es wagte, sich etwas auszusuchen. Die klassischen Designerstücke kamen ihr schon für eine Anprobe viel zu kostbar vor. Sie konnte unmöglich eines davon im Golfclub tragen. Angenommen, sie würde irgendwo hängen bleiben und einen Saum aufreißen oder sie bekleckerte so ein teures Stück mit Tee. Die Kleidungsstücke mochten alt sein, aber Bethan wusste auch, dass sie ein Vermögen wert waren.

Sie entdeckte einen Glockenrock. Der Name auf dem Etikett

war in den schwungvollen Lettern der 1960er geschrieben. Er war aus purpurnem Wildleder gefertigt, mit Satin gefüttert und wurde auf der Seite mit kleinen wildlederbezogenen Knöpfen geschlossen. Sie zog die Jeans aus und den Rock an. Es dauerte einen Moment, bis der Satinstoff bereit war, über ihren Hintern zu rutschen. Dann betrachtete sie sich in dem großen Wandspiegel. Der Rockbund war auf der Höhe ihrer Taille, obwohl er vermutlich auf den Hüften sitzen sollte, doch zumindest hatte sie, nachdem sie die Knöpfe geschlossen hatte, immer noch Platz für einen kleinen Kuchenexzess.

Sie drehte sich zur Seite, um ihr Profil zu betrachten, und dann weiter, um über die Schulter ihre Kehrseite zu begutachten. Ihr gefiel, wie sich das weiche Leder an ihren Hintern schmiegte, diesen dabei betonte, aber nicht zu eng am Körper klebte.

Als Nächstes wühlte sie sich durch die Stapel von Pullovern und Strickjacken, die fein säuberlich zusammengefaltet auf einem Regalbrett lagen. Sie entschied sich für einen weichen schwarzen Rollkragenpulli aus Kaschmir, von dem sie hoffte, dass er nicht so aussah, als ob sie sich unter dem Nachmittagstee ein romantisches Rendezvous vorstellen würde.

Sie zog ihn an und ging zurück in Evelyns Schlafzimmer. »Ich dachte, ein bodenlanges Abendkleid wäre vielleicht ein bisschen zu viel für einen Nachmittagstee.« Bethan drehte sich einmal um die eigene Achse. »Das kam mir passender vor.«

Evelyn rümpfte die Nase. »Ein bisschen tugendhaft, aber bei Mister Dashwood ist das vermutlich auch besser so.«

»Ich sagte doch, es ist kein Date.«

Evelyn antwortete nicht, sondern ließ ihren Blick über Bethans Outfit wandern.

»Du brauchst eine Strumpfhose«, sagte sie. »Da sind welche in einer Schublade im Ankleideraum, und ich schlage vor, du nimmst auch noch ein Tuch dazu. Ich habe ein wunderschönes grünes von Hermes, das einen perfekten Kontrast zu deinen rotbraunen Locken bilden würde.« Ihr Blick wanderte zu Bethans Füßen, und sie rümpfte erneut die Nase. »Diese Treter kannst du unmöglich tragen. Ist das alles, was du dabeihast?«

Bethan starrte ihre Dr. Martens an.

»Ja.«

»Welche Schuhgröße hast du?«

»Siebenunddreißigeinhalb«, sagte Bethan.

»Dann hast du Glück gehabt, ich habe dieselbe Größe, und ich glaube, ich habe hundertfünfzig Paar Schuhe. Tilly hat sie an einem verregneten Nachmittag vor ein paar Monaten gezählt. Geh und schau, ob du etwas Passendes findest. Der Spiegel ist seitlich verschiebbar, der Schuhschrank ist dahinter. Nimm dir einfach, was dir gefällt.«

Bethan ging zurück ins Ankleidezimmer, fand den kleinen Riegel auf einer Seite des Spiegels und schob ihn zur Seite. Daraufhin kamen reihenweise Schuhe zum Vorschein. Sie waren in den Fächern so liebevoll ausgestellt wie eine Sammlung Mingvasen in einem Museum. Bethans Augen weiteten sich, als sie die diversen Stilettos, die wildledernen Peeptoes und die Sandalen mit hohem Absatz erblickte. Manche davon hatten strassbesetzte Schnallen, andere überkreuzte Riemchen. Da waren Oxford-Schuhe aus den 1940ern, Slipper mit Leopardendruck, zweifarbige Budapester und ein ganzes Fach voller Pumps mit hohen Absätzen in unzähligen Farben. Sogar ein Paar goldener Sportschuhe fand sich in dem Schrank, auch wenn Bethan sich beim besten Willen nicht vorstellen konnte, wann oder wo Evelyn die getragen hatte.

Sie streichelte ein paar mit fuchsiafarbenen Federn verzierte Satinpantoletten von Manolo Blahnik und griff zu einem Paar Kitten Heels von Valentino. In all den Jahren, in denen Bethan bei eBay und an den Ständen auf dem Portobello Market nach Vintage-Schuhen gesucht hatte, hatte sie nie solche Schätze zu sehen bekommen.

Hatte Evelyn wirklich ernst gemeint, dass sie sich nehmen könne, was ihr gefiele?

Sie probierte die Kitten Heels von Valentino an und danach unerhört spitze Pikes – beide Paare drückten an den Zehen. Sie sortierte ein Paar Lackstiefel aus, obwohl sie ihr wirklich gut gefielen, und befand, dass die glitzernden Schleifenschuhe mit Fünfzehn-Zentimeter-Absätzen nicht ganz das Richtige für einen Nachmittagstee waren. Am Ende entschied sie sich für ein Paar blassgrüne Ballerina-Pumps aus Wildleder. Sie passten wie angegossen.

Bethan wählte noch eine schwarze Strumpfhose aus, nahm ein grünes Hermes-Tuch von einem Tuchständer, an dem noch ungefähr fünfzig weitere hingen, und kehrte in Evelyns Schlafzimmer zurück.

Evelyn lächelte anerkennend.

»Diese Schühchen habe ich 1959 bei Macy's gekauft. Damit habe ich mich nach der sehr erfolgreichen Buchvorstellung von *Der schneidige Leutnant* in New York belohnt. Die Bücherabteilung war brechend voll, die Schlange der Leute, die ein Autogramm in ihrer Ausgabe wollten, reichte bis auf die Straße und um den ganzen Block herum. Ich weiß noch genau, was ich an dem Nachmittag getragen habe: ein hinreißendes Chanel-Kostüm aus blassblauem Bouclé. Und ich hatte mir das Haar von Mister Kenneth machen lassen; das war damals der Topfriseur in New York. Ich habe umwerfend ausgesehen!«

»Da möchte ich wetten!«, sagte Bethan lächelnd. »Ich wollte schon immer mal nach Amerika. Mal war wegen der Arbeit einige Male dort. Er sagt, in den Staaten würde es nur so wimmeln von arroganten Leuten, die zu viel von sich halten.«

»Mmm«, machte Evelyn. »Dann war er ja in der richtigen Gesellschaft.«

Bethan trat ans Fenster und blickte hinaus in den Garten.

Ein Pfau stolzierte mit aufgeblähter Brust über den Rasen und zog seine lange gefiederte Schleppe hinter sich her. Inzwischen war die Sonne herausgekommen. Sie und Mal hätten einen langen Spaziergang am Strand machen können. Vielleicht war ja alles doch nur ein Missverständnis, und die Rezeptionistin in Brighton hatte sie doch mit irgendwelchen anderen Gästen verwechselt. Hatte sie vorschnell reagiert? Vielleicht versuchte Mal gerade jetzt verzweifelt, sie zu erreichen. Zumindest gäbe ein Ausflug in den Golfclub ihr die Gelegenheit, sich in das WLAN einzuloggen und ihre Nachrichten zu kontrollieren.

»Es wird kalt werden«, riss Evelyns Stimme sie aus ihren Gedanken. »Bis Mai ist das immer so. Du wirst einen Mantel brauchen.«

Bethan drehte sich um. »Ich habe nur den Trenchcoat, und der ist ziemlich dreckig.«

»Dann musst du meinen gelben Balenciaga tragen. Er wurde für mich vom Meister selbst in Paris nach Maß gefertigt – 1962. In diesem Mantel habe ich enorm elegant ausgesehen, und das wirst du auch tun.«

Bethan wartete vor dem Portikus in dem butterblumengelben Mantel. Er war einfach entzückend, ausgestellt und mit Fledermausärmeln, aber ein wenig zu lang für sie. Bethan blickte auf die grünen Schuhe hinab; draußen wirkten sie heller. Allmählich wuchs in ihr der Argwohn, dass sie keineswegs elegant aussah, sondern vielmehr wie eine überdimensionierte Narzisse.

Sie hörte einen Wagen die Auffahrt heraufkommen. Schmetterlinge flatterten in ihrem Bauch. Ein dunkelblauer Sportwagen kam in Sicht. Seine Räder knirschten auf dem Kies, als er um ein Stück von dem Schild des Löwen herummanövrierte. Bethan erkannte die Marke; es war ein Maserati. Mal sah sich diese Autos immer auf seinem Smartphone an.

Eines Tages, Babe, sagte er dann sehnsüchtig. *Eines Tages.*

Der Maserati hielt direkt vor Bethan. Sie nahm an, dass David wie versprochen einen Fahrer geschickt hatte, aber als die getönte Scheibe heruntergelassen wurde, sah sie, dass David Dashwood selbst am Steuer saß. Er lächelte sie an.

»Sie sehen aus wie eine Frühlingsgöttin.«

Evelyn

Das Motorengeräusch wurde leiser und erstarb, und alles, was blieb, war das Ächzen und Knarren des Hauses. Es schien immer deutlicher zu protestieren. Vielleicht war es zu alt, zu verbraucht und leidend, ganz so, wie Evelyn sich allmählich fühlte. Bethan hatte ihr Schmerztabletten gegeben, ehe sie gegangen war. Da waren so viele Pillen, die sie über den Tag verteilt zu schlucken hatte, pinkfarbene und blaue und welche, die aussahen, als wären sie mit Zuckerstreuseln gefüllt. Bethan hatte versprochen, rechtzeitig zurück zu sein, um ihr die nächste Dosis zu geben, doch Evelyn hatte ihr gesagt, sie solle sich darüber keine Gedanken machen.

»Zieh los, hab Spaß, schau tief ins Glas und vögel David Dashwood die ganze Nacht, wenn dir danach ist.«

Bethan hatte sie schockiert angestarrt.

»Ich will nur einen Tee trinken und einen Scone essen.«

Das hatte Evelyn zum Lachen gebracht.

Nun saß sie an den Kissenberg in ihrem Rücken gelehnt da und fragte sich, ob Bethan David Dashwood vielleicht ein bisschen mehr mochte, als sie zugeben wollte. Er sah bemerkenswert gut aus und war äußerst charmant, die zeitgenössische Version des perfekten Helden aus einem ihrer Bücher. Ein ziemlich guter Fang.

Evelyn vermutete, dass David Dashwood daran dachte, sesshaft zu werden. Er hatte sie mehrmals gefragt, ob sie vielleicht bereit wäre, ihm Vaughan Court zu verkaufen.

»Es wäre ein wunderbares Zuhause für eine Familie«, hatte er gesagt.

»Es ist viel zu groß für eine moderne Familie«, hatte Evelyn ihm widersprochen. »Es sei denn, Sie haben vor, um die fünfzig Kinder in die Welt zu setzen. Außerdem habe ich nicht die Absicht, dieses Haus vor meinem Tod zu verlassen.«

Dabei mochte sie Vaughan Court nicht einmal; viele Jahre lang hätte sie sogar gesagt, dass sie es hasste. Aber sie wollte nicht gehen. Wie könnte sie auch? Die Erinnerungen, die mit diesem Ort verknüpft waren, waren alles, was ihr geblieben war.

Evelyn zuckte zusammen. Die Erinnerungen waren zugleich das, was sie ständig zu verdrängen suchte. Wie oft hatte sie sich gewünscht, sie wäre sie einfach los, aber gerade in letzter Zeit kamen sie alle wieder zurück, und zwar viel lebhafter, als ihr lieb war. Sie ergriff die Vogue und blätterte zu dem Artikel über die geblümten Kleider für das Frühjahr. Die Aufnahmen waren in der Wüste gemacht worden, Tausende Kilometer entfernt von Wales. Die Mädchen wirbelten herum und stapften durch den Sand mit gewaltigen Stiefeln, die so aussahen wie die grauenhaften Dinger, die Bethan trug. Evelyn zog die Nase kraus. Die Kleider saßen nicht gut, und die Models sahen mit ihrem zurückgekämmten Haar und dem verschmierten Eyeliner aus wie Herumtreiberinnen. Evelyn dachte an Bethan in dem Balenciaga-Mantel und dem Hermes-Tuch. Sie hatte so bezaubernd ausgesehen, nachdem sie diese scheußlichen Stiefel endlich ausgezogen hatte. Sie fragte sich, was David wohl von dem neuen Look halten würde. Er hatte ein Faible für glamouröse Frauen. Sie hatte ihn in seinen schicken Autos mit Freundinnen herumfahren sehen, die haufenweise Make-up trugen, aufgeblasene Lippen und falsche Wimpern und vermutlich auch falsche Brüste hatten. An Bethan war alles echt; sie gab sich keine

Mühe, die Sommersprossen auf ihrer Nase zu kaschieren. Auf ihren langen Wimpern lag nur eine Spur Mascara, und sie trug nur einen Hauch Lipgloss auf ihre von Natur aus vollen Lippen auf. Einen wunderschönen Busen hatte sie auch. Sie war so frisch und echt und schön, wie es ihre Großmutter gewesen war, und wie Nelli wusste vermutlich auch Bethan nicht, wie schön sie war.

Evelyn wünschte, Nelli wäre noch am Leben und könnte ihre Enkelin sehen. Ihre Freundin würde sich bei dem Gedanken daran, wie Mal Bethan behandelt hatte, ganz sicher im Grab herumdrehen.

Nelli hatte bei der Wahl ihres Ehemanns eine glückliche Hand bewiesen. Michael war so ein netter, sanfter Mann gewesen. Allerdings bezweifelte Evelyn, dass Nelli ihm je die Leidenschaft entgegengebracht hatte, die Lloyd bei ihr entfacht hatte. Noch heute erinnerte sich Evelyn lebhaft an die gefühlstiefe walisische Prosa seiner Briefe, an die bildhafte Beschreibung seiner Liebe und Sehnsucht. Kein Wunder, dass Nelli so einen tiefen Schmerz empfunden hatte, als er gestorben war.

An dem Tag, an dem Lloyds kleiner Bruder mit dem Telegramm, das seine Mutter an diesem Morgen erhalten hatte, zu ihnen gekommen war, war Nelli in der Küche zusammengebrochen. Evelyn war aus dem Salon herbeigeeilt, als sie den Schrei gehört hatte. Als sie in die Küche kam, stupste Mrs Moggs Nelli gerade mit einem Besenstiel an und sagte dem jungen Mädchen, es solle sich zusammenreißen und die Pastinaken im Spülbecken schälen.

Evelyn hatte helfen wollen. Wochenlang hatte sie Nelli in ihrem Bett schlafen lassen, sie während der langen Nächte festgehalten, die Nelli durchgeweint hatte. Lady Vaughan und Mrs Moggs hätten einen Anfall bekommen, hätten sie davon gewusst. Evelyn hatte sich bemüht, Nelli erzählen zu lassen, wenn sie reden wollte, sie zu halten, wenn sie gehalten werden wollte, einfach für sie da zu sein, besonders in den langen dunklen Stunden der Nacht.

Eines Nachts war sie erwacht und hatte den Platz neben sich leer vorgefunden. Und sie hatte genau gewusst, wo sie Nelli finden würde. Schon seit Tagen hatte Nelli davon gesprochen, Lloyd ins Meer zu folgen. Evelyn hatte kaum den Strand erreicht, da sah sie Nelli im Mondschein durch die rauen Novemberwellen waten. Sie war hineingerannt in die Brecher und hatte sie zurück an Land gezerrt, was nicht leicht gewesen war, denn Nelli hatte sich die Taschen mit Steinen vollgestopft. Als sie dann patschnass und außer Atem auf dem kalten, harten Sand gelegen hatten, hatte Evelyn die Arme um die junge Frau gelegt und ihr versprochen, sie würde immer für sie da sein.

Und als Jack verschollen war, da war Nelli für Evelyn da gewesen, hatte sie sprechen lassen, wenn sie sprechen wollte, und sie in den furchtbaren Nächten gehalten.

Aber Nelli hatte auch Glück gehabt; aus dem Telegramm war klar hervorgegangen, dass Lloyd nie zurückkommen würde. Sein Schiff war torpediert, sein im Meer treibender Leichnam gefunden worden. Nelli hatte keine Hoffnung, keinen Schimmer einer Erwartung. Lloyd wurde nicht vermisst, also musste Nelli nicht warten. Sie hätte Vaughan Court verlassen und davonfliegen können, um ein neues Leben zu beginnen, aber Evelyn war an die Steine, das Glas und die gewundenen Schornsteine gekettet geblieben, und nun war es zu spät, alldem zu entfliehen.

Draußen kreischte ein Pfau, und etliche andere stimmten ein, Dutzende von Rufen erschollen im Garten unter ihrem Fenster. Sie erinnerte sich noch, wie sie sich einst gewünscht hatte, Pfauen könnten Botschaften überbringen, wie es der Star in der walisischen Legende für Branwen getan hatte. Wenn sie doch nur über das Meer fliegen könnten. Aber Pfauen waren nicht gut darin, größere Strecken zu fliegen; außerdem war aller Wahrscheinlichkeit ohnehin niemand mehr da, dem sie ihre Botschaft hätten bringen können.

Evelyn betastete mit den Fingerspitzen ihre Wangen. Sie weinte. Tränen liefen über ihr Gesicht und tropften auf die *Vogue*, sie flossen über die Mädchen mit ihren riesigen Stiefeln und den geblümten Kleidern; die Seiten wellten sich schon. Vermutlich weinte sie schon eine ganze Zeit lang.

Sie holte tief Luft und flüsterte in die Stille des Raums: *Du bist nie zurückgekommen, um mich zu retten, Jack. Du hast mich nie mit nach Hause genommen.*

Bethan

Sanft zog Bethan die Zeitschrift unter Evelyns Hand hervor. Im Schlaf murmelte die alte Frau etwas Unzusammenhängendes, und die Haut zwischen ihren geschlossenen Augen war in tiefe Falten gelegt. Ihr Mund zuckte, und Bethan hörte deutlich die Worte *nach Hause*.

Bethan streckte die Hand aus und berührte Evelyns Wange. Die Haut war trotz des pergamentenen Aussehens weich. Aber Evelyn sah schrecklich blass aus.

Hätte sie bleiben sollen? Dem Geburtstagstee widerstehen? Auf Kuchen und Mini-Pavlovas, drei Gläser Champagner und die amüsante Konversation mit dem außerordentlich attraktiven David Dashwood verzichten?

Ob sich Evelyn einsam gefühlt hatte, während Bethan fort gewesen war? Hatte sie Hilfe gebraucht? Sich krank gefühlt?

Bethan dachte an die Sorge, die David Dashwood seiner betagten Nachbarin entgegenbrachte; mindestens die Hälfte ihres

Gesprächs hatte sich um sie gedreht. Sie hatten über Evelyns Charakterstärke geredet, ihre Tatkraft, ihr Talent, ihren Stil. Vor allem hatten sie darüber gesprochen, dass sie beide Evelyn dafür bewunderten, wie sie sich trotz ihres hohen Alters allein durchs Leben schlug. David hatte ihr erzählt, wie er Evelyn einmal angetroffen hatte, als sie mit einer Schaufel die Einfahrt vom Schnee befreite, damit sie mit ihrem Wagen zu einer Cocktailparty am Silvesterabend fahren konnte. »Sie war schon halb den Hang runter, als ich dort ankam! Sie hat ein Cocktailkleid unter ihrem Pelzmantel getragen, war voll geschminkt, das Haar frisiert, und es war schon dunkel. Sie hat mir gesagt, sie würde sich von ein paar Zoll Schnee bestimmt nicht den Spaß verderben lassen.«

Bethan war in Gelächter ausgebrochen. »Das klingt ganz nach Evelyn!«

Sie berichtete von ihren Kindheitserinnerungen an Evelyn und dass sie ihr bei ihrem fünfzigsten Roman helfen würde.

»Der Fünfzigste! Ich wusste gar nicht, dass sie so erfolgreich ist«, sagte David und beugte sich vor, um Bethan Champagner nachzuschenken. Dann drehte er den silbernen Tortenständer und zeigte auf einige kleine viereckige Stücke Früchtekuchen. »Sie müssen das Bara Brith probieren. Das ist die Spezialität unseres Konditors.«

In diesem Moment hatte Bethan gesehen, dass Olwyn Moggs und Owen auf einem der langen, samtbezogenen Sofas auf der anderen Seite des Raums saßen. Owen trug einen engen rot-violett gestreiften Pullover, der sich um seinen Bauch spannte, sodass er aussah wie eine Christbaumkugel. Olwyn selbst hatte offenbar ein Strickhemd und eine Jacke ausgewählt, die zu Owens Pullover passten. Sie saß sehr aufrecht da, die Teetasse in der einen, die Untertasse in der anderen Hand. Ihre Füße reichten nicht ganz bis zum Boden, und Bethan sah, dass sie ihre Hausschuhe trug. Owen hob eine Hand und winkte ihr zu.

»Ich hatte nicht erwartet, Olwyn Moggs hier anzutreffen«, sagte sie und winkte zurück.

»Owen führt seine Großmutter jede Woche zum Tee aus.« David senkte die Stimme. »Ich weiß nicht, warum, aber sie findet immer etwas zum Meckern.«

Wie aufs Stichwort hörte Bethan, wie Owen einen Kellner rief.

»Nennen Sie das Bara Brith? Das ist weiter nichts als ein feuchter Keks mit ein paar Korinthen. Ich würde mich nicht trauen, das in meinem Laden zu verkaufen.«

Bethan und David tauschten ein Lächeln.

»Sie erinnert mich an meine eigene Großmutter«, sagte David. »Nichts ist gut genug, um ihr zu genügen.« Er legte eine kurze Pause ein, dann: »Verstehen Sie mich nicht falsch, meine Grandma Margaret ist reizend. Unter der stählernen Fassade ist sie ein echter Schatz, sie hat nur ziemlich hohe Erwartungen, Ansprüche, würde man wohl besser sagen.«

»Wo lebt Ihre Grandma Margaret denn?«, fragte Bethan und nippte an ihrem Champagner.

»Sie hat fünfzig Jahre lang ein kleines Bed and Breakfast in Disley betrieben, aber inzwischen lebt sie in einem Heim in Chester.« David betrachtete sein Glas. »Ich wünschte, ich könnte mehr für sie tun. Sie war sehr gut zu mir, als ich ein Kind war. Sie hat mich großgezogen, nachdem meine Mutter beschlossen hatte, dass es aufregender wäre, ihrem Traum, die nächste Celine Dion zu sein, in den Arbeiterkneipen Großbritanniens nachzujagen, als ein Kind aufzuziehen.«

Bethan wartete auf weitere Ausführungen, doch er lehnte sich nur lächelnd auf seinem Stuhl zurück.

»Ich sorge dafür, dass sie die beste Pflege bekommt, die es gibt, und ich besuche sie jede Woche. Sie ist geistig noch voll auf der Höhe und will über alles Bescheid wissen, was hier passiert.«

»Sie muss sehr stolz auf das sein, was Sie erreicht haben.«

David zuckte vage mit den Schultern.

»Wird sie. Eines Tages.«

»David ... ich meine, Mister Dashwood, da ist ein Herr an der Rezeption, der Sie sprechen möchte.«

Chantal ragte in ihren Lackstilettos über ihnen auf und strahlte David an, bevor sie Bethan mit zusammengekniffenen Augen musterte.

David erhob sich seufzend.

»Es tut mir wirklich leid, Bethan. Ich wusste, es kann nicht lange andauern, wenn ich mich so gut amüsiere.«

Chantal verschränkte die Arme so vor dem Körper, dass ihre Brüste noch riesiger aussahen, als sie ohnedies schon waren. Bethan blickte auf ihre eigenen herab und stellte fest, dass Krümel auf die schwarze Kaschmirwolle gerieselt waren. Sie versuchte, sie wegzuwischen, doch ohne Erfolg. Sie schienen in der dichten Wolle festzuhängen. Als sie wieder aufblickte, starrte Chantal sie mit einem gekünstelten Lächeln auf den aufgeblasenen Lippen an.

»Ich muss sowieso los«, sagte Bethan. »Evelyn wundert sich bestimmt schon, wo ich bleibe.«

»Es tut mir leid, wenn ich Sie zu lange aufgehalten habe.« David beugte sich zu ihr herab und küsste sie sacht auf die Wange. Er roch nach Sandelholz und Zitrone, und sie musste sich sehr zusammenreißen, um nicht hörbar nach Luft zu schnappen.

Er richtete sich auf und drehte sich zu Chantal um.

»Könnten Sie Paul bitten, Bethan zurück nach Vaughan Court zu fahren?« Dann wandte er sich wieder an Bethan. »Ich hoffe, Sie haben Ihren Geburtstagstee genossen.«

»Oh, ja, es war sehr schön.«

Für einige Sekunden erwiderte David ihren Blick; seine strahlend blauen Augen schienen ihr Gesicht genau zu studieren. Dann lächelte er.

»Ja, es war wirklich schön, nicht wahr?«

Dann ging er davon. Er durchschritt den Raum mit seinen wundervollen langen Beinen, strich mit einer Hand das dichte blonde Haar zurück und winkte mit der anderen irgendeinem Bekannten zu. Bethan sah, wie sich die Köpfe der Frauen nach ihm umdrehten, wie sie ihn im Auge behielten, bis er durch die Doppeltür entschwunden war. Da erst fiel Bethan auf, dass sie den ganzen Nachmittag über völlig vergessen hatte, ihr Smartphone auf neue Nachrichten zu kontrollieren.

Keine Botschaft von Mal. Rasch ging Bethan ihre Textnachrichten und die Facebook-Einträge durch, ignorierte die Geburtstagswünsche ihrer Freunde und die zahlreichen WhatsApp-Nachrichten ihrer Mutter. Sie prüfte sogar ihren E-Mail-Eingang. Nichts von Mal, gar nichts, nicht einmal ein neuer Post auf Instagram. Sie wartete darauf, dass sich ihre Gefühle meldeten, dass sich ihre Augen mit Tränen füllten oder sie der Kummer übermannte, aber sie fühlte sich erstaunlich gut, glücklich sogar.

»Da ist Marmelade«, sagte Chantal.

Bethan blickte von ihrem Handy auf. Ihr war nicht bewusst gewesen, dass die Frau noch da war.

»Pardon?«

»An Ihrem Kinn.« Chantal zeigte auf ihr eigenes hübsches, glattes Kinn. Bethan hob die Hand und ertastete einen klebrigen Klecks Erdbeermarmelade, der von einem Scone stammen musste.

Chantal reichte Bethan eine Serviette.

»Ich gehe und sage Paul, dass Sie abfahrbereit sind.«

Als sie wenig später in Evelyns Schlafzimmer stand, schüttelte es sie immer noch bei dem Gedanken an die Marmelade. Wie lange hatte sie wohl schon an ihrem Kinn geklebt?

Sie hörte ein Geräusch vom Kies unterhalb des Fensters und

dachte ein paar köstliche Sekunden, es könnte David Dashwood sein.

Ich bin hergekommen, um Ihnen etwas zu sagen: Obwohl Sie Krümel auf den Brüsten und Marmelade am Kinn hatten, sind Sie immer noch die schönste Frau, die ich je gesehen habe.

Aber als Bethan hinausschaute, sah sie einen kleinen und leicht verbeulten Kombi, der definitiv nicht so aussah, als würde er David Dashwood gehören. Die Beifahrertür wurde geöffnet, und eine kleine Gestalt sprang heraus. In der Hand hatte sie etwas, das Bethan trotz des schwindenden Tageslichts und der Entfernung als leuchtend pinkfarbenen Kuchen voller Kerzen erkannte.

»Tilly war wild entschlossen, Ihnen einen Geburtstagskuchen zu backen«, sagte Sarah und zog die letzte der vielen Kerzen aus der Torte. Bethan hatte vier Anläufe gebraucht, um sie auszublasen.

»Das ist so lieb von ihr.« Bethan sah sich lächelnd zur Küchentreppe um, über die Tilly gerade verschwunden war. Sie wollte oben nachschauen, ob Evelyn inzwischen aufgewacht war. »Und es ist sehr nett von Ihnen«, sagte sie und sah Sarah an, die an dem großen Kiefernholztisch Platz genommen hatte. »Ich bin sicher, Sie haben an einem Samstagnachmittag Besseres zu tun.«

»Tom hat heute Morgen den alten Mabon Morgan besucht, um sich seinen Fuß anzusehen. Dabei hat er festgestellt, dass der arme Mann kaum noch gehen kann, also hat er ihn ins Krankenhaus gefahren. Und wie ich Tom kenne, wird er dort bleiben, bis er sicher ist, dass sein Patient die richtige Behandlung erhält, was Stunden dauern kann. Backen schien da eine gute Möglichkeit zu sein, den Nachmittag auszufüllen.«

»Ich nehme an, das ist die Kehrseite, wenn man mit einem Arzt verheiratet ist.« Auf der Suche nach einem Messer, das groß genug war, um Biskuit und Buttercreme zu teilen, öffnete Bethan eine unaufgeräumte Schublade. »Sie sind es bestimmt gewohnt, plötzlich wegen irgendwelcher kranker Leute im Stich gelassen zu werden.«

»Na ja, ich schätze, ich würde mich daran gewöhnen, wenn ich mit einem Arzt verheiratet *wäre*, aber Lehrkräfte für Geschichte müssen sich glücklicherweise nicht um Kranke kümmern.«

Bethan unterbrach ihre Suche nach dem Messer und starrte die hübsche blonde Frau am Tisch an, die dabei war, alle Kerzen in einer sehr säuberlichen Linie aufzureihen.

»Aber ich dachte …«

»Sie dachten, ich wäre mit Tom verheiratet?«, fiel ihr Sarah ins Wort.

»Na ja, das hatte ich angenommen – nicht dass man verheiratet sein müsste, um zusammenzuleben und ein Kind zu haben.«

»Tilly ist nicht mein Kind.«

»Oh.«

»Sie ist meine Nichte.«

»Oh.«

»Und Tom ist nicht mein Mann, er ist mein Bruder.«

»Wie es scheint, habe ich wohl alles falsch verstanden. Sie sehen Tilly so ähnlich, darum habe ich automatisch angenommen, Sie wären ihre Mutter.«

»Ich dachte, Evelyn hätte es Ihnen erzählt.« Sarah nahm eine der Kerzen und drehte sie zwischen den Fingern hin und her.

»Mir was erzählt?«

»Was mit Toms Frau passiert ist.«

Bethan schüttelte den Kopf.

»Sie hat gar nichts gesagt. Ich nahm nur an, dass *Sie* seine Frau wären, weil Sie zusammenwohnen.«

»Wir wohnen nicht zusammen. Ich habe ein Cottage, ein

paar Meilen weiter oben an der Straße. Dort lebe ich mit meiner Partnerin Gwen.«

»Oh«, machte Bethan wieder einmal.

»Aber ich verbringe viel Zeit damit, Tom mit Tilly zu helfen.« Sie legte die Kerze weg und verschränkte die Arme vor der Brust. »Allerdings bin ich nicht so der mütterliche Typ. Arme Tilly. Ich bin viel zu pingelig. Unsere eigene Mutter ist vor zehn Jahren gestorben. Wenn sie noch am Leben wäre, würde sie sich viel besser um Tilly kümmern als ich.«

Bethan setzte sich. Fragen schwirrten durch ihren Kopf, aber keine wollte sich so recht zu einem Satz formen.

»Als Tom aus London zurückgekommen ist«, fuhr Sarah fort, »habe ich meinen Job als Lehrerin für Walisisch an der hiesigen Sekundarschule aufgegeben, um mich um Tilly zu kümmern.« Sie lächelte. »Manchmal glaube ich allerdings, Tom bräuchte auch jemanden, der sich um ihn kümmert. Ich übersetze noch ein bisschen, um meinen Anteil an den Rechnungen zu bezahlen, und Gwen ist sehr verständnisvoll. Sie versucht, ein Buch über die Geschichte keltischer Frauen zu schreiben, darum verkriecht sie sich an den Wochenenden oft im Arbeitszimmer, was bedeutet, dass ich verfügbar bin, wenn Tom und Tilly mich brauchen.«

»Was ist passiert?«, fragte Bethan. »Mit Toms Frau.«

Sarah legte die Kerze wieder hin und seufzte schwer.

»Es war furchtbar …«

»Sie ist wach«, hörten sie Tillys Stimme, kurz bevor ihre Gummistiefel über die Holzstufen donnerten. Beide Frauen drehten sich zur Treppe um. »Und sie will Kuchen.«

Evelyn

Sie träumte von der Wohnung in der Sloane Street. Der Gasgeruch, der leblose Körper der Frau auf dem Küchenboden, die Geräusche, die aus dem Schlafzimmer kamen und mehr nach Kätzchen als nach Baby klangen. Von draußen konnte sie die Menge auf der Straße hören, Hunderte von Menschen, die jubelnd und jauchzend Richtung Palast zogen, Soldaten, Seeleute und Zivilisten. Evelyn hatte eine Ewigkeit gebraucht, um sich von der Tube aus einen Weg durch die Menschenmassen hierherzubahnen.

In ihrem Traum hatte Evelyn die Hand nach dem Herd ausgestreckt, um das Gas abzustellen, dann aber den Knopf in der Hand gehalten. Ein Mann war aufgetaucht, Howard. Er nahm eine Zigarette aus einem silbernen Etui und zündete ein Streichholz an.

Evelyn erwachte mit heftigem Herzklopfen. Sie versuchte, die Hand an die Brust zu heben, um es zu beruhigen, aber ihr Arm fühlte sich so schwer an. Als sie die Augen öffnete, sah sie den Gips und erinnerte sich, dass heute nicht der Tag der Befreiung war, dass sie tatsächlich das Gas abgestellt hatte und dass Howard natürlich nicht dort gewesen war. Niemand hatte ein Streichholz angezündet, dennoch war es zu spät gewesen, um Loretta zu retten.

Es war sehr dunkel. Sie tastete nach der Lampe neben ihrem Bett. Der Gips machte es ihr unmöglich, den kleinen Schalter unter dem Schirm umzulegen. Trotzdem versuchte sie es noch einmal, woraufhin die Lampe umkippte und vom Tisch fiel. Dresdner Porzellan aus dem achtzehnten Jahrhundert zerschellte mit lautem Krach auf dem Boden.

»Mist«, grollte Evelyn und sank in ihre Kissen zurück. »Mist, Mist, Mist.«

Ihr Mund fühlte sich trocken an, ihre Lippen waren rissig

und schmerzten. Sie versuchte, sie mit der Zunge zu befeuchten, und kostete eine zarte Schicht aus Krümeln.

Da fiel ihr der Kuchen wieder ein. Bethan hatte versucht, sie zu füttern, und ihr kleine Stücke in den Mund gesteckt. Tilly hatte gelacht und gesagt, Evelyn würde essen wie ein kleines Vögelchen.

Der Kuchen hatte sehr interessant ausgesehen: drei Lagen intensiv grünen Biskuits, zusammengepappt mit Schokoladencreme und überzogen mit einer pinkfarbenen Schicht, auf der zur Dekoration etwas verstreut worden war, das aussah wie Frühstücksflocken.

»Tilly hat darauf bestanden, dass wir alle Lebensmittelfarbe benutzen, die wir haben.« Sarah hatte liebevoll an einem von Tillys Zöpfen gezupft, während sie um Evelyns Bett herum ihre kleine Teeparty abhielten. »Sie hat die ganze Flasche mit grüner Farbe in die Mischung geschüttet.«

»Das sollte ja auch ein Regenbogenkuchen werden«, sagte Tilly, die auf Evelyns Bettkante thronte und bereits ihr zweites Stück Kuchen vertilgte. »Aber wir hatten kein Gelb und kein Blau, und wir hatten nicht genug Butter für die Buttercreme, darum mussten wir Nutella benutzen. Und Zuckerstreusel hatten wir auch nicht, also haben wir Cheerios genommen.«

»Wir wollten in Moggs Laden noch ein paar Zutaten kaufen«, fügte Sarah hinzu. »Aber der war geschlossen.«

»Das liegt daran, dass Olwyn im Golfclub war«, erklärte Bethan mit vollem Mund. »Und sich über das Bara Brith beklagt hat.«

Evelyn schnaubte verächtlich.

»Das klingt ganz nach Olwyn. Die hat sich schon als Kind ständig beklagt.«

»Olwyn Moggs war mal ein Kind?«, rief Tilly in fassungslosem Ton.

Evelyn lachte.

»Ich weiß, das ist schwer zu glauben. Aber sie hat auch schon wie eine kleine alte Dame gewirkt, als sie so alt war wie du. Sie hat nicht mit den anderen Kindern gespielt, die hier gewohnt haben. Sie ist lieber herumgeschlichen, hat Gespräche belauscht, die sie nichts angingen, und die Leute in Schwierigkeiten gebracht, indem sie alles ihrer Mutter erzählt hat.«

»Was für Schwierigkeiten?« Tilly hatte aufgehört zu essen, die Kuchengabel auf halbem Weg zwischen Teller und Mund.

Evelyn legte die Stirn in Falten.

»Große Schwierigkeiten«, sagte sie und dachte: *Sehr große Schwierigkeiten sogar.*

»Hat sie dich auch in Schwierigkeiten gebracht?«, fragte Tilly mit großen, runden Augen. »Hat sie Großvater Peter und seinen Bruder, Onkel wie-heißt-er-noch in Schwierigkeiten gebracht?«

»Großonkel Billy«, half Sarah ihr auf die Sprünge.

»Ja, Großonkel Billy.« Tilly ließ ihre Gabel weiterwandern und schob sich den Bissen Kuchen in den Mund. »Dad hat mir erzählt, sie wären vor langer Zeit hergekommen, weil sie Evakutiere gewesen wären.«

»Evakuierte«, korrigierte Sarah. »Und du sollst nicht mit vollem Mund reden.«

Tilly wischte sich den Mund mit dem Handrücken ab.

»Wir haben in der Schule was über Evakutiere gelernt. Das waren Kinder, die mit einem Schild um den Hals aus großen Städten gekommen sind. Und die Leute, die auf dem Land gewohnt haben, mussten sagen, welche sie auf ihrem Dachboden oder unter der Treppe schlafen lassen wollten. Das war wegen dem Krieg, in den Achtzigern, als noch niemand ein iPad hatte und Königin Victoria das Sagen hatte.«

Evelyn brach in Gelächter aus und erstickte beinahe an dem kleinen Stückchen Kuchen, das Bethan ihr gerade in den Mund geschoben hatte.

»Ich glaube, Gwen muss dir mal ein bisschen Nachhilfe in Geschichte geben«, bemerkte Sarah.

Tilly achtete gar nicht auf ihre Tante. Stattdessen sah sie Evelyn an, beugte sich auf dem Bett näher zu ihr, und ihre Augen sahen noch größer aus als zuvor.

»Weißt du, was mit ihm passiert ist?«

Evelyn schluckte ihren Kuchen.

»Mit wem?«

»Mit Großonkel Billy. Dad sagt, er wäre gestorben, als er noch ein Junge war. Er sagt, Großvater Peter hätte nie darüber reden wollen.«

»Das ist viele Jahre her.« Evelyn deutete auf den Teller in Bethans Hand. »Dein Kuchen ist wirklich gut, Tilly. Ich bin beeindruckt. Und ich wollte immer schon Cheerios probieren. Ich habe die Packungen bei Tesco gesehen und mich oft gefragt, wie die wohl schmecken.«

»Ist das ein Geheimnis?«

»Der Geschmack von Cheerios?«

»Nein.« Tilly kicherte. »Ich meine, was mit Onkel Billy passiert ist.«

Evelyn lehnte sich zurück in ihre Kissen.

»Ich weiß nicht, ob ich mich so weit erinnern kann.«

»Hatte es was mit dem Krieg zu tun?«

Evelyn schloss die Augen.

»War es ein Unfall? Oder eine Bombe?«

Sie hörte, wie Sarah flüsterte: »Das reicht jetzt, Tilly.«

Kurz herrschte Stille, dann hörte Evelyn wieder Geflüster und das Geräusch von Tee, der aus der Kanne in eine Tasse gegossen wurde. Sie hielt die Augen weiter geschlossen und spürte, wie Tilly von ihrem Bett glitt.

»Ich gehe jetzt und gucke mir die Gespenster an. Ich will sie nach Großonkel Billy fragen.«

»Nein, Tilly«, sagte Sarah. »Wir gehen jetzt besser heim. Ich glaube, wir haben die arme Evelyn jetzt genug beansprucht. Sie ist schon ganz erschöpft«

»Bitte«, bettelte Tilly. »Bitte, bitte, *bitte*.«

»Tilly!« Nun klang Sarahs Stimme scharf. »Ich sagte, wir gehen. Aber zuerst bringst du diese Sauerei hier in Ordnung. Das ganze Bett ist voll mit deinen Krümeln.« Sarah fing an, mit der Hand über die Daunendecke zu wischen. Evelyn wünschte, sie würde aufhören.

»Ich will sie doch nur sehen.« Tilly gab nicht auf.

»Ich gehe mit dir in den Garten«, schlug Bethan vor. »Vielleicht können wir Verstecken spielen, wie beim letzten Mal. Oder haben Sie etwas dagegen, Sarah?«

»Das ist in Ordnung.« Sarah hörte sich erleichtert an. »Verstecken ist viel besser, als diese dummen alten Bilder unter der Terrasse anzugucken, und ich räume in der Zwischenzeit das Teegeschirr hier weg.«

»Das sind keine dummen alten Bilder«, setzte Tilly an.

»Komm schon, Tilly«, unterbrach Bethan. »Wer als Erstes am Labyrinth ist.«

Dann hörte Evelyn, wie die Schlafzimmertür geöffnet wurde und die beiden über den Korridor rannten, begleitet von Tillys Kichern. Sie hielt weiter die Augen geschlossen und hörte Sarah mit den Tassen und Tellern klappern, als sie zusammenräumte. Einige Augenblicke später kehrte Stille ein.

Evelyn schlug die Augen auf. Sarah stand am Fenster und starrte aufs Meer hinaus.

»Ich überlege, ob Sie mir wohl einen Gefallen tun könnten«, sagte Evelyn leise. Sarah drehte sich um.

»Natürlich.«

Danach musste Evelyn eingeschlafen sein. Aber nun war es mitten in der Nacht, und sie war hellwach. Sie dachte an das, worum sie Sarah gebeten hatte, und wünschte, sie könnte alle ihre Erinnerungen einfach übermalen, all die Gesichter, die immer wieder aus der Vergangenheit zurückkehrten.

In der Dunkelheit konnte sie Billy vor sich sehen. Sein freches Grinsen und die großen, leuchtenden Augen, die Tillys so ähnlich waren, so voller Leben und Freude, obwohl er Mutter und Vater verloren hatte. Er war viel selbstsicherer gewesen als sein Bruder, hatte voller Ideen gesteckt. Für jedes Problem hatte er eine praktische Lösung parat. Peter hätte alles für ihn getan. Er wäre Billy bis ans Ende der Welt gefolgt – wäre er schnell genug gewesen, um mit ihm mitzuhalten. Evelyn versuchte, nicht an das letzte Mal zu denken, als sie Billy gesehen hatte. Es gelang ihr nicht: Seine Augen starrten aus dem wirbelnden Wasser wieder zu ihr hinauf. Als sie ihn da unten in der Schlucht hatte liegen sehen, hatte sie sofort gewusst, dass er tot war.

Das Geräusch von zerschellendem Glas war beinahe eine willkommene Ablenkung. Allmählich gewöhnte sie sich daran. Seit Monaten wurde fast jede Nacht ein Fenster eingeworfen oder ein Stück aus dem armen Leo gebrochen. Manchmal dachte sie, es wäre Billy. Billy, der mit der Zwille, die sie ihm zu Weihnachten geschenkt hatte, zurückgekehrt war, um sie heimzusuchen. Vielleicht wollte er sie bestrafen, sie zu Tode ängstigen.

Bethan

Unter der Decke zitterte sie, während Bilder aus dem Traum, den sie gehabt hatte, in ihr Bewusstsein zurückschwappten. Frauen, geisterhafte Frauen, die unentwegt durch einen Raum flogen, der voller Nebel war. Sie hatte versucht, den Raum zu verlassen, aber keine Tür finden können. Die Frauen flogen ganz dicht an sie heran, schwebten über ihr, und ihre hochhackigen

Schuhe verfingen sich in ihrem Haar. Wenn sie versuchte, sie abzuwehren, und nach ihnen schlug, wichen sie aus und grinsten sie mit verschmiertem Lippenstift auf den Mündern an. Doch einmal traf ihre Hand, und eine Frau zersprang wie eine Christbaumkugel. Tausend kleine Scherben fielen klirrend zu Boden.

Bethan war ziemlich sicher, dass das Geräusch echt gewesen war, dass erneut ein Fenster zerbrochen war. Sie dachte an ihr Gespräch mit David Dashwood beim Tee im Golfclub.

»Es scheint, als hätte es irgendwer auf das Haus abgesehen«, hatte sie ihm erzählt. »Ich versuche, Evelyn davon zu überzeugen, die Polizei einzuschalten.«

»Das wird Evelyn nicht wollen.« David strich sich mit den Fingern durch das dichte Haar. »Vermutlich hat sie Angst, dass die ihr sagen, dass sie nicht allein leben sollte oder dass sie den sozialen Dienst einschalten und dafür sorgen, dass sie in ein Altenheim kommt.«

»Ich kann mir nicht vorstellen, dass sich Evelyn von irgendjemand sagen lässt, was sie zu tun hat.« Bethan häufte Marmelade auf einen Mini-Scone.

»Nein«, sinnierte David. »Sie tut grundsätzlich nur das, was sie will, ganz besonders, wenn es um dieses Haus geht.«

In der Finsternis der Nacht beschloss Bethan, am Morgen die Polizei anzurufen, ob es Evelyn gefiel oder nicht.

Wieder zitterte sie, lauschte auf jedes Ächzen und Knarren. Sie glaubte, eine gedämpfte Stimme zu hören, doch es war nur das Klagen des Windes. Ihr Traum kehrte immer wieder zurück, vermischte sich mit der Realität, bis sie nicht mehr sicher war, was Albtraum war und was sie am Abend zuvor an der Wand gesehen hatte.

Trotz Bethans Versuchen, das Kind mit dem Versteckspiel abzulenken, hatte Tilly darauf beharrt, dass sie unter die Terrasse gingen und sich die Bilder anschauten.

»Die finde ich am hübschesten«, sagte Tilly und zeigte auf die Frau im roten Badeanzug. »Dann kommt die mit der Blume und dann die mit den Locken.« Tilly hüpfte an der Wand unter der Terrasse entlang. »Aber die hier hat gar kein richtiges Gesicht.«

Bethan musterte das Bild von dem Cowgirl; da schien mehr Gesicht zu sein als noch vor ein paar Tagen: die Andeutung eines Mundes, die Wölbung einer Braue. Bethan trat einen Schritt zurück. Auch die anderen traten deutlicher zutage. Es war, als würden sie aus ihrer steinernen Leinwand heraustreten, sich entwickeln wie die alten Polaroid-Fotos, die ihre Großmutter Nelli so gern gemacht hatte. Das Cowgirl schien sich direkt vor ihren Augen zu materialisieren; sie konnte Finger erkennen, eine vorgereckte Hand, als versuchte sie, sich durch die abblätternde Farbe zu schieben. Bethan rieb sich die Augen, um den schaurigen Eindruck zu verdrängen, die Gestalt wollte aus der Wand hervorkommen.

»Ich glaube, die versuchen, da rauszukommen«, sagte Tilly, als hätte sie ihre Gedanken gelesen. Sie hob die Hand und berührte die Frau im roten Badeanzug. »Ich glaube, sie will ihr kleines Mädchen suchen.«

Bethan sah Tilly an. Es war recht dunkel unter der Terrasse, und es fiel ihr schwer, den Gesichtsausdruck des Kindes zu erkennen.

»Wie meinst du das?«

»Ich habe es dir doch schon erzählt. Ich glaube, das sind die Geister von Müttern. Sie haben ihre Kinder verloren, und sie wollen da raus, um sie zu suchen.«

Bethan blickte sich um. Die Nachmittagssonne überzog den Garten mit einem goldenen Schimmer.

»Komm, lass uns wieder Verstecken spielen, dieses Mal verstecke ich mich.« Sie wollte Tilly an den Schultern zurück in den Garten führen, aber das kleine Mädchen schüttelte sie einfach ab.

»Die hier ist vielleicht die Mummy von Onkel Billy.«

»Oder wir könnten die Pfauen füttern? Es ist doch bestimmt Zeit, dass sie ihren Tee bekommen.«

»Und die mit der Blume ist die Mummy von dem kleinen Jungen, der im Teich ertrunken ist. Das habe ich in den Nachrichten im Autoradio gehört.«

»Ich glaube, Sarah ruft dich.«

»Und die hier hat mir erzählt, dass sie weiß, wo meine Mummy ist. Sie hat gesagt, dass meine Mummy wiederkommen wird, von hier.« Tilly rannte weiter und breitete die Arme vor einer leeren Stelle an der Wand aus, als wollte sie die Mauer umarmen, drückte den Bauch gegen die Steine und presste die Wange an die feuchte Tünche. »Hier wird sie rauskommen, und meine kleine Schwester bringt sie mit.«

»Tilly!«, erklang nun tatsächlich Sarahs Stimme. »Was tust du denn? Du machst deinen Pullover dreckig.«

Tilly löste sich von der Wand, als ihre Tante näher kam.

»Du hast überall Farbe.« Sarah ging in die Knie, versuchte, die weißen Flocken von Tillys Regenbogenpulli zu wischen. Sie zupfte ihr ein Stückchen Farbe aus den Zöpfen. »Das Zeug ist sogar in deinen Haaren. Wir müssen nach Hause und sie waschen.«

Bethan sah Tilly an und suchte in ihrem Gesicht nach Tränen, Neulich abends hatte sie geweint. Aber heute weinte Tilly nicht, sie wirkte nicht mal erschrocken über Sarahs barschen Ton. Sie starrte nur die Wand an.

»Ich kann sie sehen«, sagte sie. »Ich kann meine Mummy kommen sehen.«

»Sei nicht albern«, schalt Sarah sie. »Wir müssen los.« Sie zog an Tillys Hand, aber die blieb wie angewurzelt stehen.

»Ich sehe sie«, wiederholte Tilly. »Ich sehe ihr Gesicht.«

Tilly streckte die Hand aus und wollte die Wand berühren, aber Sarah zog sie weg.

»Wenn du nicht freiwillig mitkommst, dann muss ich dich tragen.«

Sarah hob Tilly hoch und stolperte ein wenig unter dem Gewicht des Kindes.

»Mummy!« Tilly heulte los, als Sarah sich in Bewegung setzte.

»Tut mir leid«, sagte sie über die Schulter zu Bethan. »So ist sie immer, wenn sie müde ist.«

»Mummy!« Tilly brüllte aus vollem Halse, während Sarah sie durch den Garten trug. »Ich kann meine Mummy sehen.«

Bethan hörte, wie Sarah zu Tilly sagte, sie brauche ein Bad und müsse früh ins Bett. Derweil schrie Tilly weiterhin *Mummy*, und das Echo aus den Bergen schrie mit, bis die Stimmen von Sarah und Tilly allmählich erstarben.

Bethan drehte sich zu der Wand um. Dort, wo Tilly sich angelehnt hatte, blätterte die Farbe ab. Bethan blinzelte. Sie konnte etwas sehen, schwache Umrisse einer Nase und eines Auges. Sie trat einen Schritt näher und versuchte, in dem schwachen Licht etwas zu erkennen. Es war ein Gesicht, ein Frauengesicht. Ein Farbfragment löste sich und schwebte sacht wie eine Feder zu Boden. Bethan starrte die Stelle an, von der es sich gelöst hatte, ein roter Fleck prangte auf dem Stein. Eine weitere Flocke fiel auf die Natursteinplatten, und Bethan konnte die Spur eines Lächelns erkennen.

Kapitel 17

Sonntag

Evelyn

Ein Strahl Morgensonne fiel durch die Vorhänge. Evelyn wartete darauf, dass Bethan kam. Sie wartete gefühlt schon seit Stunden. Das Mädchen hatte sie früher am Morgen mit einem Glas Wasser und ihren Tabletten geweckt. Es war noch viel zu früh gewesen. Und sie hatte irgendeinen Unsinn darüber erzählt, dass sie die Polizei anrufen wolle. Evelyn hatte sie fortgeschickt und ihr gesagt, sie solle zu einer erträglicheren Zeit wiederkommen.

Nun war Evelyn hellwach und sehnte sich nach einer Tasse Tee und etwas Toast. Sie hoffte, das Mädchen würde die Polizei nicht anrufen. Bestimmt waren das nur Jungs, dumme Jungs aus dem Dorf. Wenn sie nicht verletzt wäre, wäre sie runtergegangen und hätte die Flinte rausgeholt. In der Tat war sie vor dem Sturz zweimal rausgegangen und hatte in die Dunkelheit gezielt.

Evelyn runzelte die Stirn. Sie wollte keine Polizei im Haus. Was sollten die schon tun? Sergeant Williams von der Dorfpolizei sah aus, als ob er gerade erst die Schule verlassen hätte. Er hatte sie im letzten Sommer besucht, um mit ihr über Sicherheitsmaßnahmen zu reden. Er hatte sie gestört, als sie gerade damit beschäftigt war, die Rosen zurückzuschneiden.

»Hallo, Eure Ladyschaft«, hatte er viel zu laut gerufen, seine

Mütze abgenommen und das perfekt gepflegte Haar glatt gestrichen. »Wir haben gerade die *Woche der Senioren in der Gemeinde,* und ich schaue mich ein bisschen um. Ich besuche die alten Leute in ihren Häusern und vergewissere mich, dass ihre Fenster mit Einsteckschlössern gesichert und die Türen mit Türketten ausgerüstet sind. Sie haben doch sicher auch Vorsichtsmaßnahmen getroffen, Lady Evelyn?«

Evelyn hatte nur gelacht und auf die Koppelfenster gezeigt.

»Glauben Sie wirklich, diese Fenster hätten Einsteckschlösser? Die sind aus dem fünfzehnten Jahrhundert.«

Dann besaß er doch tatsächlich die Frechheit, sie zu fragen, ob sie denn zurechtkäme, *ganz allein hier oben in diesem großen Haus.*

Sie hatte ihn abblitzen lassen. Doch die nächsten sechs Wochen hatte sie sich Sorgen gemacht, dass sie irgendeinen Wichtigtuer mit einem Namensschild herschicken würden, der ihr erklären sollte, dass es Zeit wäre auszuziehen. Evelyn hatte genug Ärger mit Tom, der ihr ständig riet, sie solle sich ein kleines Cottage im Dorf zulegen, und mit David Dashwood, der ihr sogar Immobilienprospekte mit Bungalows vorbeigebracht hatte. Selbst bei der Erinnerung daran schüttelte es sie noch. Sie hatte die Papiere umgehend in den Müll geworfen und David Dashwood gesagt, er solle abhauen.

Evelyn zupfte an der Daunendecke; die Finger zu bewegen tat inzwischen nicht mehr so weh. Vorsichtig berührte sie den Daumen mit dem Zeigefinger. Vielleicht war sie bereits imstande, eine Scheibe Toast zu halten. Sie hoffte, Bethan hatte nicht vergessen, dass sie die Marmelade aus dem hübschen sechseckigen Glas wollte, nicht das abscheuliche Zeug, das Evelyn bei dem Versuch, zu Weihnachten den örtlichen Handel zu unterstützen, in Olwyn Moggs Laden gekauft hatte.

Draußen riefen sich die Pfauen gegenseitig. Manche Leute verabscheuten den Lärm, den sie veranstalteten, aber auf Evelyn hatten die Laute stets beruhigend gewirkt. Sie erinnerten sie an Jack. Sie sah ihn noch in dem Jeep neben dem Haus sitzen, er sah so attraktiv aus in seiner Lederjacke. Sie war so froh, ihn endlich zu sehen, nachdem er bereits seit einer Woche zurück auf dem Stützpunkt war. Evelyn hatte ihn schrecklich vermisst.

September 1944

Jack sprang auf den Kies, als er Evelyn näher kommen sah.

»Ich hatte Angst, du würdest meine Nachricht nicht erhalten.«

»Billy und Peter sind sehr zuverlässige Postboten«, hatte Evelyn lächelnd entgegnet. »Aber warum wolltest du mich hier treffen? Ist das nicht ein bisschen riskant?«

»Keine Sorge, ich habe den Bentley gerade die Auffahrt runterfahren sehen. Lady V und diese Hauswirtschafterin saßen beide drin. Sie haben in ihrer hochnäsigen Art nicht mal in meine Richtung geschaut, als ich Platz gemacht habe, um sie vorbeizulassen, und vom Lazarett aus kann uns hier niemand sehen.«

»Ich dachte, wir treffen uns heute Abend im Sommerhaus?«

»Das tun wir.« Jack grinste. »Aber ich habe hier schon ein Weihnachtsgeschenk für dich.«

Er zeigte mit einer Kopfbewegung auf den Jeep.

»Weihnachten ist erst in drei Monaten.«

»Mag sein, aber ich gebe es dir lieber jetzt, nur für den Fall, dass ich dann nicht hier bin.«

»Oh, Jack, sag doch so was nicht.« Evelyn fielen die dunklen Schatten unter seinen Augen auf. »Wie ist es letzte Nacht gelaufen?«

»Gut, für uns«, sagte er leise und sah plötzlich sehr ernst aus. »Aber wir haben eine Maschine verloren. Die Crew kam aus Ohio, der Jüngste war gerade mal achtzehn.«

»Erzähl es mir nicht.« Evelyn hielt sich die Ohren zu. »Ich kann die Vorstellung nicht ertragen, dich zu verlieren.«

»Schon gut, tut mir leid.« Jack trat näher und zog sie in seine Arme. »Du weißt doch, ich bin wie eine Katze, ich habe neun Leben. Meinen Berechnungen zufolge sind noch acht übrig.«

Evelyn biss sich auf die Lippen.

»Das kommt mir zu wenig vor.«

Jack drückte sie an sich.

»Lass uns nicht mehr darüber reden. Lass uns lieber über das Geschenk sprechen, das ich für dich habe.« Nun klang er wieder fröhlich. Er löste sich von ihr und drehte sich zum Jeep um. »Das wird sich auf deinem englischen Rasen verdammt gut machen.«

»Wie oft soll ich dir es denn noch erklären? Wir sind in Wales; das ist ein walisischer Rasen.«

»Von mir aus auch das.« Lachend zog Jack eine schwere Plane weg.

Etwas Großes flog mit einem durchdringenden Kreischen davon.

Evelyn schrie auf.

»Du meine Güte, was um alles in der Welt ...«

Das Ding ließ sich auf der Erde nieder und plusterte sich auf. Sein Gefieder schillerte in Blau und Grün. Es war ein Pfau.

»Einer der Jungs hat ihn beim Pokern gewonnen, von irgendeinem Einheimischen, der in der Nähe des Stützpunkts wohnt.« Jack holte ein Stück Brot aus der Tasche und näherte sich dem Vogel. Der Pfau reckte den Hals vor, schnappte sich das Brot und verschlang es augenblicklich. »Er heißt Perry. Wie Perry Como, sagt dir der Name etwas?«

Evelyn schüttelte den Kopf.

»Das ist ein Sänger. Ein hübscher Kerl – ganz so wie ich.« Jack zwinkerte Evelyn zu. »Auch aus einer italienischen Familie. Ich bringe dir mal eine seiner Platten mit.«

Jack hielt dem Pfau ein weiteres Stück hin. Perry entriss ihm auch das, verschlang es und schüttelte sich. Dann blickte er von Jack zu Evelyn, hob den langen Schwanz und fächerte ihn zu einem spektakulären Rad aus Federn auf.

»Ist das nicht wunderschön?« Jack ergriff ihre Hand.

Evelyn sah ihn an.

»Wie soll ich den meiner Schwiegermutter erklären?«

»Sag einfach, er wäre dir zugeflogen.«

»So wie du?« Evelyn zog eine Braue hoch.

»Ja.« Jack grinste. »So wie ich.«

»Ich habe schon nicht verstanden, wie uns ein Pfau einfach so zugeflogen sein soll«, hatte Lady Vaughan gesagt und zum Fenster hinausgeblickt. »Aber dass nun noch einer auftaucht, ist wirklich mehr als absonderlich.«

Mrs Moggs füllte Lady Vaughans Tasse mit frischem Tee.

»Meinen Sie, die könnten so etwas wie Spione der Nazis sein? Ich habe gehört, sie würden Tauben benutzen.«

Evelyn hatte mit gesenktem Kopf in ihr Frühstücksporridge gestarrt und sich bemüht, nicht in Lachen auszubrechen.

Billy und Peter hatten Evelyn am Vortag nach ihrer Schicht aufgesucht. Beide waren furchtbar aufgeregt gewesen. Es war Anfang Oktober. Seit Perrys Ankunft waren erst ein paar Wochen vergangen.

»Jack wartet auf Sie.« Sie hatten Evelyn an die Hand genommen und sie zu den Stallungen gezerrt. »Er hat noch ein Geschenk.«

Sie hatte gelacht angesichts des Überschwangs der Jungs und sich von ihnen zu den maroden Bauten führen lassen, in denen einst die Pferde untergebracht waren. Dort wartete Jack auf sie. Er lehnte an einer Wand und sah zu, wie Perry ein prachtvolles Rad vor einem eher ansehnlichen braunen Vogel gleicher Größe schlug.

»Ein Bursche sollte stets jemanden haben, vor dem er mit seinem Gefieder protzen kann«, sagte Jack grinsend.

»Wo um alles in der Welt hast du die denn her?« Evelyn konnte sich ein Lächeln nicht verkneifen.

»Von demselben Ort wie Perry.«

»Hat dein Freund wieder ein Pokerspiel gewonnen?«

»Nein, ich bin zu dem Mann gefahren, dem Perry gehört hat, und habe ihn gefragt, ob er auch Pfauenhennen hat. Er hat mir Penelope verkauft und gesagt, sie würde sich nach Perry verzehren, seit er fort ist. Wie sich herausgestellt hat, sind sie schon seit Jahren ineinander verliebt. Perry und Penelope, ein perfektes Paar. Wie Romeo und Julia.« Er sah Evelyn an und senkte die Stimme. »Wie wir.«

Evelyn sah sich zu den Jungs um und spürte, wie ihr die Farbe in die Wangen stieg, also verschränkte sie die Arme vor der Brust und bemühte sich um eine aufgebrachte Miene.

»Und wie soll ich meiner Schwiegermutter erklären, wo der Vogel hergekommen ist?«

Jack zuckte mit den Schultern.

»Du kannst doch sagen, der Himmel hätte sie Perry geschickt, so wie er mir dich geschickt hat.«

Evelyn verdrehte die Augen.

»Ich glaube, du hast zu viel Zeit im Kino verbracht, Jack Valentine. Du klingst ein bisschen kitschig.«

Er trat einen Schritt näher.

»Dann ist es also kitschig, wenn ich sage, dass ich dich später noch sehen möchte? Wenn ich sage, dass ich es nicht erwarten kann, dich in meinen Armen zu halten? Wenn ich sage, dass ich dich liebe?«

Wieder schaute sie sich zu den Jungs um, aber die beobachteten die Vögel, lachten über Perrys gewaltiges Rad aus zitternden Federn und versuchten, sie anzufassen, während Perry vor seiner Vogeldame herumstolzierte.

Lächelnd sah sie Jack an.

»Tust du das?«

Jack zog eine Braue hoch.

»Tue ich was?«

»Liebst du mich?«

»Oh, ja, Evelyn, das tue ich.«

Die Vögel draußen waren sehr laut. Im Frühjahr schrien sie meist noch mehr als sonst. Evelyn lag in ihrem Bett und dachte an Howard und daran, was für ein Glück es doch gewesen war, dass er die Vögel nicht hören konnte.

Als Howard nach Vaughan Court zurückgekehrt war, hatten Perry und Penelope drei Küken produziert; zauselige braune Jungtiere huschten durch den Garten und veranstalteten einen furchtbaren Radau. Mit den kleinen Federpuscheln auf ihren Köpfen erinnerten sie an Mohikaner.

»Wo sind all diese verdammten Vögel hergekommen?«, hatte Howard gefragt, nachdem Evelyn ihm aus dem Bentley in den Rollstuhl geholfen hatte. Sie schob ihn über den Kies zur Küchentür.

»Das ist der Lieferanteneingang«, murrte er.

»Nun ja, ich würde den Rollstuhl nie die Stufen zur Vordertür hinaufbekommen.«

»Was hast du gesagt?« Howard legte die Hand wie einen Trichter an sein Ohr.

»Ich sagte, ich würde den Rollstuhl nie über die Vordertreppe bekommen«, brüllte Evelyn.

»Sprich lauter, Frau«, forderte Howard. »Die verfluchte Explosion hat mein Gehör ruiniert.«

Es stimmte; die V2-Bombe hatte ihn sein Gehör gekostet. Sie war vor seinen Dienstwagen gefallen, als er von Whitehall nach Hause gefahren war, zu der Wohnung in der Sloane Street. Der

Fahrer war sofort tot gewesen, etliche Fußgänger auch. Howard hatte Glück gehabt – wenn man angesichts des Verlusts beider Beine und eines Großteils des Gehörs von Glück reden wollte. Es war eine der letzten Bomben gewesen, die auf London abgeworfen worden waren. Hätte Howard sein Büro nur zwei Minuten später verlassen, hätte sie ihn verfehlt, und Evelyns Zukunft hätte vielleicht ganz anders ausgesehen. Sie versuchte, nicht darüber nachzudenken, aber manchmal verspürte sie doch Zorn.

Das Klappern von Bechern und Tellern kündigte an, dass Bethan mit dem Frühstück unterwegs war.

»Tut mir leid, dass es so lange gedauert hat«, sagte das Mädchen. »Ich habe mit der Polizei telefoniert. Sergeant Williams heißt der Polizist unten im Dorf, glaube ich. Er klang nett.«

»Mach dir nur keine Hoffnungen«, schnaubte Evelyn. »Er und der junge Owen aus der Praxis haben schon seit über einem Jahr etwas miteinander. Aber erzähl Olwyn nichts, die glaubt, Sergeant Williams bringt Owen nur das Autofahren bei.«

Bethan wurde rot.

»Ich habe mir keine Hoffnungen gemacht. Wie ich schon sagte, ich brauche keinen neuen Freund.«

»Und was ist mit deinem Date mit dem flotten Mister Dashwood? Du hast mir überhaupt nicht erzählt, wie es war.«

Bethan goss Tee in einen gestreiften Becher.

»Das war kein Date.«

Evelyn lachte.

»Ich ziehe dich doch nur auf. Also, ich hoffe, Sergeant Williams hat dir gesagt, dass du dir keine Gedanken über die zerbrochenen Fenster machen sollst. Ich bin überzeugt, die Hälfte der Einwohner von Aberseren hat unter irgendwelchen kriminellen Halbwüchsigen zu leiden.« Sie beugte sich vor und nahm durch den langen Strohhalm in dem Becher einen kleinen Schluck von ihrem Tee.

Bethan setzte sich auf die Bettkante und legte den Teller mit

Toast auf ihre Knie. »Das hat er nicht gesagt. Tatsächlich war er sogar ziemlich beunruhigt. Er sagte, er sei besorgt, weil du hier oben ganz allein lebst.«

»Lächerlich! Ich bin schon seit Jahrzehnten allein hier oben.« Evelyn schlug Bethans Hand weg, die gerade mit dem Toast auf dem Weg zu ihrem Mund war. »Ich werde versuchen, selbst zu essen.« Langsam presste sie Daumen und Zeigefinger zusammen, bis es ihr gelang, die Toastscheibe zu packen und Bethan abzunehmen. Sie schaffte es, sie an ihre Lippen zu führen, doch gerade, als sie den Mund öffnete, ließen ihre Finger unerklärlicherweise los, und der Toast fiel mit der Marmeladenseite nach unten auf die Satindecke.

»Verdammte Scheiße!«, explodierte Evelyn. »Alles, was ich will, ist irgendetwas allein essen!«

»Das ist doch nicht so schlimm.« Bethan war schon aufgesprungen und wischte die Decke mit Taschentüchern ab. »Ich glaube, du brauchst nur ein bisschen Übung. Vielleicht fängst du mit etwas an, das weniger klebrig ist.« Sie sah sich um und öffnete dann eine Schublade des Nachttischs. »Diese alte Postkarte könnte dir helfen, die Greifbewegung zu üben.«

Evelyn nahm die Postkarte und schaffte es, sie festzuhalten, doch ihre Hand zitterte fürchterlich. Während Bethan mit der Decke beschäftigt war, betrachtete Evelyn das vertraute Bild auf der Vorderseite. Der Red Rock erhob sich aus dem Sand, und um seinen Fuß herum sprenkelten Sonnenschirme den Strand. Das Foto war nachkoloriert worden, und die Pastellfarben lieferten einen deutlichen Hinweis auf sein Alter. Unter großen Schwierigkeiten drehte Evelyn das Handgelenk weit genug, um die Rückseite lesen zu können. Sie hatte sie in all den Jahren schon tausendmal gelesen.

Evelyn war anlässlich ihres elften Buchs – *Der ungeeignete Graf* – auf einer Lesereise durch Britannien gewesen und wochenlang nicht nach Hause gekommen. Diese Postkarte hatte bei ihrer Ankunft im *The Caledonian* in Edinburgh bereits auf sie gewartet.

Libe Mummy,
ich habe viel Spaß mit Nelli. Heute sind wir an den Strand gegangen. Wir sind auf den Red Roc geklettert. Ich vermisse dich.
In Liebe
Robert

Nelli hatte die Karte geschrieben. Das erkannte sie an der ordentlichen Handschrift und den üblichen Schreibfehlern, die Evelyn stets ein Lächeln entlockten. Nur die Unterschrift, die stammte nicht von ihr. Der Name war in großen, wackeligen Buchstaben mit viel Mühe gemalt worden. Robert war damals fünfzehn gewesen. All die Jahre, in denen Nelli sich bemüht hatte, ihm beizubringen, seinen Namen zu schreiben, hatten sich endlich ausgezahlt.

»Sergeant Williams ist die nächsten Tage auf einem Lehrgang.« Erst jetzt merkte Evelyn, dass Bethan schon eine Weile redete und sie überhaupt nicht zugehört hatte. »Aber er sagt, er käme nächsten Mittwoch vorbei.«

»Es ist nicht nötig, dass er herkommt«, protestierte Evelyn. »Das sind nur ein paar jugendliche Übeltäter. Die werden diese albernen Spielchen bald von selbst leid sein.«

»Das ist Vandalismus.« Bethan setzte sich wieder auf das Bett und hielt den Teller mit dem übrigen Toast in der Hand. »Und Hausfriedensbruch.«

»Was soll Sergeant Williams denn tun? Soll er hier nachts Wache halten? Oder sich mit Owen zu einem heißen Stelldichein im Streifenwagen unten an der Einfahrt verabreden?«

»Er wird sich wohl umsehen müssen.«

»Ich will nicht, dass der in seinen riesigen Polizistenstiefeln über meinen Grund und Boden trampelt.«

»Es ist doch nur zu deinem Besten. Und zu meinem auch. Ich mache mir nachts jedes Mal fast vor Angst in die Hose.«

»Sei doch nicht so ein Mäuschen! Ich bin sicher, vor deinem Fenster in London geht es schlimmer zu. Ruf Sergeant Williams noch mal an und sag ihm, es ist nicht nötig, dass er kommt. Er würde nur seine Zeit verschwenden. Ich brauche seine Hilfe ni…« Ihr Satz endete abrupt, als Evelyn ihr ein Stück Toast in den Mund schob.

»Iss einfach deinen Toast und überlass das mir.«

Kapitel 18

Dienstag

Bethan

Die Sonne strahlte vom Himmel. Bethan wünschte, sie hätte ihre Sonnenbrille aus London mitgebracht. Sie überlegte, ob Evelyn ihr vielleicht eine leihen würde, eine märchenhafte, kühn geschwungene Schmetterlingsbrille in Schildpatt aus den Fünfzigern oder eine mit riesigen orangefarbenen Gläsern aus den Sechzigern oder vielleicht ein Original von Chanel mit Strassverzierung. Letztere würde äußerst stilvoll aussehen in Kombination mit dem blassblauen Kaschmir-Pulli, den sie sich zusammen mit einem pinkfarbenen Seidentuch an diesem Morgen aus ihrem Ankleideraum geborgt hatte. Evelyn hatte behauptet, das Tuch sei genau das Richtige an diesem kühlen Morgen. Bethan schaute auf ihre Füße hinab, als sie den Weg entlanglief. Evelyns grüne Gummistiefel passten nicht so ganz zu der eleganten Kleidung, und Howards alte Jagdjacke war ihr viel zu groß. Aber als sie losgezogen war, hatte es geregnet. Nun war unerwartet die Sonne durchgekommen, und die Farbe des Himmels hatte binnen Minuten von Grau nach Blau gewechselt.

Bethan blieb stehen und sah sich um. Sie schirmte die Augen mit den Händen ab, während sie den spektakulären Ausblick genoss. Von dem Bergpfad aus schien der Ort sehr weit entfernt zu sein, nur eine kleine Ansammlung von Schieferdächern, hinter denen das Meer funkelte. Vaughan Court konnte sie auch sehen; die Kamine schraubten sich zwischen den Bäumen empor und die roséfarbenen Steine zauberten einen Klecks Farbe in den grünen Schleier aus glänzendem neuem Frühlingslaub.

Es tat gut, aus dem Haus rauszukommen. Zwei ganze Tage hatte sie in Evelyns Schlafzimmer zugebracht, hatte geschrieben und geschrieben, bis ihre Finger und Handgelenke wehtaten. Sie hatte gehofft, sie fände an den Abenden Zeit, mit ihrem Artikel für die *Frank* anzufangen, aber Evelyn hatte sie mit ihrem Manuskript voll und ganz beansprucht und ihr nur kurze Pausen gewährt, in denen sie Mahlzeiten zubereitet oder Tee gekocht hatte.

Sie hatten am Sonntagmorgen angefangen. Zunächst hatte Evelyn den Plot für *Aus Liebe zu Hermione* für Bethan zusammengefasst. Danach hatte sie ihr die bereits geschriebenen Kapitel vorgelesen. Wie sich herausstellte, waren es nicht so viele, wie Bethan gehofft hatte.

»Ich finde, dass deine Plots ein bisschen nach Schema F konstruiert sind«, sagte Bethan, die auf der Bettkante saß, bereit für Evelyns Diktat.

»Stimmt.« Evelyn nickte zustimmend. »Schutzloses junges Mädchen trifft hübschen jungen Mann; und immer gibt es einen Klassenunterschied.«

»Und immer ist das Mädchen bereits mit irgendeinem zwielichtigen Kerl liiert«, fügte Bethan hinzu.

»Mit einem Schurken«, sagte Evelyn und rollte dabei betont das R. »In der Regel ist er hinter ihrer Unschuld her oder hinter ihrem Geld.«

»Dann rettet der hübsche junge Mann das Mädchen aus einer gefährlichen Lage.«

»Richtig. Das kann alles zwischen einem durchgehenden Pferd und der Eheschließung mit dem Schurken sein.«

»Anschließend entdeckt oder offenbart das Mädchen seine wahre Identität.«

»Die verwaiste Gesellschafterin ist in Wahrheit eine Herzogin, die arme Gouvernante findet heraus, dass sie eine russische Prinzessin ist oder wie in diesem Fall …« Evelyn tippte auf die losen Seiten, die sie in der Hand hielt. »In diesem Fall beweist das kleine, herzförmige Muttermal, dass Hermione tatsächlich eine Adlige ist.«

Bethan lächelte.

»Ich habe mich gefragt, wie sie je dem Leben als Geliebte dieses bösen Lord Melksham entrinnen und die Chance bekommen soll, den Prinzen zu heiraten.«

»Manchmal ist es umgekehrt«, sagte Evelyn. »Manchmal findet der Mann heraus, dass er in Wahrheit ein Adliger ist oder dass ihm ein Erbe bevorsteht oder dass diese kleine Maschine, die er erfunden hat, ihn reich machen wird und so weiter und so fort. Und dann begreifen sie, dass sie wirklich zusammen sein können.«

»Und es endet mit einer traumhaften Hochzeit.«

»Natürlich!«

»Du musst Howard sehr geliebt haben.«

Evelyn musterte sie stirnrunzelnd.

»Wie kommst du darauf?«

»Wegen der Art, wie du schreibst. Deine Bücher sind voller Leidenschaft. Das muss doch auf Erfahrung beruhen.«

Evelyn legte das Manuskript weg.

»Ich besitze durchaus Fantasie, weißt du! Als Nächstes sagst du noch, ich müsse älter sein, als ich aussehe, weil ich so wunderbar über die Regency-Epoche schreibe!«

Bethan zog einen Schmollmund. »Jetzt, wo du es sagst …«

»Tsts«, machte Evelyn und zeigte auf die Bücherregale. »Ich sagte doch, alles, was ich wissen muss, ist hier.«

»Ich würde so gern einen Roman schreiben«, gestand Bethan. »Aber mir fehlen die Ideen für einen Plot.«

»Es ist ganz einfach«, sagte Evelyn. »Fang einfach mit einem Jungen und einem Mädchen an, die ineinander verliebt sind. Die reißt du auseinander, und dann suchst du siebzigtausend Worte lang einen Weg, um sie wieder zusammenzubringen. Das Ganze würzt du mit ein paar Schurken und lebensbedrohlichen Situationen, um es spannender zu machen.«

»So, wie du es sagst, klingt es tatsächlich ganz einfach«, entgegnete Bethan lächelnd.

»Schreib auf, was ich dir sage.« Evelyn deutete mit einem Nicken auf den Stift und den Notizblock in Bethans Hand. »Schau, ob du etwas von mir lernen kannst.«

»Kapitel zehn
Die Pump Rooms in Bath
Hermione steckte ihre Haube fest, ehe sie aus der Kutsche stieg. Lord Melksham wartete bereits auf sie. In seiner Kavallerieuniform sah er blendend aus, aber die Reitgerte in seiner Hand ließ Hermione das Blut in den Adern gefrieren; gleich, wie viele edle Kleider er ihr auch schickte, für ihn würde sie immer die Spülmagd bleiben, die er auf jede ihm genehme Art und Weise bestrafen konnte.«

Nun, zwei Tage später, empfand sie es geradezu als Befreiung, draußen in der Frühlingssonne zu sein. Bethan dehnte ihre Finger und die steifen Handgelenke. Evelyn hatte sehr schnell diktiert, die Wörter waren nur so aus ihr herausgesprudelt, und Bethan hatte Mühe gehabt, bei dem Tempo mitzuhalten. Wenn sie doch nur ihren Laptop aus London mitgebracht hätte, dann hätte sie den Text damit erfassen können, statt alles mühsam mit der Hand mitzuschreiben. Sie hatte es mit der Olivetti probiert, aber schon beim ersten Versuch hatten sich die Typen verklemmt, und sie hatte das Farbband ruiniert.

Als Evelyn vorgeschlagen hatte, an diesem Vormittag nicht zu arbeiten, war Bethan höchst erfreut gewesen. Noch mehr freute es sie, dass das Wetter noch so gut geworden war. Sie knöpfte Howards Jacke auf und folgte dem Bergpfad durch ein Kiefernwäldchen. Der erdige Geruch des Waldbodens vermischte sich mit dem Duft von Wildknoblauch, und irgendwo in der Ferne plätscherte ein Bach. Bethan stieg höher hinauf, ließ die Bäume hinter sich und erreichte ein abschüssiges Moorgebiet. Der Weg schien einfach verschwunden zu sein, also folgte sie einem Pfad, der aussah, als hätten Schafe ihn hinterlassen. Er stieg steil an und war zunehmend mit Geröll übersät. Die Berge breiteten sich vor ihr aus. So weit sie sehen konnte nichts als felsige Grate und zerklüftete Gipfel, die sich dem Himmel entgegenreckten. Darunter schimmerten Seen und Bäche im Sonnenschein, und hier und da sprenkelten purpurnes Heidekraut und gelber Ginster die Landschaft, als hätte sie der Pinsel eines Künstlers in diese Idylle getupft.

Langsam geriet Bethan außer Atem, und ihre Oberschenkel fingen an zu schmerzen von der Kletterei. Sie blieb stehen, holte tief Luft, reckte die Arme in die Luft und streckte sich ausgiebig.

In ihrer Jackentasche vibrierte es. Bethan zog ihr Handy hervor. Auf dem Display wurden zwei neue Nachrichten angezeigt.

Die erste war von Jessica, ihrer Redakteurin bei *Frank*.

> Wie läuft es? Der Redaktionsschluss rückt näher.

Die andere stammte von Bethans Mutter.

> Hallo, mein Liebling. Dad und ich haben uns gefragt, ob du einen schönen Geburtstag hattest. Ich weiß, das war nicht das, was du dir vorgestellt hattest, aber wir haben den ganzen Tag an dich gedacht und gehofft, dass du und Evelyn Spaß habt oder wenigstens ein paar Gläser Sherry trinkt.

Wir haben sehr viel mit der Ausstellung zu tun. Nur noch drei Tage bis zur Vernissage. Lass mich wissen, wie es dir geht. xx

Bethan antwortete Jessica.

Ich schicke dir den Artikel Ende der Woche.

Dann hielt sie das Handy hoch und machte ein Selfie, um es ihrer Mutter zu schicken.

Ich bin in die Berge geflüchtet und auf dem Weg zum Gipfel!

Sie betrachtete das Foto, ehe sie es abschickte. Plötzlich entdeckte sie etwas im Hintergrund. Große verrostete Metallteile hoben sich vor den Felsen hinter ihr ab. Sie drehte sich um und erblickte etwas, das aussah wie ein Wrack, verrostet und skelettiert von Wetter und Alter. Gras und Farne wuchsen in den Überresten. Große Stücke uralten Stahls, Nieten, immer noch gut erkennbar. Zahlen, Worte und leuchtende Farbe, ein Bild auf der verbeulten Oberfläche. Bethan ging näher an das Wrack heran, rutschte über die moosbewachsenen Steine. Halb versunken in einem torfigen Graben entdeckte sie einen Propeller. Ein Rad sah sie auch, und Metalldrähte, die an der Stelle heraushingen, an der einmal der Motor gewesen sein musste. Auch wenn es in etliche Stücke zerschellt war, es war unverkennbar ein Flugzeug.

Evelyn

Wo war das Mädchen? Der Teppich kratzte an ihrer Wange, und ihr Herz schlug alarmierend schnell. Aus der Erfahrung, die sie wenige Tage zuvor hatte machen müssen, wusste Evelyn, dass der Versuch, sich selbst vom Boden hochzustemmen, vollkommen sinnlos war.

»Mist«, zischte sie unter Schmerzen und versuchte es trotzdem.

»Evelyn!« Eine Männerstimme. Tom.

»Gott sei Dank«, sagte Evelyn. »Ist auch höchste Zeit, dass jemand kommt.«

Schon war Tom neben ihr, tastete nach ihrem Puls und legte eine Decke über sie.

»Was um alles in der Welt ist passiert?«

Evelyn hob vorsichtig den Kopf. Er tat weh, denn er war bei ihrem Sturz auf die Kante der Kommode geschlagen.

»Ich wollte mich nur anziehen.«

»Wo ist Bethan? Sie sollte doch hier sein, um Ihnen zu helfen.«

»Sie ist ausgegangen.«

Tom schnaubte leise. Evelyn konnte sein Gesicht nicht sehen, nahm aber an, dass er die Stirn runzelte.

»Sie sagte, sie braucht frische Luft«, erklärte sie. »Ich glaube, die Diktiererei macht sie fertig.«

»Können Sie den Kopf ein bisschen anheben? Es sieht aus, als hätten Sie da eine Platzwunde.«

»Sie nennt sich Journalistin. Dabei kann sie nicht mal Kurzschrift.« Evelyn ließ zu, dass Tom ihr Gesicht in seine Richtung drehte. »Es wird Jahre dauern, diesen Roman zu Papier zu bringen.« Sie zuckte zusammen, als Tom die Wunde untersuchte.

»Sehen Sie mich an.« Er leuchtete ihr mit der Taschenlampe seines Handys in die Augen. »Mmm, ich denke, ich sollte Sie zurück in dieses Bett schaffen.«

»Verdammtes Bett! Ich hasse es! Es ist so langweilig.«

»Kommen Sie.« Tom versuchte, ihr vom Boden aufzuhelfen.

»Ich liege seit fast einer Woche nur im Bett.«

»Stützen Sie sich auf mich, ja, genau so.«

»Alles, was ich wollte, war, mich anzuziehen; ich kann doch nicht ewig im Nachthemd bleiben. Zum Klo habe ich es doch auch geschafft, darum war ich ziemlich sicher, dass ich mir auch eine Hose und eine Bluse anziehen kann.«

»Tja, sieht aus, als hätten Sie sich geirrt.«

»Seien Sie nicht so sarkastisch, Tom.« Evelyn streckte ihm die Zunge heraus, als er sie auf die Bettkante setzte. »Ihr Vater war stets ein Muster an Respekt, wenn es um seine Patienten ging.«

Tom hob ihre Beine auf die Matratze und zog die Decke darüber. »Ich bin nicht mein Vater, und wenn ich mich richtig erinnere, begegneten ihm die Patienten ihrerseits auch immer sehr respektvoll.« Er schüttelte die Kissen auf und drückte Evelyn sanft hinein. »Ich denke, sie wären niemals auf die Idee gekommen, Doktor Peter kindische Grimassen zu schneiden.«

Evelyn streckte ihm erneut die Zunge raus, aber Tom hatte ihr bereits den Rücken zugekehrt und war auf dem Weg zur Tür.

»Wo wollen Sie hin?«, rief sie.

»Ich werde meine Tasche aus dem Wagen holen. Ich muss Ihren Blutdruck messen und die Wunde behandeln. Ich fürchte, ich werde Sie mit ein paar Stichen nähen müssen.«

»Wenn Sie mich wieder ins Krankenhaus schicken«, rief ihm Evelyn mit lauter Stimme nach, »dann, dann ...« Sie wusste nicht, womit sie drohen sollte, und ließ den Kopf auf die Kissen sinken. »Dann werde ich wirklich sehr böse.«

Bethan

Das Ziel, den Gipfel zu erreichen, hatte sie längst aufgegeben. Alles, was sie noch wollte, war, so schnell wie möglich wieder von dem Berg herunterzukommen. Sie musste sich noch einmal die Bilder unter der Terrasse ansehen. Sie rannte den Pfad mehr zurück, als sie ging. Die Gummistiefel klatschten gegen ihre Waden. Mehr als einmal rutschte sie aus und knickte um, aber das Adrenalin war ein hervorragender Schmerzhemmer. Sie schlitterte über einen Kiesweg und fand sich an der Grundstücksgrenze von Vaughan Court wieder. Hier erleichterten ein paar Holztritte den Weg über das Gatter. Dahinter führte der Fußweg hoch zum Haus. Als sie über die schlüpfrigen Holzplanken kletterte, konnte sie die durchdringenden Schreie der Pfauen hören. Irgendetwas hatte sie aufgeschreckt.

Sie rannte an den Rhododendren vorbei und über den Rasen in Richtung Haus. Sie schwitzte in der schweren Jacke, aber sie hatte es viel zu eilig, um sie auszuziehen. An der Ecke der Stallungen bog sie ab und nahm die Abkürzung durch ein paar verfallene Gewächshäuser, bis sie schließlich die Terrasse erreichte, von der aus man auf das Labyrinth hinausblickte.

Außer dem Gekreische der Pfauen hörte sie auch noch Hundegebell. Sie hielt inne und lugte über die steinerne Balustrade. Unterhalb der Terrasse zerrte ein schwarzer Labrador an seiner Leine und versuchte verzweifelt, an einen Pfau heranzukommen, der ganz in der Nähe auf dem Ast eines Magnolienbaums thronte. Vor den blassrosa Blüten leuchtete das Gefieder des Vogels umso mehr. Der Pfau schien den Hund geradezu anzustacheln. Er verdrehte sich den langen Hals und schob sich über den Ast, als wollte er den Hund dazu auffordern, ihn anzugreifen.

Bethan konnte nicht sehen, wer am anderen Ende der Leine war, aber sie konnte einen Eimer und eine Holzbürste auf den

Natursteinplatten ausmachen. Eine laute Stimme unterbrach das Gebell.

»Jasper! Schluss damit!«

Sofort verstummte Jasper und drehte sich zu der Stimme um. Die Leine erschlaffte, als er sich folgsam setzte. Der Pfau sah fassungslos zu, fast als wäre er enttäuscht, nicht mehr im Zentrum von Jaspers Interesse zu stehen. Bethan hörte weitere Stimmen aus dem Raum unter der Terrasse.

»Gute Arbeit, Jungs«, sagte ein Mann. »Lady Evelyn wird sich freuen.«

Bethan beugte sich weiter über die Balustrade. Ein Bruchstück löste sich aus dem Schlussstein und fiel gute drei Meter tief auf die Natursteinplatten, gerade als die Gestalt am anderen Ende der Hundeleine in ihr Blickfeld trat.

»Hey!« Die Gestalt hob den Kopf. »Wollen Sie mich töten?«

Bethan erkannte David Dashwoods attraktive Züge unter einer Tweedmütze. Er schirmte die Augen mit der Hand ab und blickte zu ihr hinauf.

»Bethan? Sind Sie das?«

Bethan strich sich das Haar zurück und versuchte, es zugleich zu glätten, doch stattdessen blieb sie mit den Fingern in ihren Locken hängen. Sie wünschte, sie würde keine Gummistiefel tragen, und war sich der Tatsache überaus bewusst, dass David Dashwoods nagelneue Barbourjacke in krassem Kontrast zu dem alten, schmuddeligen Exemplar von Howard stand, das sie trug. Unter der Jacke war sie schweißgebadet, und ihr Gesicht hatte vermutlich die Farbe reifer Tomaten.

»Kommen Sie runter.« David winkte ihr zu. »Kommen Sie und sehen Sie sich das Werk der Jungs an. Sie haben die Wand enorm verschönert.«

Bei der Erwähnung der Wand vergaß Bethan ihr schäbiges Aussehen und ihren roten Kopf. Hastig lief sie die Stufen der Terrasse hinunter.

»Oh nein!«, rief Bethan, als sie das Gewölbe erreicht hatte.

»Was ist los? Gefällt es Ihnen nicht?«, fragte David und sah Bethan besorgt an. »Ich finde, die Jungs haben sehr gute Arbeit geleistet.« Er deutete auf zwei hagere Jungs in weißen Overalls, die beide Kappen mit dem Logo des Red-Rock-Golfclubs trugen.

»Die Wandmalereien?«

»Sind verschwunden.« David lächelte. »Es ist nichts mehr von ihnen zu sehen, nicht wahr? Genau, wie Lady Evelyn es wollte.«

»Aber wann hat sie Sie denn darum gebeten?« Bethan starrte die weiße Wand an. »Ich sollte Sie am Samstag fragen, aber ich habe es völlig vergessen.«

»Sarah hat bei Chantal an der Rezeption eine Nachricht für mich hinterlassen. Offenbar wollte Lady Evelyn, dass die Wand so schnell wie möglich wieder weiß getüncht wird. Sarah hat extra betont, dass die Bilder vollständig verschwinden müssen.« Lächelnd trat er einen Schritt zurück. »Ich muss sagen, das ist wirklich ein Unterschied. Es geht doch nichts über ein bisschen frische Farbe, wenn man einen Ort verschönern will.«

»Wir haben den ganzen Nachmittag daran gearbeitet«, meldete sich einer der Jungs.

»Haben nicht mal 'ne Zigarettenpause gemacht«, fügte der andere hinzu.

»Was ist los, Bethan?« David sah sie besorgt an. »Sie sehen so verstört aus. Ist irgendetwas passiert?«

»Nein.« Bethan schnappte nach Luft. »Ich hatte mir nur die Bilder ansehen wollen«, setzte sie an. »Ich wollte sie mit dem Bild auf dem Flugzeugwrack vergleichen, das ich oben auf dem …« Ihre Stimme erstarb zusammen mit ihrer Energie. Was hätte es auch geholfen? Die Bilder waren weg, und sie fühlte sich plötzlich viel zu müde, um ihm zu erklären, warum sie so enttäuscht war, umso mehr in Gegenwart zweier Jugendlicher, die sie beide anstarrten, als hätten sie noch nie zuvor eine verschwitzte, zerzauste Frau gesehen.

»Wenn Sie die Bilder sehen wollen, ich habe ein paar Fotos gemacht, bevor die Jungs angefangen haben.« David Dashwood zog sein Handy aus der Jackentasche. »Ich dachte, sie könnten vielleicht irgendwann mal von Interesse sein. Oje, der Akku ist leer.« Er sah sie an und steckte das Handy wieder weg. »Ich schicke sie Ihnen später. Ihre Nummer finde ich ja auf dem Anmeldeformular im Club.«

Bethan atmete erneut tief durch. Fotos waren besser als nichts. Zumindest konnte sie so die Wandmalereien mit dem Bild auf dem Rumpf des Flugzeugs vergleichen. Wind und Wetter und die Wucht des Aufpralls hatten der zwinkernden Blondine zwar zugesetzt, aber sie hatte unverkennbar große Ähnlichkeit mit den Bildnissen unter der Terrasse. Sie hatte das gleiche hübsche Gesicht, das gleiche lange Haar, die gleichen wohlgeformten Beine und trug immer noch einen engen, rot-weißblauen Badeanzug. Der Schriftzug neben ihr war allerdings bis zur Unkenntlichkeit verwittert.

»Danke«, sagte Bethan. »Es wäre schön, wenn Sie mir die Bilder schicken würden.«

David lächelte.

»Kein Problem. Das mache ich, sobald ich wieder im Club bin und das Handy laden kann.«

Bethan ging in die Hocke, um den Hund zu streicheln, der nun brav neben David saß.

»Darf ich Ihnen Jasper vorstellen«, sagte David.

Jasper machte einen Satz auf sie zu und leckte ihr mit der großen, feuchten Zunge das Gesicht ab. Bethan lachte, stand auf und wischte sich das Gesicht mit dem Handrücken ab.

»Tut mir wirklich leid«, sagte David Dashwood, musste aber auch lachen. »Das ist ein Zeichen dafür, dass er Sie mag.«

Er zog ein weißes Baumwolltaschentuch aus der Tasche und begann, Bethans Wange abzutupfen.

Sie lachte wieder und nahm ihm das Taschentuch ab.

»Danke, das mache ich lieber selbst.«

»Bethan!« Die strenge Stimme kam von oben. Bethan und David hoben die Köpfe.

»Ah, Doktor Tom«, sagte David. »Wie schön, Sie zu sehen. Ist alles in Ordnung?«

»Ja, jetzt wieder, aber nur weil ich rechtzeitig vorbeigekommen bin.«

»Ist Evelyn okay?«, rief Bethan zu Tom hinauf, der auf der Terrasse stand.

»Sie ist schon wieder gestürzt«, sagte er.

In derselben Sekunde rannte Bethan schon die Stufen hinauf.

»Es geht ihr gut«, sagte Tom, als Bethan bei ihm war. »Ich habe sie untersucht und wieder ins Bett gesteckt.« Er musterte Bethan vom Scheitel bis zur Sohle. »Sie hätten mir Bescheid sagen können, dass Sie mit Mister Dashwood Gassi gehen wollen.« Mit dem Daumen deutete er über die Balustrade. Bethan blickte hinab. Aus diesem Winkel waren die beiden Handlanger nicht zu sehen. Alles, was sie sah, waren David und Jasper.

»Ich war nicht Gassi ...«, fing sie an.

»Es ist nicht so wichtig, wo Sie waren. Ich denke aber, wir sollten Evelyn nicht längere Zeit allein lassen, solange sie sich nicht vollständig erholt hat.«

»Ich wollte nur eine Stunde oder so ...«

»Sie hat eine Platzwunde am Kopf«, fuhr Tom fort und strich sich mit der Hand durch das ungekämmte Haar. »Ich habe ein Pflaster auf die Wunde geklebt, aber sollte Evelyn über Schwindelgefühle oder Übelkeit klagen, dann rufen Sie mich sofort an. Ich muss jetzt los. Heute ist Elternabend in Tillys Schule, und ich bin schon sehr spät dran. Ich muss vorher noch ein paar andere Hausbesuche machen.«

Bethan nickte stumm.

»Ich mache mich jetzt auf den Weg«, rief David Dashwood

von unten herauf. »Ich schicke Ihnen später eine Nachricht, Bethan.« Der Hund bellte einmal. »Jasper sagt auf Wiedersehen, er freut sich darauf, Sie bald wiederzutreffen.«

Toms Züge verhärteten sich. Sein Kiefer mahlte, und er öffnete den Mund, als wollte er noch etwas sagen, doch dann wandte er sich einfach ab und marschierte davon. Seine Schritte knirschten auf dem Kies.

»Tom ...«, rief Bethan ihm nach.

»Evelyn braucht ihre Nachmittagsdosis«, informierte er sie mit lauter Stimme, als er in den Wagen stieg. »Und nicht vergessen, wenn Sie zu einem Date müssen, dann geben Sie mir Bescheid, und ich sorge dafür, dass jemand anderes bei Evelyn bleibt, solange Sie weg sind.«

Evelyn

Das Mädchen war sehr still, aber es hatte Evelyn berichtet, dass Tom ihm von dem Sturz erzählt hatte.

»Das war kein Sturz«, grollte Evelyn. »Es war eher ein Taumeln, das von einer Schubladenkommode aufgefangen wurde, was zu einem Schlag auf dem Kopf geführt hat, der wiederum ein kleines Nickerchen auf dem Teppich erforderlich machte.«

Bethan nickte, als würde sie gar nicht richtig zuhören. An ihrem Tee hatte sie noch nicht einmal genippt.

Evelyn nahm einen Schluck von ihrem und hielt die Tasse mit beiden Händen. Es war so schön, den Strohhalm nicht zu brauchen. Mit dem Ding war sie sich wie ein Kleinkind vorgekommen. »Wie war dein Spaziergang?«, fragte sie.

Bethan funkelte sie böse an.

»Ich war allein unterwegs.«

»Natürlich. Ich hatte nicht angenommen, dass du dich hier gleich einem Wanderverein anschließt.«

Bethan strich sich eine verirrte Haarsträhne hinter das Ohr und seufzte.

»Rauszugehen hat gutgetan.«

»Hast du David Dashwood getroffen?«

»Hat Tom dir das erzählt?«, fragte das Mädchen mit blitzenden Augen.

»Nein!«

»Sorry, natürlich, er hat uns gesehen, als er gerade gehen wollte.«

»Wen gesehen?«

Wieder seufzte Bethan, und Evelyn wünschte, sie würde nicht so elend aussehen.

»Ach, als ich zurückkam, waren David Dashwoods Helfer unter der Terrasse beschäftigt, und er selbst war auch da.«

»Ja, ich habe vom Fenster aus gesehen, wie die jungen Männer angekommen sind. Da habe ich beschlossen, mich anzuziehen. Ich wollte runtergehen und ihnen sagen, dass sie sich doch Kaffee und Kekse aus der Küche holen sollen. Dann hat Tom mich wieder ins Bett verbannt, und danach habe ich Davids Stimme gehört. Ich glaube, dieser schwarze Hund hat die Pfauen geärgert.«

»Die Männer haben die Bilder unter der Terrasse komplett übermalt.«

Evelyn trank einen weiteren Schluck Tee.

»Gut.«

»Ich finde das schade, weil ich gerade etwas entdeckt habe.« Plötzlich wirkte Bethan viel lebhafter; sie stellte ihre Tasse so energisch ab, dass der Tee auf das Tablett spritzte. »Sieh dir an, was ich auf dem Berg entdeckt habe.«

»Auf dem Berg! Ich hatte angenommen, du würdest bei diesem wundervollen Wetter zum Strand gehen.«

Bethan schien ihr gar nicht zuzuhören. Sie stand auf und zog ihr Handy aus der Hosentasche.

»Ich habe ein Foto gemacht.«

Das Mädchen kam zum Bett und hielt Evelyn das Telefon vors Gesicht. Evelyn blinzelte. Sie sah einen Haufen Metall und Gras. Bethan wischte mit dem Finger über das Display, und ein neues Bild erschien. Evelyn erkannte sofort, was dort zu sehen war, und wandte den Blick ab.

»Du hättest nicht allein auf den Berg steigen sollen! Das ist gefährlich, dort gibt es so viele verborgene Schluchten. Du hättest abstürzen können.«

»Findest du nicht, dass dieses Bild genauso aussieht wie die unter der Terrasse?« Bethan tippte auf das Display, vergrößerte das Bild und wollte Evelyn dazu bringen, es sich noch einmal anzusehen.

Evelyn schloss die Augen.

»Ich kann ohne meine Brille nicht sehen, was du mir auf diesem vermaledeiten kleinen Bildschirm zeigen willst.«

»Soll ich sie dir holen?«

»Nein! Ich kann es mir vorstellen.«

»Sie sieht aus wie diese kessen Damen unter der Terrasse. Ich glaube, das Bild auf dem Wrack stammt von demselben Künstler.«

»Ich weiß nicht, warum du dich so sehr für diese Bilder interessierst, Bethan.«

»Ich finde es einfach interessant, dass auf dem abgestürzten Flugzeug auf dem Berg ein Bild ist, das in exakt dem gleichen Stil gemalt wurde wie die an der Wand.«

»So waren die Amerikaner eben, sie haben diese Frauen auf die Nasen ihrer Bomber gemalt, weil sie ihnen Glück bringen sollten, wobei der eine da oben ja nicht so viel Glück gehabt hat.«

»Dann weißt du von dem Flugzeug?«

»Ich weiß, dass es dort oben ist.«

»Ist es während des Krieges abgestürzt? Hast du damals schon hier gelebt?«

»Schluss damit.« Evelyn berührte mit einer Hand das Pflaster an ihrer Stirn. »Ich fühle mich ziemlich schlecht; in meinem Kopf dreht sich alles.«

Bethan wirkte besorgt.

»Übelkeit und Schwindelgefühle?«

»Ja, mir ist sehr übel und schwindelig.«

»Dann gehe ich besser runter und rufe Tom an.«

»Nicht nötig.«

»Er hat gesagt, ich soll ihn umgehend anrufen, wenn du solche Symptome hast.«

»Das sind keine Symptome, das ist nur eine Reaktion auf all deine dummen Fragen.«

Aber da war Bethan bereits zur Tür hinaus.

»Wir müssen mit dem Roman weiterkommen«, rief Evelyn ihr nach. »Ich denke, ich werde das Kapitel, in dem Lord Melksham Hermione an der Hecke beim Schneeglöckchenpflücken antrifft, noch einmal ändern.«

Sie erhielt keine Antwort.

»Mist«, murrte Evelyn. Sie wollte nicht, dass Tom schon wieder den ganzen Weg hier heraufkam, um nach ihr zu sehen. Er hatte erwähnt, dass in Tillys Schule Elternabend war, und es wäre furchtbar, wenn er den ihretwegen verpassen würde. »Mist«, schimpfte sie erneut. Wenn das Mädchen doch nur nicht auf diesen Berg gestiegen wäre! Evelyn wünschte, sie hätte ihr schon im Vorfeld die Lust daran vergällt. Sie hätte ihr erzählen können, wie schlüpfrig die Felsen waren, wie steil oder dass man eine professionelle Kletterausrüstung benötigte. Sie hätte sich irgendein Scheusal einfallen lassen können, eine große bärenartige Kreatur oder einen bösartigen alten Schrat, der in einer Höhle hauste.

Es war wirklich ärgerlich, dass sie das Flugzeug entdeckt hatte. Vor ein paar Jahren, als Evelyn es zum letzten Mal gesehen hatte, war es beinahe vollständig von Farnkraut überwuchert gewesen. Aber das war im Hochsommer gewesen.

Gerade jedoch dürfte der Farn erst aus der Erde kriechen, kleine aufgerollte Triebe, die das Wrack kaum verbergen konnten.

Bethan

Tilly sah aus, als hätte sie geweint. Sie ließ den Kopf hängen, und einer ihrer Zöpfe war aufgegangen.

Bethan hatte das Bedürfnis, sie in die Arme zu nehmen und zu drücken, aber der Ausdruck in Toms Gesicht gab ihr das Gefühl, dass er damit nicht einverstanden wäre.

»Also, dann sehen wir mal nach der Patientin.« Strammen Schritts ging er zum Bett, in dem Evelyn zu Bethans Verlegenheit einen überaus munteren Eindruck machte.

»Ich habe ihr gesagt, dass ich Sie nicht brauche.« Mit einem Arm wedelte Evelyn in Bethans Richtung. »Sie macht zu viel Aufheben.«

»Du hast gesagt, dir wäre übel und schwindelig.« Bethan wünschte sich, Evelyns Wangen würden nicht ganz so rosig aussehen. Womöglich hatte sie überreagiert, als sie in der Praxis angerufen und darum gebeten hatte, dass Tom so schnell wie möglich herkäme, um nach Evelyn zu sehen.

»Nach einem Schlag gegen den Kopf kann man nicht vorsichtig genug sein.« Tom stellte seine Tasche auf dem Nachttisch ab und wühlte darin herum. Er wirkte beinahe genauso bedrückt wie seine Tochter. Er hatte dunkle Ringe unter den Augen, und seine Krawatte hing auf halbmast.

»Ich hoffe, wir haben Sie nicht vom Elternabend weggeholt«, sagte Evelyn.

»Nein, der war schon vorbei, richtig, Tilly?« Er warf seiner Tochter einen Blick zu.

Tilly antwortete nicht. Sie stand neben der Tür und knabberte an den Haarspitzen des aufgelösten Zopfs.

»Was ist los?«, fragte Evelyn. »Hat dein Lehrer deinem Vater gesagt, dass du das unartigste Mädchen in der ganzen Klasse bist?«

Eine dicke Träne lief über Tillys Wange.

»Hör auf damit, Tilly.« Seufzend nahm Tom eine Pupillenleuchte aus der Tasche. »Nur weil deine Lehrerin sich Sorgen wegen deiner Lesefähigkeiten macht, musst du doch nicht weinen.«

»Und wegen meiner Rechtschreibung«, sagte Tilly leise.

»Dafür bist du ein Mathewunderkind.« Evelyn lächelte dem kleinen Mädchen zu. »Ganz anders als ich. Mein Lehrer hat gar nicht erst versucht, mir solche Sachen wie Bruchrechnung oder schriftliche Division beizubringen – nicht dass sich das besonders negativ auf mein Leben ausgewirkt hätte.«

Eine weitere Träne lief Tillys Wange hinab.

»Sie hat gesagt, ich bin dumm«, wisperte das Mädchen.

»Sie hat nicht gesagt, dass du dumm bist«, widersprach Tom mit strenger Miene. »Sie hat gesagt, du wärest langsamer als die anderen in deiner Klasse. Das bedeutet nicht, dass du dumm bist.«

»Sie hat gesagt, ich habe vielleicht Dis-Dingsda.«

»Dyslexie«, sagte Tom.

»Ich will aber kein Dis-Dingsda haben!«

Tom seufzte erneut. »Ich habe vorhin bei Olwyn Würstchen im Schlafrock gekauft. Wenn ich Evelyn untersucht habe, dann könnten wir vielleicht auf den Red Rock hochsteigen, sie essen und uns über die Tests unterhalten, die deine Lehrerin mit dir machen möchte.«

»Sollen wir runtergehen?«, schlug Bethan Tilly vor. »Es ist fast Fütterungszeit, und ich glaube, ich höre die Pfauen schon an der Küchentür nach ihrem Abendessen rufen.«

Sie sah Tom an; er nickte, als hielte er das für eine gute Idee.

In der Küche holte Bethan den Beutel mit Vogelfutter aus dem Schrank. »Wie ich gelernt habe, ist der Trick dabei, die Hintertür nicht zu öffnen, ehe man etwas Vogelfutter in der Hand hat.«

Aber da war es schon zu spät. Tilly hatte die Tür bereits aufgerissen. Sofort versuchten die Pfauen, sich an Tilly vorbei in die Küche zu drängen, und reckten die langen Hälse Bethan und dem Vogelfutterbeutel entgegen.

»Zurück, ihr Biester«, rief Bethan und versuchte, die großen Vögel mit der Hand zurückzuscheuchen.

Tilly lachte, als Bethan eine Handvoll Vogelfutter nach der anderen über die Köpfe der Pfauen hinweg in den Hof warf; die Pfauen machten kehrt, und ihre langen Schwanzfedern verkeilten sich in der schmalen Tür.

Endlich waren alle Pfauen wieder draußen. Tilly verstreute im Hof noch etwas mehr Futter, und dann schauten sie und Bethan den Vögeln zu. Es war wirklich ein bemerkenswertes Schauspiel: so viele Vögel auf einem Haufen, deren wundervolles Gefieder im Sonnenlicht des frühen Abends glänzte.

»Weißt du, Dyslexie ist nichts Schlimmes«, sagte Bethan, als die Pfauen allmählich wieder davonstolzierten und ihre langen Schwänze über den Kies schleiften. »Walt Disney hatte Dyslexie, und sieh dir nur an, wie erfolgreich er geworden ist.«

»Aber ich will nicht Walt Disney sein.«

»Ich glaube, meine Großmutter Nelli hatte auch Dyslexie.«

Tilly blickte zu Bethan hoch.

»Nelli? Die hier gearbeitet hat?«

Bethan nickte.

»Obwohl sie in der Schule war, konnte sie nicht lesen und schreiben.«

»Ich *will* es aber lernen.«

In Tillys Augen standen Tränen, und Bethan ging in die Hocke, um sie mit dem Ärmel ihres Pullovers abzuwischen.

»Das war vor sehr langer Zeit, als Lehrer noch nicht wussten, wie man Kinder unterrichtet, die es auf eine andere Art lernen müssen. Aber heute gibt es viele Möglichkeiten, um Kindern mit Dyslexie zu helfen.«

»Hat deine Granny Nelli nie lesen gelernt?«

»Doch, sie hat es gelernt.« Bethan lächelte. »Evelyn hat ihr Lesen und Schreiben beigebracht, und dann hat Nelli Evelyns Sohn Robert Lesen und Schreiben beigebracht. Und später, als sie in Oak Hill gearbeitet hat, hat sie auch noch vielen anderen Kindern geholfen, auch wenn sie manchmal immer noch die Buchstaben verwechselt hat.«

»Was ist Oak Hill?«

»Das war einmal das Haus von Evelyns Familie im Süden Englands. Sie hat es geerbt. Dort hat eine Ewigkeit niemand mehr gewohnt, und irgendwann hat Evelyn beschlossen, es zu einer Schule für Kinder wie ihren Robert zu machen, der das Down-Syndrom hatte. Sie wollte ihnen eine Chance geben, genauso zu lernen wie alle anderen Kinder auch. Nelli hat dort gearbeitet. Da ist sie auch meinem Großvater begegnet. Er war der Kunstlehrer.«

»Also ist Nelli Lehrerin geworden?«

»Ja.«

»Ich will auch Lehrerin werden. So wie Sarah und Gwen.«

Bethan lächelte. »Es gibt nichts, was dich davon abhalten könnte.«

Tilly erwiderte das Lächeln.

»Lass uns Verstecken spielen.«

Im Nu war Tilly weg, rannte mit den langen Beinen in der gestreiften Strumpfhose durch den Hof. »Ich verstecke mich zuerst«, rief sie.

Bethan zählte laut bis zwanzig.

»Fertig oder nicht, ich komme.« Sie marschierte in die Richtung los, in die Tilly gelaufen war, um die Hausecke herum und dann die steinernen Stufen zum Gartenlabyrinth hinunter. Dort blieb sie auf dem Rasen stehen und blickte sich um, konnte Tilly aber nirgends sehen. Also lief sie zum Springbrunnen, aber da war sie auch nicht. Bethan betrachtete die Magnolie, die unteren Äste waren stark genug, dass jemand hinaufklettern konnte, aber das kleine Mädchen war auch nicht auf dem Baum. Dann hörte sie ein Geräusch. Sie drehte sich um und schaute hinüber zu den Rundbögen unter der Terrasse. Dort stand Tilly und starrte die Wand an.

Bethan schlug die Hand vor den Mund.

»Tilly«, rief sie und lief zu den Torbögen. Als sie dort ankam, stand Tilly immer noch sprachlos vor der Wand. Bethan legte eine Hand auf die Schulter des Mädchens.

»Die Mütter«, flüsterte Tilly. »Sie sind alle weg.«

»Ach, Tilly, das hätte ich dir sagen müssen. Evelyn wollte, dass sie übermalt werden.«

»Aber warum?«

Tilly machte einen Schritt nach vorne und legte ihre Hand an die Wand.

»Sie sind immer noch dort«, sagte Bethan.« Sie sind immer noch unter der Farbe.«

Tilly ließ ihre Hand über die glatte weiße Oberfläche gleiten.

»Aber ich glaube, meine Mummy ist fort.« Sie drehte sich zu Bethan um. »Sie wird nicht zurückkommen, oder?«

Bethan biss sich auf die Lippe. Sie sah, dass Tillys Kinn zu beben begann, also schloss sie das Kind in die Arme, drückte es an sich und wiegte es sacht. Tilly weinte; sie schluchzte herzerweichend.

»Ich vermisse sie. Ich vermisse meine Mummy.«

»Ich weiß«, sagte Bethan, obwohl sie im Grunde gar nichts wusste.

»Und ich vermisse Megan.«

»Megan?«

»Meine kleine Schwester«, erklärte sie und holte stockend Luft. »Ich wollte Megan zeigen, wie man die Babyrutsche im Schwimmbad runterrutscht, aber ich hatte Halsweh und musste daheimbleiben.«

Bethan streichelte Tillys Haar. Sie wollte ihr nicht zu viele Fragen stellen, aber Tilly wand sich aus ihren Armen und sprach von sich aus weiter.

»Mummy und Megan sind ins Schwimmbad gegangen und nicht mehr nach Hause gekommen. Daddy war ganz traurig.«

Bethan musterte Tillys Gesicht und wischte ihr mit dem Pulloverärmel die Tränen ab.

»Ich nehme an, du warst auch sehr traurig.«

Tilly zuckte mit den Schultern.

»Daddy hat gesagt, dass sie jetzt im Himmel sind, aber er glaubt nicht mal an Gott, darum weiß ich, dass er gelogen hat.«

»Hat es eine Begräbnisfeier gegeben?«

Tilly nickte. »Mit zwei Särgen und einem Feuer hinter einem Vorhang und mit Musik. Aber Mummys Lieblingslied war *Dancing Queen*, nicht diese komischen Lieder ohne Worte.«

»Was ist los?«, fragte eine Stimme. Bethan blickte auf. Tom stand hinter ihnen.

»Tilly ist traurig, weil die Wand übermalt worden ist.«

Tom betrachtete die Wand, sagte aber nichts. Stattdessen streckte er die Arme nach seiner Tochter aus und hob sie hoch.

Bethan stand auf.

»Sie ist auch traurig wegen ihrer Mum.«

Tom schloss die Augen und drückte Tilly fester an sich.

»Ah, da sind Sie ja, Bethan.« David Dashwood kam mit großen Schritten auf sie zu. »Bewundern Sie die Handwerksarbeit? Ich wollte mich nur noch mal vergewissern, dass die Jungs auch alle Werkzeuge weggeräumt haben.«

Tom starrte David an, blieb jedoch stumm.

»Entschuldigung, störe ich etwa?«

Als er keine Antwort erhielt, sprach er einfach weiter.

»Außerdem wollte ich Ihnen die Fotos schicken, Bethan. Dann ist mir eingefallen, dass Sie hier ja gar keinen Empfang haben. Darum habe ich die Bilder für Sie ausgedruckt. Und dann dachte ich, dass Sie und Evelyn sich vielleicht über ein leckeres Dinner freuen würden.« Er hielt einen Picknickkorb aus Weidengeflecht hoch. »Ich habe den Koch gebeten, ein besonderes Abendessen zuzubereiten. Es ist alles in Aluschalen verpackt: gebratenes Lachsfilet mit Stampfkartoffeln aus neuer Ernte an Pesto- und Limonensoße und …« Er legte eine Kunstpause ein. »… der berühmte Sticky-Toffee-Pudding unseres Konditors mit Banoffee-Schokoladensoße.«

»Oh.« Bethan warf einen kurzen Blick auf Toms finsteres Gesicht. »Wie lieb von Ihnen.«

»Und dann wäre da noch eine wundervolle Flasche Chardonnay, die ich in unserem Weinkeller selbst ausgesucht habe«, fuhr David Dashwood fort. Dann sah er Tom und Tilly an. »Hätte ich gewusst, dass Sie hier sind, hätte ich die Küche gebeten, mehr zu machen. So, fürchte ich, reicht es leider nur für drei.«

»Sie wollen mit uns zu Abend essen, David?«, fragte Bethan.

»Natürlich. Ich dachte, das wäre eine wunderbare Gelegenheit, Evelyn mal wieder zu treffen.«

»Sie ist immer noch bettlägerig«, sagte Tom.

»Das dachte ich mir«, entgegnete David vergnügt. »Ein Picknick im Schlafzimmer, das wird lustig.« Er schenkte Bethan ein Lächeln. »Es gibt nichts Besseres.«

»Ich picknicke lieber am Strand«, bemerkte Tom, der immer noch Tilly auf dem Arm hatte. »Und da wir gerade beim Thema sind, Tilly und ich haben ein paar Würstchen im Schlafrock, die oben auf dem Red Rock gegessen werden wollen.«

Tom schob sich an David und Bethan vorbei und marschierte davon.

David sah ihm nach. »Stimmt etwas nicht?«, fragte er Bethan.

»Tilly war ein bisschen traurig, dass die Bilder nicht mehr da sind. Sie war ganz fasziniert davon.«

David zuckte mit den Schultern.

»Evelyn wollte es so.«

»Es ist nur so, dass sie recht interessant waren, ein Teil der Geschichte dieses Hauses.«

David lächelte. »Es gibt noch andere, und niemand hat mich gebeten, die auch zu übermalen.«

Kapitel 19

Mittwoch

Evelyn

Das Mädchen stellte immer noch Fragen. Nun wollte sie wissen, was Toms Frau zugestoßen war.

»Du könntest ihn auch selbst fragen«, sagte Evelyn. »Vielleicht tut es ihm gut, darüber zu sprechen.«

»Das möchte ich nicht, er ist immer so wortkarg, wenn ich in der Nähe bin. Ich glaube, er hält mich für ein oberflächliches Modepüppchen.«

»In dem Kleid siehst du wirklich ein bisschen wie ein Mannequin aus. Ich dachte, du wolltest dir etwas Alltagstauglicheres raussuchen.«

»Ich wollte es nur anprobieren. Es ist so hübsch, und es passt sogar beinahe. Nur in der Taille ist es ein klein wenig eng.«

Evelyn lächelte, als Bethan sich erneut in dem pinkfarbenen Seidenkleid mit dem Tellerrock um die eigene Achse drehte. Der Stoff flatterte hoch und gab den Blick auf den mit Stickereien verzierten Tüllpetticoat darunter frei.

»Es sieht großartig aus«, sagte Evelyn. »Prinzessin Margaret hatte exakt das gleiche: Pierre Balmain, 1955.«

Bethan wirbelte erneut herum und stieß dabei gegen den Hocker. Daraufhin ließ sie sich schwer auf das Ende des Betts fallen und lachte.

»Ich glaube, ich bin immer noch etwas beschwipst von dem

Wein gestern Abend. Als David sagte, er hätte eine gute Flasche Wein ausgewählt, war mir nicht klar, dass er meinte, eine gute Flasche pro Person!«

»Das war wirklich großzügig«, sagte Evelyn, die sich ebenfalls ein bisschen benebelt fühlte, aber nicht so recht wusste, ob es noch von dem Schlag gegen den Kopf kam oder ob sie verkatert war. Was es auch sein mochte, Tom wäre sicher nicht einverstanden gewesen mit den vier Gläsern Wein, die sie zu dem köstlichen Abendessen getrunken hatte.

Bethan holte tief Luft. »Der Bund dieses Kleids wird mit jeder Minute enger. Ich glaube nicht, dass ich es schaffe, ein Diktat aufzunehmen, ohne in Ohnmacht zu fallen.«

»Dann ziehst du dich besser um. Wir haben heute Morgen eine Menge zu erledigen. Wie wäre es mit einem Schürzenkleid? Ich bin sicher, da ist ein sehr hübsches Modell von Mary Quant in meinem Ankleideraum. Oder ein Kaftan von Zandra Rhodes?«

Evelyn sah Bethan nach, als sie im Nebenraum verschwand. Sie konnte hören, wie sie fröhlich vor sich hin summte, während sie die auf Bügeln hängenden Kleider durchsah. Das Mädchen wirkte erstaunlich munter, *übermütig* hätte Evelyns Mutter wohl gesagt.

Ihre Gedanken kehrten zurück zum Vorabend. Sie hatten viel gelacht. David hatte sie mit Geschichten aus seiner Collegezeit unterhalten, in der er in einer Pizzeria in Manchester gearbeitet hatte, um sich das Betriebswirtschaftsstudium zu finanzieren.

»Ich musste einen Strohhut und ein blau und weiß gestreiftes T-Shirt tragen und lernen, wie man Pizzateig auf einem Finger herumwirbelt.«

»Ich bin immer total beeindruckt, wenn ich das sehe«, hatte Bethan gesagt.

»Ich fürchte, ich war nicht gerade gut darin. Eines Abends ist der Teig von meinem Finger aus quer durch das Restaurant geflogen und direkt am Kopf eines armen Mädchens gelandet, das gerade seinen zwanzigsten Geburtstag gefeiert hat. Sie war hinreißend. Ich hatte sie heimlich den ganzen Abend bewundert, also können Sie sich vorstellen, wie sehr ich mich geschämt habe.«

»Wie ging es weiter?«, fragte Bethan.

David Dashwood grinste. »Der Geschäftsführer hat mich auf der Stelle gefeuert, und ich musste das gestreifte T-Shirt und den Hut umgehend zurückgeben.«

»Und das Mädchen?«

»Ich habe draußen darauf gewartet, dass sie geht, um mich bei ihr zu entschuldigen.«

»Hat sie Ihnen verziehen?«

»Ich glaube schon. Wir sind drei Jahre miteinander gegangen, und ich habe für die Hotelkette ihres Vaters gearbeitet, als ich das College hinter mir hatte. Ihr Vater hat mir auch das Golfspielen nähergebracht. Die fliegende Pizza war im Grunde ein großer Glücksfall. Sie hätte sich bestimmt nicht zu diesem ersten Date überreden lassen, hätte ich immer noch diesen albernen Hut und das T-Shirt getragen.«

»Was macht sie heute?«

»Sie lebt glücklich und zufrieden mit einem sehr netten Börsenmakler in einem alten Pfarrhaus in Berkshire, hat vier hübsche Kinder und einen Golden Retriever namens Gordon, und ich bin der Taufpate ihrer ältesten Tochter.«

»Dann verstehen Sie sich also immer noch?«

»Natürlich. Ich habe zu all meinen ehemaligen Freundinnen ein gutes Verhältnis.«

Bethan seufzte.

»Ich kann mir nicht vorstellen, dass Mal und ich uns verstehen würden.«

»Das liegt daran, dass er ganz offensichtlich ein Idiot ist.« David hatte die Gläser von Bethan und Evelyn ein weiteres Mal gefüllt. »Er hatte Sie so oder so gar nicht verdient. Meinen Sie nicht auch, Evelyn?«

»Das meine ich ganz gewiss.« Evelyn hatte ihr Glas erhoben, hielt den Stiel ganz vorsichtig zwischen Daumen und Zeigefinger. »Ich schlage vor, wir trinken auf die schöne Bethan und die Tatsache, dass sie den miesepetrigen Mal los ist.« Sie bemühte sich, ihren Schluckauf zu unterdrücken, schaffte es aber nicht ganz, weshalb ein wenig Wein auf die Decke schwappte.

»Diese verdammten gebrochenen Handgelenke«, schimpfte sie, als Bethan sich bemühte, die Flüssigkeit mit einer Leinenserviette wegzutupfen, die David ebenfalls aus dem Restaurant mitgebracht hatte.

»Das gibt dem Ausdruck *unter Alkohol sein* eine ganz neue Bedeutung«, sagte David mit Blick auf die Decke und lächelte, und sie alle hatten gelacht, viel gelacht. Dann hatte David Wein nachgeschenkt und eine sehr lustige Geschichte über seine Großmutter Margaret und eine abendliche Gin-Verkostung erzählt, die er in ihrem Altenheim organisiert hatte.

Als Bethan zurückkam, trug sie immer noch das Balmain-Kleid, hielt aber ein olivfarbenes Cape hoch, das über einem braunweiß gestreiften Kleid hing.

»Das habe ich ganz hinten auf der Stange gefunden. Ist das deine Schwesternuniform aus dem Krieg?«

»Du liebe Güte! Zeig sie mir nicht!« Evelyn wandte den Blick ab. »Die ist abscheulich! Die Uniformen der britischen Militärschwestern hat Norman Hartnell entworfen. Wer immer die der Amerikaner entworfen hat, er hatte definitiv nicht sein Talent.«

Bethan hielt den Bügel von sich weg und betrachtete die Uniform eingehend.

»Sie sieht ein bisschen farblos aus. Warum hast du nicht die britische getragen?«

»Es war ein US-Lazarett, also musste ich deren Uniform tragen.«

»Du musst schreckliche Dinge gesehen haben, als du dort gearbeitet hast«, sagte Bethan und setzte sich an das Fußende des Betts.

»Es war eine reine Rehabilitationseinrichtung. Die Soldaten, die zu uns kamen, waren woanders schon wieder zusammengeflickt worden. Sie sollten sich hier nur erholen. Anschließend wurde ihre Einsatzfähigkeit bewertet und entschieden, ob sie nach Hause oder wieder zurück in den Kampf geschickt werden. Manche hatten nur gebrochene Knöchel oder Rippen, aber andere hatten Gliedmaßen verloren oder ihr Sehvermögen oder das Gehör eingebüßt, oder sie hatten schlimme Verbrennungen erlitten oder alles zusammen. Einige litten auch unter etwas, was man heute als posttraumatischen Schock bezeichnet.«

»Die Armen«, sagte Bethan. »Aber ich wette, du hast sie aufgemuntert. Sie fanden dich vermutlich sehr glamourös.«

Evelyn deutete auf das Kleid und den Umhang in Bethans Hand.

»Nicht in dem Zeug! Ich musste auch diese scheußlichen braunen Schnürschuhe tragen. Die haben bei jedem Schritt gequietscht, und sie haben ausgesehen wie Kartoffeln.«

Bethan lachte.

»Es muss seltsam gewesen sein mit all den Amerikanern, die ganz Vaughan Court okkupiert haben.«

»Sie haben nicht das ganze Anwesen okkupiert, dafür hat meine Schwiegermutter schon gesorgt. Sie haben den Ostflügel als Bürobereich und zur Unterbringung des ranghohen Personals requiriert, aber die Patienten waren in Nissenhütten draußen im Garten untergebracht, reihenweise Nissenhütten, eine an der anderen. Es war beinahe wie eine kleine Stadt.«

Bethan ließ die Uniform am Fußende des Betts liegen und

ging zum Fenster. »Ich kann mir das nur schwer vorstellen, so still und friedlich, wie es da unten jetzt ist.«

Evelyn lächelte.

»Die Amerikaner sind wie eine Bombe in unser Leben geplatzt, so laut und lebhaft, nicht so britisch steif und immer auf Haltung bedacht. Es war, als würde sich ein langweiliger Schwarz-Weiß-Film plötzlich in ein Musical in Technicolor verwandeln. Ich war am Boden zerstört, als das alles auf einmal wieder verschwand.«

»Verschwand?« Bethan drehte sich um.

»Das Lazarett wurde über Nacht abgebaut, und die Patienten wurden in andere Lazarette gebracht. Die ganze medizinische Einheit wurde nach Belgien verlegt, denn als die Alliierten vorgerückt sind, wurden sie näher an der Front gebraucht. Eben waren hier noch Hunderte von Leuten, und in der nächsten Minute hatte sich das Areal in eine Geisterstadt verwandelt. All diese leeren Hütten, diese Stille. Es war richtig unheimlich, besonders bei Nacht.« Evelyn schauderte.

Draußen war ein Wagen zu hören, der die Auffahrt heraufkam.

Bethan sah wieder zum Fenster hinaus.

»Das ist die Polizei! Ich habe ganz vergessen, dass Sergeant Williams heute früh herkommen wollte. Jetzt werde ich runtergehen und mit ihm reden müssen, während ich aussehe, als wäre ich gerade auf dem Weg zum Abschlussball.«

Evelyn lachte.

»Vertrau mir, wenn es eines gibt, das ich über Sergeant Williams weiß, dann, dass er dieses Kleid lieben wird.«

Evelyn starrte die Schwesternuniform an, die Bethan am Fußende des Betts hatte liegen lassen. *Glamourös.* Evelyn dachte über das Wort nach, das Bethan benutzt hatte, um sie zu beschreiben.

Aber sie war definitiv nicht glamourös gewesen. Die amerikanischen Schwestern waren glamourös gewesen, so selbstsicher und abgeklärt. Evelyn war sich in ihrer Gegenwart immer schüchtern und prüde vorgekommen. Diese Frauen hatten so offen über ihr Liebesleben gesprochen, dass Evelyn rot angelaufen war. Evelyn wusste, dass die anderen Schwestern sie für sehr vornehm und sittsam hielten. Auch sie hatten sie Queenie genannt.

Evelyn hatte sich so danach gesehnt, ihnen von Jack zu erzählen und von all den wenig sittsamen Dingen, die sie im Sommerhaus trieben, aber Beziehungen mit Patienten waren den Schwestern streng untersagt, ganz besonders den verheirateten Schwestern, ganz besonders den verheirateten Schwestern, deren Gatte der Gutsherr war.

Wenn es Evelyn möglich gewesen wäre, mit den Schwestern zu reden, dann hätte sie von ihnen vielleicht gelernt, wie man in diesen Dingen vorsichtiger vorging. Wenn sie heute an jene Zeit zurückdachte, dann sah sie klar, dass sie unausweichlich schwanger werden musste. Es war, als hätte sich die Bereitschaft, Risiken einzugehen, während des Krieges zu einem Lebensstil entwickelt.

Dezember 1944

An dem Tag, an dem sie erkannt hatte, dass sie Jacks Baby im Leib trug, war es sehr kalt gewesen. Sie war eines Morgens aufgewacht, und alles war verschneit gewesen, obwohl noch nicht einmal Weihnachten war. Der Pausenraum der Schwestern lag direkt neben dem Springbrunnen. Lady Vaughan hatte Einspruch eingelegt, als die Amerikaner den italienisch anmutenden Brunnen abbauen wollten, um ihr Lazarett einzurichten. Howard hatte dann darum ersucht, ihn stehen zu lassen. Natürlich war der Brunnen abgestellt worden; kein Wasser sprudelte mehr aus dem Mund des Cherubs, und das Regenwasser in dem flachen Becken hatte sich vor lauter Algen schon vor Monaten grün gefärbt. An diesem eisigen Dezembertag war die matschige Flüssigkeit zu Eis gefroren.

Evelyn stand neben dem Brunnen, rauchte eine Lucky Strike und wärmte sich die Hände an der Glut in der Kohlenpfanne, die vor dem Schwesternzelt aufgestellt worden war.

In der Nähe stand eine Gruppe Schwestern, die ebenfalls Pause machten und sich unterhielten.

»Sie dachte schon, er hätte sie in Schwierigkeiten gebracht, aber es war Gott sei Dank nur falscher Alarm.«

»Jesus im Himmel, stellt euch mal vor, sie hätte ihn heiraten müssen!«

Die jungen Frauen lachten.

»Dieser Arzt ist bereits verheiratet«, verkündete eine von ihnen.

»Ojemine, da hätte seine Frau aber eine Überraschung erlebt, wenn er sie mit nach Hause genommen hätte.«

»Es wird einen Haufen Überraschungen geben, wenn das alles mal vorbei ist.«

Evelyn zog an ihrer Zigarette. Das Gespräch der Schwestern wechselte die Richtung, und sie unterhielten sich nun über einen Film, der an diesem Abend in der Offiziersmesse gezeigt werden sollte, aber Evelyn war in Gedanken immer noch bei dem vorherigen Thema.

Sie versuchte, im Kopf nachzurechnen, wie viele Wochen seit ihrer letzten Periode vergangen waren. Fünf? Vielleicht sogar sechs? Mit pochendem Herzen erkannte sie, dass es beinahe zwei Monate waren. Sie blickte auf ihren Bauch, der unter dem großen Dienstumhang verborgen war. Es war unmöglich zu sagen, ob schon etwas zu erkennen war, aber Jack hatte bereits eine Bemerkung über ihre angeschwollenen Brüste gemacht. Als er sie das letzte Mal gemalt hatte, hatte er gesagt, sie würde immer draller werden. Und dass ihm das gut gefiele.

Sie musste es ihm sagen.

Jack verbrachte inzwischen immer mehr Zeit auf dem Stützpunkt, wo sie sich auf einen großen Vorstoß nach Neujahr vorbereiteten. Sie planten ein Flächenbombardement von Deutschland, sagte Jack. Hitler würde sicher bald kapitulieren müssen.

Evelyn warf die Kippe ins Feuer und zündete sich eine neue Zigarette an.

»Geh sparsam mit den Dingern um«, sagte eine der Schwestern zu ihr. »Weißt du nicht, dass wir im Krieg sind?«

Die anderen Schwestern lachten und gingen dann auseinander, um sich wieder ihren Pflichten zu widmen. Evelyn berührte ihren Bauch. Die dicke Wolle des Capes fühlte sich rau an. Sie wusste, dass sie sich nicht irrte. In ihr wuchs ein Baby heran, Jacks Baby. Und trotz der Verzweiflung, die sie deswegen auch empfand, wurde ihr warm ums Herz. Jack hatte versprochen, dass er einen Weg finden würde, damit sie zusammen sein konnten, eine Möglichkeit, sie mitzunehmen nach Mankato. Sie stellte sich seine Mutter und seine Großmutter vor und all seine Schwestern, wie sie in der sonnendurchfluteten Küche saßen, das Baby herumreichten und Jack sagten, was für ein Glück er doch hatte, sie gefunden und mit nach Hause gebracht zu haben.

Evelyn machte sich auf den Weg zurück zur Orthopädiestation, während sie sich in Gedanken einen Plan zurechtlegte. Wenn ihre Schicht vorbei wäre, würde sie Jack einen Brief schreiben, und sobald er freihätte, würden sie sich im Sommerhaus treffen. Sie würde Peter und Billy bitten, ihm den Brief gleich morgen zu bringen. Alles würde gut werden.

Bethan

»Das da am Hals, sind das Pailletten oder Rocailles-Perlen?« Sergeant Williams sah aus, als würde er das Kleid am liebsten selbst anziehen.

»Ich glaube, es sind Rocailles«, entgegnete Bethan. »Und wenn Sie sich den Petticoat ansehen, werden Sie feststellen, dass er mit Gänseblümchen bestickt ist, die auch solche Perlen haben.«

»O mein Gott, ich liebe es einfach.« Sergeant Williams strich mit seinen auffallend schön manikürten Fingern über den Petticoat. »Würde es Ihnen etwas ausmachen, wenn ich ein Foto mache? Ich bin sicher, mein Freund Owen wird dieses Kleid hinreißend finden. Schon allein, wie diese Perlen im Sonnenschein funkeln. Der Magnolienbaum bildet einen perfekten Hintergrund dazu.« Sergeant Williams begann, mit der Kamera, die er benutzt hatte, um den Schaden an dem Löwen auf dem Portikus zu dokumentieren, aus diversen Winkeln Fotos von dem Kleid zu schießen.

»Ich habe Owen kennengelernt«, sagte Bethan und bemühte sich um ein wenig Abstand. »In der Praxis. Er hat offensichtlich ein Faible für ausgefallene Strickwaren.«

Sergeant Williams hörte auf zu fotografieren und schürzte die Lippen.

»Seine Großmutter Olwyn nötigt ihn, diese schrecklichen Wollsachen zu tragen. Armer Mann. Sie hat keine Ahnung, was er trägt, wenn er sich rausschleicht, um an einem Samstagabend mit mir durch die Clubs in Bangor zu ziehen.« Er kicherte und steckte die Kamera in seine Uniformtasche. »Aber ich kann nicht den ganzen Tag hier herumstehen und über Mode plaudern. Ich muss diese Verbrecher schnappen, die Sie und Lady Vaughan terrorisieren. Ach, ist das aufregend!«

»Ich weiß nicht, ob es so aufregend ist«, wandte Bethan ein. »Bestimmt sind es nur ein paar Jugendliche.«

»Na ja, das ist das schlimmste Verbrechen seit der Sache mit den Steuerplaketten, die von Windschutzscheiben abgelöst wurden. Nachdem es diese Steuerplaketten aber schon seit Jahren nicht mehr gibt, können Sie sich vorstellen, dass das weit vor meiner Zeit war.«

Bethan bemühte sich, nicht zu lachen.

»Ich bin froh, dass Sie die Sache so ernst nehmen.«

»Ich werde mein Bestes tun, um diesen Fall aufzuklären und die Täter zur Rechenschaft zu ziehen. Sie müssen sich keine Sorgen machen.« Sergeant Williams stieg in seinen Wagen und kurbelte die Scheibe herunter. »Ich bin an der Sache dran, und die Gerechtigkeit wird ihren Lauf nehmen!« Kies spritzte empor, als der Wagen einen Sprung vorwärtsmachte, dann aber abrupt ausging und stehen blieb. Der Sergeant startete neu und fuhr schließlich mit bemerkenswerter Geschwindigkeit und rotierendem Blaulicht die Auffahrt hinunter. Ein Stück weiter stoppte er noch einmal, um einen silbernen Sportwagen passieren zu lassen.

Der Sportwagen hielt direkt vor Bethan. Dieses Mal war es ein Mercedes.

David Dashwood stieg aus und musterte Bethan.

»Sie haben mir gar nicht erzählt, dass Sie zu einem Ball wollen.«

»Fangen Sie bloß nicht so an«, sagte Bethan. »Ich musste gerade ein Foto-Shooting mit Sergeant Williams über mich ergehen lassen.«

David Dashwood grinste.

»Dann werde ich besser keine weiteren Fragen zu dem hinreißenden Kleid stellen oder darüber, warum der Ortspolizist Fotos von Ihnen gemacht hat. Allerdings haben Fotos mich hergeführt. Ich hatte gestern einen so angenehmen Abend, dass ich ganz vergessen habe, Ihnen die hier zu geben.« Er hielt ihr eine durchsichtige Kunststoffhülle hin. »Die Fotos von den Damen an der Wand.«

»Danke«, sagte Bethan. »Ich möchte sie mit dem Bild auf dem abgestürzten Flugzeug oben auf dem Berg vergleichen.«

David Dashwood kehrte zu seinem Wagen zurück und nahm eine weitere Plastikhülle heraus, dieses Mal in Rosa.

»Ich habe auch einen Satz für Tilly ausgedruckt. Ich würde sie ihr ja selbst geben, wenn sie das nächste Mal zum Schwimmunterricht kommt, aber Tom schien mir gegenüber in letzter Zeit sehr reserviert zu sein, also ist es vermutlich besser, wenn Sie sie Tilly geben.«

»Es ist wirklich nett von Ihnen, dass Sie für Tilly auch welche gemacht haben.« Lächelnd nahm Bethan auch die zweite Hülle an sich. »Tatsächlich wollte ich Sie gestern Abend etwas fragen, aber ich wollte es nicht vor Evelyn tun.«

»So?« David Dashwood zog eine Braue hoch.

»Na ja …« Bethan musste sich konzentrieren, um sich zu erinnern, was sie fragen wollte. »Sie haben gestern gesagt, dass es noch andere Bilder gibt?«

»Die gibt es. Ich hatte schon überlegt, ob ich Ihnen vorschlagen soll, sie Ihnen und Tilly zu zeigen. Aber dann dachte ich, diese Bilder könnten für die Augen eines kleinen Mädchens ein bisschen zu gewagt sein.«

»Gewagt? Die anderen waren doch schon ziemlich gewagt.«

»Tja, diese gehen noch ein bisschen weiter.« Wieder grinste David Dashwood. »Auf jedem einzelnen ist das abgebildete Mädchen nackt.«

»Meine Güte«, sagte Bethan.

»Und sie haben einen Gesichtsausdruck, den ich als lasziv einstufen würde. Ich bin überzeugt, Sie können sich vorstellen, was ich meine.«

Bethan gab sich alle Mühe, dass ihr Gesicht nicht einen ähnlichen Ausdruck annahm.

»Wo sind sie?«, fragte sie.

»An einem versteckten Ort. Ich glaube, da war schon seit Jahren niemand mehr. Wenn Sie in den Wagen springen, können wir gleich hinfahren.« Wieder musterte er Bethan vom Scheitel bis zur Sohle. »Allerdings fürchte ich, dass ich Sie bitten muss, dieses Kleid auszuziehen.«

»Wirklich?« Bethan fühlte, wie ihr das Blut in die Wangen stieg.

»Ich meine, Sie müssten reingehen und in Jeans und diese alte Barbour-Jacke schlüpfen, die Sie gestern getragen haben. Zu dem Ort müssen wir uns ein Stück weit durchs Gebüsch schlagen.«

»Ich fürchte, ich muss jetzt erst ein Diktat für Evelyn aufnehmen. Ich bin so oder so schon spät dran. Aber Tom kommt gegen fünf Uhr her, um nach ihr zu sehen, dann hätte ich Zeit.«

David lächelte.

»Perfekt. Wenn Sie Lust haben, sich die Beine zu vertreten, statt sich fahren zu lassen, warte ich unten am Tor auf Sie.«

Er sprang wieder in seinen Wagen und startete den Motor. Ehe er wegfuhr, beugte er sich zum Fenster hinaus.

»Es wäre vielleicht besser, wenn Sie Ihrem neuen Freund Sergeant Williams nichts von unserer kleinen Entdeckungsreise erzählen, denn wir werden einbrechen müssen.«

Bethan sah zu, wie der Mercedes den Berg hinunter verschwand. Plötzlich hatte sie das Bedürfnis herumzuwirbeln, so wie sie es zuvor in Evelyns Schlafzimmer getan hatte.

Stattdessen öffnete sie eine der Mappen und betrachtete die Fotos. Wind setzte ein und raschelte in dem Petticoat ihres Kleids, während sie sich ein Bild nach dem anderen ansah. Plötzlich wurde aus der Brise eine Böse, und der Wind fegte ihr die Fotos aus der Hand und wehte sie über den Kies. Bethan musste rennen, um sie wieder einzusammeln. Das letzte Foto landete vor den Stufen des Portikus. Gerade als Bethan danach greifen wollte, segelte es die Treppe hinauf und wurde von der Tür aufgehalten. Es flatterte gegen das alte Holz wie ein gefangener Schmetterling an einem Fenster. Bethan ergriff das Foto und erstarrte. Dieses Bild kannte sie nicht. Es zeigte eine Frau, die sich ein wenig vorbeugte. Langes blondes Haar fiel ihr über eine Schulter, und eine andere Gestalt näherte sich ihren Lippen, als wollte sie ihr ein Geheimnis erzählen. Die Frau lächelte, und Bethan erkannte das Lächeln. Das war das Gesicht, von dem wenige Abende zuvor nur ein paar undeutliche Kleckse zu sehen gewesen waren, das Gesicht, von dem Tilly sagte, es sei ihre Mutter.

Evelyn

Es fiel ihr ausgesprochen schwer, sich auf Hermione zu konzentrieren. Ständig vergaß sie, mit wem das Mädchen in den Pump Rooms in Bath tanzen sollte.

»Sollen wir mit dem Kapitel vielleicht noch mal neu anfangen?«, fragte Bethan. »Da ist jetzt schon so viel wieder durchgestrichen, dass ich nicht sicher bin, ob ich noch lesen kann, was ich bisher geschrieben habe.«

Evelyn lehnte sich in die Kissen zurück und starrte zu den Stuckverzierungen an der Decke hinauf.

»Ich weiß nicht, was heute mit mir los ist. Es scheint, als könnte ich mein Gehirn einfach nicht in Gang bringen.«

»Vielleicht liegt es an dem Schlag an den Kopf, gestern«, meinte Bethan.

»Oder an Mister Dashwoods Chardonnay«, entgegnete Evelyn. Dabei lautete die Wahrheit, dass sie ständig an Jack denken musste. Seit Bethan mit der Uniform aufgetaucht war, durchlebte sie all die Gefühle von damals noch einmal. Damals waren diese Emotionen so verwirrend gewesen, verwirrend und beängstigend und wunderschön. Evelyn spürte die Anspannung im Bauch, das Herzklopfen, sie fühlte all das, als wäre sie wieder im Sommerhaus in jenem kalten Dezember 1944.

»Er wird der Scheidung zustimmen müssen«, hatte Jack gesagt, als sie sich auf dem Bett ausgestreckt hatten. »Du weißt, dass dein Mann dich betrogen hat. Du hast doch noch den Brief von seiner Geliebten, oder?«

»Ja, versteckt unter meiner Matratze. Aber wenn er das mit uns herausfindet, Jack? Wenn er das mit dem Baby herausfindet? Was wird er dann tun? Er könnte dich vors Kriegsgericht bringen. Ich habe Angst, Jack. Ich habe wirklich Angst.«

»Hey, Wonder Woman.« Jack stützte sich auf einen Ellbogen, beugte sich über sie und sah ihr in die Augen. »Du musst keine Angst haben. Du hast Superkräfte, und ich habe einen Plan.«

»Aber ...« Jack legte ihr einen Finger auf die Lippen.

»Keine Sorge. Es heißt, der Krieg sei fast vorbei, wir werfen jede Nacht so viele Bomben auf diese Deutschen, dass von ihrem Land nicht mehr viel übrig sein kann. Es heißt, bis Weihnachten werden sie sich ergeben, und dann können wir alles regeln.«

»Aber wie, Jack? Ich weiß einfach nicht, wie.«

»Das ist ganz einfach. Sobald der Frieden erklärt wird, packst du eine Tasche und fährst nach Liverpool. Dort schiffst du dich nach New York ein und reist dann mit dem Zug weiter nach Mankato. Ich werde meiner Mutter schreiben und ihr sagen, dass meine Verlobte auf dem Weg zu ihr ist. Und dann wird es auch nicht mehr lange dauern, bis ich aus dem Dienst entlassen werde und anfangen kann, draußen am See das Holzhaus für uns drei zu bauen.«

Jack legte eine Hand auf ihren Bauch.

»Und was ist mit der Scheidung? Und was wird deine Mutter sagen, wenn sie erfährt, dass ich schon verheiratet bin? Und wie komme ich nach Liverpool? Oh, Jack, es gibt so vieles zu regeln.«

Jack küsste sie.

»Zerbrich dir nicht den Kopf. Ich muss noch einen Einsatz fliegen, ehe mir ein paar freie Tage zustehen. Vielleicht kann ich mich hier verkriechen, und wir können eine ganze Nacht zusammen verbringen? Dann können wir uns alles ganz genau überlegen. Ich schicke dir einen Brief, wenn ich weiß, wann ich kommen kann. Sag den Jungs, sie sollen danach Ausschau halten.«

Die Jungs hatten Ausschau gehalten, aber es war kein Brief gekommen. Mit jedem Tag, der verging, hatte Evelyn sich verzweifelter gefühlt. In langen schlaflosen Nächten hatte sie überlegt, was sie tun sollte, und wenn sie doch geschlafen hatte, hatten sie Albträume geplagt. Sie hatte von dem Flugzeugabsturz auf dem Berg geträumt: Jacks Gesicht am Cockpitfenster, seine Faust, die gegen das Glas schlug, und das Flugzeug, das explodierte, ehe Evelyn ihn rausholen konnte.

»Tom ist hier, um nach dir zu sehen.«
Evelyn schlug die Augen auf. Bethans Hand rüttelte sacht an ihrer Schulter. Evelyn sah sich um.
»Habe ich geschlafen?«
»Ja, sogar ein paar Stunden. Ich wollte dich nicht wecken, du hast so friedlich ausgesehen.«
»Aber wir haben doch noch so viel Arbeit. Mit Kapitel fünfzehn werden wir noch einmal neu anfangen müssen.«
»Das macht nichts. Wir können morgen damit beginnen. Außerdem hatte ich so endlich die Zeit, den Artikel über dich für *Frank* zu schreiben.«
Evelyn stemmte sich in eine sitzende Haltung empor.
»Ich dachte, wir würden erst noch das Interview zu Ende führen.«
»Ich hatte schon alles, was ich brauche. Durch die Zeit, die

wir zusammen verbracht haben, habe ich eigentlich alles Nötige erfahren, über dich und dein Leben und darüber, wo die Inspiration für deine Arbeit herrührt.«

»Das ist bestimmt eine eindrucksvolle Lektüre«, bemerkte Tom und trat mit seiner Arzttasche näher. »Romanautorin, Aktivistin, eleganteste Frau von North Wales und nicht zu vergessen wunderbare Mutter und liebevolle Ehefrau.«

Evelyn bedachte ihn mit einem finsteren Blick. Am liebsten hätte sie ihn gefragt, was zum Teufel er denn schon wusste. Er wusste rein gar nichts darüber, wer sie wirklich war und was sie getan hatte.

Sein Vater hatte es gewusst. Sein Vater hatte alles gewusst. Sie sah Bethan an. Ihre Großmutter hatte es auch gewusst. Aber Nelli und Peter hatten nie einer Menschenseele davon erzählt. Nicht einmal Evelyn gegenüber hatten sie es zur Sprache gebracht. In all diesen Jahren der Freundschaft hatten sie nie über die Ereignisse während des Krieges gesprochen, die, am Ende, ihrer aller Leben geprägt hatten. Ihr Blick wanderte zurück zu Tom und dann wieder zu Bethan. Deren Leben hatten sie auch beeinflusst, wie eine Welle hatten sie Kreise gezogen von einer Generation zur nächsten, in Bewegung gesetzt durch jenen ersten verbotenen Kuss im Dunkeln unter der Terrasse.

»Ich würde gern Ihren Blutdruck messen.« Tom stand am Fußende des Betts und hatte seine Tasche bereits geöffnet.

»Der ist völlig in Ordnung«, protestierte Evelyn.

»Ihr Gesicht ist ein bisschen zu rot.« Tom faltete die Manschette auseinander. »Und ich muss das Pflaster erneuern. Hatten Sie heute Kopfschmerzen oder irgendwelche anderen Beschwerden?«

»Nur einen Kater.«

»Ich hoffe, Sie haben zu Ihrem Take-away-Dinner aus dem Golfclub keinen Wein getrunken.« In Toms Stimme schwang Missbilligung mit, aber er lächelte auch.

»Literweise, ich war voll wie eine Feldhaubitze.«

»Sie hat nur ein, zwei Gläser getrunken«, korrigierte Bethan schnell.

»Ihr könnt froh sein, dass ich mich nicht jeden Abend betrinke«, bemerkte Evelyn seufzend. »Es ist so langweilig im Bett. Das ist nicht gut für mein Gehirn, ich kann mich schon gar nicht mehr konzentrieren.«

»Vielleicht können Sie morgen endlich aufstehen.« Tom legte die Manschette um Evelyns Arm. »Wenn Bethan Ihnen beim Anziehen hilft, könnten Sie sogar rausgehen und sich in die Sonne setzen. Ein bisschen frische Luft würde Ihnen guttun.«

»Endlich frei!«

»Das ist Ihnen doch recht, oder, Bethan?« Tom sah sich zu dem Mädchen um. Evelyn wünschte, er würde nicht jedes Mal, wenn er mit Bethan sprach, so ein finsteres Gesicht ziehen. »Oder haben Sie andere Pläne?«

»Morgen nicht«, entgegnete Bethan. »Aber falls nichts dagegen spricht, würde ich jetzt gern für ein Stündchen oder so verschwinden. Ich habe noch etwas zu erledigen.«

»Schon wieder ein Date?« Tom pumpte die Manschette auf.

»Nein!«, erwiderte Bethan. »Ich treffe mich mit David, aber es ist kein Date.«

»Au!«, schimpfte Evelyn. »Wollen Sie mir den Arm zerquetschen, Tom?«

»Tut mir leid.« Tom reduzierte den Druck der Manschette und musterte Bethan mit kaum verhohlenem Ärger. »Ich werde hierbleiben und mich um Evelyn kümmern, während Sie *kein Date* haben.«

»Um mich muss sich niemand kümmern«, murrte Evelyn, als Bethan den Raum verließ. »Und warum sind Sie Bethan gegenüber immer so schroff?«

»Jemand muss sich um Sie kümmern, Ihr gestriger Sturz ist der beste Beweis. Und was meinen Sie mit ›schroff‹?«

»Sie reden mit ihr, als wäre sie ein widerspenstiger Teenager. Es klingt, als würden Sie die ganze Zeit mit ihr schimpfen.«

Tom schüttelte den Kopf.

»Ich habe keine Ahnung, wovon Sie sprechen.«

Evelyn seufzte.

»Es ist völlig in Ordnung, auch andere Frauen attraktiv zu finden, wissen Sie?«

»Ich finde keine anderen Frauen attraktiv.«

»Tja, vielleicht sollten Sie! Wie lange ist es jetzt her?«

»Evelyn, bitte. Ich will nicht darüber reden. Halten Sie bitte einfach still, während ich das Pflaster abziehe.« Tom drückte sie zurück in ihre Kissen.

Evelyn zuckte zusammen, als er das Pflaster entfernte.

»Sie sind nicht annähernd so behutsam wie Ihr Vater.«

»Das haben Sie schon öfter gesagt.« Tom tupfte irgendetwas auf die Wunde, das einen brennenden Schmerz hervorrief. »Oh, ich hätte beinahe vergessen, Ihnen zu erzählen, dass Tilly und ich gestern Abend eine alte Kiste mit Sachen von meinem Vater durchgesehen haben.«

»Wirklich? Ich hätte nicht gedacht, dass sich ein kleines Mädchen für altes Zeug interessiert.«

»Tilly ist besessen davon herauszufinden, was meinem Onkel Billy zugestoßen ist.«

Evelyn erstarrte.

»Da gibt es nicht viel zu wissen. Es war ein Unfall im Gebirge.«

»Sie will wissen, wie es für ihn und meinen Vater war, als Flüchtlinge hier zu leben. Gestern Abend war sie so traurig, und ich wollte sie auf andere Gedanken bringen. Ich wusste, dass da noch eine Kiste mit der Aufschrift ›Schulzeit‹ auf dem Dachboden steht. Also habe ich sie runtergeholt. Ich dachte, darin könnten wir vielleicht irgendwelche Hinweise finden. Sie wissen ja, dass mein Vater selbst nie über den Krieg gesprochen hat.«

Evelyn bekam Kopfschmerzen.

»Viel war nicht in der Kiste«, fuhr Tom fort. »Nur Schulbücher, ein paar alte Maschinenteile und Draht. Aber ganz unten haben wir ein Tagebuch gefunden. Es scheint von meinem Vater zu stammen. Ich hatte noch keine Zeit, es zu lesen, aber die Jahreszahl auf dem Einband lautet 1944.«

Kapitel 20

Bethan

David Dashwood wartete bereits unten am Tor auf sie. Er trug teuer aussehende Gummistiefel und dicke Lederhandschuhe und hielt eine Baumschere in der Hand.

»Für den Einbruch?«, fragte Bethan.

»Für die Brombeeren«, antwortete David und ließ die Schere kurz aufschnappen; die Schneiden funkelten in der Nachmittagssonne. »Ich bin froh zu sehen, dass Sie diese alte Jacke tragen. Es wäre zu schade, wenn Sie sich Ihre schönen Kleider zerreißen würden.«

Bethan blickte an Howards Barbourjacke hinunter. »Ich fürchte, sie ist ziemlich grässlich und viel zu groß für mich.«

David lächelte. »Ach, ich finde, sie hat durchaus ihren Reiz.«

Bethan strich sich eine Haarsträhne hinters Ohr. »Wo gehen wir überhaupt hin?«

»Es ist nicht weit«, sagte David, zeigte die Auffahrt hinauf und setze sich in Bewegung. Bethan folgte ihm. Nach wenigen Minuten bog David in den kleinen Fußweg zum Sommerhaus ein.

»Hier war ich letzte Woche auch schon einmal«, sagte Bethan. »Ich habe aus meiner Kindheit gruselige Erinnerungen an dieses Haus. Als ich damals einmal hier durchs Fenster geschaut haben, hat mir irgendetwas dadrin richtig Angst gemacht.«

David drehte sich grinsend zu ihr um.

»Ich habe Ihnen doch gesagt, das hier ist nichts für kleine Mädchen.«

Er begann an, die Brombeersträucher zurückzuschneiden, die heute noch dichter zu wuchern schienen als in der Woche davor.

Er ließ die Zweige zu Boden fallen und trampelte sie mit seinen Stiefeln platt, um Bethan einen Weg zu bahnen.

Plötzlich hörten sie ein Geräusch, ein Flattern, dann ein buntes Blitzen. Ein Pfau flog hoch aufs Dach, aber anders als bei ihrem letzten Besuch wirkte sein Auftritt diesmal, im Sonnenschein, eher spektakulär als gespenstisch.

»Hier ist immer irgendwo ein Pfau«, bemerkte David.

»Kommen Sie denn oft her?«

David brach einen Rhododendronzweig ab. »Als ich den Wald gekauft habe, dachte ich, das Gebäude würde dazugehören. Darum bin ich ein paarmal hergekommen und habe durchs Fenster geschaut. Aber als wir den Verkauf mit unseren Anwälten geregelt haben, hat Evelyn unmissverständlich klargemacht, dass das Gelände um das Sommerhaus nicht mitverkauft wird. Sie hat sich so echauffiert, dass ich mich nicht getraut habe, ihr zu sagen, dass ich bereits drin war.«

Er schnitt die letzten Brombeerranken ab, die ihnen den Weg versperrten, und dann standen sie vor den Stufen zur Vordertür.

»Es ist sicher abgeschlossen«, sagte Bethan.

»Wir werden da reinmüssen.« David zeigte auf das Rundbogenfenster zu seiner Rechten. Bethan konnte halb zugezogene Vorhänge erkennen und erinnerte sich, wie sie damals hier auf Zehenspitzen gestanden hatte, um hineinzuspähen.

David betrat die Veranda und holte ein kleines Brecheisen aus seiner Jackentasche, als wäre das das Normalste auf der Welt, so etwas dabeizuhaben. Er schob es zwischen das Fenster und den vergammelten Rahmen. Dann übte er Druck aus und bewegte das Brecheisen hin und her.

»Sieht nicht aus, als würde es nachgeben«, bemerkte Bethan.

»Der Rahmen ist nur durch den Regen aufgequollen.« David rüttelte noch ein weiteres Mal an dem Brecheisen, und plötzlich ging das Fenster auf. Es fegte David beinahe von den Füßen. Er fand sein Gleichgewicht wieder und grinste Bethan an. »Kommen Sie?«, fragte er, zog den Handschuh aus und reichte ihr die Hand.

Nach einem kurzen Zögern ließ Bethan sich von ihm hochziehen.

»Ladies first«, sagte er und deutete auf das offene Fenster.

»Ich glaube, ich lasse lieber Ihnen den Vortritt.«

»Hasenfuß.« David lachte und verschwand durch die Lücke in den langen, staubigen Vorhängen wie ein Schauspieler, der die Bühne betritt.

»Kommen Sie«, rief er von drin. »Es ist nicht so beängstigend, wie Sie es in Erinnerung haben.«

Auf dem Dachfirst schrie der Pfau.

Bethan wusste, dass der Vogel sie beobachtete. Sie schob sich zentimeterweise vor, bis sie schließlich vor dem Fenster stand und zwischen den Vorhängen hindurchspähte. Drinnen war es düster, dennoch konnte sie David mitten im Zimmer stehen sehen.

Der Pfau ließ einen weiteren Schrei hören.

»Kommen Sie«, wiederholte David, und Bethan kletterte durch das Fenster, bemüht, beim Anblick der uralten Spinnweben, die sich über den verblassten violetten Samt zogen, nicht erkennbar zu schaudern. Sie konnte mumifizierte Insekten ausmachen und war sicher, dass sich irgendetwas in ihrem Haar verfangen hatte. David hielt ihr die Hand hin, um ihr von dem schmalen Sims zu helfen.

Gleich darauf stand Bethan selbst auf den breiten Bodendielen des Sommerhauses und konnte im Halbdunkel ein schmiedeeisernes Bettgestell auf der einen Seite des Raumes und einen offenen Kamin auf der anderen Seite ausmachen. Auf dem Kamin stand eine Reihe von Gläsern mit Kerzenstummeln. Durch das runde Buntglasfenster über der Tür fiel Licht ein und zeichnete ein vielfarbiges Muster auf den Boden zu ihren Füßen. Neben dem Bett lag ein Teppich. Darauf stand eine umgedrehte Kiste mit einem großen Glasaschenbecher und einer weiteren Kerze. Neben der Kiste entdeckte sie ein altmodisches Grammophon samt Platte, beides von einer dicken Staubschicht überzogen. Auf dem Bett lagen Kissen und eine Decke in den traditionellen walisischen Farben Rot und Weiß. Es sah aus, als wäre jemand gerade erst aufgestanden und hätte die Decke einfach zur Seite geschlagen. Nur die Spinnweben, die das Wollgewebe überzogen, deuteten darauf hin, dass es schon viele Jahre her war dass das letzte Mal jemand in diesem Bett gelegen hatte.

»Ich öffne rasch die Vorhänge.« David ging zu dem anderen Fenster neben der Eingangstür. Die Messingringe schrammten über die Stange, und Sonnenlicht flutete den Raum. David ging zurück zu dem Fenster, durch das sie gekommen waren, und zog auch dort die Vorhänge zur Seite, was eine Wolke aus Staub und toten Fliegen aufsteigen ließ.

Bethan blinzelte. Die Luft um sie herum war stickig, Staubkörner bewegten sich träge in dem Licht, als wären sie aus einem langen Schlaf aufgeschreckt worden.

»Schauen Sie«, sagte David. Er stand mitten im Zimmer, die Arme ausgestreckt, und betrachtete die Wände. Bethan sah sich ebenfalls um.

Es waren drei Bilder. Drei wunderschöne Frauen. Alle nackt, in unterschiedlicher Pose gemalt. Dies hier waren allerdings professionelle Porträts, deutlich kunstvoller ausgeführt als die comicähnlichen Pin-up-Gestalten unter der Terrasse oder auf der Flugzeugnase.

»Das ist immer dieselbe Frau«, bemerkte Bethan und blickte von einer zur anderen.

»Ja«, stimmte David zu. »Die Bilder stellen zweifellos eine bestimmte Frau dar. Sie hat auch auf jedem Bild dasselbe blonde Haar und trägt dieselbe Perlenkette.«

»Sie liegt auf einer Decke wie dieser hier.« Bethan zeigte zum Bett. »Ich glaube, sie hat hier gelegen und für diese Gemälde posiert.«

David kam zu ihr und stellte sich neben sie.

»Ich frage mich, wer sie war.«

Bethan musterte ihn.

»Erkennen Sie sie nicht?«

Er schüttelte den Kopf.

»Das ist Evelyn«, flüsterte Bethan. »Diese Bilder zeigen Evelyn, sie wurden vor sehr langer Zeit gemalt.«

Evelyn

Die Sonne schien viel zu hell zum Fenster herein. Evelyn wünschte, Tom würde sich beeilen und mit dem Tee zurückkommen. Dann könnte sie ihn bitten, die Vorhänge zu schließen. Das würde vielleicht helfen. Es würde zumindest das Licht draußen halten, und vielleicht würde sie mit dem Licht auch ihre Erinnerungen ausschalten können.

Seit mehr als siebzig Jahren hatte sie nicht mehr an das Tagebuch gedacht, und nun ging es ihr nicht mehr aus dem Kopf. Das kleine grüne Notizbuch. Evelyn hatte es Peter zu Weihnachten geschenkt. Er hatte dieses Tagebuch geliebt und das ganze Jahr 1944 in der Brusttasche seines Schulblazers mit sich herumgeschleppt. Billy hatte ihn deswegen immer aufgezogen und ihn Professor genannt.

»Du schreibst immer alles auf.«

»Ich will es eben festhalten«, erwiderte Peter dann und schob seine Brille auf der Nase hoch.

»Was willst du festhalten?«

»Das Wetter und wichtige Ereignisse und die Sachen, die wir gemacht haben.«

»Welche Sachen?«
»Unsere Botengänge.«

Botengänge. So hatten sie es genannt.
Würdet ihr einen Botengang für mich machen, Jungs?
Wir haben einen Botengang für Jack gemacht.
Brauchen Sie uns heute für irgendwelche Botengänge?
Hunderte von Nachrichten, hin und her. Die Jungs waren ihre Postboten gewesen, und sie hatten es geliebt. Die Heimlichkeit, die verbotene Spannung, die mit den sorgsam gefalteten Briefchen einherging, Zettel, so klein, dass die Jungs sie mühelos in ihren Taschen verbergen und mit der Geschicklichkeit eines Zauberkünstlers in eine Handfläche drücken konnten.

Evelyn und Jack waren auf die beiden angewiesen gewesen, um Zeiten und Orte mitzuteilen und ihrer wachsenden Liebe Ausdruck zu verleihen, besonders, nachdem Nelli Evelyn den Schlüssel zum Sommerhaus gegeben hatte. Durch die Jungs mussten sie in der Öffentlichkeit kaum ein Wort miteinander wechseln.

Als Jack zurück auf den Stützpunkt beordert worden war, wurden die Botengänge noch wichtiger für sie. Jack schickte seine Briefe einfach an die Jungs.

»Von unserer alten Tante auf Anglesey«, behauptete Billy, wenn Mrs Moggs sie ausfragte. »Sie will sich über uns auf dem Laufenden halten, jetzt, wo wir doch Waisen sind und alles.«

Sie reichten die Briefe an Evelyn weiter, schoben sie zwischen den Seiten eines Aufgabenhefts unter ihrer Tür durch. Nach dem Frühstück ging sie dann runter in die Küche und gab ihnen das Heft zurück.

Ich habe mir deine Hausaufgaben angesehen, Billy. Du musst mehr Buchstabieren üben.

Neun von zehn in Mathe, Peter, aber du musst den Lösungsweg angeben.

Gut gemacht, der Aufsatz über die Delphine in der Bucht ist beeindruckend.

Anschließend warfen die Jungs ihren Brief auf dem Weg zur Schule in den Briefkasten.

»Was täten wir nur ohne Batman und Robin?«, pflegte Evelyn oft zu sagen, wenn Jack zur vereinbarten Zeit an der Tür des Sommerhauses erschien und sie, kaum dass er eingetreten war, in seine Arme zog.

»Und was täte ich ohne meine Wonder Woman?«

Evelyn hatte nicht mehr an das Tagebuch gedacht. Und wenn sie sich daran erinnert hätte, dann hätte sie angenommen, dass Peter es schon vor Jahren entsorgt hatte. Aber schon damals hatte sie kaum einen Gedanken daran verschwendet, was wohl drinstehen könnte.

Während Evelyn gegen die Nachmittagssonne anblinzelte, gab sie sich alle Mühe, nicht darüber nachzudenken, was Peter geschrieben haben mochte. All diese Tage und Wochen und Monate waren ihr wie ein Wunder der Glückseligkeit erschienen, hatten sich aber am Ende für sie alle zu einer Tragödie entwickelt.

Bethan

Als sie die Küche betrat, hörte sie den Wasserkessel auf dem Aga pfeifen. Durch den Dampf sah sie Tom, der den Kessel nahm und Wasser in eine Teekanne auf einem Tablett goss.

Er sah sie an.

»Sie sind früh zurück.«

»Es hat nicht so lange gedauert, wie ich dachte.«

»Gutes Date? Oder soll ich vielleicht lieber Nichtdate sagen?«

Bethan öffnete den Mund, um zu protestieren, aber eigentlich war es ihr egal. Außerdem spürte sie immer noch das Prickeln von David Dashwoods Lippen auf ihren eigenen, sein Gewicht auf ihrem Körper, und durch ihren Kopf schwirrten die verwirrendsten Gedanken.

Die Entdeckung der Bilder war einfach toll gewesen. Sie waren so intim, so wundervoll ausgeführt. Im Sonnenlicht hatte die Haut der Porträtierten voller Wärme und Vitalität geglüht. Die junge Evelyn schaute den Betrachter direkt an, und ihre Augen sprühten vor Lebendigkeit.

»Sie muss den Künstler angesehen haben, als er sie gemalt hat«, sagte Bethan zu David, als sie vor den Wänden standen und die einzelnen Bilder eingehend betrachteten.

»Verstehen Sie jetzt, was ich mit dem lasziven Gesichtsausdruck gemeint habe?«, fragte David lächelnd. »Ihr Blick ist wirklich ziemlich verführerisch.«

»Da ist mehr als nur Verführung.« Bethan kehrte in die Mitte des Zimmers zurück und stellte sich neben ihn. »Das ist mehr als Verlangen. Ich glaube, es ist Liebe.«

Dazu hatte David geschwiegen. Bethan hatte ihn betrachtet. Er sah traurig aus, als wäre er in Gedanken weit weg. Bethan berührte seinen Arm, und da geschah es. Sie wusste gar nicht mehr genau, wie. Auf jeden Fall hatte sich sein Gesicht dem ihren genähert, und seine Lippen hatten sanft ihre geöffnet. Seine Hände waren an ihrer Taille, dann unter ihrer Jacke, und dann knöpften sie ihre Bluse auf. Für einen Moment zuckte sie zurück, als der Gedanke an Mal ihren Kopf ausfüllte.

David ließ die Hände sinken und trat einen Schritt zurück.

»Es tut mir so leid. Ich weiß nicht, was über mich gekommen ist«, sagte er.

Bethan holte tief Luft. »Ich schätze, das liegt an diesem Haus hier, an den Gemälden ...«

»Oder an dir, Bethan.«

David kam wieder näher, und dann, plötzlich, suchte Bethans Mund seine Lippen, zogen ihre Hände an seinem Hemd, ertasteten die glatte Festigkeit seiner Bauchmuskeln unter ihren Fingerspitzen. Gemeinsam stolperten sie rückwärts, fielen auf das Bett. Bethan nahm den muffigen Geruch der Laken und der Decke wahr, aber auch den von David, die Mischung aus Sandelholz und Limonen, die ihr schon früher aufgefallen war. Er öffnete den Rest der Knöpfe und widmete sich dann geschickt ihrem BH, und schon lagen seine Lippen auf ihrer Brustwarze. Sie stöhnte und ergab sich der Wonne. Jeglicher Gedanke an Mal war vergessen, als sie den Reißverschluss von David Dashwoods Hose öffnete.

Erst später fiel Bethan auf, dass sie immer noch Howards Jacke trug, auch wenn ihre Jeans und die Unterwäsche auf dem Boden lagen.

»Wie hast du mir den BH ausgezogen?«, fragte sie.

»Das ist ein Zaubertrick, den ich schon in sehr jungen Jahren gelernt habe.« David grinste sie an. Ihr Kopf ruhte in seiner Armbeuge.

»So etwas mache ich normalerweise nicht«, sagte Bethan.

»Männer Zaubertricks an dir vorführen lassen?«

Sie lachte.

»Genau. Ich war nie der Typ für One-Night-Stands.«

»Ich glaube, in diesem Fall handelt es sich um einen One-Afternoon-Stand.« David drehte sich, um einen Blick auf seine Uhr zu werfen. »Ich glaube, du solltest dich langsam auf den Rückweg machen. Evelyn wartet sicher schon«, sagte er. »Ich will nicht, dass du dich verspätest.«

Bethan hatte gezögert.

»Etwas Zeit habe ich noch. Ich habe gesagt, dass ich ein oder zwei Stunden weg bin, und ich bin sicher, so viel Zeit ist noch nicht ...« Doch sie verstummte, als sie sah, dass David sich bereits aufgesetzt hatte, seine Jeans anzog und sich vorbeugte, um ihre Jeans und die Wäsche von den Holzdielen zu pflücken. Er reichte ihr die Sachen und stand auf. Bethan stopfte den BH in die Jackentasche und schloss die Blusenknöpfe. Angesichts Davids abrupter Stimmungsänderung war aller Zauber dahin. Es war, als hätten sie beide für kurze Zeit unter einem Bann gestanden, der plötzlich gebrochen war.

Als Bethan fertig angezogen war, nahm David die Brechstange und kletterte wieder zum Fenster hinaus. Bethan folgte ihm. Draußen nahm er ihre Hand, um ihr von der Veranda zu helfen, ließ aber gleich wieder los und schloss das Fenster.

Schweigend ging Bethan den Weg durch das Gestrüpp zurück. Hinter sich konnte sie David hören.

»Danke, dass du mir die Bilder gezeigt hast«, sagte sie, als sie die Auffahrt erreichten, und drehte sich zu ihm um.

»Wenigstens weiß ich jetzt, wer das Mädchen ist.« David schüttelte den Kopf. »Lady Evelyn Vaughan, wer hätte das gedacht! Kein Wunder, dass sie mir das Sommerhaus nicht verkaufen wollte.«

Als er Bethan ansah und ihren Blick für einen Moment hielt, wirkte das Blau seiner Augen matter, als sie es in Erinnerung hatte. Bethan dachte, er würde noch etwas sagen, aber stattdessen bedachte er sie mit einem kleinen Lächeln und ging davon. Bethan sah ihm nach, wartete darauf, dass er sich noch einmal umdrehte oder wenigstens eine Hand zum Winken hob, aber er ging weiter in Richtung Tor, ohne einen Blick zurückzuwerfen.

Bethan lief die Auffahrt zum Haus hinauf, und ein Wirrwarr von Gefühlen beherrschte ihren Kopf. Ganz offensichtlich bedauerte David, was gerade zwischen ihnen passiert war.

Die Luft war trotz des Sonnenscheins recht kühl, und Bethan schob die Hände in die Taschen von Howards alter Jacke. Ihre

Finger ertasteten in einer Tasche den BH und in der anderen das silberne Zigarettenetui, das sie seit jener Nacht vor einer Woche, in der sie es entdeckt hatte, völlig vergessen hatte. Sie blieb stehen, öffnete den Deckel und las erneut die Inschrift.

Meinem Liebling Howard,
Für immer und ewig,
L.D., Weihnachten 1944

Sie klappte das Etui zu. Was war damals hier passiert? Sie blickte zu den gewundenen Schornsteinen hinauf, die sich vor ihr jenseits der Bäume zeigten. Welche Geheimnisse barg Vaughan Court hinter diesen unergründlichen Koppelfenstern und den rosaroten Mauern? Und was hatte sich in dem Sommerhaus zugetragen? Damals und heute? Es war, als hätte der kleine Raum mit den Gemälden die Fähigkeit, Menschen zu verhexen.

»Sie wissen doch, dass er auf dieses Haus aus ist, oder?«, fragte Tom.

»Pardon?« Bethan war gerade dabei, Howards Jacke an den Haken neben der Küchentür zu hängen, und hoffte, dass Tom der Staub und die Spinnweben, die den Rücken bedeckten, nicht aufgefallen waren.

»David Dashwood. Er will, dass Evelyn ihm Vaughan Court verkauft, damit er ein Hotel daraus machen kann.«

Bethan ging zur Anrichte und holte eine Tasse. »Woher wissen Sie das?«, fragte sie.

»Das liegt auf der Hand. Er hat Evelyn schon mehrmals gefragt, ob sie es ihm verkauft. Er hat ihr erzählt, dass er daraus ein Zuhause für sich und irgendeine imaginäre Familie machen wolle, die er in der Zukunft zu haben gedenkt. Aber ich bin ziemlich überzeugt, der nächste Schritt auf dem sorgfältig geplanten Weg zur Vergrößerung seines Imperiums in Aberseren ist ein Luxushotel.«

Bethan öffnete den Schrank, nahm ein Glas mit Kaffee heraus und schraubte langsam den Deckel ab. Dann drehte sie sich um und blickte Tom an.

»Wäre das denn so eine schlechte Idee? Sie haben doch selbst gesagt, dass Evelyn vielleicht in einem kleineren Haus besser untergebracht wäre. Und möglicherweise ist ein Luxushotel ja genau das, was Aberseren braucht? Es würde Arbeitsplätze schaffen, und Touristen würden Geld in den Ort bringen.«

Ungläubig starrte Tom sie an.

»Dieses Haus gehört der Familie Vaughan seit Jahrhunderten.«

Bethan zuckte mit den Schultern.

»Evelyn ist zweiundneunzig. Sie hat keine Erben. Ich weiß nicht mal, wem sie dieses Haus testamentarisch hinterlassen will.«

»Dann meinen Sie also, David Dashwood soll es ruhig kaufen und die alte Bausubstanz zerstören, um Zimmer mit Dusche und WC und Feuerschutztüren einzubauen? Und natürlich wird er die alte Fassade auch neu streichen, in derselben Farbe wie seinen Golfclub. Wie nennt man diesen Ton? Ist das Taupe?«

Mit unnötiger Gewalt öffnete Tom eine Packung Shortbread.

»Ich glaube, Sie meinen Petrol.«

»Was auch immer.« Die Packung platzte auf, und das Gebäck verteilte sich über den Tisch. »Evelyn will ihm das Haus nicht verkaufen, das hat sie mehr als deutlich gemacht.«

»Vielleicht ist das Problem ja, dass Sie David Dashwood nicht mögen.« Bethan nahm den Kessel vom Herd und schüttete Wasser über das Kaffeegranulat. »Das jedenfalls haben Sie nach meinem Eindruck mehr als deutlich gemacht.«

»Mir gefällt nicht, wie er Sie benutzt.«

»Mich benutzt? Was meinen Sie damit?«

»Ich glaube, er führt irgendetwas im Schilde.«

»Im Schilde? Das ist ein Ausdruck, wie Evelyn ihn in ihren Romanen verwenden könnte. Der böse David Dashwood führt etwas im Schilde mit der armen, unschuldigen Bethan, und darum muss der ritterliche Doktor auf seinem Ross herbeieilen, um Mister Dashwoods schurkischem Doppelspiel heldenhaft ein Ende zu machen und den Golfclubmogul als eben den geldgierigen Lebemann zu entlarven, der er in Wahrheit ist.«

»Evelyn würde das viel besser ausdrücken«, kommentierte Tom, ergriff das Tablett und wandte sich zum Gehen. Auf der untersten Stufe der Küchentreppe hielt er inne. »Ich sage nur, er könnte versuchen, sich mit Ihnen anzufreunden, um Einfluss auf Evelyn zu gewinnen. Sie haben sich gerade von Ihrem Freund getrennt, Sie sind angreifbar, Sie fühlen sich …«

»Sie wissen rein gar nichts über meine Gefühle.« Bethan löffelte Zucker in ihren Kaffee. Sie verschüttete vor Schreck etwas davon auf dem Tisch, als sie plötzlich realisierte, dass sie versehentlich ganze vier Teelöffel voll hineingeschaufelt hatte. »Vielleicht mag mich David Dashwood ja, was immerhin mehr wäre, als ich von Ihnen sagen kann. Sie halten mich ganz offensichtlich für geistig minderbemittelt, lästig und unfähig, mich angemessen um Evelyn zu kümmern.« Bethan schnappte sich einen Lappen vom Spültisch und wischte den Zucker weg. »Aber ich bin eine erwachsene Frau und kann sehr gut auf mich und auf Evelyn aufpassen, herzlichen Dank auch!«

Tom seufzte und ging langsam die Stufen hinauf.

»Es ist nicht so, dass ich Sie nicht mag, Bethan. Ich möchte nur nicht zusehen, wie Sie verletzt werden.«

Kapitel 21

Donnerstag

Evelyn

Der Himmel war strahlend blau. Es fühlte sich gut an, draußen zu sein und endlich wieder anständige Kleidung und Make-up zu tragen. Leider war Bethan nicht allzu talentiert, was das Auftragen von Mascara und Lippenstift anging. Es waren auch viele Entschuldigungen und Papiertaschentücher nötig gewesen, bis alles fertig war. Evelyn hätte gern auch noch Grundierung und Rouge aufgelegt, aber das wäre ganz offensichtlich zu viel verlangt gewesen. Zumindest hatte Bethan ihr Haar recht ordentlich frisiert und ihr die Diamantohrringe angelegt.

Evelyn betrachtete den Garten, der sich vor ihr ausbreitete. Überall um sie herum sprossen neue Blätter aus kahlen Ästen hervor, frisch und leuchtend grün vor dem blauen Himmel, wie ein Liberty-Lawn-Shirt, das sie in den Siebzigern gekauft hatte. Es war eines von Roberts Lieblingsstücken gewesen. Evelyn reckte das Gesicht der Sonne entgegen und schloss die Augen.

Sie konnte Roberts glückliches, strahlendes Gesicht vor sich sehen.

Ich mag dein Shirt, Mum.

Danke, Robert. Und ich mag deins.

Robert hatte immer schick sein wollen. Schon mit zehn hatte er auf Hemd und Krawatte bestanden.

Wie Dad, hatte er immer gesagt. Vielleicht war das ein Versuch gewesen, Howards Anerkennung zu gewinnen. Es hatte viele Jahre gedauert, bis Howard aufgehört hatte, Robert vorwurfsvoll anzusehen und Evelyn zu kritisieren.

Er sollte nicht hier sein. Es gibt Orte, an denen er besser aufgehoben wäre, Orte, an denen man weiß, wie man mit ihm umgehen muss.

Lady Vaughan war noch schlimmer gewesen.

Der Junge ist ein Mongoloider; er gehört in ein Heim oder in ein Krankenhaus, aber nicht nach Vaughan Court.

Evelyn hörte einen Wagen die Auffahrt heraufkommen. Das musste Tom sein. Sie hielt die Augen weiter geschlossen, aber ihr Herz fing an zu rasen, genau so wie heute Morgen, als sie Bethan gebeten hatte, als Erstes bei ihm anzurufen.

Sie sagte Bethan, dass sie sich heute einen Tag Pause gönnen würden, aber die Wahrheit war, dass sie heute einfach nicht imstande war, Hermione oder Regency Bath heraufzubeschwören. Alles, woran sie denken konnte, war das kleine grüne Notizbuch aus dem Jahr 1944.

Sie hatte die ganze Nacht wachgelegen. In der Morgendämmerung hatte sie sich überlegt, dass es am allerbesten wäre, wenn sie das Tagebuch bekommen könnte, bevor Tom Gelegenheit hatte, es zu lesen. Sollte es bei ihr dann versehentlich verloren gehen oder im Müll landen, würde Tom die ganze Geschichte vielleicht einfach vergessen. So interessant konnte das Tagebuch eines Neunjährigen für ihn doch nicht sein, auch wenn Peter sein Vater gewesen war.

Sie hörte, wie der Wagen hielt und der Motor ausgeschaltet wurde. Dann das Knirschen von Füßen auf dem Kies und

Bethans Stimme, gefolgt von Toms sehr knappem Gruß. Schritte kamen die steinernen Stufen von der Terrasse herunter.

»Es freut mich, Sie hier draußen sitzen zu sehen«, hörte sie Toms Stimme. »Sie haben sich den bisher schönsten Tag dafür ausgesucht.«

Evelyn schlug die Augen auf.

Sie lächelte.

»Ja, es ist ein wunderbarer Tag.«

»Der Knotengarten erwacht wieder zum Leben.« Tom deutete auf das komplizierte Muster aus Blumenbeeten und Hecken vor ihr.

»Ich komme allerdings nicht umhin zu bemerken, dass er nicht im besten Zustand ist«, sagte Evelyn stirnrunzelnd. »Die Brombeeren haben sich ziemlich ausgebreitet, und die Hecken sehen auch verwildert aus.«

»Bitten Sie doch die jungen Burschen von David Dashwood um Hilfe, die bringen das im Handumdrehen in Ordnung, und den Rasen könnten sie auch gleich für Sie mähen.«

»Ich bin sicher, Davids Helfer haben Besseres zu tun.«

Seufzend nahm Tom auf dem Stuhl neben Evelyn Platz.

»Ich bin sicher, David Dashwood wäre jede Gelegenheit recht, bei der er dafür sorgen kann, dass Sie in seiner Schuld stehen. Er war ja nur allzu erfreut, diese Wand für Sie übermalen zu dürfen.« Er deutete nach hinten auf das Gewölbe unter der Terrasse. »Und dann dieser lächerlich große Blumenstrauß und das Abendessen, das er vorbeigebracht hat. Ich bin überzeugt, wenn Sie ihn anrufen, schickt er seine Jungs in null Komma nichts mit Heckenscheren und Kantenschneidern her. Vermutlich kommt er sogar selbst auf einem dieser riesigen Aufsitzrasenmäher aus dem Golfclub her, um den Rasen persönlich zu trimmen.«

Evelyn sah Tom an. Am Abend zuvor hatte er über David Dashwood geschimpft, weil der so viel von Bethans Zeit beanspruchen würde, und nun schien er ihm vorzuwerfen, dass er sich bei ihr selbst einschmeicheln wollte. Er wurde allmählich paranoid, wenn es um den Besitzer der Golfclubs ging. Aber sie hatte heute keine Zeit für eine längere Unterhaltung über David Dashwood.

»Hat Bethan am Telefon das Tagebuch erwähnt?«

»Das hat sie, und ich wollte es eigentlich auch einstecken.« Tom setzte sich aufrecht hin und klopfte seine Taschen ab. »Ich war heute früh so in Eile. Die Schule wollte, dass Tilly früher kommt, um ein paar Tests zu machen. Sie wollen sie auf die Warteliste eines Schulpsychologen setzen, der eine ordnungsgemäße Diagnose wegen der Dyslexie stellen kann.

Verdammt, ich glaube, ich habe es vergessen.«

»Vielleicht ist es in der Arzttasche.« Mit einem Nicken deutete Evelyn auf die Ledertasche zu seinen Füßen.

Tom bückte sich und wühlte in der Tasche herum. Evelyn fiel auf, dass er dringend einen anständigen Haarschnitt brauchte und der Kragen seines Hemds ein wenig ausgefranst war. Sie fragte sich, wie er wohl reagieren würde, wenn sie ihm vorschlüge, sich bei David Dashwood ein paar Stylingtipps zu holen.

»Nein, hier ist es auch nicht.« Er setzte sich wieder. »Ich muss es auf dem Küchentisch liegen gelassen haben. Tut mir leid, Evelyn. Ich bringe es morgen vorbei.«

»Nein!«, rief Evelyn eine Spur zu laut. »Ich meine, wäre es nicht möglich, dass Sie noch einmal zurückfahren und es gleich holen?«

Tom musterte sie.

»Ist das wirklich so wichtig?«

»Ja, ich möchte gern etwas nachschlagen.« Sie dachte hektisch nach. »Es geht um ein Datum. Um etwas, das während des Krieges passiert ist.«

»Und was wäre das?«

Evelyn fuhr sich mit den aus dem Gips ragenden Fingerspitzen durchs Haar. »Nur eine Party«, sagte sie und bemühte sich um einen ungezwungenen Ton. »Eine Party für die Soldaten, die hier zur Erholung waren.«

Tom lehnte sich auf seinem Stuhl zurück und betrachtete den Garten.

»Es ist schwer, sich vorzustellen, dass hier überall Hütten standen.«

»Ja, das ist es. Meinen Sie, Sie könnten nach Hause fahren und das Tagebuch holen?«

Tom schien sie gar nicht zu hören.

»Ich kann mir auch meinen Dad inmitten von alldem nicht vorstellen. Mir war nie bewusst, dass er auch mit Patienten befreundet war.«

Evelyn beäugte ihn.

»Wie meinen Sie das?«

»Ich habe Tilly gestern aus dem Tagebuch vorgelesen. Wie es scheint, haben Peter und Billy ständig Botengänge für einen Amerikaner namens Jack gemacht.«

»Botengänge?«

»Nachrichten für jemanden, den mein Dad im Tagebuch als WW bezeichnet. Es klingt, als wären es Liebesbriefe gewesen. Ich nehme an, es ging um eine Krankenschwester. Sie muss hier gelebt haben, im Haus selbst. Vielleicht erinnern Sie sich an sie?«

Evelyn schluckte.

»WW, sagen Sie?«

»Vielleicht hieß sie Wendy oder Willy oder Wanda? Und sie könnte einen Nachnamen wie Williams gehabt haben.«

Evelyn erstarrte innerlich. *Wonder Woman.*

»Ich erinnere mich an niemanden, der so geheißen hätte.«

»Und was ist mit Jack?«

»Hier waren so viele Soldaten, und an die Namen der meisten kann ich mich wirklich nicht mehr erinnern.«

»Jack war ein Flieger. Aus den Nachrichten, die hin und her

gingen, wurden später Briefe, als er im September auf seinen Stützpunkt in Anglesey zurückgekehrt ist. Mein Dad erwähnt einen Brief von WW an Jack, den er auf dem Schulweg in den Briefkasten geworfen hat, und Post von Jack an WW, die er ihr unter der Tür durchgeschoben hat.«

Evelyn spürte, wie ihr Herz hämmerte. Nun war sie froh, dass Bethan darauf bestanden hatte, dass sie zum Schutz vor der Kälte den Leopardenfellmantel anzog, denn sie war überzeugt, ohne diese schützende Hülle würde auch Tom ihren Herzschlag hören können.

»Haben Sie das ganze Tagebuch gelesen?«

»Nein, wir sind nur bis Oktober gekommen, denn da war Schlafenszeit für Tilly, also haben wir aufgehört. Wir sind bis zu dem Tag gekommen, an dem Nelli erfahren hat, dass ihr Verlobter Lloyd umgekommen ist. Sein Kriegsschiff wurde im Atlantik torpediert. Dad hat das ziemlich detailliert festgehalten und geschrieben, Nelli hätte während des ganzen Abendessens geweint.«

»Die arme Nelli«, murmelte Evelyn.

»Die Jungs waren offenbar ziemlich fasziniert vom Krieg. Dad hat alle entscheidenden Kampfhandlungen festgehalten: die Schlacht von Stalingrad, die Schlacht von Cisterna, den D-Day, das Vordringen der Alliierten in Europa. Und er berichtet in allen Einzelheiten von den Verletzungen der Soldaten im Lazarett. Vielleicht hatte sein Interesse an der Medizin dort seinen Ursprung.«

»Ich kann es kaum erwarten, es zu lesen«, bemerkte Evelyn.

»Aber das Komische ist«, sagte Tom lachend, »dass Dad und Billy anscheinend ständig auf der Suche nach Farbe waren.«

»Wie eigenartig.« Evelin strich das Fell ihres Mantels mit den Fingerspitzen glatt. »Gehen Sie zum Mittagessen nach Hause?«

Tom lehnte sich zurück und streckte die Beine aus.

»Ich habe schon eine Pastete mit Lauch und Käse aus Olwyns

Laden gegessen.« Wieder lachte er. »In dem Tagebuch wird Olwyn ziemlich oft erwähnt. Wie es scheint, war sie der Fluch im Leben von Dad und Billy und hat ständig Geschichten über sie erzählt. Olwyns Mutter hat beiden Jungs regelmäßig eine Tracht Prügel für Dinge verpasst, die sie laut Olwyn getan haben sollen. Ich wusste gar nicht, dass Olwyns Mutter hier Hauswirtschafterin war.«

»Ja, das war sie. Aber für mich wäre es viel faszinierender, wenn ich das Tagebuch selbst lesen könnte.«

Tom, offenbar wieder tief in Gedanken versunken, schüttelte den Kopf. »Heute kann man eigentlich gar nichts anderes sagen, als dass diese Frau Billy und Peter regelrecht misshandelt hat. Die armen Jungs! Sie hatten ihr Zuhause verloren, ihre Eltern, sie wurden aus ihrem Umfeld gerissen, kamen her, um hier zu leben ...«

»Das war eine andere Zeit«, fiel Evelyn ihm ins Wort.

»Sie tun mir wirklich leid«, fuhr Tom fort. »Ich meine, haben sie überhaupt je Liebe erfahren?«

»Ich habe sie geliebt«, platzte Evelyn, ohne nachzudenken, heraus. »Auch ich hatte alles verloren. Auch ich war auch aus meinem Umfeld gerissen worden. Die Jungs waren für mich wie meine Familie. Nelli auch. Ich habe getan, was ich konnte, um sie vor Mrs Moggs zu beschützen. Ich habe es versucht, ich habe es so sehr versucht.« Sie schnappte nach Luft und kämpfte gegen unerwartete Tränen an. »Ich wollte auf sie aufpassen.«

Einige Augenblicke starrte Tom sie nur schweigend an. »Es tut gut, das zu hören«, sagte er dann.

Bethan

Laut dem Verfallsdatum waren die Sardinen bis zum Jahr 2013 haltbar. Vorsichtig öffnete Bethan die Dose und schnupperte daran.

Das war alles, was sie zum Mittagessen im Haus hatten. Die Lebensmittelvorräte waren erschöpft, und das Angebot in Olwyns Laden war in Hinblick auf gesunde Ernährung ziemlich begrenzt und obendrein stark übertuert. Bethan steckte zwei vertrocknete Scheiben Brot in den uralten Toaster.

Der kleine MG war in irgendeine Spezialwerkstatt in Cheshire gebracht worden; offenbar war doch mehr kaputt als nur die Kupplung oder der Choke. Bethan fragte sich, ob Tom wohl bereit wäre, mit ihr zum Tesco in Caernarvon zu fahren, aber eine Autofahrt mit Tom war keine allzu reizvolle Aussicht. Er hatte kaum zwei Worte mit ihr gewechselt, als er vorhin gekommen war, um Evelyn zu besuchen. Und als sie ihn heute Morgen um halb acht angerufen hatte, war er äußerst unfreundlich gewesen.

»Wissen Sie, wie spät es ist?«

Bethan hatte nur kurz erklärt, dass Evelyn gern irgendein Tagebuch hätte, von dem er am Abend zuvor erzählt habe, und dann so schnell wie möglich aufgelegt.

Vielleicht würde David sie zum Supermarkt fahren.

Bethan biss sich auf die Lippe. Auch das war nicht die reizvollste Aussicht. Womöglich dachte er, sie würde nach einer Ausrede suchen, um wieder mit ihm allein sein zu könne. Andererseits würde vermutlich auch David Dashwood von selbst begreifen, dass sie die Gänge im Tesco nicht für den besten Weg halten konnte, das, was im Sommerhaus passiert war, zu wiederholen.

Bethan nahm den Toast aus dem Toaster. Sie konnte den Fernseher im Salon hören. Er schien immer lauter zu werden, als würde Evelyn die Lautstärke alle paar Minuten noch ein Stück weiter aufdrehen. Bethan fragte sich, ob Evelyn langsam taub wurde.

Sie machte sich Sorgen um sie. Evelyn hatte kaum gefrühstückt und das Shortbread, das Bethan ihr zu der Tasse Tee im Garten hingestellt hatte, nicht einmal angerührt.

Zu gern würde Bethan sie nach den Gemälden im Sommerhaus fragen, aber nachdem Tom gegangen war, hatte Evelyn sehr aufgewühlt gewirkt. Sie hatte Bethan gebeten, sie ins Haus zu bringen und ihr ihre Schreibsachen zu holen. Bethan hatte angenommen, sie würde die Arbeit an ihrem Roman fortsetzen wollen, aber als sie ihr einen A4-Block und einen Kugelschreiber von oben geholt hatte, da hatte Evelyn sie angeschrien, sie wolle ordentliches Briefpapier und einen Füllhalter.

»Für einen Brief. Aber ihr jungen Leute wisst wahrscheinlich gar nicht mehr, was ein Brief ist.«

»Soll ich ihn für dich schreiben?«, hatte Bethan gefragt, als sie mit dem Papier mit dem Briefkopf von Vaughan Court und einem silbernen Füller, den sie aus einem Schreibtisch in einem anderen Raum geholt hatte, zurück war.

»Ich bin durchaus imstande, meine Briefe selbst zu schreiben«, hatte Evelyn geschimpft. Dann hatte sie auf ihre Hände hinabgeschaut, als hätte sie ganz vergessen, dass sie eingegipst waren. »Verdammter Mist! Warum muss bloß alles so kompliziert sein?« Schließlich hatte sie mit erheblich leiserer Stimme gesagt: »Andererseits, was nützt eine Erklärung nach all diesen Jahren noch.«

Plötzlich hatte sie in Bethans Augen enorm alt ausgesehen, die Falten tiefer, die Augen wässrig, die Haut sehr blass.

Bethan dachte an die Bilder im Sommerhaus. Evelyn war so jung gewesen, so frisch und voller Leben, ganz wie die jungen Blätter draußen. Das war ihr Frühling gewesen, und er war schon sehr lange her.

Während Tom mit Evelyn im Garten gewesen war, hatte Bethan die Gelegenheit genutzt, zum Sommerhaus zurückzugehen und Fotos zu machen. Am Vortag war sie so aufgeregt gewesen, dass sie daran überhaupt nicht gedacht hatte.

Sie hatte den Schürhaken vom Kamin im Salon mitgenommen. Der kam in ihren Augen einem Brecheisen noch am nächsten, und er funktionierte prima. Sie hatte nur wenige Sekunden gebraucht, um das Fenster des Sommerhauses zu öffnen und wieder hineinzuklettern.

Sie zog die Vorhänge zur Seite, und die Sonne trieb Lichtkeile in den Raum. Er sah aus wie eine Bühne, die auf den Auftritt der Schauspieler wartete.

Bethan fing an, mit ihrem Handy Fotos zu schießen, bemüht, das Bett und ihre Erinnerung daran, was am Tag zuvor passiert war, auszublenden.

In einer Ecke entdeckte sie einen Stapel Dosen. Sie ging hin und sah, dass es sich um Farbtöpfe handelte, haufenweise Farbtöpfe in unterschiedlichen Größen und Tönen. Sie ging in die Knie, um sie genauer zu betrachten. Die Deckel waren verrostet und mit ausgetrockneter Farbe verkrustet. Auf der Vorderseite befanden sich Etiketten aus Papier, die einfach zerfielen, als Bethan sie berührte. Neben den Dosen stand ein Glas voller Pinsel, überzogen von den trockenen Spuren herabgelaufener Farbe. Bethan ergriff einen der Pinsel; die Borsten klebten zusammen und waren steinhart. Sie fragte sich, wessen Hand ihn wohl das letzte Mal gehalten hatte.

Sie stand wieder auf und ging zu einem der Gemälde. Dort hielt sie den Pinsel vor die Wand und drehte den Kopf zum Bett, versuchte, sich Evelyn dort auf der Decke liegend vorzustellen.

In dem Moment sah sie den Pfau. Er war im Zimmer, und seine Federn schleiften über den staubigen Boden. Er schien sich aus dem Nichts materialisiert zu haben. Bethan umfasste den Pinsel fester, als könnte er sie schützen, sollte ihr der Vogel zu nahe kommen. Der Pfau starrte sie an, und sie starrte zurück. Minuten vergingen. Irgendwo in der Ferne rief ein anderer Pfau. Raschelnd machte der Pfau kehrt, hüpfte auf den Fenstersims und verschwand. Seine langen Schwanzfedern glitten so fließend wie Seide durch die Öffnung. Bethan wandte sich vom Fenster ab und sah wieder das Gemälde an. Erst da fiel ihr auf, dass Evelyn eine Pfauenfeder hielt, beeindruckend lang und reich an Farben. Evelyn sah aus, als wollte sie den Künstler damit necken. Ihre Augen funkelten verspielt, sie schien sehr vertraut zu sein mit dem Künstler, der ihrem Körper mit dem Pinsel huldigte.

»Was ist aus ihm geworden?«, flüsterte Bethan dem Bild zu. »Was ist aus dem Mann geworden, der dich gemalt hat?«

»Bethan!« Evelyn rief aus dem Salon nach ihr. »Bethan, kannst du bitte kommen!«

Bethan ließ Sardinen und Toast liegen und eilte die Stufen hinauf.

»Alles in Ordnung?«, fragte sie atemlos, als sie den Salon betrat. Die Ein-Uhr-Nachrichten waren sehr laut eingestellt.

»Der Brief«, sagte Evelyn und fügte etwas hinzu, das Bethan wegen des Berichts über ein neues Museum in Schottland nicht verstehen konnte.

»Bitte?« Bethan entdeckte die Fernbedienung auf der Armlehne von Evelyns Sessel und stellte den Fernseher leiser.

»Der Brief«, wiederholte Evelyn. »Ich habe mich doch entschlossen, ihn dir zu diktieren.«

»Na ja, das Mittagessen ist gerade fertig. Wollen wir das nicht nach dem Essen machen?« Bethan wollte zurück in die Küche gehen.

»Ich möchte nichts essen.«

Bethan beschloss, sie zu ignorieren, und holte die Teller mit den Toasts. Aber nachdem sie Evelyn eine halbe Stunde lang zugeredet hatte, sie möge doch etwas zu sich nehmen, gab Bethan auf und verschwand, um eine große Packung Haribos aus der Spezialschublade zu holen.

Evelyn schürzte die Lippen. »Ich bin kein Kind, Bethan.«

Bethan ließ Evelyn mit einer Folge *Friends* allein, ging zurück in die Küche, warf die ungegessenen Sardinen weg, wusch die Teller und aß die halbe Packung Haribo selbst.

»Können wir jetzt mit dem Brief anfangen?«, fragte Evelyn, als Bethan wieder zu ihr kam.

Bethan schaltete den Fernseher aus, setzte sich auf das Sofa und griff zu Briefpapier und Füllhalter.

»Okay, was soll ich schreiben?«

Evelyn atmete tief durch.

*»Lieber Tom,
es gibt etwas, das ich erklären muss ...«*

Evelyn brach ab. »Nein, fang mit einem neuen Blatt noch mal von vorn an.«

Bethan nahm ein frisches Blatt von dem Briefkopfpapier.

*»Liebster Tom,
wie Sie wissen, hat Ihr Vater mir sehr viel bedeutet. Er war ein guter und ehrenhafter Mann und für meine Familie viele Jahre lang ein wundervoller Arzt. Wie Sie ebenfalls wissen, kannte ich ihn schon in sehr jungen Jahren, und natürlich kannte ich auch seinen Bruder Billy ...«*

Evelyn verstummte und seufzte schwer.

»Wirf das weg, Bethan, und fang noch mal an.«

Bethan hatte nur zwei Bögen Briefpapier aus dem Arbeitszimmer mitgebracht, also musste sie gehen und neue holen.

Als sie zurück war, setzte sie sich auf den Kaffeetisch vor Evelyn, um näher bei ihr zu sein.

»Okay, Evelyn, bereit?«

Evelyn atmete erneut tief durch.

»Mein lieber Tom,
ich glaube, wenn Sie den Rest des Tagebuchs lesen, werden
Sie feststellen, dass ich Ihnen beiden aufrichtig Abbitte
schulde für die Umstände, die dazu geführt haben...«

Evelyn brach ab und schüttelte den Kopf. »Das ist wirklich schwer.«

»Was möchtest du ihm denn mitteilen?«

»Ich weiß es nicht!« Evelyn schlug mit einem Gipsarm auf die Armlehne des Sessels. »Ich finde einfach keine Worte.«

»Vielleicht hilft es, wenn du mir erst erklärst, worum es geht.«

Vehement schüttelte Evelyn den Kopf.

»Geh einfach und hol mir eine Tasse Tee. Und schalt den Fernseher wieder ein. So laut wie möglich, bitte. Ich muss die Gedanken in meinem Kopf übertönen.«

»Meine Güte, ich kann Monica von hier aus mit Chandler streiten hören.« Bethan zuckte zusammen, als sie die Stimme hinter sich hörte. Sie hatte gerade das Teetablett zurück in die Küche gebracht. Als sie sich umdrehte, sah sie die hochgewachsene Silhouette von David Dashwood im hellen Sonnenschein in der Hintertür stehen.

»Hi«, sagte sie so lässig wie möglich, während sie an dem Folienverschluss der Milchflasche herumfummelte.

»Lass mich dir helfen.« David trat ein und öffnete geschickt die Flasche. »Du bist diese altmodischen Milchverpackungen offenbar nicht gewohnt.« Er schüttete etwas Milch in eine kleine geblümte Kanne, die Bethan von der Anrichte genommen hatte. »Ich wollte mich nur bei dir entschuldigen. Wegen gestern.« David verstummte und lehnte sich an den Küchentisch. Bethan sah ihn nicht an, aber sie war sich sicher, dass er *sie* ansah.

Sie stellte Tasse und Untertasse auf das Tablett. Das Geschirr klirrte in ihrer Hand.

»Das ist wirklich nicht nötig. Es war mein Fehler, ich habe eindeutig den ersten Schritt gemacht. Mir ist erst später aufgegangen, dass das vermutlich das Letzte war, was du wolltest ...«

»Es war ganz sicher nicht das Letzte«, fiel David ihr ins Wort und kam näher.

Bethan brauchte ein paar Augenblicke, bis ihr bewusst wurde, dass seine Hand auf ihrer Schulter lag, und dann noch ein paar Millisekunden, ehe sie merkte, dass seine andere Hand ihr Kinn hob und sein Gesicht sich ihrem näherte.

»Es war wirklich ganz wunderbar«, murmelte David Dashwood und zog sie an sich. »Und darum würde ich das gern irgendwann wiederholen. Falls du das auch willst.«

»Ja«, flüsterte Bethan. »Das würde mir gefallen.«

Sie schloss die Augen und spürte, wie Davids Lippen die ihren berührten. Irgendwo im Hintergrund legte Joey einen lauten Auftritt hin, dann hörte sie Gelächter aus der Konserve, Chandler machte eine witzige Bemerkung zu Joeys Hemd, dann mehr Gelächter, dann schimpfte Monica mit Joey, weil er einen Keks gestohlen hatte, den sie gerade erst aus dem Ofen geholt hatte. Das Gelächter wurde lauter. Und die ganze Zeit küsste David Dashwood sie leidenschaftlich. Bethan wünschte, es würde nie enden. Es war beinahe so wie damals als Kind, als sie in einem französischen Restaurant zum ersten Mal Crème brulée gegessen hatte.

»Hallo, ist jemand zu Hause?«

Bethan schlug die Augen auf. Das war nicht Chandlers

Stimme, auch nicht die von Joey oder Monica, aber sie klang vertraut.

»Hallo«, rief die Stimme erneut.

Hastig löste sich Bethan von David Dashwood und drehte sich zur Hintertür um, gerade in dem Moment, als jemand hereinkam. Vor dem hellen Sonnenlicht im Hintergrund war es ihr unmöglich, die Person zu erkennen, aber Bethan kamen die breiten, abfallenden Schultern und die stämmigen Beine bekannt vor.

»O mein Gott«, flüsterte sie.

Die Gestalt trat in die Küche und ließ eine Reisetasche auf die Steinplatten fallen.

»Wer zum Teufel sind Sie?«, fragte David und baute sich beschützerisch vor Bethan auf.

»Schon gut, David«, sagte Bethan. »Das ist Mal.«

Evelyn

Der Mann, der auf dem Sofa saß, hatte einen Bart, der an einen dreckigen Topfreiniger erinnerte. Er passte überhaupt nicht zu dem ordentlichen, glänzenden Haar, das zu einer Tolle frisiert war, wie die Teddy Boys sie in den Fünfzigern getragen hatten. Sie fragte sich, ob sie sich wohl steif anfühlen würde, aber sie verspürte kein Bedürfnis, das Haar dieses jungen Mannes anzufassen.

Was sie wirklich wollte, war, auszuholen und ihm eine Ohrfeige zu geben.

Er trank Tee aus einer ihrer Porzellantassen, grabschte mit dicken Fingern nach dem zierlichen Henkel. Und er beklagte sich, dass wegen der matschigen walisischen Straßen sein Nissan nun ganz dreckig sei; so ging es immer weiter und weiter, als wäre Bethan irgendwie dafür verantwortlich.

Bethan bot ihm Shortbread an. Er hörte auf, wegen seines Wagens zu jammern, und starrte Bethan an, als hätte sie ihm einen Teller mit Würmern gereicht.

»Du weißt doch, dass ich keine Kekse esse, Babe.«

Er hatte den gleichen Akzent wie der Mann, der in Evelyns Kindheit Bürsten an der Haustür verkauft hatte. Sie erinnerte sich, wie sie in der Wilton Crescent am Küchentisch gesessen hatte, als er seine Waren vorgeführt hatte. Er hatte all die verschiedenen Bürsten, die seine Firma im Angebot hatte, im Miniaturformat in seiner braunen Ledertasche. Natürlich war die Demonstration nicht für Evelyn gedacht, aber sie war in der Küche gewesen und hatte der Köchin beim Marmeladekochen geholfen, als er seinen Besuch gemacht hatte. Sie hatte den Akzent des Mannes und seine winzigen Reinigungsgeräte zugleich faszinierend und abstoßend gefunden. Nun überlegte Evelyn, ob der Mann, der vor ihr saß, vielleicht kleine Besen in der Tasche zu seinen Füßen hatte.

»Also, Malcolm, haben Sie Ihren Ausflug nach Brighton genossen?«, fragte Evelyn und ignorierte den wütenden Blick, den Bethan ihr von der anderen Seite des Zimmers aus zuwarf. Evelyn hatte nicht die Absicht aufzuhören. »Das ist so ein blühender Ort mit so vielen Hotels. Und er steht in dem Ruf, zu heimlichen Liebschaften zu verleiten.« Sie sah, dass Bethan energisch den Kopf schüttelte. »Hat es Ihnen gefallen, Malcolm?«

»Ich heiße Mal, nicht Malcolm«, sagte der Mann mit seiner Bürstenverkäuferstimme.

»Mal und ich müssen uns unterhalten«, unterbrach Bethan die beiden hastig. Sie hockte auf der Kante des Sofas, nicht weit von dem Mann entfernt, und Evelyn fiel auf, dass sie keine Tasse für sich selbst mitgebracht hatte.

»Ja«, sagte Malcolm. »Ich muss da etwas erklären.« Er schenkte Bethan ein Lächeln, und Evelyn sah, wie sich seine Hand zu ihrem Knie bewegte. Mit Erleichterung stellte sie gleich darauf fest, dass Bethan ihr Knie außer Reichweite brachte.

»Unterhaltet euch nur.« Evelyn nippte an ihrem Tee. »Achtet gar nicht auf mich. Ach, und Bethan, wärest du so lieb und würdest mir einen dieser Kekse geben. Es wäre doch eine Schande, sie verkommen zu lassen. Obwohl ich natürlich verstehe, dass Sie, Malcolm, wohl auf Ihr kleines Bäuchlein achtgeben müssen.«

Mal blickte auf seinen Bauch hinab, und Evelyn sah ihn einatmen.

»Ich glaube, wir sollten einen Spaziergang machen«, sagte Bethan und blickte Mal an.

»Oder etwas trinken gehen?«, schlug Mal vor.

»Ihr könntet in den Golfclub gehen.« Evelyn lächelte. »Der Eigentümer ist sehr gastfreundlich und überdies ein sehr erfolgreicher Geschäftsmann. Er hat eine großartige Sammlung schöner Autos und ist überaus sportlich; Tennis, Golf, Skifahren, dadurch bleibt er so schlank und geschmeidig.« Sie sah Bethan an. »Du musst Malcolm David Dashwood vorstellen, womöglich würden sich die beiden ja gut verstehen.«

Nun schaute auch Mal Bethan an.

»War das nicht der Name von dem Kerl in der Küche?«

Bethan erhob sich.

»Ja, das war er. Aber ich glaube, der Golfclub ist nicht so ganz dein Ding.«

»Gibt es hier in der Gegend keinen Pub?«

»Nein.« Bekümmert schüttelte Evelyn den Kopf. »Wir haben keinen Pub in Aberseren, aber die Baptistenkapelle veranstaltet Whistturniere. Normalerweise machen sie das an Donnerstagnachmittagen. Das ist ein großer Spaß!«

»Auch nicht so mein Ding«, murmelte Mal und wandte sich an Bethan. »Okay, dann lass uns spazieren gehen, aber nicht so weit, ich habe mir die Leiste gezerrt.«

»Tatsächlich?« Evelyn bemühte sich um eine besorgte Miene. »Da haben Sie sich in Brighton wohl ein bisschen zu sehr verausgabt. Auf dem Kiesstrand kommt man leicht ins Rutschen.«

»Das ist eine Sportverletzung.« Mal reichte Bethan seine Tasse samt Untertasse und stand ebenfalls auf.

»Wir können einfach in den Garten gehen«, sagte Bethan.

Draußen stieß einer der Pfauen einen schrillen Schrei aus.

»Was ist das denn für ein Krach?« Mal schaute sich zum Fenster um.

»Ein Pfau«, sagte Bethan.

»Ich dachte, die Eingeborenen würden gerade jemanden um die Ecke bringen.« Mal lachte ein albernes Lachen, das Evelyn an einen Esel erinnerte.

»Nun ja, es stimmt, die Waliser mögen die Engländer nicht sonderlich.« Evelyn brach ihren Keks in zwei perfekte Hälften.

Mal lachte wieder, dieses Mal jedoch etwas weniger enthusiastisch.

»Wo kann ich meine Tasche lassen?« Er drehte sich zu Bethan um und zeigte auf die Reisetasche zu seinen Füßen.

»Ach, Sie wollen bleiben?«, fragte Evelyn.

Mal starrte Evelyn fassungslos an.

»Sonst wäre ich doch nicht den ganzen Weg von London hergekommen. Ich war Stunden unterwegs.« Er wandte sich wieder an Bethan. »Soll ich die Tasche in dein Zimmer bringen, Babe?«

»Lass uns erst den Spaziergang machen«, sagte Bethan.

»Geht nur spazieren, solange ihr wollt«, warf Evelyn ein. »Tom kommt später her. Er wird es bestimmt bedauern, dich nicht zu sehen, Bethan, aber ich bin sicher, ich bin in seinen fähigen Händen gut aufgehoben.«

»Tom?«, fragte Mal und sah von Evelyn zu Bethan und wieder zu Evelyn.

»Tom ist mein Arzt. Sehr qualifiziert – und so ein reizender Mann.« Evelyn senkte die Stimme. »Unter uns, Malcolm, Tom ist ziemlich vernarrt in Bethan.«

»Evelyn!«, zischte Bethan.

»Du bist vielleicht zu bescheiden, um das wahrzunehmen,

Liebes, aber für mich liegt es klar auf der Hand.« Evelyn drehte sich wieder zu Mal um. »Tom ist auch einer unserer heiratswürdigen Junggesellen. Dann ist da noch der hinreißende Praxismanager Owen Moggs und unser schneidiger Polizist Sergeant Williams. All diese attraktiven Männer geben sich hier mehr oder weniger die Klinke in die Hand, seit Bethan eingetroffen ist.«

Bethan seufzte.

»Komm, Mal«, sagte sie und ging in Richtung Tür. »Lass uns rausgehen.«

»Vielleicht möchten Sie einen Pullover überziehen, Malcolm«, rief Evelyn ihnen nach. »Es weht ein frischer Wind vom Meer herein, und dieses Hemd klafft vorne ein wenig auf. Sie wollen sich doch bestimmt nicht erkälten!«

Nachdem sie gegangen waren, war es sehr still im Salon. Mal hatte seine Tasche neben dem Sofa stehen lassen. Evelyn rümpfte die Nase, überzeugt, sie würde den Geruch von Schweiß und billigem Aftershave verströmen.

Ihr war übel. Nun, da dieser dumme Mann hier war, würde Bethan keine Zeit mehr haben, ihr bei dem Brief für Tom zu helfen. Evelyn schaltete den Fernseher an. Dann schaltete sie ihn wieder aus. Sie hatte sich bei Toms Besuch gestern viel zu auffällig verhalten. Die Hartnäckigkeit, mit der sie nach dem Tagebuch gefragt hatte, hatte bestimmt auch Toms Neugier angestachelt. Er war bestimmt nach Hause zurückgefahren und hatte sofort mit dem Lesen begonnen. Sie hatte gehofft, ihm den Brief zu geben, würde sie davor bewahren können, die Worte laut aussprechen zu müssen, aber beides würde nun nicht mehr nötig sein.

Evelyn stemmte sich aus dem Sessel hoch und ging steif zum Fenster hinüber. Sie konnte Bethan und Mal zwischen den Hecken des Labyrinths stehen sehen. Sie schienen heftig zu diskutieren, auch wenn es für Evelyn so aussah, als würde Mal den Löwenanteil bestreiten. Sie schnalzte missbilligend mit der Zunge.

»Evelyn.«

Evelyn wandte sich vom Fenster ab und sah Sarah mitten im Salon stehen.

»Was für eine nette Überraschung«, sagte sie lächelnd. »Was führt Sie mitten am Nachmittag zu mir?« Sie warf einen Blick auf die Reiseuhr auf dem Kaminsims. »Ich dachte, Sie würden Tilly abholen.«

»Tilly geht heute nach der Schule zu einer Geburtstagsparty«, erklärte Sarah. »Eine ihrer Freundinnen veranstaltet ein Picknick am Strand.«

»Dann haben Sie heute also frei?«

Sarah schüttelte den Kopf. »Ich dachte, ich nutze die zusätzliche Zeit, um in Toms Haus ein bisschen aufzuräumen, während er und Tilly nicht da sind. Sie wissen ja, wie unordentlich er ist.« Sie schüttelte den Kopf. »Überall fliegen Papiere und Klamotten herum. Das hat mich diesen ganzen schönen Frühlingstag gekostet. Auf dem Küchentisch habe ich unter einem Stapel Briefen von der Schule das hier gefunden.« Sarah holte etwas aus ihrer Manteltasche. Evelyn wusste sofort, was es war.

Sarah hielt das Tagebuch wie eine Kostbarkeit in beiden Händen.

»Ich habe es gelesen und noch mal gelesen und überlegt, ob ich Ihnen vielleicht ein paar Fragen darüber stellen darf, was unserem Onkel Billy zugestoßen ist.«

Bethan

Mals Wagen verschwand in viel zu hohem Tempo die Auffahrt hinunter. Bethan drehte sich zum Haus um und marschierte forschen Schritts auf dem Kies zurück zur Tür. Sollte er einen

Unfall haben, war das sein Problem. Es interessierte sie nicht mehr, was aus ihm wurde.

Sie hielt inne.

Es interessierte sie *wirklich* nicht.

Fünf Jahre lang schien sich ihr ganzes Leben um Mal gedreht zu haben, darum, was er gern aß, was er gern tat, wie sie sich seiner Ansicht nach zu verhalten hatte. Ständig hatte sie sich zurechtgemacht, damit er sie nicht schlampig nannte, und versucht, Gewicht zu verlieren, damit er sie nicht als fett bezeichnete. Seinetwegen hatte sie die Chance ausgeschlagen, den Master of Arts in kreativem Schreiben zu erwerben. Sie trat auf den Kies ein.

»Arschloch!«

Sie begriff erst, wie laut sie dieses Wort gebrüllt hatte, als sie das Echo hörte. Am liebsten hätte sie laut gelacht. Sie sah sich um, das Meer, die Hügel, das Gebirge, alles gebadet im warmen Licht der Nachmittagssonne. Ein Gefühl durchflutete sie; das Wort *Euphorie* blitzte in ihren Gedanken auf. Sie wollte laufen und springen und durch den Garten hüpfen, so, wie sie es damals als Kind getan hatte. Sie schaute über die steinerne Balustrade der Terrasse. Niemals würde sie die Stelle neben dem Brunnen vergessen, an der sie endlich begriffen hatte, dass Mal nicht der Mann war, mit dem sie den Rest ihres Lebens verbringen wollte, an der sie endlich begriffen hatte, was für ein Idiot er wirklich war.

Es lag nicht an seinen halbgaren Ausflüchten, dem angeblichen Moment der Schwäche auf der Weihnachtsfeier im Fitnessstudio, der zu so vielen weiteren Momenten der Schwäche geführt hatte, »denn schließlich, Babe, bin ich nur ein Mann«.

Es lag auch nicht an seiner Erklärung, dass er nur wegen eines Schlags auf den Kopf, den er bekommen haben wollte, während sie die Weihnachtsdekoration aufgehängt hatten, auf das lange blonde Haar der Frau und auf ihre kosmetisch vergrößerten Brüste hereingefallen sei.

»Ich glaube, ich hatte eine Gehirnerschütterung, weißt du, eine ernsthafte Kopfverletzung, Babe.«

Es lag auch nicht an seiner Bemerkung, der Sex mit der Frau sei toll gewesen, aber er habe erkannt, dass er auf intellektueller Ebene nichts mit ihr gemein hätte.

»Die war eine ziemliche Dumpfbacke, nicht so wie du, Babe. Du liest echte Bücher.«

Es lag nicht einmal daran, dass er versucht hatte, seiner Mutter die Verantwortung zuzuschieben, weil sie ihm als Kind nicht genug Liebe geschenkt hätte, oder seinem Vater, weil der ihn gezwungen hatte, sich den Pfadfindern anzuschließen.

Und es lag auch nicht daran, dass er angefangen hatte zu weinen.

Den Ausschlag hatte gegeben, was er über Evelyn gesagt hatte.

»Sie ist ein bisschen plemplem, was?«

»Pardon?«

»Die alte Schachtel.« Mit einem Nicken deutete er in Richtung Haus. »Sie ist ein bisschen senil. Sie scheint keine Ahnung zu haben, was sie von sich gibt, all diese Männer, von denen sie sagt, sie mögen dich, und ihre abfälligen Kommentare über mein Gewicht.« Er streckte die Hand aus und legte sie Bethan auf die Schulter. »Ich werde dir helfen, ein Altenheim für sie zu finden. Wir können uns gleich in den nächsten Tagen ein paar ansehen. Dann kannst du wieder nach London zurückkommen, in unsere Wohnung.«

»Du hast doch immer gesagt, es sei deine Wohnung«, sagte Bethan.

»Es ist natürlich unsere, Babe. Und ich habe mir Gedanken über unsere Zukunft gemacht. Ich dachte daran, dass wir uns was Größeres suchen könnten, um eine Familie zu gründen.« Er zeigte auf das Haus. »Du bekommst doch bestimmt einen Anteil, wenn der Kasten verkauft wird.«

In dem Moment zerbrach etwas in ihrem Inneren.

»Hau ab«, sagte sie leise.

»Wie bitte? Was hast du gesagt?«

Bethan schüttelte seine Hand ab.

»Ich sagte, hau ab!«

»Hau ab?«

»Ganz genau. Steig in deinen Scheißwagen, fahr zurück zu deiner scheiß Angeberwohnung in London, zu deinem scheiß Werbejob, zu deinem scheiß übertreuerten Fitnessstudio und deiner scheiß Fitnessstudio-Blondine, die vermutlich gar nicht so eine Dumpfbacke ist, sondern eine nette, intelligente Frau, die das Pech hatte, auf eine selbstsüchtige, oberflächliche Evolutionsbremse wie dich hereinzufallen!«

»Evolutionsbremse?«

»Du hast mich schon verstanden. Und jetzt verschwinde aus meinem Leben! Für immer!«

»Aber, Babe ...«

»Hau einfach ab, Malcolm.«

»Malcolm? Nur meine Mum und mein Boss nennen mich Malcolm. Und jetzt auch noch die Schreckschraube da oben.« Wieder deutete er mit einem Nicken auf das Haus.

»Ich nehme an, das liegt daran, dass diese Leute dich nicht ausstehen können. Und ich habe gerade erkannt, dass es mir genauso geht und dass ich möchte, dass du jetzt verschwindest.«

Dann hatte sie kehrtgemacht und war die Stufen zur Terrasse hinaufgestiegen. Leise schimpfend wegen der Benzinkosten, der Tage, die er sich freigenommen hatte, und der Meilen, die er gefahren war, war Mal ihr gefolgt.

»Von wegen selbstsüchtig!«, schrie er dann, als er ins Haus stampfte, um seine Tasche zu holen. »Ich bin hergekommen, um dich ein bisschen zu unterstützen, und das ist der Dank!«

Bethan war indes zu seinem Wagen gegangen und hatte *Ich bin eine Evolutionsbremse namens Malcolm* in den Schmutz auf der Heckscheibe geschrieben.

Mal kam mit seiner Reisetasche zurück und warf sie auf den Beifahrersitz.

»Wie wäre es, wenn ich dich zu einem verspäteten Geburtstagsausflug einlade? Nicht nach Brighton, das ist klar, Babe. Aber nach Paris oder vielleicht Amsterdam?«

Bethan hatte nur schweigend den Kopf geschüttelt, die Fahrertür geöffnet und ihn mit einer schwungvollen Geste zum Einsteigen aufgefordert. Widerstrebend hatte er sich gefügt.

»Wir haben doch immer über Marrakesch gesprochen, weißt du noch?« Mit einem Ausdruck von Verzagtheit in seinen Welpenaugen, den er lange geübt hatte, schaute er an. »Sag, dass ich die Tickets buchen soll, und wir können am Wochenende schon dort sein.«

Bethan knallte die Tür zu. Nach einem kurzen Zögern startete Mal den Motor und fuhr mit durchdrehenden Reifen davon.

Bethan spürte, wie der Wind auffrischte. Sie drehte sich um, lehnte sich mit dem Rücken an die Balustrade und genoss es, durchgeweht zu werden. Sie hatte das Gefühl, Evelyn würde sehr zufrieden mit ihr sein. In diesem Moment fiel ihr auf, dass Sarahs kleiner orangefarbener Kombi um die Ecke neben dem Haus parkte. Sie überlegte, ob sie wohl Zeit hätte, in den Ort zu gehen, solange Sarah zu Besuch war. Sie könnte den fertigen Artikel für *Frank* vom Golfclub aus abschicken und dabei gleich in Erfahrung bringen, ob David Zeit für sie hatte.

Sie schuldete ihm eine Erklärung wegen Mal. David hatte sehr verständnisvoll reagiert, als Mal in der Küche aufgetaucht war. Er hatte sich sofort entschuldigt und war gegangen, aber nicht ohne Bethan zu fragen, ob sie zurechtkäme.

»Du weißt ja, wo du mich findest«, hatte er geflüstert, als sie ihn zur Tür gebracht hatte.

»Scheint sich ja ziemlich wichtig zu nehmen«, hatte Mal bemerkt, als Bethan zurück war. Bethan hatte den Blick abgewandt und sich gefragt, ob man ihr ansehen konnte, dass sie gerade auf eine weitaus angenehmere Art geküsst worden war, als sie es bei Mal je erlebt hatte.

Bethan ging durch die Vordertür zurück ins Haus. Sie konnte es kaum erwarten, Evelyn zu erzählen, was sie auf Mals Wagen geschrieben hatte. Als sie die Eingangshalle durchquerte, sah sie, dass die Tür zum Salon nur angelehnt war, und sie konnte Sarahs Stimme hören, sanft und ruhig, wie eine Lehrerin, die mit einem Kind sprach.

»Also hat er versucht wegzulaufen?«

»Ja, alle beide haben es versucht.« Evelyns Stimme zitterte, als wäre sie den Tränen nahe.

Bethan stieß die Tür auf und ging hinein.

»Ist alles in Ordnung?«

»Evelyn erzählt mir nur gerade ...«, setzte Sarah an, aber Evelyn unterbrach sie.

»Es ist alles bestens, danke, Bethan.«

Bethan sah Sarah an. Sie hielt ein kleines grünes Buch in den Händen.

»Ich wollte runter in den Ort«, sagte Bethan. »Wäre das okay?«

»Ja, ja, geh nur.« Evelyn wedelte mit der Hand, als Zeichen, dass sie entlassen wäre. »Du wirst hier nicht gebraucht.«

Wieder sah Bethan Sarah an. Sarah nickte.

»Ich bleibe hier, bis Sie zurück sind«, sagte sie. »Und ich glaube, Tom wird auch bald kommen. Ich habe ihn angerufen, weil ich mit ihm über das Tagebuch reden wollte, ehe ich gegangen bin.«

»Nein!«, rief Evelyn mit weinerlicher Stimme.

»Schon gut«, sagte Sarah sanft. »Niemand macht Ihnen einen Vorwurf. Wir wollen es nur verstehen.«

»Was ist denn los?«, fragte Bethan.

»Nichts«, sagte Evelyn in scharfem Ton.

»Ich glaube, Sie sollten uns jetzt besser eine Weile allein lassen«, sagte Sarah mit einem entschuldigenden Lächeln zu Bethan.

Achselzuckend ging Bethan hinaus und schloss leise die Tür. Das Letzte, was sie hörte, war, wie Evelyn sagte: »Wenn ich nicht auf dem verdammten Eis ausgerutscht wäre, dann hätten wir ihn vielleicht noch rechtzeitig erreicht.«

Warm schien die Sonne auf Bethans Gesicht, als sie die Auffahrt hinunterging. Ihre Neugier in Bezug auf das Gespräch zwischen Evelyn und Sarah verging schnell, und sie fühlte sich geradezu überwältigt von der Schönheit der Landschaft um sie herum. Ihr fiel auf, dass die Krokusse wie gelbe Teppiche um die Bäume herum erblühten, die die Auffahrt säumten. Und da waren noch andere Blumen, Primeln und kleine Veilchen, und hier und da zeigte sich eine zarte purpurne Ähre, die sie für die Blütenrispe wilder Orchideen hielt. Sie erinnerte sich, wie ihre Großmutter sie vor langer Zeit nach Oak Hill mitgenommen hatte, um ihr zu zeigen, wo sie gearbeitet hatte. Das war während der Osterferien gewesen, darum hatten sich dort keine Kinder aufgehalten, aber Bethan erinnerte sich äußerst lebhaft an die Blumen. Überall wuchsen Frühlingsblumen, und Nelli war mit ihr über das Gelände spaziert und hatte Bethan die Namen genannt und ihr erlaubt, ein paar zu pflücken, um sie später zwischen den Seiten eines Buches zu trocknen.

Bethan hatte all ihre Überredungskunst aufgewandt, damit ihre Mutter ihr erlaubte, ein Festtagskleid mit Rüschen zu tragen, das nun hochwirbelte, während sie um ihre Großmutter herumsauste.

Du bist die hübscheste Blume von allen, hatte Nelli gesagt, und Bethan hatte sie umarmt, und dabei war ihr aufgefallen, dass sie die Knochen ihrer Großmutter durch den Mantel spüren konnte.

In jenem Sommer war Nelli gestorben.

Bethan blieb stehen und pflückte ein Veilchen; es duftete süß. Sie beschloss, in der Bibliothek von Vaughan Court nach einem großen Buch zu suchen, zwischen dessen Seiten sie es trocknen könnte. Sie würde es für eine Karte für ihre Mutter verwenden. Sie ließ die Blume in ihre Tasche gleiten und ging weiter die Auffahrt hinunter. Im Vorbeigehen warf sie einen Blick auf das Sommerhaus und gestattete sich nun doch, die Erinnerung zu genießen, Davids Hände an ihrem Körper, das Gefühl, das seine Lippen auf ihren ausgelöst hatten.

Sie lief schneller, kaum imstande, die Erregung zu zügeln, die sie beim Gedanken an das Wiedersehen erfasste.

Beim Golfclub angekommen stellte sie erstaunt fest, dass der Gästeparkplatz leer war. Sie warf einen Blick auf ihr Handy: 16.30 Uhr. Es kam ihr seltsam vor, dass an so einem schönen Tag niemand Golf spielte oder es sich zum Tee in einem der Rattansessel auf der Terrasse bequem gemacht hatte.

Die Glastür war halb offen. Bethan betrat die Eingangshalle und ging zur Rezeption. Es war weder entspannende Musik zu hören noch stand jemand hinter dem Tresen.

Bethan spähte durch das Rauchglas und scannte den Swimmingpool. Er lag still und verlassen da. Nur der Whirlpool blubberte einsam vor sich hin.

»Hallo«, rief sie.

Keine Antwort.

»Ist irgendjemand hier?«

Wieder keine Antwort.

Bethan ging zu der Tür mit der Aufschrift *Geschäftsführer* und klopfte.

»David?«

Keine Reaktion. Sie schlenderte in die Lounge, doch niemand saß auf den großen Samtsofas, niemand servierte Nachmittagstee. Auch die Theke war verlassen, und als Bethan zum Fenster hinaussah, konnte sie niemanden entdecken, der draußen auf dem weiten Grün des Golfkurses spielte.

Plötzlich hörte sie ein Geräusch, eine Art Winseln und Schnüffeln wie von einem kleinen gepeinigten Tier. Es kam von einer Doppeltür, die, wie sie annahm, zur Küche führte. Vorsichtig trat sie näher, stellte sich auf die Zehenspitzen und guckte durch das kreisrunde Fenster in der Mitte.

Sie sah eine Frau in einem türkisfarbenen Oberteil auf einem Hocker neben der Edelstahlarbeitsplatte sitzen. Die Frau aß Schokoladen-Profiteroles aus einer großen Tupperschale. Sie schaufelte sie mit einem überdimensionierten Löffel heraus und wischte sich zwischendurch immer wieder mit einem Geschirrtuch die Augen ab.

Bethan stieß eine der Türen auf.

»Chantal, sind Sie das?«

Chantal blickte auf. Ihre Wangen waren mit Mascara verschmiert, ihre Augen gerötet. Bethan fiel auf, dass ein Klecks Schokolade an ihrer Oberlippe klebte. Chantal wischte sich den Mund mit dem Handrücken ab, und die Schokolade zeichnete einen kleinen Schnurrbart in ihr Gesicht.

»Was ist passiert?«, fragte Bethan.

»Es ist wegen David.« Chantal ließ den Löffel in die Tupperschale fallen und barg das Gesicht in ihren Händen.

»O mein Gott.« Bethan trat näher. »Hatte er einen Unfall?« Chantal nahm die Hände herunter, blickte zu Bethan hinauf und schluchzte.

»Nein. Er ist … Er wurde … Ich kann es kaum aussprechen.«

»Er wurde was?« Bethan gab sich große Mühe, dem Drang zu widerstehen, die Frau kräftig durchzuschütteln. Chantal schnappte nach Luft.

»Er wurde verhaftet!«, platzte sie dann heraus.

Kapitel 22

Evelyn

Es fühlte sich an wie ein Verhör.

Sarah und Tom saßen ihr gegenüber auf dem Sofa, und beide sagten ihr immer wieder, sie solle sich nicht so aufregen.

»Aber es regt mich auf«, protestierte Evelyn. »Es regt mich schon seit siebzig Jahren auf.«

»Es war nicht Ihr Fehler«, wandte Tom mit sanfter Stimme ein.

»Natürlich war es mein Fehler. Ich habe die Jungs benutzt.«

»Als ich das Tagebuch gelesen habe, war mir eigentlich sofort klar, dass WW nur Sie sein konnten«, sagte Sarah lächelnd.

»Was immerhin mehr ist, als ich begriffen habe«, fügte Tom hinzu.

»Und dass Dad und Billy Botengänge für Sie gemacht haben«, fuhr Sarah fort. »Sie haben Sie geliebt. Sie waren die einzige Erwachsene im Haus, die sich wirklich um sie gekümmert hat.«

»Diese grässliche Mrs Moggs hat dafür gesorgt, dass Dad und Billy abhauen wollten.«

»Wenn nur Mrs Moggs den Brief nicht gesehen hätte.« Evelyn zupfte nervös an ihrem Gips herum. Ihr fiel auf, wie schmuddelig er inzwischen war. Er hatte Flecken von Tee und Marmelade und nun auch noch von Mascara, die mit ihren Tränen daraufgetropft war. »Ich habe nicht aufgepasst. Normalerweise habe ich die Briefe immer in ihren Schulheften versteckt, aber an diesem Morgen war ich so verzweifelt. Ich wollte Jack unbedingt sehen und ihm sagen, dass wir uns treffen müssen. Ich habe nur an das Baby gedacht und an den Plan, den wir doch machen wollten.«

Dezember 1944

An diesem Morgen erwachte Evelyn besonders früh. In ihrem Kopf drehte sich alles. Neun Tage waren vergangen, seit sie Jack zum letzten Mal gesehen hatte. Er hatte gesagt, er müsse nur noch einen Einsatz fliegen, ehe er Urlaub bekäme. Aber diesen Einsatz musste er doch längst hinter sich haben. Dennoch hatte sie kein Wort von ihm gehört. Jeden Tag hatte sie die Jungs gefragt, ob ein Brief, der an die beiden adressiert war, in der Post gewesen war.

Sie stand auf und fing an zu schreiben.

Liebster Jack,
ich habe so lange nichts von dir gehört. Ist alles in Ordnung? Hast du deinen letzten Einsatz schon geflogen? Ich sehne mich verzweifelt danach, dich wiederzusehen. Wir müssen Pläne machen. Ich glaube, man sieht mir allmählich etwas an. Gestern Morgen konnte ich meinen Rock nicht mehr schließen. Meine biestige Schwiegermutter wird bestimmt bald etwas merken. Ich mache mir solche Sorgen, Liebling. Ich habe Angst, dass dir etwas passiert sein könnte. Bitte schreib mir und sag mir, wann ich dich wiedersehe. Ich liebe dich und werde dich immer lieben.
Dein Engel, deine Wonder Woman, deine Evelyn

Evelyn hatte den Brief in einen Umschlag gesteckt und an Jack auf dem Stützpunkt adressiert. Danach hatte sie ihre Uniform angelegt und war die Treppe hinuntergeeilt in der Hoffnung, sie würde die Jungs noch erwischen, ehe sie zur Schule aufbrachen.

Als sie in die Küche kam, sah sie die beiden Ranzen, die auf dem Boden neben der Tür standen. Die Jungs saßen am Tisch, vor ihnen standen zwei Schalen mit dem scheußlich dünnen Porridge, das Mrs Moggs ihnen vorzusetzen pflegte. Es enthielt mehr Wasser als Hafer. Olwyn saß den Jungs gegenüber und aß ihr Porridge mit einem Klecks Marmelade. Mrs Moggs stand mit dem Rücken zur Tür hinter Olwyn und flocht ihr Haar zu Zöpfen, deren Enden sie mit Bändern fixierte. Dabei sprach sie leise auf Walisisch mit ihr. Im Küchenherd brannte ein Feuer, heiße Kohlen glühten auf dem Rost, und ein Brot lag zum Auskühlen auf einem Drahtgestell auf dem Tisch.

Der alte Dobbs war erkältet; er hustete, während er die jüngsten Kriegsberichte aus der Zeitung vorlas. Die Ardennenoffensive war gerade im Gange. Die Jungs lauschten fasziniert den Berichten über die Kämpfe in den Wäldern; es sah aus, als könnte Deutschland wieder die Oberhand gewinnen.

Niemand außer Nelli schien gemerkt zu haben, dass Evelyn den Raum betreten hatte. Sie lächelte Evelyn von der Spüle aus zu, sagte aber nichts, als wolle sie keine Aufmerksamkeit erregen.

Evelyn versuchte, Billys Blick einzufangen, um ihm zu signalisieren, dass sie den Brief in seinen Ranzen stecken würde, als Olwyn von ihrem Porridge aufblickte.

»Lady Evelyn hat einen Brief, Mam«, sagte sie auf Walisisch, aber Evelyn verstand sie trotzdem. »Sie versucht, ihn in Billys Ranzen zu tun.« Mrs Moggs hörte auf, das Band im Haar ihrer Tochter festzuknoten. »Wenn Sie einen Brief zu verschicken haben, Lady Evelyn, dann können Sie ihn, wie Sie wissen, in der Eingangshalle lassen, und Olwyn wird ihn für Sie zum Briefkasten bringen.«

»Ich weiß«, sagte Evelyn. »Aber die Jungs können ihn für mich auf dem Weg zur Schule mitnehmen. Ich dachte, so kommt er noch in die frühe Leerung.«

Plötzlich trat Mrs Moggs vor, riss Evelyn den Brief aus der Hand und las die Adresse vor, als wäre sie ein Dienstmädchen und nicht Dame des Hauses.

»Wer ist das? Jack Valentine?«

Sie riss den Umschlag auf und las still Evelyns Worte.

Olwyn sagte wieder etwas auf Walisisch, dieses Mal jedoch so schnell, dass Evelyn kaum folgen konnte. Das kleine Mädchen plapperte und plapperte, atemlos und aufgeregt, während sich Mrs Moggs' kleine Äuglein vor Erstaunen weiteten.

Evelyn war unfähig, sich zu regen. Vor lauter Angst, Schrecken und Verlegenheit war sie wie gelähmt. Sie konnte nicht alles verstehen, was Olwyn sagte, aber sie verstand genug, um zu wissen, dass sie ihrer Mutter erzählte, die Jungs würden ständig Briefe für Evelyn zur Post bringen und dieser Jack Valentine sei der Mann, der die Bilder gemalt hätte, und sie wüsste, dass die Jungs die Farbe für ihn gestohlen hätten.

»Das werde ich Lady Vaughan zeigen.« Mrs Moggs steckte den Brief in ihre Schürzentasche. »Aber zuerst werden die Jungs ihre Strafe bekommen.«

Sie zog beide am Kragen vom Stuhl und schob ihre Pullover hoch, um ihre Rücken zu entblößen.

»Leg den Schürhaken ins Feuer, Olwyn«, sagte sie auf Englisch.

»Bitte nicht!« Evelyn stürzte auf sie zu, doch sie stieß gegen einen Stuhl, der mit lautem Krachen umfiel. Evelyn stolperte darüber und fiel obendrauf. Mrs Moggs hielt die beiden Jungs vor dem Herd fest. Ein heftiger Schmerz raste durch Evelyns Bauch, als Nelli ihr beim Aufstehen half.

»Bitte«, rief Evelyn. »Tun Sie den Jungs nicht weh.«

Der alte Dobbs stand auf.

»Du gehst zu weit, Myfanwy.«

»Das sind böse Jungs, die eine Lektion verdient haben«, beharrte Mrs Moggs.

Nelli, die immer noch Evelyn stützte, meldete sich zu Wort, sprach flehentlich auf Walisisch mit Mrs Moggs.

Mrs Moggs achtete überhaupt nicht auf sie.

»Ist der Schürhaken bereit, Olwyn?«

Olwyn zog den Schürhaken aus den Kohlen; er glühte orange, an der Spitze weiß. Die Jungs wanden sich verzweifelt, Billy sagte ihr, dass sie zur Hölle fahren solle, aber das machte es nur noch schlimmer. Mrs Moggs hielt sie eisern am Kragen fest und zerrte sie näher an den Herd heran.

»Das ist alles meine Schuld«, schrie Evelyn. »Sie dürfen nicht die Jungs dafür bestrafen.«

»Drei Schläge für jeden«, instruierte Mrs Moggs ihre Tochter.

»Ich verbiete es.« Evelyn lief zu ihr und versuchte, die Jungs zu befreien. »Sie werden sofort aufhören.«

»Von Ihnen nehme ich keine Anweisungen entgegen«, zischte Mrs Moggs. »Sie sind ein verdorbenes Ding. Eine Hure sind Sie.«

Dann spuckte sie Evelyn ins Gesicht, und die zuckte für einen Moment zurück. Olwyn hob den Schürhaken, schlug ihn brutal auf Peters nackten Rücken. Dort ließ sie ihn einen kurzen Moment liegen, damit sich das heiße Metall in die Haut brennen konnte. Dann hob sie ihn wieder und schlug ihn auf Billys Rücken. Beide Jungs schrien vor Schmerz.

»Genug, Myfanwy«, brüllte der alte Dobbs.

»Noch einmal«, befahl Mrs Moggs.

Ein Klatschen, der Geruch von verbranntem Fleisch, und wieder raste ein brennender Schmerz durch Evelyns Bauch. Sie griff nach der Tischkante. »Das werde ich Lord Vaughan berichten«, sagte sie. »Ich rufe ihn in London an, sobald er in seinem Büro ist. Dafür werde ich Sie hinauswerfen lassen.«

Mrs Moggs ignorierte Evelyn und nickte ihrer Tochter zu.
»Olwyn, noch einmal.«

Olwyn schlug ein drittes Mal zu, und die Schreie der Jungs wurden noch lauter.

Dann klingelte plötzlich die Dienstbotenglocke an der Wand; Lady Vaughan hatte vom Frühstückszimmer aus geläutet. Mrs Moggs ließ die Jungs los, und sie sanken zu Boden.

Peter weinte, aber Billy rappelte sich auf und zog Hemd und Pullover runter.

»Sie sind eine Hexe«, brüllte er Mrs Moggs an, die ihre Schürze glatt strich und die Hintertreppe hinaufstieg. »Eine verdammte Hexe.«

Mrs Moggs blieb auf der zweiten Stufe stehen.

»Wenn ich wieder runterkomme, verschwindet ihr beide im Keller.« Dann sah sie Evelyn an und lächelte. »Ich werde das sofort Lady Vaughan zeigen.« Sie holte den Brief aus der Tasche. »Ich könnte mir denken, dass sie selbst Lord Vaughan anrufen wird, um ihm zu berichten, was Sie getan haben. Dann werden Sie nicht mehr so hochmütig sein.«

Damit verschwand sie die Treppe hinauf.

Einige Sekunden herrschte Stille.

»Es tut mir so leid ...«, fing Evelyn an.

Aber da zog Billy Peter schon vom Boden hoch und sagte: »Komm. Wir gehen nach Hause.«

Peter stand auf.

»Ich lasse nicht zu, dass sie euch in den Keller sperrt«, beteuerte Evelyn. »Ich werde es verbieten.«

»Ich lasse das auch nicht zu«, schloss sich der alte Dobbs an.

Billy lachte nur.

»Als würde die auf einen von Ihnen hören.«

Mit schmerzverzerrtem Gesicht schnappte er sich seinen Ranzen und kippte die Schulbücher auf den Boden. Die Steinschleuder fiel heraus und rutschte über die Natursteinplatten.

Billy nahm den Laib Brot vom Tisch und packte ihn in den Ranzen. Dann schnappte er sich die Zwille und öffnete die Hintertür. »Komm, Peter.« Schon war er draußen in der Eiseskälte. Sein Atem stieg in die Luft wie eine Rauchfahne.

»Billy, geh nicht«, flehte Evelyn. »Peter, bleibt hier.«

Doch keiner der Jungs sah sie noch einmal an, sie liefen einfach los.

»Billy! Peter!«, rief Evelyn. Nelli stand neben ihr und rief ebenfalls nach den beiden, aber sie gingen schnell und entfernten sich schon aus ihrem Sichtfeld. Deshalb setzten sich nun auch Evelyn und Nelli in Bewegung und folgten ihnen. Peter und Bills liefen über den Hof, bevor sie den Weg zur Terrasse und zum Rasen hinter dem Lazarett einschlugen, statt den Weg nach unten ins Dorf zu nehmen.

»Sie wollen ins Gebirge«, sagte Nelli.

»Wir müssen sie aufhalten.« Evelyn fing an zu rennen und rief die ganze Zeit ihre Namen. Billy sah sich um, und dann fingen auch die Jungs zu rennen an. Evelyn und Nelli folgten ihnen die Stufen hinunter und an den Baracken des Lazaretts entlang, vorbei an Gruppen von Krankenschwestern, die auf dem Weg zu ihrer Frühschicht waren, und Ärzten, die gerade mit ihrer Visite beginnen wollten.

Die Jungs entschwanden rasch ihren Blicken, aber Evelyn war sicher, dass der Gebirgspfad ihr Ziel war. Sie und Nelli liefen über den Rasen und zwängten sich durch kahles Gestrüpp. Es dauerte nicht lange, da entdeckten sie die Jungs. Peter trug einen blauen Pullover, Billy einen roten. Sie waren wie farbige Punkte im eisigen Nebel. Die beiden Frauen kletterten bergan, Evelyn in ihrer Schwesternuniform, Nelli in ihrem dünnen schwarzen Kleid und ihrer Schürze. Keine von ihnen trug die richtige Kleidung für einen Ausflug ins Gebirge. Bald waren sie heiser und gaben es auf, nach Peter und Billy zu rufen. Stattdessen konzentrierten sie sich darauf, nicht auf den vereisten Felsen auszurutschen. Evelyn trug die Stiefel, die zu ihrer Schwesterntracht gehörten und die ihr auf den Steinen, die Nelli und sie zu überwinden suchten, kaum Halt boten. Die Jungs blieben nicht auf dem Pfad. Sie gingen bis zur Absturzstelle, dann verließen sie ihn und schlugen einen Weg ein, der Evelyn noch nie zuvor aufgefallen war.

Sie sah Peter vor sich. Er hatte Mühe, mit Billy mitzuhalten.

Sie rief erneut seinen Namen. Peter schaute sich um.

Und da glitt Evelyn aus, purzelte den Hang hinab, griff nach den Ginsterbüschen und landete schließlich mit einem harten Aufprall am Boden einer Rinne. Als sie aufstand, spürte sie den Schmerz. Da war auch Blut. Blut, das an ihren Beinen hinabrann, sich über ihre Schuhe und die eisigen grauen Steine verteilte. Sie wusste, es war das Baby.

Peter und Nelli eilten herbei, um ihr zu helfen.

»Was ist mit Billy?«, stöhnte sie. »Ihr müsst Billy finden.«

»Er wird uns schon folgen«, meinte Peter. »Wenn er sieht, dass ich nicht mehr hinter ihm bin, kommt er zurück.«

Sie halfen Evelyn zurück zum Haus. Sie konnte vor Schmerzen kaum laufen, dennoch flehte sie die beiden unentwegt an, sie sollten Billy folgen, aber Peter beharrte darauf, dass sein Bruder zurückkommen würde.

Nelli brachte Evelyn zu Bett und holte einen Arzt aus dem Lazarett. Er wusste sofort, was los war, und sagte, dass er nichts machen könne. Evelyn bat ihn, wegen Billy Hilfe zu rufen. Sie erzählte ihm, dass ein Zehnjähriger versuchen würde, durchs Gebirge nach Liverpool zu gelangen. Er telefonierte mit der Polizei, und ein Suchtrupp wurde losgeschickt. Ein paar der Ärzte und Schwestern halfen auch mit, und nach Schulschluss kamen auch noch der Lehrer der Dorfschule und einige der älteren Jungs dazu.

Das Wetter wurde schlechter. Dichter Nebel behinderte die Sicht. Als es dunkel wurde, blies die Polizei die Suche ab.

Am nächsten Tag stand Evelyn sehr früh auf. Sie blutete immer noch, aber sie konnte nicht einfach im Bett bleiben und auf Neuigkeiten warten. Sie zog ihren samtenen Abendmantel an, das einzige Kleidungsstück für draußen, das sie in ihrem Zimmer finden konnte, und stieg wieder den Berg hinauf, folgte dem Weg, den sie schon am Vortag beschritten hatten. Der Nebel hatte sich gelichtet, die Dämmerung zog langsam herauf, und alles war dick mit Eis überzogen.

Evelyn fand die Stelle wieder, an der sie ausgerutscht war, und sie kletterte weiter, immer höher und höher hinauf. Dann sah sie die Schlucht, ließ sich auf alle viere nieder und schob sich langsam vorwärts, um über den Rand zu spähen. Sie betete, dass es dort nichts zu sehen gäbe.

Es ging sehr steil hinunter, und unten in der Schlucht floss ein Bach. Billy lag dort und starrte mit toten Augen zu ihr empor. Sein hagerer Leib lag verdreht im Wasser, und der rote Pullover bildete einen unerträglichen Kontrast zu den grauen Felsen und dem braunen Farnkraut. Er hielt die Steinschleuder noch immer mit einer leblosen Hand umklammert, als wäre sie das Kostbarste auf Erden.

»Es war alles meine Schuld.« Evelyns Mund fühlte sich trocken an nach dem vielen Reden, ihr Kopf schmerzte, und ihr Herz schlug viel zu schnell.

»Es war nicht Ihre Schuld«, widersprach Sarah. »Es war ein schrecklicher Unfall, aber es war nicht Ihre Schuld.«

»Aber wenn ich diesen Brief nicht geschrieben hätte, wenn ich an diesem Morgen nicht in die Küche gegangen wäre. Wenn ich nicht auf diesen Felsen ausgerutscht wäre ...« Evelyn machte eine kurze Pause. »Wenn ich keine Affäre gehabt hätte.« Sie schlug die Hände vors Gesicht. »Was müssen Sie jetzt von mir denken?«

Plötzlich war Bethan an ihrer Seite. Evelyn hatte gar nicht gemerkt, dass sie den Raum betreten hatte. Doch nun setzte sie sich auf die Armlehne des Sessels und legte den Arm um sie.

»Niemand denkt schlecht von dir.«

»Ich werde niemals vergessen, was Mrs Moggs gesagt hat. *Hure!* Ich war eine Hure, und der arme Billy musste dafür bezahlen.«

»Was ist aus Jack geworden?«, fragte Tom.

Evelyn war nicht mehr imstande, etwas zu sagen. Ihre Kehle war wie zugeschnürt. Bethan streichelte ihr Haar. Das erinnerte sie an Nelli und daran, wie die sie vor all diesen Jahren getröstet hatte.

»Ist sein Flugzeug oben am Berg abgestürzt?«, fragte Bethan. »Ist Jack in dem Wrack da oben gestorben?«

»Nein.« Evelyn schüttelte den Kopf. »Er ist nicht dort oben gestorben.«

»Was ist denn dann passiert?«, fragte Sarah mit sanfter Stimme.

»Die *Lady Evie* ist über Deutschland abgestürzt.« Blicklos starrte Evelyn auf den leeren Kaminrost. »Am Tag, nachdem ich Billy gefunden hatte, habe ich einen der Ambulanzfahrer bezahlt, damit er mich zum Stützpunkt mitnimmt. Sie sagten mir, dass Jack verschollen sei und dass sie glauben, er sei tot. Es war schon eine ganze Woche früher passiert. Ich habe keine Erinnerung an die Rückfahrt nach Vaughan Court oder an Billys Beerdigung oder an Weihnachten oder an all die anderen Tage bis weit in den Januar.« Evelyn tätschelte Bethans Hand. »Ich weiß nicht, was ich ohne deine Großmutter getan hätte.« Sie sah Sarah und Tom an. »Und ohne Ihren armen Vater. Er war nur ein kleiner Junge, aber er war so lieb zu mir, obwohl er Billy verloren hatte. Wir alle trauerten auf unterschiedliche Art, ich und Nelli und Peter. Alle beklagten wir die, die wir so sehr geliebt hatten. Das hat uns für immer zusammengeschweißt.«

»Und Lady Vaughan?«, fragte Sarah. »Was hat sie getan, als Mrs Moggs ihr den Brief gezeigt hat?«

Evelyn seufzte.

»Sie erlitt einen Schlaganfall. Den ersten von vielen im Lauf der nächsten sechs Jahre. Der erste war nicht so schlimm, und als sie sich wieder erholt hatte, war ich stark genug, ihr zu sagen, dass ich wusste, warum Howard während des Krieges in London geblieben war.«

»Warum?«, hakte Tom nach.

Es klopfte forsch an der Tür.

Evelyn drehte sich um und sah Sergeant Williams auf der Schwelle stehen.

»Es tut mir sehr leid, dass ich Sie stören muss«, sagte er und sah alle Anwesenden nacheinander an. »Aber ich habe Neuigkeiten über diesen Fall.«

Evelyn wollte ihm sagen, er solle gehen und später wiederkommen, aber Tom war bereits aufgestanden und sagte, dass er hereinkommen solle.

»Was für ein Fall?«, fragte Sarah.

»Hausfriedensbruch und mutwillige Sachbeschädigung, hier auf Vaughan Court«, antwortete Sergeant Williams. Er hatte vor Aufregung geweitete Augen und klang wie der Ermittler in einem Amateurtheaterstück. »Ich freue mich, Ihnen sagen zu können, dass wir eine umfassende Untersuchung eingeleitet haben, in deren Folge ich die Übeltäter auf frischer Tat ertappt habe.« Wieder ließ er seinen Blick kurz auf jeder Person im Raum ruhen. »Ich habe sie in Gewahrsam genommen. Zwei einheimische Burschen. Sie sitzen bereits in einer Zelle.«

Evelyn spürte, wie Bethan auf der Armlehne hin und her rutschte.

»Aber ich habe auch noch einen anderen Verdächtigen festgenommen«, fuhr Sergeant Williams fort und ließ seinen Blick erneut von einem zum anderen wandern.

»Um Himmels willen, nun reden Sie schon«, sagte Evelyn. »Sagen Sie uns, wer zum Teufel hier nachts mit Steinen wirft, dann kann Bethan vielleicht gehen und uns allen eine Tasse Tee holen. Ich für meinen Teil hätte allerdings lieber einen starken Whisky.«

Sergeant Williams wippte auf den Zehenspitzen, und seine glänzenden Schuhe quietschten. »Der dritte Verdächtige ist jemand, den ich gern den *Zirkusdirektor* nenne.« Er deutete mit den Fingern Anführungszeichen an und zog dann mit großer Geste sein Notizbuch aus der Tasche. Er blätterte eine Weile darin herum, hielt dann bei einer Seite inne, betrachtete sie, als würde er den Inhalt lesen, und blickte wieder auf. »Der Zirkusdirektor streitet seine Tat nicht ab.« Kunstpause. »Aber er hat mir eine recht eigentümliche Geschichte erzählt, und ich habe mich gefragt, ob Sie, Lady Evelyn, sie mir bestätigen können.«

Kapitel 23

Freitag

Bethan

Die Mittagssonne strahlte von einem wolkenlosen blauen Himmel, und eine warme Frühlingsbrise hatte die anfängliche Kälte des Vormittags vertrieben.

Bethan zog die Barbourjacke aus, legte sie über eine verfallene Mauer in den Ruinen von Twr Du, setzte sich daneben und blickte auf die Bucht hinaus. Es war Ebbe, und das Meer hatte sich weit zurückgezogen. Eine Gruppe Schüler zeichnete mit Rechen und Stöcken unter Anleitung zweier Lehrer ein riesiges Bild in den Sand. Von ihrem Aussichtspunkt auf dem Red Rock aus war leicht zu erkennen, dass sie einen Drachen malten.

Sie hörte ein Geräusch. Jemand kam zu ihr herauf. Als sie sich umdrehte, sah sie Tom.

»Was machen Sie hier?«, fragte sie.

»Das könnte ich Sie auch fragen.«

Bethan seufzte.

»Ich versuche, mir zu überlegen, was ich mit dem Artikel machen soll, den ich über Evelyn geschrieben habe. Ich habe meiner Herausgeberin gesagt, ich würde ihn ihr heute schicken, aber es fühlt sich nicht mehr richtig an. Ich bin bei vielem nicht überzeugt, dass es auch wirklich wahr ist.« Sie sah Tom an und zuckte mit den Schultern. »Vielleicht sollte ich lieber ›korrekt‹ sagen als ›wahr‹.«

Tom setzte sich zu ihr auf die Mauer.

»Offenbar ist alles ein bisschen anders, als wir alle angenommen haben. Evelyn war nicht die glücklich verheiratete Frau, für die wir sie alle gehalten hatten. Die sich aus Liebe unermüdlich für Howard aufgeopfert hat.«

»Und sie war auch nicht die Mutter eines Kindes mit einer Lernbehinderung«, fügte Bethan hinzu.

»Aber sie hat sich definitiv erfolgreich für Behindertenrechte eingesetzt, die Oak-Hill-Schule gegründet und viele Bestseller geschrieben.«

»Das weiß ich auch.« Bethan strich sich eine Haarsträhne aus den Augen, die eine Böe von der See ihr ins Gesicht geweht hatte. »Ich finde nur, dass ihre Geschichte viel interessanter ist als das, was ich geschrieben habe. Mein Artikel kommt mir im Licht all dessen, was wir in den letzten vierundzwanzig Stunden erfahren haben, ein bisschen zu abgedroschen vor.«

»Meinen Sie, Evelyn würde wollen, dass Sie über all das schreiben?«

»Ich weiß es nicht.«

»Sie könnten Sie ja fragen.«

»Ich werde warten, bis sie ihr Treffen mit David Dashwood hinter sich hat.« Bethan blickte hinunter zum Strand, wo die Kinder immer noch hin und her liefen. »Sarah ist gerade bei ihr und hilft ihr, sich anzuziehen. Ich sollte eigentlich Milch aus Olwyns Laden holen und meinen Artikel per E-Mail abschicken. Aber ich glaube, ich werde die Redakteurin bitten, mir noch ein paar Tage mehr zu geben. Ich würde gerne warten, bis David die Gelegenheit hatte, Evelyn alles über seine Großmutter Margaret zu erzählen.«

Tom schüttelte den Kopf.

»Das wird bestimmt eine interessante Story.«

»Und sie erklärt das hier.« Bethan ergriff die Jacke, nahm das silberne Zigarettenetui heraus und gab es Tom.

»Sehen Sie sich die Gravur im Deckel an.«

»L.D.«, las Tom die Initialen vor. »Das muss Loretta Day gewesen sein, Howards Geliebte.«

»Und die Mutter von Davids Großmutter Margaret.« Bethan nahm das Etui wieder an sich. »Wie es aussieht, lagen Sie falsch, was das Luxushotel betrifft.«

Tom schnaubte leise.

»Aber ich hatte recht damit, dass er das Haus aus einem bestimmten Grund haben wollte. Ich verstehe nur nicht, warum er diese zwei dämlichen Typen beauftragt hat, Evelyn Angst zu machen, damit sie verkauft.«

Bethan zuckte mit den Schultern.

»Ich nehme an, er war verzweifelt. Seine Großmutter ist schon ziemlich alt, und er hat ihr, seit er ein kleiner Junge war, versprochen, er würde eine Möglichkeit finden, dass sie beide auf Vaughan Court leben könnten.«

»Lord Dashwood. Das klingt wie eine Person aus einem von Lady Evelyns Romanen.«

»Er ist ein Lord Vaughan«, wandte Bethan ein.

»Illegitim«, murmelte Tom.

»Wahrscheinlich liegt ihm einfach viel daran, Margaret aus dem Altenheim in Chester zu holen und herzubringen, damit er sich um sie kümmern kann.«

»Er und Chantal«, sagte Tom.

»Mm«, machte Bethan. »Nach dem, was Chantal mir erzählt hat, ging sie wohl davon aus, dass sie hier die Gutsherrin werden würde.« Bethan seufzte. »Sie hatten recht, er hat mich benutzt.«

Tom sah sie an.

»Ich bin überzeugt, dass er Sie wirklich gernhatte.«

Bethan runzelte die Stirn.

»Und da ist noch jemand, der Sie sehr gernhat.« Tom zeigte zum Strand hinunter. Dort lief Tilly durch den Sand und zeichnete mit einem Stock den Rauch aus dem Maul des Drachen. Sie sah eindeutig fröhlicher aus als am Vorabend.

»Sind Sie deswegen hier raufgekommen?«, fragte Bethan. »Um sich zu vergewissern, dass es ihr gut geht?«

Tom nickte.

»Die Vormittagssprechstunde war vorbei, und ich wusste, dass die Schule heute einen Ausflug zum Strand macht. Also bin ich wohl hier, um nach ihr zu sehen. Ich hatte gestern Abend wirklich Angst um sie.«

Die Meldung war über Sergeant Williams Funkgerät hereingekommen. Er hatte gerade seinen Bericht über David Dashwood beendet, als sich über das Funkgerät die knisternde Stimme der Zentrale meldete. »Am Strand von Aberseren wird ein Mädchen vermisst. Acht Jahre alt, langes blondes Haar, ihr Name lautet Tilly Rossall.«

»Tilly«, schrien Tom und Sarah gleichzeitig. Mit einem Satz war Tom an der Tür. Sergeant Williams folgte ihm.

»Ich übernehme den Fall«, sagte er und zückte sein Notizbuch.

»Ich fahre selbst zum Strand«, erklärte Tom entschlossen. »Antworten Sie und vergewissern Sie sich, dass die Küstenwache und das Rettungsteam verständigt wurden. Und die Bergwacht soll sich auch bereithalten.«

»Ich fahre zurück nach Hause, um zu schauen, ob sie vielleicht dort ist«, sagte Sarah. »Aber dann komme ich auch zum Strand.«

»Überlassen Sie das mir, Doktor Tom.« Sergeant Williams drängelte sich an Tom und Sarah vorbei. »Ich werde sie finden, bin schon auf dem Weg.« Im Handumdrehen waren Tom, Sarah und Sergeant Williams fort und Bethan und Evelyn allein im Salon.

»Die arme Tilly«, sagte Evelyn mit zitternder Stimme. »Es ist, als würde sich die Geschichte mit Billy wiederholen.«

»Das kann man doch nicht vergleichen«, widersprach Bethan. »Heute haben sie Hubschrauber und Wärmebildkameras und speziell ausgebildete Hunde.«

»Ich nehme an, du willst auch gehen und nach ihr suchen«, sagte Evelyn.

Bethan biss sich auf die Lippe. Sie wollte nichts mehr, als zum Strand laufen und sich der Suchtruppe anschließen.

»Ich möchte dich nicht allein lassen, Evelyn. Außerdem wartest du immer noch auf deinen Tee. Oder willst du doch lieber einen Whisky?«

»Kaffee mit einem Spritzer Brandy wäre vielleicht eine gute Idee.«

Bethan ging hinunter in die Küche und kam mit zwei Tassen Kaffee zurück. Evelyns enthielt außerdem einen guten Schuss aus einer Flasche Hennessy, die Bethan in der Speisekammer gefunden hatte.

»Alles in Ordnung?«, fragte sie, als Evelyn ihr mit zitternden Fingern die Tasse abnahm. Sie sah erschreckend blass aus.

»Mir geht es gut«, antwortete Evelyn mit einem bekräftigenden Nicken. »Aber dass Tilly vermisst wird, rückt die Dinge wieder ins richtige Licht. Es ist albern, sich über Geschehnisse aufzuregen, die in der Vergangenheit passiert sind.«

»Das ist überhaupt nicht albern. Du hast diesen Schmerz jahrzehntelang in dir verschlossen. Du hättest wirklich eine Therapie brauchen können, um das alles zu verarbeiten.«

»Ich habe noch nie eine Therapie gebraucht!«, sagte Evelyn und winkte so heftig ab, dass der Kaffee auf ihren Gipsverband spritzte. »Das ist nur Zeit- und Geldverschwendung.«

Seufzend nahm Bethan ihr die Tasse ab und stellte sie auf einen kleinen Tisch.

»Ich weiß, was du denkst«, sagte Evelyn. »Dass nur wegen

dieser strengen, aristokratischen Herangehensweise die Auswirkungen noch heute spürbar sind. Bei David Dashwood ist es ja ähnlich. Er hat nur versucht, Ungerechtigkeiten zu korrigieren, die sich vor siebzig Jahren ereignet haben.«

»Er hat versucht, dich aus deinem Zuhause zu vertreiben, Evelyn.«

»Nur, damit er das Versprechen halten konnte, das er seiner Großmutter gegeben hat.« Evelyn schüttelte den Kopf. »Ich dachte, Billy würde mich heimsuchen und mit der Zwille, die ich ihm geschenkt habe, Fenster einwerfen, versuchen, mich für die Fehler, die ich begangen habe, zu bestrafen, indem er mich des Nachts in Angst und Schrecken versetzt.«

Bethan schauderte.

»Ich habe auch schon angefangen, an Geister zu glauben. Nie hätte ich gedacht, dass David dahintersteckt. Wie der böse Schurke in Scooby-Doo.«

»Robert hat Scooby-Doo geliebt. Wäre da nur nicht dieser lästige Polizist gewesen!« Lächelnd schüttelte Evelyn den Kopf. »Ich komme nicht darüber hinweg, dass Davids Großmutter Margaret die Tochter von Loretta und Howard ist.«

»Bist du Loretta je begegnet?«

»Einmal. Nachdem ich den Brief gelesen hatte, den sie Howard geschickt hat, bin ich nach London gefahren. Ich war so fassungslos, ich wollte Howard damit konfrontieren, wollte irgendeine Art von Erklärung von ihm. Ich dachte, er würde mir erzählen, dass es nur ein kurzes Abenteuer wäre. Oder er würde mir die Schuld geben und sagen, dass ich ihn in die Arme einer anderen Frau getrieben habe, weil ich so abstoßend bin.«

»Du kannst doch nicht wirklich gedacht haben, dass du abstoßend aussiehst?«, fragte Bethan mit ungläubiger Miene.

»Doch, das dachte ich«, gestand Evelyn leise.

»Aber du warst hinreißend.«

»Howard schien das nicht so zu empfinden. Ihn habe ich jedenfalls definitiv nicht *angeturnt*, wie ihr jungen Leute sagt. Und mir hat auch nie jemand gesagt, ich wäre hübsch oder schön oder begehrenswert. Nicht, bis ich Jack getroffen habe.«

Bethan setzte sich wieder auf die Armlehne von Evelyns Sessel, legte einen Arm um ihre Schultern und drückte sie. Evelyn tätschelte mit den Fingerspitzen Bethans Hand.

»Vielleicht habe ich mir auch eingebildet, dass es auf irgendeine sonderbare Art mehr Nähe zwischen uns herstellt, wenn ich Howard damit konfrontiere. Ich bin zu der Wohnung in der Sloane Street gegangen. Ich war früh dran und wollte darauf warten, dass er aus Whitehall zurückkommt, aber sie war dort.« Evelyn schloss die Augen. Die Szene war in ihrem Geist noch immer sehr lebendig. »Loretta öffnete die Tür in einem Hausmantel. Sie hatte Lockenwickler im Haar. Für mich sah sie alt aus, und sie wirkte so, als wäre die Wohnung ihr Zuhause. Ich wusste nicht, was ich sagen sollte. Sie war sehr nett, bat mich herein und gab mir einen Drink. Ich glaube, es war ein Sherry. Ich weiß noch, wie meine Hände gezittert haben, ganz so wie jetzt.« Evelyn hob einen zitternden Arm. »Loretta sagte, dass es ihr leidtäte, aber sie sagte auch, dass sie Howard lieben würde und dass er sie auch liebe. Er hatte ihr deutlich gemacht, dass eine Scheidung nicht zur Debatte stand. Aber sie wollte nur mit ihm zusammen sein. Ich bin gegangen, so schnell ich nur konnte, und dann bin ich hierher zurückgekehrt ...« Evelyns Stimme erstarb.

»Warum hast du ihn damals nicht verlassen?«, fragte Bethan.

»Ich hatte keine Familie, keine Freunde. Wir waren im Krieg. Wo hätte ich hingehen sollen? Und wie ich dir schon sagte, das Leben war damals ein anderes. Man lief nicht einfach weg. Außerdem habe ich mir selbst die Schuld gegeben. Ich hatte als Ehefrau versagt. Heute ist mir klar, dass Loretta Howard vermutlich all die Liebe und Zuwendung gegeben hat, die er von seiner Mutter nie bekommen hatte. Eigentlich war er ein sensibler Mensch. Er konnte mürrisch und griesgrämig sein, und reizbar war er auch, aber dahinter verbarg sich der ängstliche kleine Junge, dessen Mutter ihn in der einen Minute mit Liebe überschüttet und in der nächsten zurückgewiesen hat. Was hat Philip Larkin noch gesagt?«

»›Sie vermurksen dich, deine Mutter und dein Vater.‹« Bethan erinnerte sich an die Zeile.

»Genau das meine ich. Nun ja, Lady Vaughan hat Howard wirklich vermurkst; sein Vater hat vermutlich auch seinen Teil dazu beigetragen. Und der Krieg hat ihm dann den Rest gegeben. Er hat sich nie verziehen, was seinen Männern in Frankreich widerfahren war. Loretta Day mag nur eine Nachtclubsängerin aus Soho gewesen sein, aber bei ihr hat Howard aus irgendeinem Grund Trost gefunden. Loretta konnte er lieben, was ihm bei mir nie gelungen ist.« Evelyn seufzte. »Weißt du eigentlich, dass ich noch Jungfrau war, als ich Jack kennengelernt habe?«

»Aber du und Howard, ihr hattet doch am Ende ein Baby? Du hattest Robert.«

Evelyn blickte zu Bethan hinauf und schüttelte den Kopf.

»Robert war nicht mein Kind. Er war ihr Kind.«

Bethans Augen weiteten sich vor Staunen.

»Howard und Loretta waren seine Eltern? Sie hatten nicht nur Margaret, sondern auch einen Sohn?«

Evelyn nickte.

»Robert kam einen Monat nach Howards Unfall zur Welt. Howard war noch im Krankenhaus. Er hatte Wundbrand in den Beinen. Es war ungewiss, ob er überleben würde. Ich erhielt ein Telegramm von Loretta, in dem sie mich bat, nach London zu kommen. Ich glaube, ihr war gar nicht klar, dass es der Tag der Befreiung war. Es muss ihr damals sehr schlecht gegangen sein.«

Evelyn verstummte vorübergehend und starrte in den Kamin.

»Also bist du nach London gefahren?«, soufflierte Bethan.

»Ja, ich bin zu der Wohnung gegangen. Es war schon Abend,

als ich eingetroffen bin. Überall in London gingen die Lichter an – das erste Mal seit sechs Jahren. Es war herrlich! All die erleuchteten Fenster. Überall konnte man direkt in die Wohnungen schauen, und in allen wurde gefeiert. Nur in Howards Wohnung brannte kein Licht. Es war stockdunkel. Ich habe Loretta in der Küche gefunden. Ich kann das Gas immer noch riechen. Auf dem Küchentisch lag ein an mich adressierter Brief. Darin stand, dass ein Arzt ihr gesagt hätte, dass sie sehr krank sei und dass sie der Verantwortung, sich um Howard zu kümmern, so nicht mehr gewachsen wäre. Sie bat mich, für ihn zu sorgen. Das Baby hat sie überhaupt nicht erwähnt.

Ich frage mich oft, was passiert wäre, wenn ich Robert nicht gehört hätte. Ich nehme an, die Polizei hätte ihn irgendwo untergebracht, in einem Krankenhaus oder einer Anstalt.

Er lag mitten auf dem Doppelbett, eingewickelt in eine Decke, und hat ganz leise gewimmert. Es klang eher nach einem maunzenden Kätzchen als nach einem Baby.

Ich bin mit ihm in einem Nachtzug voller heimkehrender Soldaten zurück nach Wales gefahren. Während der ganzen Reise hielt ich ihn auf dem Arm, um seinen kleinen Körper vor dem Gerempel der Männer zu schützen. Neun Stunden, und er hat nicht einmal geweint. Ich musste ihm gut zureden, damit er Milch aus dem Fläschchen trank. Ich glaube, ich habe mich auf dieser Reise in ihn verliebt. Und als ich ihn hierherbrachte, haben sich deine Großmutter Nelli und Peter auch in ihn verliebt. Ich dachte oft, dass er einfach unser Baby ist. Er gehörte zu uns dreien. Wir drei haben ihm geholfen, groß zu werden, und er hat uns geholfen weiterzuleben.

»Und Margaret? Wie passt die da hinein?«, hakte Bethan nach.

»Ich weiß es nicht. Ich muss mit David Dashwood reden. Ich muss mehr über seine Großmutter herausfinden.«

»Tja, da wirst du wohl warten müssen, bis Sergeant Williams ihn aus seiner Zelle wieder entlässt«, sagte Bethan und stand auf.

»Ich mache uns ein Feuer.« Sie warf einen Blick auf den leeren Holzkorb. »Aber dafür werde ich wohl erst mal losgehen und Holz aus dem Schuppen holen müssen.«

»Ich habe dich gar nicht gefragt, wo Malcolm ist«, sagte Evelyn, als Bethan zur Tür ging. »Ich habe gesehen, dass er seine Tasche geholt hat, während ich mit Sarah gesprochen habe. Würde ich darüber in einem Roman schreiben, würde ich sagen, *er hatte eine grimmige Miene.*«

Bethan lächelte.

»Ich erzähle dir die Geschichte, wenn ich mit dem Holz zurück bin. Ich glaube, sie wird dich aufmuntern.«

Als Bethan wieder in die Küche hinunterging, stellte sie mit Erstaunen fest, dass der Boden dort nass war. Ein kleines Rinnsal führte von der Spüle zur Hintertür, und auf den Steinplatten waren überall kleine Spritzer zu sehen. Sie war sicher, dass der Boden trocken gewesen war, als sie vorhin Kaffee gekocht hatte.

Bethan öffnete die Hintertür. Ein paar Pfauen pickten immer noch dort herum auf der Suche nach den letzten Bissen von dem Vogelfutter, das Bethan ihnen vorhin hingeworfen hatte. Zwischen ihren herumwischenden Schwänzen konnte sie eine dunkle Linie auf dem Kies ausmachen, hier und da ein paar Tropfen, die in der Nachmittagssonne funkelten wie regenbogenfarbene Murmeln. Bethan folgte der Wasserspur um die Ecke und auf die Terrasse. Größere Pfützen führten sie die Stufen hinab. Und sie konnte etwas hören. Ein unablässiges, geradezu rhythmisches Schaben und Scheuern. Und da war noch etwas anderes, leises Ächzen und Schniefen. Bethan ging die Stufen hinunter und spähte in das Gewölbe. Da stand Tilly. Sie hatte eine Scheuerbürste und einen Eimer dabei und versuchte mit aller Kraft, die Tünche von der Wand zu waschen.

Evelyn

David Dashwood sah furchtbar aus. Er hatte sich nicht rasiert, und seine Augen waren von tiefen Schatten umgeben. Seine Haut, die sonst beinahe golden schimmerte, hatte einen gelblichen Ton angenommen.

»Ich weiß nicht, was ich sagen soll.« Seine Stimme war leise. »Ich schäme mich.«

Evelyn sah ihn über den Gartentisch hinweg an, den Bethan unter dem Magnolienbaum aufgestellt hatte. Ein Pfau thronte auf einem der Äste, die Knopfaugen direkt auf David Dashwoods Gesicht gerichtet wie ein Geschworener, der darauf wartete, dass der Beschuldigte sich verteidigte.

Evelyn blickte ihn ebenso unverwandt an. Zum ersten Mal fiel ihr auf, dass seine Züge eine gewisse Ähnlichkeit mit denen der Vaughans auf den Gemälden aufwiesen, die Treppenhaus und Korridore schmückten. Die lange Nase, die mandelförmigen Augen. Aber die Gene anderer Familien verwässerten den Eindruck. Vielleicht hatte Loretta ihm diese hohen Wangenknochen und das betörende Lächeln vererbt. Vielleicht hatte Davids Großvater auch so erstaunlich blaue Augen gehabt, und seinem eigenen Vater könnte er das dichte blonde Haar und den athletischen Körperbau verdanken. Irgendwo unterwegs hatte David einen Überfluss an Charme aufgefangen, mehr, als man von einem Jungen erwarten sollte, dessen Mutter ihn schon als Kleinkind im Stich gelassen und seiner Großmutter überantwortet hatte. Vielleicht war dieser Charme auch in seinen Genen angelegt.

Wenn man jedoch das Häufchen Elend auf dem Stuhl betrachtete, dann schien es, als sei ihm dieser Charme in der Zelle gänzlich abhandengekommen.

»Ich habe Mist gebaut«, sagte er. »Anders kann man das nicht nennen, nicht wahr?«

Evelyn antwortete nicht. Der Pfau rutschte auf seinem Ast weiter, und seine Federn raschelten zwischen den blassrosafarbenen Blüten. Im Knotengarten präsentierte ein anderer Pfau sein Rad.

»Danke, dass Sie bereit waren, mich zu empfangen«, fuhr David fort. »Und danke, dass Sie mich nicht angezeigt haben. Oder die Jungs.« Er ließ den Kopf hängen, und Evelyn stellte fest, dass heute selbst sein Haar stumpf und aschfahl aussah. Einen Moment später blickte er wieder auf und sah Evelyn an. »Ich nehme an, Sie haben Fragen.«

Es gab so viele Fragen, die sie ihm stellen wollte, aber sie wusste nicht so recht, wie sie sie formulieren sollte.

»Es ist wirklich schade um den Löwen«, sagte sie.

David schaute zum Haus hinüber, obwohl es unmöglich war, von dort, wo sie saßen, den Portikus zu sehen.

»Ich weiß, die Jungs sind zu weit gegangen. Ich habe ihnen nur gesagt, sie sollen Kieselsteine an die Fenster werfen. Ich hatte immer vor, den Löwen wieder instand setzen zu lassen und die Fenster auch.«

»Wenn das Haus Ihnen gehört hätte?«, fragte Evelyn und zog die Brauen hoch.

David fuhr sich mit beiden Händen durch das Haar.

»Es tut mir so leid. Ich weiß, ich hätte nie versuchen dürfen, Ihnen Angst zu machen, damit Sie Vaughan Court verkaufen.«

»Sie hätten wissen müssen, dass es nicht viel gibt, was mir Angst macht. Ein paar junge Burschen, die gut zielen können, schaffen das ganz bestimmt nicht. Und gerade Sie sollten wissen, dass man so keine Geschäfte macht.«

»Es gibt keine Rechtfertigung dafür.«

»Sie haben Ihre Großmutter«, sagte Evelyn.

David nickte.

»Es stimmt, ich wollte das Haus für sie, das war das, was sie sich immer gewünscht hat.«

»Ich kann mir wirklich nicht vorstellen, warum irgendjemand so einen zugigen alten Kasten haben will. Haben Sie eine Ahnung, was es kostet, das Ding zu heizen? Von der Instandhaltung ganz zu schweigen.«

»Es geht um das, wofür es steht. Für Grandma ist es ihr Erbe.«

»Und Ihr Erbe ist es auch? Der letzte männliche Vaughan? Der rechtmäßige Erbe? Ich nehme an, so sieht sie es.«

Bethan näherte sich mit einem Tablett mit Teegeschirr. Sie stellte es ab und verteilte Tassen und Untertassen auf dem Tisch.

»Wie ich sehe, hält Bethan Sie keiner Kekse für würdig«, bemerkte Evelyn und sah dabei David Dashwood unverblümt an.

»Tut mir leid, Evelyn. Soll ich das Shortbread holen?«, fragte Bethan, während sie Tee einschenkte.

»Nein, nein, das genügt völlig.« Evelyn griff zu ihrem Teelöffel und rührte ihren Tee um. »Willst du dich zu uns gesellen, Bethan?«

Das Mädchen schüttelte den Kopf.

»Ich habe zu tun.«

Evelyn fiel auf, dass sie David keines Blickes würdigte.

»Sie haben ihr etwas vorgemacht, ich habe sogar den Verdacht, Sie haben sie verführt«, sagte Evelyn, als Bethan wieder die Treppe hinauf verschwunden war. »Das ist in meinen Augen schlimmer als die Steine.«

David schüttelte den Kopf.

»Ich mochte sie wirklich. Ich meine, ich mag sie wirklich. Sie ist ein großartiges Mädchen.«

»Nun ja, dem Vernehmen nach haben Sie mit Chantal schon alle Hände voll zu tun. Aber ich halte es für möglich, dass Bethan inzwischen über Sie schon genauso weggekommen ist wie über diesen grässlichen Malcolm.«

David schwieg. Evelyn ergriff ihre Tasse und trank einen Schluck.

»Erzählen Sie mir von Ihrer Großmutter«, forderte sie ihn auf. »Fangen Sie mit dem Alter an, damit ich weiß, wann in etwa die Affäre zwischen Loretta und meinem Ehemann angefangen hat.«

David betrachtet den Magnolienbaum mit versonnenem Blick, als würde er im Kopf nachrechnen.

»Lassen Sie mich überlegen, sie ist letzten Monat achtundsiebzig geworden, also wurde sie 1938 geboren.«

1938. Die Jahreszahl spukte noch lange, nachdem David Dashwood fort war, durch Evelyns Kopf. 1938. Über zwei Jahre, bevor Evelyn Howard 1941 kennengelernt hatte. Bevor er zum Militär gegangen war, vor Dünkirchen, vor den fehlgeschlagenen Geschäften mit Sir Nigel Overly. Evelyn versuchte zu begreifen. Als sie Howard geheiratet hatte, da hatte er bereits eine feste Beziehung mit einer Frau und ein Kind. Sie schloss die Augen und bemühte sich, den Zorn zu bezähmen, der in ihr brodelte. Warum hatte Howard nicht einfach Loretta geheiratet?

Evelyn kannte die Antwort. Lady Vaughan hätte nie zugelassen, dass ihr Sohn eine Nachtclubsängerin ehelichte, selbst dann nicht, wenn diese Frau Lady Vaughans erstes Enkelkind zur Welt gebracht hatte.

David hatte Evelyn erzählt, dass Margaret zu Kriegsbeginn zu Lorettas Schwester im Peak District geschickt worden war. Ihre Tante hatte dem kleinen Mädchen alles über das große Haus am Meer in Wales erzählt. Sie hatte Margaret gesagt, dass dieses Haus ihr gehören sollte. Howard hätte Loretta heiraten und eine Lady aus ihr machen sollen, und Margaret hätte in diesen prachtvollen Räumen leben und einen großen Garten zum Spielen haben sollen und Bedienstete, die ihr alles brachten, wonach sie verlangte.

Nach dem Krieg hatte die Tante Margaret mit dem Zug nach

Aberseren gebracht. Sie waren den Hang hinaufgestiegen und hatten die lange Auffahrt hochgeblickt. Margaret hatte David erzählt, sie hätte die gewundenen Schornsteine hinter den Bäumen gesehen und gedacht, sie sähen aus wie die Art von Schornsteinen, die man auf einem Prinzessinnenschloss finden würde.

Evelyn saß lange Zeit im Garten und dachte über Margaret nach. Ein Leben voller Sehnsucht, ein Leben, geprägt von dem Gefühl, Anspruch auf eine andere Welt zu haben.

David hatte Evelyn von den Sammelalben seiner Großmutter berichtet, alle voller Artikel über Evelyn und ihr Leben. Manchmal druckten Zeitschriften auch Bilder von Vaughan Court; mehr als einmal war es für *Homes & Gardens* fotografiert worden. Margaret hatte sie alle gesammelt und fein säuberlich eingeklebt. David sagte, sie würde sich die Alben heute noch täglich ansehen.

»Das hält sie am Leben«, hatte er gesagt. »Es ist die einzige Verbindung zu ihrer Vergangenheit, die ihr geblieben ist. Ihre Tante ist gestorben, als sie fünfzehn war. Danach hatte sie keine Familie mehr, keine Mutter, keine Geschwister, nur einen Vater, der nie auf die Briefe geantwortet hat, die sie ihm geschickt hat.«

Margaret hatte nicht gewusst, dass sie einen Bruder hatte. Sie hatte nichts von Robert gewusst.

Ihre Tante hatte ihr von einem tot geborenen Baby erzählt und ihr erklärt, dass Loretta wenige Tage später aufgrund von Komplikationen während der Geburt gestorben sei.

Evelyn fragte sich, was die Tante gewusst hatte. Sie musste doch über den Selbstmord informiert worden sein. Aber vielleicht hatte sie wirklich nicht gewusst, dass das Baby überlebt hatte. Evelyn hatte Robert am Abend des Tags der Befreiung einfach mitgenommen und nach Vaughan Court gebracht. Es wäre an Howard gewesen, Lorettas Schwester über den Verbleib des Babys in Kenntnis zu setzen.

Evelyn betrachtete den Knotengarten und das Labyrinth aus niedrigen Hecken, den Springbrunnen, die Blumen, den Rasen und die Bäume dahinter. Lorettas anderes Kind war in den Genuss eines Lebens auf Vaughan Court gekommen. Fünfzig Jahre lang hatte Robert das alles geliebt, war immer das Kind in dem großen Garten geblieben und niemals erwachsen geworden.

Evelyn schloss die Augen. So viele Geheimnisse. Es war, als wäre ein Damm gebrochen, und alle Geheimnisse aus all diesen Jahren sprudelten plötzlich hervor. Evelyn hatte sich immer vorgestellt, dass sich ihre Geheimnisse in einen wütenden Fluss voller Groll und Zorn ergießen würden, stattdessen schien es nun, als würden sie einfach in einen klaren, ruhigen See der Wahrheit münden.

Sie hörte ein Geräusch neben sich und schlug die Augen auf.

»Ich dachte, du schläfst«, sagte Bethan.

»Natürlich nicht«, murrte Evelyn. »Ich ruhe nur meine Augen aus.«

»Ich glaube, du solltest reinkommen.« Bethans Stimme klang sehr sanftmütig. »Tom und Tilly sind gekommen, um uns zu besuchen. Und Tom und ich möchten dir etwas wirklich Wichtiges erzählen.«

Bethan

Sie hatten alles am Tag zuvor mithilfe von Bethans Handy aufgedeckt. Es hatte keine zwanzig Minuten gedauert, und es wäre noch schneller gegangen, hätten sie einfach seinen Namen eingegeben.

»Hat sich Tilly wegen der Bilder inzwischen wieder beruhigt?«, fragte Bethan, als sie und Tom auf den Ruinen des mittelalterlichen Turms auf dem Red Rock saßen und den Kindern dabei zuschauten, wie sie den großen Drachen in den Sand malten. »Oder ist sie immer noch traurig, weil sie übertüncht wurden?«

»Ich glaube, sie versteht inzwischen, dass das nur Bilder sind, die ein amerikanischer Pilot während des Krieges gemalt hat«, sagte Tom. »Diese Fotos, die David Dashwood gemacht hat, sind auch hilfreich.«

»So kann sie wenigstens noch die anschauen«, sagte Bethan. »Dann begreift sie vielleicht auch, dass sie nur ein Teil der Geschichte hier sind, nichts Übersinnliches.«

»Jetzt will sie alles über die Amerikaner wissen. Der Gedanke, dass sie den Kindern hier Schokolade und Kaugummis geschenkt haben, nachdem es jahrelang nichts gegeben hat, fasziniert sie sehr.«

»Ich frage mich, ob man im Internet etwas über diesen Luftwaffenstützpunkt findet.«

»Da bin ich sicher«, sagte Tom. »Soll ich später mal nachsehen?«

»Welcher Zeitpunkt wäre besser als jetzt?« Bethan hielt ihr Handy hoch. »Wonach soll ich suchen?«

»Wie wäre es mit ›US Air Force Squadrons – UK – Zweiter Weltkrieg‹?«, schlug Tom vor, während er mit einem Auge den Strand beobachtete und zusah, wie Tilly mit ihrem Stock ein Muster auf die Flügel des Drachen zeichnete.

Nachdem sie eine Weile Listen mit britischen Luftwaffenstützpunkten durchgegangen waren, entdeckte Bethan den Namen einer Einheit der US Air Force in der Nähe von Aberseren, auf Anglesey.

»Ich gebe den Namen der Einheit und Abstürze in Snowdonia ein«, sagte sie und suchte sich eine bequemere Position auf der rauen Steinmauer. »Vielleicht steht da etwas über *The Lady Bountiful* oder womöglich sogar über Jack.«

Bald tauchte ein Bild von der Absturzstelle auf dem Berg auf und dazu diverse Artikel, die von dem Absturz bei schlechtem Wetter im Dezember 1943 berichteten. Wie es schien, hatten zwei Piloten das Flugzeug zu einem anderen Stützpunkt in England fliegen wollen. Der Pilot hatte im Nebel die Höhe des Berges falsch eingeschätzt. Wer Pilot und wer Copilot gewesen war, wurde nicht erwähnt, allerdings hieß es in einem Artikel, der Copilot habe überlebt.

»Und jetzt versuchen Sie es mit dem Namen der Einheit und einer Liste von Abstürzen über Europa während des Zweiten Weltkriegs«, schlug Tom vor. »Vielleicht wird da dann auch Jacks Flugzeug erwähnt.«

Die Liste verschollener Flugzeuge schien endlos zu sein.

»So viele Flugzeuge«, sagte Bethan bekümmert. »So viele Leben.«

»Schreiben Sie noch 1940 dazu.«

Wieder war die Liste enorm lang.

»Wie wäre es, wenn ich einfach *The Lady Evie* tippe?« Bethan gab den Namen ein. »Bingo!« Sie strahlte Tom an, und dann las sie laut vor: »*The Lady Evie* war eine Boeing B-17G Flying Fortress im Zweiten Weltkrieg. Sie stürzte am 17. Dezember 1944 über Belgien ab.« Bethan biss sich auf die Lippe. »Mehr steht da nicht. Moment, sehen wir uns die Bilder an. Vielleicht hat ja jemand ein Foto von dem Flugzeug gemacht.«

Tom antwortete nicht. Er fixierte den Strand. Die Kinder stellten sich gerade in einer Reihe auf und machten sich bereit, zur Schule zurückzugehen. »Tilly hält die Hand von dem kleinen Mädchen, auf dessen Geburtstagsparty sie gestern war«, sagte er. »Ich glaube, Tilly hat ihr verziehen, dass sie gesagt hat, sie wäre dumm, weil sie den Namen auf der Karte nicht richtig geschrieben hat. Tilly hat mir erzählt, dass sie deswegen weggelaufen ist.«

»Sehen Sie sich das an.« Bethan rutschte über die Mauer näher an Tom heran. »Das ist *The Lady Evie*, als die Nase gerade bemalt wird.« Sie deutete auf das Display. »Und schauen Sie mal, da steht, wie der Mann heißt, der sie bemalt.«

Tom nahm Bethan das Handy aus der Hand.

»Lieutenant Giacomo Valentine. Giacomo?«

»Hat Evelyn nicht gesagt, Jacks Familie stamme aus Italien? Ich wette, Jack ist die Kurzform von Giacomo.« Bethan nahm das Handy wieder an sich. »Er sieht so gut aus. Sehen Sie sich dieses Lächeln an.«

»Schauen wir doch mal, ob Giacomo Valentine auf einer Liste gefallener US-Piloten auftaucht«, sagte Tom.

Nach einigen weiteren Minuten des Suchens schüttelte Bethan den Kopf.

»Ich kann seinen Namen nicht finden.«

»Versuchen Sie es mit Jack Valentine.«

Bethan tippte den Namen und ging dann die Liste der Treffer durch.

»Irgendwas gefunden?«, fragte Tom.

Bethan blinzelte, überprüfte, ob sie den Namen auch korrekt eingegeben hatte. Und dann klappte ihr Kinn herunter.

»Was ist los?«

Bethan reichte Tom das Handy. »Da, das sehen Sie sich besser selbst an.«

Bethan half Evelyn langsam die Stufen zum Haus hinauf und spürte, dass sie vor lauter Nervosität einen Kloß im Hals hatte. Sie hoffte, dass das, was Tom und sie herausgefunden hatten, nicht zu viel für die alte Dame sein würde.

Bethan hatte in der Nacht stundenlang wach gelegen und überlegt, was sie tun sollte. Dann, um acht Uhr dreißig am Morgen, hatte Tom angerufen, um ihr zu sagen, dass er bereits eine

Antwort auf die E-Mail erhalten habe, die er am Abend zuvor abgeschickt hatte.

Bethan und Tom hatten über eine halbe Stunde telefoniert. Owen hatte Tom daran erinnern müssen, dass seine Vormittagssprechstunde gleich anfing. Aber zu dem Zeitpunkt hatten sie bereits eine Entscheidung getroffen. Sie hatten beschlossen, dass Evelyn es auf jeden Fall erfahren musste.

»Was ist denn los mit dir?«, fragte Evelyn, als sie auf der Terrasse waren. »Du grämst dich doch hoffentlich nicht wegen Mal? Oder wegen David Dashwood? Das sind doch beides Halunken.«

»Nein«, entgegnete Bethan mit fester Stimme. »Ich gräme mich nicht. Ich gräme mich ganz bestimmt nicht wegen der Evolutionsbremse Malcolm.«

»Dann vielleicht ein bisschen wegen David Dashwood?«

Bethan verzog das Gesicht.

»Ich kann mir nicht helfen, aber ich denke die ganze Zeit, dass diese Geschichte aus einem deiner Romane stammen könnte«, sagte sie. »David Dashwood, geboren als Enkel einer einfachen Pensionswirtin, entpuppt sich am Ende als Lord. Was würde als Nächstes passieren, wenn die Geschichte von dir wäre?«

»Er würde sich dich wohl schnappen und zur Frau nehmen, schätze ich. Allerdings ist er theoretisch ein Schurke, also solltest du dich von jemandem schnappen lassen, der ehrenwerter ist. Meiner Erfahrung nach ist die Realität stets erheblich komplizierter als die Fiktion, leider. Halt dich an die Fantasie: Das war immer mein Motto. Vergiss Romanzen im wahren Leben, die sind viel zu vertrackt.«

»Keine Sorge«, sagte Bethan. »Ich glaube nicht, dass ich mich noch einmal von David Dashwood betören lassen werde.«

»Er ist ein erstaunlich attraktiver Mann«, sagte Evelyn. »Für einen Vaughan. Auch wenn er heute ein bisschen derangiert aussah.«

»Er war ja auch gerade erst aus einer Zelle der Polizei entlassen worden.«

Evelyn hielt inne, um zu Atem zu kommen, und lehnte sich an die Balustrade.

»Meinst du, Sergeant Williams wird mir je vergeben, dass ich die Anzeige zurückgezogen habe?«

»Er hat mir leidgetan«, gestand Bethan seufzend. »Er hat so hart an diesem Fall gearbeitet und war so stolz auf seinen mitternächtlichen Überwachungserfolg. *Ich habe die Schurken auf frischer Tat ertappt*«, ahmte Bethan Sergeant Williams ernsten Tonfall nach. »Als ich ihn heute Morgen angerufen habe, um ihm zu sagen, dass du nicht willst, dass David belangt wird, dachte ich, er bricht gleich in Tränen aus. Er hat mir erzählt, er hätte gedacht, dieser Fall könne entscheidend für seine Karriere sein!«

»Dass Tilly am selben Tag verschwunden ist, muss für ihn enorm aufregend gewesen sein.«

»Ich glaube, er war beinahe enttäuscht, als er erfahren hat, dass ich sie unter der Terrasse gefunden habe.«

»Das arme kleine Ding.« Evelyn blickte über die Balustrade zu den steinernen Bögen hinab. »Das muss man sich mal vorstellen: die ganze Farbe abzuwaschen!«

Bethan kratzte ein Stück von einer gelben Flechte von den Steinen.

»Was ist Tillys Mutter zugestoßen?«, fragte sie.

In diesem Moment hörten sie Toms Volvo, der die Auffahrt heraufkam, und drehten sich beide um.

Evelyn drückte den Rücken durch.

»Ich glaube, das sollte Tom dir besser selbst erzählen.«

»Toms Geschichte wird warten müssen.« Bethan hakte sich bei Evelyn unter. »Jetzt gibt es eine andere Geschichte zu erzählen. Es ist sogar mehr als eine Geschichte, es ist ein Wunder.«

Kapitel 24

Samstag

Evelyn

»Ich glaube nicht an Wunder.«

Evelyn sagte die Worte in ihrem dunklen Zimmer zum hundertsten Mal.

»Ich glaube absolut nicht an Wunder!«

Zwischen den Vorhängen erkannte sie einen schmalen Streifen silbrigen Lichts. Sie hatte in dieser Nacht kein Auge zugetan.

Tom würde um zehn Uhr kommen, um sie abzuholen. Dann würden sie zu dem Bungalow neben seiner Praxis fahren. Evelyn war seit Peters Tod nicht mehr dort gewesen. Zuvor war sie jeden Tag hingegangen und hatte ihm kleine Leckereien gebracht. Fry's Chocolate Crème hatte er besonders gern gemocht. Stundenlang hatte sie bei ihm gesessen, während Sarah auf der Arbeit war. Aber nur einmal hatten sie über die Vergangenheit gesprochen.

»Denkst du noch manchmal an ihn?«, hatte Peter gefragt. »An Jack?«

Evelyn war erschrocken. Sie war aufgestanden und hatte nervös seine Bettdecke glatt gezogen.

»Das ist alles so lange her«, hatte sie geantwortet.

»Mir kommt es vor, als wäre es gestern gewesen«, hatte Peter erwidert, und Evelyn hatte sich wieder zu ihm gesetzt und ihm gestanden, dass es ihr genauso ging.

»Er ist immer da«, sagte sie. »Ich versuche, ihn zu vergessen, aber in meinen Gedanken ist er immer bei mir.«

Und nun sollte er wirklich da sein. Lebendig. In diesem Bungalow auf irgendeinem verdammten Bildschirm.

»Nein, nein, nein«, schrie Evelyn. »Ich kann das nicht. Ich will das nicht!«

Die Tür sprang auf, und Bethan stürmte herein.

»Was ist los?«

»Ich will ihn nicht sehen.« Evelyn mühte sich ab, um sich aufzusetzen. »Ich will Jack Valentine nicht sehen.«

»Beruhig dich«, sagte Bethan besänftigend. »Es ist ja nur ein kurzes Video, das seine Nichte gemacht hat. Tom sagt, es ist sehr berührend. Auf seinem großen Computer-Monitor kannst du es gut sehen. Tom sagt, du wirst dich freuen.«

»Freuen?« Evelyn drückte den Rücken durch. »Wie soll ich mich wohl freuen? All diese Jahre! All diese verdammten, vergeudeten Jahre! Das verstehst du nicht! Du verstehst es einfach nicht!«

Bethan trat ans Bett und nahm Evelyns Hand.

»Ich weiß, es muss eine ganz schöne Überraschung für dich sein.«

»Überraschung! Das ist eine vermaledeite Untertreibung! Warum musstet ihr eure Nase da hineinstecken? Wie ein paar Amateurdetektive. Das hat doch sicher eine Menge Zeit gekostet. Hat Tom als Arzt nichts Besseres zu tun?«

»Im Internet geht so eine Suche eigentlich ziemlich schnell.«

»Aber ich habe dich nicht gebeten, ihn zu suchen.« Evelyn war fest entschlossen, nicht in Tränen auszubrechen.

»Aber als wir ihn gefunden haben, dachten wir, du solltest die Wahrheit erfahren.«

Evelyn spürte, wie Tränen über ihre Wangen liefen.

»Der Gedanke, dass er in all diesen Jahren, in denen ich in diesem Haus eingesperrt war, dort draußen war, in der weiten Welt, lebendig. Frei wie ein Vogel.«

»Ach, Evelyn. Du warst nicht hier eingesperrt.«

»Doch, das war ich. Ich konnte nicht gehen. Ich hatte Howard und Robert und meine Schreiberei und die Wohltätigkeit und die Schule und all die Rechnungen. Und ich hatte die Hoffnung, dass er eines Tages zurückkommen würde.« Evelyn wischte sich mit den Fingerspitzen eine Träne aus dem Gesicht. »Die habe ich nie aufgegeben.«

Bethan stand auf und zog die Vorhänge zur Seite. Das helle Licht des frühen Morgens flutete den Raum. Bethan zog ein Taschentuch aus dem Spender am Bett und tupfte Evelyn sanft die Wangen ab.

»Würdest du lieber immer noch glauben, dass Jack tot ist?«

»Ja.« Evelyn schluckte. »Ja, das würde ich. Jetzt ist er alt, und ich bin alt.« Sie legte ihre Fingerspitzen an das faltige Gesicht. »Ich bin nicht mehr das Mädchen, in das er sich verliebt hat. Und er kann nicht mehr der Mann sein, den ich kannte.«

Danach war Bethan gegangen.

»Nach dem Frühstück fühlst du dich bestimmt besser«, hatte sie gesagt.

Evelyn lehnte den Kopf an die Kissen. Als würde ein bisschen Toast mit Marmelade helfen.

Es war solch ein Schock gewesen.

Sie waren gestern Abend mit ihr in den Salon gegangen und hatten sie gebeten, sich zu setzen. Tom hatte einige Ausdrucke in der Hand gehalten.

»Es gibt etwas, was wir dir erzählen wollen.« Bethan war zu ihr gekommen und hatte sich auf die Armlehne des Sessels gesetzt. Beide, Bethan und Tom, hatten eine ernste Miene zur Schau getragen, aber Tilly war einfach mit der Wahrheit herausgeplatzt.

»Der Mann, der die Frauen an der Wand gemalt hat, ist am Leben.«

Anschließend hatte Evelyn eine ganze Weile nichts mehr aufgenommen. Sie hörte die Stimmen, Tom und Bethan, die sich unterhielten, Tilly, der gesagt wurde, sie solle rausgehen und spielen. Und sie sah auch, dass Tom Bilder auf dem Kaffeetisch ausbreitete. Gemälde, viele Gemälde, einige von Leuten, die sie wiedererkannte. Schauspieler und Politiker, ein Mann, der auf dem Mond spazieren gegangen war. Aber alles war irgendwie verzerrt. Sie sah und hörte alles, als wäre sie unter Wasser.

»Tut mir leid«, sagte sie. »Ich verstehe euch einfach nicht.«
»Die hat Jack gemalt«, sagte Tom und zeigte auf die Bilder.
»Er lebt in den Vereinigten Staaten und ist dort ein berühmter Porträtmaler«, fügte Bethan hinzu.
»Jack?«, fragte Evelyn. »Welcher Jack?«
Bethan streichelte ihr Haar.
»Hast du denn gar nicht verstanden, was wir dir erzählt haben?«
»Nein«, sagte Evelyn. »Ihr werdet mir alles noch einmal erzählen müssen.«

Später im Bett setzte Evelyn noch einmal zusammen, was sie ihr erzählt hatten.

Jack war am Leben.

Er war nicht gestorben, als sein Flugzeug in jener Dezembernacht abgestürzt war. Aber er war in Gefangenschaft geraten. Hatte Hunderte von Meilen marschieren müssen, war halb verhungert in ein Lager verfrachtet worden, war dort verprügelt worden, weil er versucht hatte, einen Tunnel zu graben.

Als die Alliierten ihn gefunden hatten, war er sehr krank gewesen. Beinahe ein Jahr hatte er im Krankenhaus verbracht.

Als er entlassen wurde, war er nicht nach Mankato zurückgekehrt, um Eis zu verkaufen, sondern hatte eine Karriere als Maler gemacht. All diese Jahre war er am Leben gewesen, hatte geatmet, gegessen, getrunken, gearbeitet, war gegangen, gefahren und hatte den Wechsel der Jahreszeiten verfolgt. Ohne sie.

Evelyn atmete tief durch, denn es tat so weh.

Warum hatte er sich nie gemeldet?

Warum hatte er sie hier zurückgelassen?

Warum war er nie gekommen, um sie mit nach Hause zu nehmen?

Sie setzte sich auf und schwang die Beine aus dem Bett. Mit pochendem Herzen suchte sie nach der Kleidung, die sie am Abend zuvor ausgezogen hatte. Fluchend, weil sie die Knöpfe ohne Bethans Hilfe nicht schließen konnte und sich der Gips in einem der Ärmel ihrer Strickjacke verfing, zog sie sich an.

»Was hast du vor?«, fragte Bethan, die mit dem Frühstückstablett auf der Schwelle stand.

»Ich will zu Tom«, sagte Evelyn und griff zu einer Bürste. »Ich will sofort zu ihm.«

»Aber es ist erst halb sieben. Er und Tilly werden noch schlafen.«

»Dann ruf ihn an und weck ihn bitte.« Evelyn versuchte, die Bürste durch ihr Haar zu ziehen. »Sag ihm, er soll mit seinem Wagen herkommen.«

»Aber, Evelyn …«

»Ich muss den Film jetzt sehen.« Die Bürste fiel ihr aus der Hand und landete auf dem Teppich. »Ich muss Jack Valentine sehen.«

Bethan

Bethan, die zum ersten Mal in Toms Bungalow war, bezweifelte, dass in dem Gebäude irgendetwas verändert worden war, seit seine Eltern ihn 1960 in Erweiterung der Praxis erbaut hatten. Er schien noch vollständig mit den Originalmöbeln ausgestattet zu sein: dreiteilige Sitzgruppe in Grundfarben, Vorhänge mit großformatigem Blumendruck, geometrisch gemusterte Tapeten. Alles war sehr hell gehalten.

Die Morgensonne brachte die orangefarbenen Küchenschränke und die roten und gelben Wandfliesen zum Strahlen und spiegelte sich in der großen sternförmigen Wanduhr. Ein Panoramafenster eröffnete den Blick in den Garten, und in der Ferne konnte Bethan das Meer sehen.

»Ich liebe eure Küche«, sagte sie zu Tilly, als das kleine Mädchen ihr zeigte, wo sie Kaffee und Zucker fand. Im Wohnzimmer half Tom inzwischen Evelyn, es sich in dem großen Parker-Knoll-Sessel vor dem Computer bequem zu machen.

Tilly stand auf einem Hocker.

»Hier hat Dad die Kekse versteckt«, sagte sie und öffnete eine rot-weiß gestreifte Dose, die ganz oben im Schrank gestanden hatte. »Schokoladen-Hobnobs oder Kekse mit Puddingcremefüllung?«

»Ich glaube, Evelyn könnte ein bisschen Schokolade gebrauchen«, sagte Bethan.

»Gut. Hobnobs sind meine Lieblingskekse.«

Das kleine Mädchen trug einen pink karierten Pyjama. Ihr Haar fiel ihr ohne die Zöpfe in einem goldenen Fluss über den Rücken. Sorgfältig ordnete sie die Kekse in einem Kreis auf einem schwarz-weißen Teller an, ehe sie sich auf den Hocker setzte und den ersten verspeiste.

»Darfst du wirklich vor dem Frühstück schon einen Hobnob essen?«, fragte Bethan.

Tilly legte einen Finger an die Lippen.

»Sag es nicht meinem Dad.«

»Was sagen?«, fragte Tom von der Tür aus.

Bethan und Tilly wechselten einen Blick.

»Dass ich gerade in Ihrer ganzen Küche Kaffee verschüttet habe.«

Das war nicht gelogen. Sie hatte es tatsächlich fertiggebracht, einen Löffel gemahlenen Kaffees über die Resopalarbeitsfläche zu verteilen, als sie die Kaffeemaschine befüllen wollte.

»Machen Sie sich darüber keine Gedanken«, sagte Tom. »Wie Sie sehen, ist das so oder so nicht der ordentlichste Haushalt.«

Bethan waren in der Tat die vielen Stapel auf allen Ablageflächen aufgefallen. Papierstapel, Klamottenstapel, Stapel mit Tillys Lesebüchern, Stapel mit Tillys Zeichnungen, die für eine Achtjährige bemerkenswert gelungen waren.

Tom öffnete einen Küchenschrank, nahm eine Packung Weetabix heraus und gab sie Tilly.

»Erst Müsli, dann Schokokekse.«

Tilly verdrehte die Augen und glitt von dem Hocker, um sich eine Schale zu holen.

»Ich glaube, wir sind so gut wie fertig.« Tom ergriff das Tablett mit dem Kaffeegeschirr. »Ich habe alles vorbereitet. Evelyn ist ein bisschen nervös.«

»Ich weiß«, entgegnete Bethan. »Ich hatte schon Angst, dass sie sich weigern würde, sich das Video anzuschauen.«

»Das war ein ganz schöner Schock für sie«, sagte Tom.

»Sie hat so viele Jahre versucht, die Vergangenheit zu verdrängen, und sich selbst die Schuld an Dingen gegeben, für die sie überhaupt nichts konnte.« Bethan folgte Tom zur Tür hinaus.

»Hoffentlich helfen ihr Jacks Worte, endlich damit abzuschließen.«

Bethan hatte das Video auch noch nicht gesehen, aber Tom hatte ihr erzählt, dass es sehr ergreifend sei.

Nachdem sie herausgefunden hatten, dass Jack noch am Leben war, hatte Tom zu Hause die halbe Nacht damit verbracht, an seinem Computer weitere Nachforschungen anzustellen. Er hatte herausgefunden, dass Jack eine Kunsthochschule in Minnesota besucht und nach dem Abschluss jahrelang in einer Künstlergemeinde in Upstate New York gelebt hatte. Dort hatte er seine Fähigkeiten vervollkommnet und angefangen, sich einen Ruf als Porträtmaler zu machen. In den 1980ern war er nach Minnesota zurückgekehrt. Dort lebte er an einem See in einem Blockhaus, das aus Zedernholz gebaut war und ihm auch als Studio diente. Tom hatte ein Bild davon entdeckt.

»Es sieht idyllisch aus«, hatte er Bethan am Telefon erzählt. »Nach allem, was ich herausfinden konnte, scheint es, als lebe er immer noch dort, aber es war schwer, eine Möglichkeit zu finden, um Kontakt mit ihm aufzunehmen. Auf Wikipedia hieß es, sein Vater hätte eine Eisdiele in Mankato geführt, die immer noch im Besitz der Familie sei. Also habe ich auf Google nach ›Eisdiele‹ und ›Mankato‹ gesucht und an die Kontaktadresse des ersten Treffers gleich eine lange, ausführliche Mail geschickt.«

»Die waren bestimmt erstaunt.« Bethan hielt sich den alten Bakelithörer ans Ohr. »Normalerweise erhalten sie auf dem Weg vermutlich Bestellungen für Knickerbocker Glories oder Banana Splits.«

Tom lachte.

»Ja, aber eine Frau namens Mary hat mich beinahe sofort zurückgerufen und mir erzählt, dass sie Jacks Großnichte sei und er hätte gerade erst seinen dreiundneunzigsten Geburtstag gefeiert!«

»Wow!«, rief Bethan. »Kaum zu glauben, dass Evelyn und er noch am Leben sind.«

»Mary hat mir gesagt, sie würde zu ihm fahren und ihm von meiner Mail erzählen. Sie sagte, sie oder eine seiner anderen Nichten oder Großnichten besuchen ihn jeden Tag.«

»Dann hat er keine eigenen Kinder?«

»Sie hat keine erwähnt, aber angedeutet, dass er allein leben würde. *Er ist ein zäher alter Knabe*, so hat sie es ausgedrückt.«

»Das gilt für beide!«, bemerkte Bethan lachend.

»Danach bin ich ins Bett gegangen«, fuhr Tom fort. »Und als ich wieder aufgestanden bin, hatte ich eine neue Mail von Mary mit einem kleinen Video im Anhang. Ich glaube, Evelyn wird überglücklich sein, ihn nach all den Jahren endlich wiederzusehen.«

Evelyn hatte ihre Brille vergessen und beharrte darauf, dass es absolut keinen Sinn habe, sich ein Video anzuschauen, wenn sie das Bild nicht richtig sehen könne.

Tom fuhr zurück zum Haus und holte die Brille, während Evelyn, Bethan und Tilly im Wohnzimmer warteten. Bethan und Tilly saßen auf dem limonengrünen Sofa, Evelyn vor dem Schreibtisch. Plötzlich wirbelte Evelyn herum und sah Bethan an.

»Ich habe es mir anders überlegt«, verkündete sie. »Wenn Tom zurück ist, werde ich ihn bitten, mich wieder nach Hause zu bringen.«

»Willst du Jack denn gar nicht sehen?«, fragte Tilly, während sie die Reste ihres Müslis mit dem Löffel aus der Schale kratzte.

»Nein«, entgegnete Evelyn. »Ich will ihn nicht sehen. In meinem Kopf ist er seit siebzig Jahren tot. Das wäre, als würde mir ein Geist begegnen.«

»Wie die Ladys, die aus der Wand kommen«, sagte Tilly.

»Ganz genau.« Evelyn trommelte mit den Fingern auf Toms

Schreibtisch. »Er hat sich über die Zeit hinweg materialisiert, aber ich will ihn nicht wiedersehen.«

»Wollen Sie ihn übermalen?«, fragte Tilly, während sie einen Löffel Zucker aus der Zuckerdose in ihre Schale schaufelte. »So, wie Sie die Ladys übermalt haben?«

Evelyn hörte auf, mit den Fingern zu trommeln.

»Das ist eine hervorragende Analogie, Tilly. Ich will ihn übermalen. So, als hätte er nie existiert.«

»Vielleicht brauchst du nur mehr Zeit«, warf Bethan sanft ein. »Wir könnten das auch später noch machen. Es kann bis morgen warten oder bis zur nächsten Woche?«

»Ich brauche nicht mehr Zeit.« Evelyn erhob sich. »Ich habe mich entschieden. Das ist eine alberne Idee, und ich werde mir diesen dummen Film nicht ansehen.«

»Ich finde das traurig.« Tilly stellte die leere Schale weg. »Weil er aussieht, als wäre er nett.«

»Du hast ihn gesehen?«, fragte Evelyn argwöhnisch und deutete auf den großen Monitor.

Tilly nickte und griff nach einem Hobnob.

»Er hat ganz freundliche Augen und zerzaustes weißes Haar und Millionen Falten, und er sagt, er hätte nie aufgehört, an Sie zu denken, Evelyn. Keinen einzigen Tag.«

Evelyn

Es war nicht Jack.

Es war ein alter Mann.

Evelyn beugte sich vor, um besser sehen zu können. Ein alter Mann, erstarrt in der Zeit, eine Hand erhoben, den Mund leicht geöffnet. Sie wusste, dass dieser alte Mann im Begriff war, etwas zu sagen. Wenn nur Tom seinen verflixt komplizierten Apparat dazu bringen könnte, richtig zu funktionieren.

»Vielleicht müssen Sie sich neu mit dem Internet verbinden«, meinte Bethan.

»Ich habe das Video aus Marys E-Mail heruntergeladen.« Tom drückte Tasten auf einer Tastatur vor Evelyn. Ein kleiner Pfeil drehte sich ständig im Kreis. »Es müsste laufen.«

Evelyn studierte das Gesicht auf dem Monitor. Tilly hatte recht, er hatte eine Million Falten. Und sein Gesicht war enorm braun, als würde er sehr viel Zeit draußen an dem großen See verbringen, den sie durch das Fenster hinter ihm sehen konnte. Und sein Haar war weiß, eine wilde Löwenmähne, die aussah, als hätte sie dringend einen Haarschnitt oder zumindest einen guten Kamm nötig. Sein grauer Bart war säuberlich gestutzt; ihm widmete er anscheinend weit mehr Aufmerksamkeit als seinem Haupthaar. Er trug ein zerknittertes Jeanshemd, auf dessen dunkelblauem Stoff Evelyn Farbspritzer erkannte. Auch auf seiner Hand sah sie Farbkleckse, und sie erinnerte sich, dass an Jacks Händen ständig irgendwo Farbe gewesen war. Sie neigte den Kopf; die Hände dieses Mannes waren knotig, Altersflecke mischten sich unter die Farbkleckse, und Adern traten dick hervor. Das wären nicht Jacks Hände?

»Vielleicht versuche ich es einfach mal so«, sagte Tom, beugte sich über sie und drückte mehrere Tasten gleichzeitig.

Evelyns Blick kehrte zum Gesicht des Mannes zurück.

Seine Lider wirkten schwer, aber Tilly hatte recht damit, dass er freundliche Augen hatte. Sie schienen ihr zuzuzwinkern. Und plötzlich hatte Evelyn ein Gefühl des Wiedererkennens.

»Warum machst du nicht das, Daddy?« Tilly war an den Schreibtisch getreten.

Es war, als ob sich Jacks Züge aus ihrer Erinnerung und das Gesicht des Mannes auf dem Monitor ineinanderschoben.

»Schon gut, Liebling, überlass das mir.«

Und jetzt konnte Evelyn ihn erkennen. Das war er. Jack. Es war, als wären all die Jahre von ihm abgefallen, und sie konnte den jungen Mann in dem brennenden Flugzeug sehen, den jungen Mann im Lazarettbett, den jungen Mann in dem von Kerzen erleuchteten Sommerhaus.

»Aber, Daddy, guck doch, wenn ich das mache ...« Nun griff Tilly an Evelyn vorbei. Und dann bewegte sich Jack. Seine Hand hob sich zu einem Winken.

»Hi, Evelyn.«

»Kannst du es noch mal abspielen?«, fragte Evelyn.

»Das ist schon das zehnte Mal«, sagte Tilly und drückte für sie auf den Knopf.

»Hi, Evelyn.« Jacks Stimme war so klar und kraftvoll. »Ich hätte nie gedacht, dass ich je die Chance bekomme, noch einmal mit dir zu sprechen. Aber jetzt ist sie da, meine Chance, und ich weiß einfach nicht, was ich sagen soll.« Er zuckte vage mit der Schulter und lächelte. »Alles, was mir bleibt, ist, dir zu sagen, dass ich nie aufgehört habe, an dich zu denken, nicht einen Tag lang. Du warst die Liebe meines Lebens, Evelyn, mein Engel, meine Wonder Woman.« Er wandte sich ab und rieb sich die Augen. »Soll ich aufhören zu filmen, Onkel Jack?«, fragte eine Frauenstimme.

»Ist schon gut, Mary.« Jack blickte wieder in die Kamera. »Evelyn, ich würde so gern etwas von dir hören. Ich wüsste so gern, wie es dir geht und was du machst. Erinnerst du dich, wie wir zu Frank Sinatra getanzt haben? Tanzt du immer noch so gern, Evelyn? Auch wenn es inzwischen ein wenig in den Gelenken knarrt, zumindest, wenn es dir so geht wie mir. Ich weiß, dass du Bücher schreibst. Bitte schreib mir.« Er unterbrach sich kurz. »Ich habe dich vermisst.« Erneut wandte er sich ab. »Jetzt kannst du aufhören, Mary.«

Der Monitor färbte sich schwarz.

»Wollen Sie ihm eine Antwort schicken?«, fragte Tom.

Evelyn starrte ihn an. Eine Antwort? Ihr Herz schlug enorm schnell, und sie spürte einen stechenden Schmerz. Vielleicht war es das. Das Ende. Gemeuchelt von Jack Valentine und seinen bedeutungslosen Worten.

»Vielleicht brauchst du ein bisschen Zeit, um dir zu überlegen, was du ihm sagen willst«, sagte Bethan.

Evelyn nahm die Brille ab.

»Ich weiß, was ich ihm sagen will«, erwiderte sie.

»Okay.« Tom kauerte neben ihr, und seine Finger schwebten über der Tastatur. »Ich kann Mary eine E-Mail schicken.«

Evelyn verlagerte ihr Gewicht, und das Leder des Sitzpolsters knarrte vernehmlich. Tilly stibitzte einen weiteren Hobnob von dem Teller.

»Moment«, sagte Tom und richtete sich wieder auf. »Vielleicht ist es einfacher, wenn ich vorher alles aufschreibe, statt über Ihre Schulter hinweg zu tippen.«

»Es wird keine lange Nachricht«, sagte Evelyn. »Nur ein Satz.«

»Nur einer?«, fragte Bethan. »Bist du sicher?«

Evelyn schnaubte verächtlich. »Es könnten auch zwei sein, aber ich habe ihm nur eine Sache zu sagen.«

»Okay«, sagte Tom gedehnt. »Und das wäre?«

»Warum bist du nicht zurückgekommen? Du verfluchter Scheißkerl!«

Kapitel 25

Bethan

»Tja, ich hab's abgeschickt.« Tom lehnte sich mit einer Tasse Tee in Händen an den Aga. »Was Mary wohl denken wird? Von Jack ganz zu schweigen.«

»Die Nachricht, die er Evelyn geschickt hat, war so reizend«, sagte Bethan und setzte sich mit ihrer Tasse an den Küchentisch. »Ich weiß nicht, warum sie sie so wütend gemacht hat.«

»Ich habe das Gefühl, das Video könnte das Letzte gewesen sein, was wir von Jack Valentine gehört haben«, meinte Tom bekümmert.

»Ich vermute, für Evelyn fühlt es sich an, als hätte sie ihr ganzes Leben verschwendet.« Bethan nippte an ihrem Tee. »All die Jahre, die sie hätten zusammen sein können.«

»Tilly hat den ganzen Tag *verfluchter Scheißkerl* vor sich hin geflüstert.« Tom lächelte. »Ich musste ihr erklären, dass das keine akzeptable Ausdrucksweise ist, auch wenn Lady Evelyn Vaughan diese Worte gebraucht hat.«

»Wo ist Tilly jetzt?«

»Sie und Sarah sind nach Caernarvon gefahren, um nach Sandalen zu schauen. Tilly braucht welche für den Sommer.«

»Ich habe sie bisher immer nur in Gummistiefeln gesehen.«

Tom verdrehte die Augen.

»Sie würde in den Dingern schlafen, wenn ich sie ließe. Sie

ist verrückt nach ihnen, seit sie laufen gelernt hat. Alice und ich haben sie immer das Gummistiefelkind genannt.«

Bethan musterte Tom. Das war das erste Mal, dass er ihr gegenüber Alices Namen erwähnte.

»Haben Sie noch was von David Dashwood gehört?«, fragte Tom, ehe Bethan noch etwas sagen konnte.

Bethan schüttelte den Kopf.

»Nein, nichts. Aber Evelyn hat mich gebeten, ihm ein Foto von Robert zu bringen, damit er seiner Großmutter den Bruder zeigen kann, den sie nie kennengelernt hat. Ich glaube, ich werde es einfach am Golfclub in den Briefkasten werfen, statt persönlich mit ihm zu reden. Ich weiß nicht recht, ob ich seine reumütigen Rechtfertigungen und kleinlauten Entschuldigungen ertragen könnte; die kann er sich gern für Chantal aufheben.«

»Sind Sie traurig?«

Wieder schüttelte Bethan den Kopf. »Das war so oder so nichts Richtiges. Nur eine alberne Affäre.«

»Und was ist mit Ihrem Freund in London?«

»Über den bin ich längst hinweg. Um genau zu sein, ich glaube, ich bin über Männer im Allgemeinen hinweg.«

»Gut«, sagte Tom, hob seine Tasse und hielt dann inne. »Ich meine, das klingt vernünftig, mal eine Pause von den Männern zu machen.« Er stellte die Tasse auf dem Aga ab.

»Und Sie?«, fragte Bethan vorsichtig. »Machen Sie auch eine Pause?«

»Von Männern?«, fragte Tom mit hochgezogenen Brauen. »Dergleichen überlasse ich lieber Owen und Sergeant Williams. Walisische Dörfer tolerieren nur eine begrenzte Anzahl schwuler Männer.«

Bethan lachte.

»Ich meinte, von Frauen.«

Tom starrte seine Füße an und sagte lange gar nichts.

»Ich glaube«, gestand er schließlich, »ich habe mich vorzeitig in einen dieser grantigen Männer in mittleren Jahren verwandelt.« Er blickte auf und fuhr sich mit der Hand durch das zerzauste Haar. »Wer würde mich denn schon wollen?«

Wieder kehrte Schweigen ein.

»Was ist Alice passiert?«, fragte Bethan nach einer Weile leise. Tom leerte seine Tasse.

»Etwas, worüber zu sprechen mir schwerfällt.«

»Tut mir leid.« Bethan ergriff die Teekanne und stand auf, um ihnen beiden frischen Tee einzuschenken. »Es geht mich auch gar nichts an.«

Seufzend hielt Tom ihr seine Tasse hin.

»Selbst nach zwei Jahren fällt es mir noch schwer, Worte zu finden.«

»Sie müssen es mir nicht erzählen.«

»Ich möchte es Ihnen erzählen, aber Sie setzen sich besser wieder hin. Das ist eine lange Geschichte.«

»Es ist so traurig«, sagte Bethan und reichte Evelyn eine Gabel. »Die Frau zu verlieren, ist schon schlimm genug, aber dann auch noch die kleine Tochter, das ist einfach schrecklich.« Bethan stellte Evelyn einen Teller auf den Schoß. »Ich erinnere mich, dass ich davon in den Nachrichten gehört habe. Es war furchtbar. Ich verstehe nicht, wie Tom sich selbst die Schuld daran geben konnte. Er konnte doch nichts dafür, dass dieser Van an der Hauptstraße auf den Gehweg gefahren ist und all diese Leute umgemäht hat. Er sagt, dass sie sonst sonntags immer alle zusammen mit dem Auto ins Schwimmbad gefahren sind. Aber an dem Tag ist er bei Tilly zu Hause geblieben, weil sie eine Mandelentzündung hatte. Und jetzt fühlt er sich schuldig, weil er sie nicht hingefahren hat, sondern vorgeschlagen hat, dass Alice mit dem Baby zu Fuß geht.« Bethan setzte sich mit ihrem eigenen

Teller aufs Sofa. »Ich wünschte, er würde Tilly ehrlich sagen, was passiert ist. Sie verdient es doch zu wissen, dass es ein Attentat gewesen ist. Aber Tom denkt, das würde sie verstören.«

Evelyn stochert in den kleinen Lachs- und Gemüsestückchen auf ihrem Teller herum.

»Wo kommt das Essen her?«

»Von Sarah. Tom hat ihr eine Nachricht geschickt und sie gebeten, uns ein paar Vorräte aus Caernarvon mitzubringen. Die neuen Kartoffeln sind köstlich, und der Spargel sieht deutlich ansprechender aus als Olwyns schlaffe Karotten. Wahrscheinlich ist er auch erheblich billiger.«

»Ich kann nichts essen.«

»Ach, Evelyn, warum denn nicht?«

»Ich fühle mich nicht gut.«

Bethan stellte ihren Teller auf dem Kaffeetisch ab.

»Was hast du denn? Wieder der Kopf?«

»Nein. Es ist mein Herz. Es tut weh. Ich glaube, das liegt an diesem Leiden, von dem sie im Krankenhaus gesprochen haben.«

»Das Vorhofflimmern?«, fragte Bethan.

»Ja, das war's. Es wird schlimmer.«

Bethan stand auf.

»Ich rufe besser Tom an.«

»Der kann da auch nichts mehr machen. Ich weiß, dass ich sterbe.« Evelyn ließ die Gabel auf den Teller fallen. »Der Schmerz ist den Tag über immer schlimmer geworden.«

»Dann rufe ich wohl lieber gleich einen Krankenwagen.« Bethans Fingerspitze bohrte sich schon in das Wählscheibenloch über der Neun.

Evelyn nahm die Gabel wieder in die Hand.

»Wag es nur nicht, oder ich werfe die nach dir.« Sie gestikulierte mit der Gabel.

Bethan legte den Hörer wieder auf.

»Wenn du Schmerzen in der Brust hast, musst du ins Krankenhaus.«

»Ich gehe da nicht wieder hin, und ich werde ganz bestimmt nicht dort sterben!«

Bethan war ratlos.

»Schön, was soll ich dann tun? Mich einfach wieder setzen und mein Mittagessen genießen?«

»Ja, und ich werde hier sitzen und langsam mein Leben aushauchen. Du kannst gern den Fernseher anmachen, wenn du mir nicht dabei zusehen willst.«

Beinahe wäre Bethan in Gelächter ausgebrochen.

»Ich werde Tom anrufen.« Sie drehte sich wieder zum Telefon um. »Er kann ja einen Krankenwagen holen, wenn er es für nötig hält.«

Nach einem kurzen Gespräch legte Bethan den Hörer wieder auf und kehrte zurück zu Evelyn.

»Er sagt, er wollte sowieso kommen und nach dir sehen. Er setzt nur noch Tilly bei Sarah und Gwen ab, wo sie übernachten kann, und dann kommt er her.«

Bethan nahm den Teller von Evelyns Schoß und stellte ihn neben ihrem eigenen auf den Kaffeetisch.

Eine Weile saßen sie schweigend beisammen.

Evelyn zupfte einen Fussel von ihrer Hose. Sie hatte die Beine übereinandergeschlagen und wippte ungeduldig mit einem Fuß.

»Möchtest du ein Glas Wasser?«, fragte Bethan.

»Nein.«

»Tee?«

»Ein kleiner medizinischer Brandy wäre nett«, sagte Evelyn.

»Den kann Tom dir dann verschreiben.«

Wieder herrschte Schweigen.

Bethan fiel auf, dass Evelyns Wangen gerötet waren, und ihre

Augen leuchteten; sie sah eindeutig nicht aus wie eine Frau, die jeden Moment sterben konnte.

»Werden die Schmerzen schlimmer?«, fragte Bethan.

»Ja.«

»Möchtest du dich hinlegen?«

»Nein.«

»Soll ich dir eine Decke holen?«

»Nein.«

»Vielleicht solltest du dich ins Bett legen?«

»Hör auf, mich wie ein verdammtes Kleinkind zu behandeln. Halt die Klappe und lass mich in Frieden sterben.« Evelyn rutschte in ihrem Sessel unruhig hin und her. »Wenn du unbedingt irgendwas tun willst, dann beschaff mir ein paar Haribos. Nicht die einfachen; ich will die prickelnden, die mit Zucker überzogen sind. Die mag ich am liebsten.«

Tom kam mit seiner Arzttasche zur Küchentür herein, als Bethan gerade in Evelyns Spezialschublade wühlte.

»Wie geht es der Patientin?«

»Selbstmedikation mit Tangfastics«, sagte Bethan und füllte eine Handvoll Fruchtgummis in eine Porzellanschüssel. »Ich kann mir nicht helfen, aber in meinen Augen sieht sie sehr gut aus für jemanden, der behauptet, an der Schwelle des Todes zu stehen.«

Tom ging zur Treppe.

»Ich untersuche sie, und sollte es ihr gut gehen, dann habe ich ein paar Neuigkeiten, die sich vielleicht als Heilmittel eignen.«

Evelyn

Tom hatte die E-Mail ausgedruckt.

Er reichte sie Evelyn.

»Was immer das ist, ich will es nicht.« Sie wischte das Blatt Papier vom Tisch. Lautlos segelt es auf den Teppich herab.

»Ich glaube, das könnte gegen diese Schmerzen in der Brust helfen.« Tom packte seine Instrumente wieder ein und schloss die Tasche mit leisem Klicken.

»Ich habe es Ihnen doch schon gesagt. Ich bin sehr krank.«

»Ich habe Sie gründlich untersucht, und solange Sie sich nicht für weitere Tests von mir ins Krankenhaus bringen lassen, kann ich nur sagen, dass Sie bei guter Gesundheit zu sein scheinen. Blutdruck, Puls, Herzfrequenz, Atmung – alles ganz hervorragend. Ich würde sagen, die Medizin wirkt, und Sie sind äußerst fit für Ihr Alter.«

»Aber ich habe Schmerzen. Genau hier.«

Evelyn berührte ihre Brust.

Tom bückte sich und hob das Blatt Papier auf.

»Ich glaube, das hier könnte Ihnen Linderung verschaffen.«

Evelyn nahm das A4-Blatt. Es war auf beiden Seiten bedruckt. Ohne ihre Brille konnte sie nur verschwommene Linien erkennen; sie sahen aus wie die dünnen Raupen, die im Sommer die Blätter ihrer Kapuzinerkresse vertilgten.

»Es ist eine E-Mail von Jack«, sagte Tom.

»Ich nehme an, du brauchst die.« Bethan reichte ihr die Brille.

»Nein, brauche ich nicht. Und das brauche ich auch nicht!« Evelyn wedelte mit dem Blatt Papier vor Bethan herum. »Wirf es ins Feuer oder sonst wohin, aber befrei mich davon.«

»Wenn Sie das tun, gehe ich nach Hause und drucke es noch einmal aus«, sagte Tom und setzte sich aufs Sofa.

Bethan nahm Evelyn das Blatt aus der Hand und nahm neben ihm Platz.

»Ich werde es einfach vorlesen«, sagte sie. »Ich glaube, du solltest es wirklich hören.«

»Hast du es gelesen?«, fragte Evelyn.

»Überflogen, während Tom dich untersucht hat.«

»Was fällt dir ein, meine Korrespondenz zu lesen?«, schimpfte Evelyn mit lauter Stimme. »Das hat Jack an mich geschrieben.«

Bethan und Tom nickten unisono.

»Ja, das hat er«, stimmte Tom zu.

»Darum solltest du es lesen.« Bethan hielt Evelyn erneut das Blatt und ihre Brille hin.

Evelyn wedelte abwehrend mit den Händen.

»Du kannst es genauso gut vorlesen, da du ja sowieso schon weißt, was drinsteht. Allerdings kann ich mir nicht vorstellen, dass es tatsächlich eine Erklärung geben kann, durch die ich mich besser fühle.«

Danach schlürfte Evelyn den Brandy, den Tom ihr endlich gestattet hatte, und brodelte innerlich vor Wut. Nur die Tatsache, dass es schon so spät war, hielt sie davon ab, Tom zu sagen, er solle sie auf der Stelle zu Olwyn bringen. Wäre sie Olwyn jetzt begegnet, dann, das wusste sie, hätte man sie physisch daran hindern müssen, die alte Frau mit ihren Gipsverbänden zu Tode zu prügeln.

Stattdessen versuchte Evelyn angestrengt, sich an den Tag von Roberts Taufe zu erinnern. Ihr war nie irgendjemand auf dem Kirchhof aufgefallen, der nicht zur Taufgesellschaft gehört hatte, und auch niemand, der sie beobachtet hatte, während sie sich vor der Kirche versammelt und darauf gewartet hatten, zum Gottesdienst hineinzugehen.

Robert war quengelig gewesen in seinem langen Seidenkleid und Howard genervt von all dem Hokuspokus. Er wollte schon wieder nach Hause fahren.

»Verdammte Zeitverschwendung.«

Evelyn hatte ihn besänftigen und seine Decke über die Knie ziehen müssen, als er sich beklagte, ihm sei kalt.

Lady Vaughan war besorgt wegen des Tees.

»Haben wir genug Marmelade für die Scones für den Vikar? Hat Nelli den Tisch wirklich mit dem guten Porzellan gedeckt? Die arme Mrs Moggs hat sich die Füße abgelaufen, um alles vorzubereiten. Ich hoffe, du hast ihr geholfen, Evelyn. Es ist ein Jammer, dass ich dieser Tage so außer Gefecht gesetzt bin. Ich fürchte, das ganze Haus wird verlottern.«

Mrs Moggs hatte Lady Vaughans Hand getätschelt.

»Keine Sorge, Eure Ladyschaft, ich lasse Sie nicht im Stich.«

Evelyn erinnerte sich, dass sie Robert Nelli in den Arm gedrückt hatte, damit sie Howard in die Kirche schieben konnte. Peter war herbeigeeilt, um ihr dabei zu helfen, den Rollstuhl die Stufen zum Taufbecken hinaufzutragen. Gestützt auf Mrs Moggs Arm, war Lady Vaughan ihnen gefolgt.

»Vorsichtig, Evelyn. Er ist doch kein Sack Kartoffeln.«

Als Evelyn wieder hinausgegangen war, hatte Robert sich auf sein Taufgewand übergeben. Nelli war zum Haus zurückgerannt, um frische Kleidung für ihn zu holen. Und Olwyn? Sicher war Olwyn in der Nähe gewesen und hatte alles mit ihren kleinen Rosinenaugen beobachtet. Natürlich, sie wäre die Erste gewesen, der ein Fremder aufgefallen wäre.

Evelyn schluckte ihren Zorn zusammen mit dem Brandy hinunter, setzte die Brille auf und las den Brief noch einmal.

Meine liebe Evelyn!
Soll ich verfluchter Scheißkerl als Kosenamen werten? Das
würde ich gern. Vielleicht hat es keinen Sinn, die ganze
Geschichte nach so vielen Jahren wieder aufzuwühlen, aber
ich möchte, dass du weißt, was passiert ist. Ich möchte, dass
du weißt, dass ich wirklich darum gekämpft habe, zu dir
zurückzukommen.

In jener Dezembernacht im Jahr 1944 geriet The Lady Evie irgendwo über der deutschen Grenze unter Beschuss. Sie wurde an beiden Triebwerken getroffen und ging schnell runter. Wir mussten abspringen. Ich wusste, ich muss so schnell wie möglich aus der Maschine, für dich, für uns. Mit dem Fallschirm bin ich auf einem Feld gelandet. Es war dunkel, und ich konnte die anderen Jungs nicht finden. Also bin ich allein losgezogen. Es gab nur ein Ziel, das ich hatte, und das war zurück zu dir.
Eine Woche bin ich marschiert – durch Wälder, über endlose, gefrorene Felder. Tagsüber habe ich in Scheunen und Gartenschuppen geschlafen, und die Nächte bin ich durchgelaufen. Einmal habe ich sogar auf einem Baum geschlafen. Es war so kalt, dass mir die Augen zugefroren sind. Ich fand einen Haufen Futterrüben neben einem Feld. Davon habe ich mich ernährt. Das war alles, was mir zu überleben half, Rüben und meine Liebe zu dir.
Am siebten Tag bin ich mitten in ein deutsches Feldlager hineingeraten, als die Soldaten gerade beim Frühstück waren. Ich wurde gefangen genommen, auf einen Viehwagen geladen und in ein Lager nahe Österreich gebracht. Es war nicht so schlimm; zumindest gab es etwas zu essen. Drei Monate war ich dort. Ich dachte, du wüsstest, wo ich bin; ich dachte, du hättest herausgefunden, dass ich in Kriegsgefangenschaft bin.
Im Februar 1945 kamen die Russen von der einen und die Briten von der anderen Seite. Die Deutschen haben uns aus dem Lager evakuiert und uns gezwungen, nach Westen zu marschieren – dreihundert Meilen, meine Stiefel sind auseinandergefallen. Ich bin einhundert Meilen barfuß durch den Schnee gelaufen. Jeder, der zu erschöpft war oder hinterhergehinkt ist, wurde erschossen. Ich wusste, ich muss durchhalten, muss weitergehen. Jedes Mal, wenn ich

daran gedacht habe aufzugeben, habe ich mich an dein wundervolles Gesicht erinnert, an deine Umarmungen, deine Küsse, unser kleines Sommerhaus.
Irgendwann steckten sie uns in ein anderes Lager. Als wir dort ankamen, war ich sehr schwach; unterwegs hatten wir kaum etwas gegessen. Ich bekam Typhus und war sehr krank. Ich erinnere mich nicht daran, wann und wie das Lager befreit wurde, und ich habe nur eine nebelhafte Erinnerung an die Rückreise in die Staaten auf einem Truppentransportschiff.
Als ich zu Hause in Mankato eintraf, wog ich nur noch knapp fünfzig Kilo. Meine Mutter und meine Schwester haben mich aufgepäppelt. Ohne Hilfe konnte ich nicht einmal mehr ins Bad gehen. Es hat bis Weihnachten gedauert, bis ich das erste Mal wieder alleine auf die Straße konnte. Ich habe dir geschrieben, Evelyn. Sobald ich konnte, habe ich dir Briefe geschrieben. Hast du sie erhalten?
Erst im April 1946 bin ich nach England zurückgekommen; ich weiß, ich sollte Wales sagen. Meine Familie war der Ansicht, ich wäre noch nicht kräftig genug für eine so weite Reise, aber ich musste dich sehen, ich musste wissen, warum du mir auf meine Briefe nicht geantwortet hattest.
Ich habe dir geschrieben, dass ich komme, und ich dachte, du würdest vielleicht am Bahnhof auf mich warten. Als du nicht dort warst, bin ich rauf in Richtung Haus gegangen. Unterwegs bin ich an einer Kirche vorbeigekommen, und da habe ich euch alle gesehen. Dich und deine fürchterliche Schwiegermutter und den Mann im Rollstuhl und das Baby im Taufkleid. Ich habe mich hinter einer Eibe neben dem Tor versteckt und euch beobachtet. Als ich sah, wie klein das Baby war, wusste ich, dass es nicht meins war. Ich sah, wie du dich über den Mann im Rollstuhl gebeugt hast. Du hast

seine Decke festgesteckt und zärtlich mit ihm gesprochen, so, wie du früher mit mir gesprochen hast.
Als das Mädchen vorbeikam, habe ich es gerufen. Zuerst hat es mich nicht erkannt. Gott weiß, ich habe mich selbst in jener Zeit kaum wiedererkannt. Ich habe ihr meinen Namen gesagt, und ich sah ihr an, dass sie sich an mich erinnerte. Ich habe nach dir gefragt, und sie sagte mir, du würdest dich um deinen verwundeten Mann kümmern. Sie sagte, in der Zeit, als du ihn gesund gepflegt hättest, hätte sich wahre Liebe zwischen euch entwickelt. Du hättest ein Baby bekommen, und du wärest sehr glücklich. Sie sagte, du hättest ihr erzählt, dass ich nur eine Kriegsromanze gewesen sei, dass es ein Fehler gewesen sei, eine Affäre, die nichts zu bedeuten hatte, nur eine Art Zeitvertreib. Ich machte kehrt und ging zurück zum Bahnhof. Sechs Stunden habe ich am Bahnsteig auf den nächsten Zug gewartet. Es war eine Qual. Und auf der Rückreise in die Staaten habe ich mich mit Whiskey betäubt.
Als ich wieder in Mankato war, war ich fest entschlossen, dich zu vergessen. Ich ging zur Kunsthochschule, und dann bin ich nach Upstate New York gezogen und habe mitgeholfen, eine Künstlerkommune aufzubauen. Ich schätze, ich bin so etwas wie ein Hippie geworden, noch bevor es überhaupt Hippies gab. Ich habe angefangen, Porträts zu malen, und bin ziemlich gut darin geworden. Ich habe sogar einen unserer Präsidenten porträtiert; das Bild hängt im Weißen Haus.
Ich habe nie geheiratet. Wie sich herausgestellt hat, war es nicht so einfach, dich zu vergessen. Es gab andere Frauen, das kann ich nicht leugnen, aber nicht eine, mit der ich mein Leben hätte teilen wollen, so wie ich es mit dir hatte teilen wollen, Evelyn. Keine hat mein Herz so berührt, wie du es getan hast.

Ich habe auch nie aufgehört zu träumen, nie aufgehört zu hoffen, dass du eines Tages in mein Leben zurückkehren würdest.
Irgendwann hab ich ein Bild von dir in einer Zeitschrift entdeckt, da war ein ganzer Artikel über deine Bücher, und ich lass, dass du nach New York kommen würdest. Ich bin in die Buchhandlung gegangen, in der du eine Signierstunde hattest. Ich habe dein Buch gekauft und mich in die Schlange gestellt, damit du es signierst. Es war eine lange Schlange. Ich hatte viel Zeit, um dich zu betrachten. Du warst so wunderschön, so perfekt, mit deinen hochgesteckten Haaren und deinem hellblauen Kostüm. Du warst so eine eleganten Frau geworden. Ich habe meine farbverschmierten Hände und mein abgetragenes Hemd betrachtet. Es waren nur noch zwei Leute vor mir, als ich mich entschied zu gehen. Das Buch habe ich immer noch. Ich hüte es wie einen Schatz. Ich hoffe, du hattest ein glückliches Leben. Ich hoffe, dass das, was das Mädchen mir erzählt hat, richtig war – dass du deinen Mann geliebt hast und dass du in diesem riesengroßen Haus glücklich geworden bist.
Ich weiß nicht, was ich noch sagen soll. Ich musste dir erzählen, dass ich zurückgekommen bin, um dich zu holen. Ich habe es nicht vergessen. Ich habe uns nie vergessen.
Für immer und ewig dein,
Jack Valentine.

PS: Was ist eigentlich aus Perry und Penelope geworden? Bitte schreib mir, und sei es nur, um mir das zu sagen.

Kapitel 26

Sonntag

Bethan

Das Meer glitzerte in der Morgensonne wie eine paillettenbesetzte Decke. Bethan fragte sich zum hundertsten Mal, ob dieser Besuch wirklich eine gute Idee war. Sie warf Tom einen Blick zu. Aber er half gerade Evelyn aus dem Wagen und sah Bethan nicht. Von einem geflüsterten Gespräch am vergangenen Abend allerdings wusste sie, dass er derselben Meinung war.

»Klopf an die Tür, Bethan«, rief Evelyn, während sie Toms stützenden Arm abschüttelte. Sie überquerte die Straße und sah mit ihrem langen Leopardenmantel und der großen Sonnenbrille aus wie ein Filmstar.

Zögerlich klopfte Bethan an die Glastür des Ladens, als Evelyn und Tom sich neben ihr aufbauten. Sie warteten.

»Vielleicht ist sie zur Kirche gegangen«, mutmaßte Bethan.

»Eher zur Kapelle«, sagte Tom.

Evelyn brummte missbilligend.

»Um für ihre Sünden Buße zu tun? Das bezweifle ich.«

Evelyn klopfte selbst an. Sie schlug so hart mit ihrem Gips an das Glas, dass Bethan fürchtete, es könnte zerspringen.

»Ruhig Blut«, ertönte eine heisere Stimme von der anderen Seite.

Sie hörten, wie ein Riegel zurückgezogen wurde, dann klirrte eine Kette, und die Tür wurde geöffnet. Owen stand in einem kurzen Strickmorgenmantel vor ihnen. Seine Beine waren nackt, und an den Füßen trug er reichlich abgenutzte Bettsocken. Sein Gesicht hatte eine unnatürlich orange Farbe, als trüge es Spuren von Make-up.

Er sah sie nacheinander an und rieb sich die Augen.

»Lange Nacht in Bangor?«, fragte Tom.

»Party zum Eurovision-Vorentscheid«, krächzte Owen und berührte seine Kehle. »Karaokestimme.«

»Wir würden gern mit Ihrer Großmutter sprechen«, sagte Tom. »Ich weiß, es ist noch ziemlich früh am Sonntag.«

Owen sah sich um.

»Sie macht gerade ihr Online-Bingo und hat ihre Kopfhörer auf, darum hat sie das Klopfen wohl nicht gehört.«

Er machte kehrt und ging zurück in den Laden; sein Bademantel war hinten noch kürzer als vorn, bedenklich kurz.

Über die Schulter schaute er sich zu Tom um.

»Kein Wort über Bangor. Sie denkt, ich bin um halb elf ins Bett gegangen.«

»Mamgu«, rief er heiser, als er in der muffigen Finsternis verschwand. »Mamgu, du hast Besuch.«

Wenige Augenblicke später kam er zurück zur Tür.

»Sie fragt, ob Sie später wiederkommen können. Sie hat eine Live-Verbindung und glaubt, sie könnte gleich eine Reihe vollmachen.«

»Um Himmels willen!« Evelyn trat über die Schwelle. »Ich werde nicht warten.« Sie nahm die Sonnenbrille ab und sah sich in dem Raum um.

»Sie ist in der Küche«, sagte Owen und deutete mit einem Nicken auf die Rückseite des Ladens. »Aber sie kann es nicht leiden, wenn man sie beim Spielen stört.«

Olwyn saß mit gekrümmtem Rücken an der Arbeitsfläche

vor dem Fenster. Auf ihren Ohren saß ein gigantischer Kopfhörer. Ihre Beine baumelten von dem hohen Hocker herab, dicke braune Strümpfe waren ihr bis auf die Knöchel gerutscht.

»Olwyn«, rief Tom. »Ich habe jemanden mitgebracht, der Sie sehen möchte.«

Olwyn antwortete nicht.

»Mamgu«, sagte Owen, so laut er nur konnte. »Lady Evelyn ist hier.«

Immer noch keine Antwort.

»Das ist lächerlich!« Evelyn streckte die Hand aus und zog den Kopfhörer von Olwyns Ohren.

»Geh weg, Owen.« Olwyn fuchtelte mit beiden Händen in der Luft herum. »Ich hätte gerade beinahe das Spiel gewonnen. Fünfzig Pfund, die du mir jetzt schuldest.« Sie drehte sich um. »Gütiger Gott! Lady Evelyn, was tun Sie denn hier?«

»Vielleicht sollten Sie einen Kessel auf den Herd stellen, Owen«, sagte Tom. »Wir könnten alle eine Tasse Tee vertragen.«

»Ja, Doktor Tom.« Owen ließ Wasser in den Kessel laufen. »Earl Grey, Lady Evelyn? Oder Lapsang Souchong?«

»Ich bin nicht hergekommen, um Tee zu trinken.« Evelyn hatte immer noch den Kopfhörer in der Hand. »Ich bin hier, um Ihre Großmutter zu fragen, warum sie der Ansicht war, es stünde ihr zu, mein Leben zu ruinieren.«

Langsam kletterte Olwyn von dem Hocker herunter und baute sich mit vor der Brust verschränkten Armen vor Evelyn auf.

»Wenn Sie hier sind, um sich über die Glamorgan-Würstchen zu beschweren, die ich Nelli Evans' Enkelin letzte Woche verkauft habe ...« Mit einem Nicken deutete sie auf Bethan. »Ich habe eine Ausschlussklausel an meiner Tür, die besagt, dass ich für eine eventuelle Lebensmittelvergiftung nicht verantwortlich bin.«

»Ich rede nicht von den Glamorgan-Würstchen! Ich rede von Jack Valentine!«

»Jack Valentine?« Olwyn zog ihre grauen Brauen hoch. »Ach Gott, ach Gott, na, das ist ja mal ein Geist aus der Vergangenheit.«

»Ich glaube, es ist ein bisschen zu eng hier drin«, sagte Tom. »Vielleicht sollten wir nach nebenan gehen.«

Bethan nickte zustimmend. Sie quetschten sich zu fünft in die schmale Küche wie Sardinen in der Dose. Sie konnte Owens Aftershave riechen, das ebenfalls noch an die vergangene Nacht erinnerte.

»Soll ich gehen und ein Feuer anmachen, Mamgu?« Erfolglos versuchte Owen, sich an Olwyn vorbeizuzwängen. »Wir könnten Lady Evelyn den Lehnsessel anbieten.«

»Das wäre doch bequemer, nicht wahr, Evelyn?«, fragte Bethan.

Aber weder Evelyn noch Olwyn hörten ihnen zu.

»Warum haben Sie ihm all diese Lügen erzählt, als Sie ihn bei Roberts Taufe getroffen haben?«, fragte Evelyn mit erhobener Stimme. »Warum haben Sie ihm erzählt, dass ich glücklich wäre? Warum haben Sie ihm erzählt, dass ich gesagt hätte, unsere Affäre sei ein Fehler gewesen, eine Kriegsromanze?«

»Kann mir jemand erklären, was hier los ist?«, wollte Owen wissen. »Wer ist dieser Jack Valentine?«

»Er war die Liebe meines Lebens«, sagte Evelyn. »Und Ihre Großmutter hat ihn weggeschickt. Aber wahrscheinlich wird sie gleich behaupten, dass sie sich nicht mehr daran erinnern kann.«

Olwyn schraubte sich empor, so weit das bei ihrer geringen Größe möglich war, riss Evelyn den Kopfhörer aus der Hand und funkelte sie böse an.

»Natürlich erinnere ich mich.« Ihre Stimme klang betont gelassen. »Ich erinnere mich an die Taufe, als wäre es gestern gewesen. Meine Mutter hat den Tee vorbereitet, ehe wir zur Kirche gegangen sind. Sie hat mich die Scones ausstechen lassen. Wir sind im Bentley zur Kirche gefahren, meine Mutter, ich und Lady Vaughan. Ich habe mein Festtagskleid getragen, und Lady Vaughan hat gesagt, ich würde aussehen wie eine Puppe. Dann ist der Wagen wieder zurückgefahren, um Sie und Lord Vaughan und Baby Robert vom Haus abzuholen.« Olwyn feixte ein wenig. »Nelli Evans und Peter mussten allein zu Fuß runterlaufen. Und dann erinnere ich mich, wie wir darauf gewartet haben, in die Kirche zu gehen. Es war ein sonniger Tag, so wie heute.« Olwyn zeigte zum Fenster hinaus in den Garten. Über dem hohen, schäbigen Zaun war ein schmaler Streifen blauen Himmels erkennbar. »Ich erinnere mich, dass Robert sich über das Familientaufkleid übergeben hat. Nelli ist wieder zurück zum Haus gelaufen, um frische Klamotten für ihn zu besorgen. Und da habe ich Jack Valentine gesehen. Er hat sich im Schatten herumgedrückt und rumgeschnüffelt. Ich schätze, er hatte schon eine ganze Weile zugesehen.«

»Und dann haben Sie beschlossen, mit ihm zu reden und ihm all diese Lügen zu erzählen«, sagte Evelyn mit schneidender Stimme.

Olwyn schüttelte den Kopf.

»Kein Wort habe ich gesagt.«

»Er sagt, ein Mädchen habe mit ihm gesprochen. Wer sonst könnte das gewesen sein, wenn nicht Sie?«

»Ich sage es Ihnen doch, Lady Evelyn, ich habe nicht mit ihm gesprochen. Aber ich habe gesehen, wer mit ihm geredet hat.« Sie drehte sich um und zeigte mit einem ihrer Wurstfinger auf Bethan. »Es war ihre Großmutter, die arrogante Nelli Evans persönlich.«

»Nelli?«

»Ja.« Olwyn nickte, und ein blasiertes Lächeln breitete sich in ihrem Gesicht aus. »Jack Valentine hat sie angehalten, als sie durch das Tor gekommen ist. Hat ihren Arm gepackt. Er war dünner als früher, aber ich habe ihr angesehen, dass sie ihn genauso erkannt hat wie ich. Erst hat sie erschrocken ausgesehen, und dann hat sie mit ihm gesprochen. Ich konnte nicht hören, was sie gesagt hat, aber was immer es war, ich weiß noch, dass er ausgesehen hat, als hätte sie ihm eine Backpfeife verpasst.«

Bethan saß neben Evelyn im Garten. Die Nachmittagssonne schien auf die üppigen grünen Hecken herab, und Bethan fiel auf, dass in den Blumenbeeten schon die ersten Tulpen blühten. Ihre Köpfe leuchteten in kräftigen Pink- und Purpurtönen.

Das Bündel Briefe ruhte in Bethans Schoß. Evelyn hatte über zwei Stunden gebraucht, um sie alle zu lesen. Derweil saß Bethan schweigend an ihrer Seite, nahm der alten Frau jeden Brief aus der Hand, wenn sie fertig war, steckte ihn zurück in seinen Umschlag und legte ihn auf einen Stapel. Dann und wann las Evelyn einen Satz laut vor oder zeigte ihr eine Skizze, mit der Jack den Brief illustriert hatte. Manche zeigten seine Mutter oder seine Schwestern, andere das Schlafzimmer, auf das er monatelang beschränkt gewesen war, aber die meisten stellten Evelyn dar. Sorgfältig aus dem Gedächtnis gezeichnete, wunderschöne Porträts der Frau, die er anflehte, ihm zu antworten. Mehr als eine Träne war über Evelyns Wange gelaufen, und Bethan hatte sie ihr mit einem Taschentuch sanft abgewischt.

Es waren über dreißig Briefe. Olwyn hatte sie aus einer Schublade in der Küche geholt.

»Ich schätze, die kann ich ebenso gut Ihnen überlassen«, hatte sie gesagt und Evelyn das Bündel vor die Nase gehalten. Die Briefe waren mit einem Stück Wolle zusammengeschnürt worden. »Die habe ich nach Mutters Tod in ihrem Schreibtisch gefunden. Keine Ahnung, warum ich sie aufbewahrt habe.« Sie zuckte mit den Schultern. »Mir haben vor allem die amerikanischen Briefmarken gefallen.«

»Es ist so furchtbar traurig«, sagte Evelyn, als sie Bethan den letzten Brief reichte. »Ich hätte wissen müssen, dass Mrs Moggs Briefe von ihm abfangen würde.« Bethan blickte auf den Brief in ihrer Hand. Er war in London abgeschickt worden.

Ich werde mit dem Zwei-Uhr-Zug in Aberseren eintreffen. Ich kann es nicht erwarten, dich wiederzusehen, mein Liebling, und dir zu sagen, wie sehr ich dich immer noch liebe, wie sehr ich mir wünsche, mein Leben mit dir zu verbringen, wie sehr ich nach wie vor überzeugt bin, dass wir einen Weg finden können, um zusammen zu sein. Ich habe den Verdacht, dass du meine Briefe gar nicht erhältst, und wenn ich damit richtigliege, wirst du auch diesen nicht bekommen, aber wenn ich zu dir komme, kann ich dir alles erklären. Ich sehne mich danach, dich in meine Arme zu schließen und mit dir davonzutanzen – in den Sonnenuntergang, in unser Glück.

Auch diesen Brief schmückte eine Zeichnung. Sie zeigte zwei Menschen, die sich an den Händen hielten und dem Sonnenuntergang entgegenliefen, und dazu einen Wegweiser mit der Aufschrift *Für immer*. Im Vordergrund war die Silhouette eines kleinen Hauses an einem See zu sehen, auf dem zwei Schwäne schwammen.

Bethan ließ den Brief in ihren Schoß sinken.

»Warum hat Granny das getan? Warum hat sie ihm gesagt, du wärest glücklich, obwohl sie doch der Mensch war, der am besten wusste, wie schrecklich unglücklich du warst?«

Evelyn schob sich die Brille ins Haar und seufzte.

»Darüber habe ich auch nachgedacht, und ich glaube, ich weiß es.«

Bethan sah sie aufmerksam an.

»Kannst du es mir erklären?«

»Nelli war so verzweifelt gewesen, als Lloyd umgekommen war; sie hatte selbst sterben wollen. Ich musste sie daran hindern, sich zu ertränken.«

Bethan schnappte kurz nach Luft.

»Sie war untröstlich«, fuhr Evelyn fort. »Als ich dachte, Jack wäre gestorben, wollte ich ebenfalls sterben, und Nelli war diejenige, die sich um mich gekümmert hat. Wir sind uns sehr nahe gekommen. Ich weiß nicht, was ich ohne sie getan hätte, und sie sagte oft, sie wüsste nicht, was sie ohne mich getan hätte. Zusammen umsorgten wir Peter, der den armen Billy so schrecklich vermisste, und nachdem ich Robert gefunden und hergebracht hatte, da haben wir auch für ihn gemeinsam gesorgt. Sie war für Robert ebenso sehr eine Mutter, wie ich es war, als er noch klein war. Er gab ihrem Dasein einen Sinn, schenkte ihr einen Grund zu leben. Ich nehme an, Nelli hat sich das Lesen nur von mir beibringen lassen, damit sie Robert Geschichten vorlesen konnte. In jenem Jahr nach dem Krieg wurden wir enge Freundinnen. Es war fast schon so, als wären wir Schwestern. Wir teilten alles, unseren Kummer, unseren Schmerz, unsere Freude über jeden kleinen Fortschritt, den Robert machte. Um Howard mussten wir uns auch kümmern, und auch das haben wir zusammen gemacht. Es war nicht leicht, denn er war ein äußerst reizbarer Kriegsversehrter.

Ich glaube, als Nelli Jack an der Kirche begegnet ist, hat sie furchtbare Angst bekommen. Sie hat vermutlich gedacht, er würde mich ihr wegnehmen und Robert auch, womöglich sogar Peter. Sie wusste, wie vernarrt Peter in Jack war. Vielleicht dachte sie, er würde auch mit uns gehen. Dann wäre sie ganz allein zurückgeblieben. Sie konnte damals kaum lesen und schreiben, wie hätte sie da einen Job finden sollen? Sie hätte auf Vaughan Court bleiben müssen, unter der Fuchtel von Mrs Moggs. Sie hätte sich allein um Howard kümmern und Lady Vaughan in ihrem zunehmend schlechteren Gesundheitszustand pflegen müssen.« Evelyn schüttelte den Kopf. »Wie schrecklich muss ihr diese Perspektive vorgekommen sein?«

»Dann denkst du, sie hatte Angst, Jack würde dich und Robert und Peter in die Staaten mitnehmen und sie würde ganz allein hier zurückbleiben?«

Evelyn nickte.

»Sie hat sich selbst geschützt.«

Lange Zeit schwieg Bethan.

»Wenn sie es dir doch nur gesagt hätte«, sagte sie schließlich. »Dein Leben hätte ganz anders verlaufen können.«

Evelyn streckte den Arm aus und tätschelte Bethans Hand mit den Fingerspitzen. »Schau dir an, was alles passiert ist, weil sie es mir *nicht* gesagt hat.« Sie lächelte. »Meine Bücher, Oak Hill, Peters medizinische Laufbahn, Tom, Tilly. Du.«

Bethan lächelte ebenfalls.

»Das ist eine sehr wohlwollende Betrachtungsweise.«

Evelyn tippte mit dem Zeigefinger auf den Stapel Briefe in Bethans Schoß. »Denk an all die Jahre, in denen diese Briefe in einer Schublade in diesem abscheulichen kleinen Laden gelegen haben. Es war nicht allein Nellis Schuld, dass mein Leben nicht anders verlaufen ist.«

»Vielleicht hätte Nelli mit dir nach Amerika gehen können. Sie hätte immer noch lesen lernen und sich bilden können. Sie hätte einen Mann aus Mankato heiraten und Kinder und Enkelkinder haben können. Dann gäbe es vielleicht eine amerikanische Version von mir, eine mit wunderschönem, glattem Haar.«

Evelyn lachte. »Du hast wundervolles Haar. Aber, ja, sie hätte mit uns kommen können, genau das habe ich auch gerade gedacht. Ich hätte sie bestimmt nicht allein zurückgelassen.«

Bethan berührte einen der kleinen Schwalbenohrringe und dachte an ihre Großmutter. Sie erinnerte sich an ihre Güte und ihr Einfühlungsvermögen, an die Wärme und das Mitgefühl, das sie allen Menschen entgegenbrachte, denen sie begegnete.

»Ich frage mich, ob Granny sich schuldig gefühlt hat«, sagte sie leise. »Ich frage mich, ob sie je daran gedacht hat, dir zu sagen, was sie getan hatte.«

»Das werden wir nie erfahren.« Evelyn seufzte. »Tom hat recht, wenn er sagt, geschehen ist geschehen. Wir können die Zeit nicht zurückdrehen.«

Die beiden Frauen schwiegen. In der Ferne riefen sich die Pfauen gegenseitig. Einer stolzierte an ihnen vorbei, sein Schwanz schleifte schwer über das Gras.

»Würdest du mir bei etwas helfen?«, wandte sich Evelyn an Bethan. »Würdest du mir helfen, einen Film zu machen?«

»Einen Film?«

»Ja, mit diesem Telefonding, das du da hast. Kannst du einen Film von den Pfauen machen und ihn Jack schicken? Zeig ihm all die Nachfahren von Perry und Penelope.«

»Natürlich, wir können ein Video machen«, sagte Bethan. »Aber was ist mit dir? Kann ich auch eine Botschaft für ihn von dir aufnehmen?«

Evelyn hob eine Hand zum Gesicht.

»Oh, ich glaube nicht, dass er mich wirklich so sehen will. Ich bin nicht mehr das liebreizende junge Mädchen, das er im Kopf hat.«

»Hat er für dich alt ausgesehen, als du ihn in dem Video gesehen hast?«, fragte Bethan.

»Zuerst hat er uralt ausgesehen. Aber als ich ihn länger angeschaut habe, war es, als würden die Jahre einfach von ihm abfallen, bis ich nur noch den unglaublich attraktiven jungen Mann sehen konnte, den ich gekannt habe.«

»Na, da siehst du es doch. Meinst du nicht, Jack würde es genauso ergehen?«

»Vielleicht.« Evelyns Blick kehrte zu dem Pfau zurück, der sich einer kleinen braunen Henne näherte, die am Fuß einer Hecke pickte. »Aber ich brauche Zeit, um mich vorzubereiten.

Ich muss einen Termin beim Friseur machen und mir die Nägel lackieren lassen.« Sie drehte sich zu Bethan um. »Würdest du mein Make-up übernehmen und mir helfen, etwas wirklich Hübsches zum Anziehen auszuwählen? Und könntest du diese raffinierten Filter in der Kamera benutzen, um meine Falten verschwinden zu lassen?«

»Ich denke, du solltest nicht übertreiben.« Bethan sah zu, wie der Pfau vor der Henne stehen blieb und seine schimmernden Federn zu einem Rad auffächerte. »Weißt du noch, wie eingeschüchtert Jack reagiert hat, als er dich in dem Buchladen in New York gesehen hat? Du warst zu glamourös, zu perfekt. Ich denke, du solltest einfach du selbst sein, so, wie du jetzt bist.«

»Das bin nicht ich!«, protestierte Evelyn. »Ich habe nicht mal Lippenstift aufgelegt.«

Bethan schaute weiter zu, als die Pfauhenne davonstolzierte, ohne die prachtvolle Vorführung des Pfaus eines Blickes zu würdigen.

»Vielleicht sind deine Kleider, dein Make-up und die perfekte Frisur so etwas wie eine Rüstung, die dich vor all dem Schmerz schützen soll, den das Leben dir zugefügt hat.«

»Schwachsinn!« Evelyn winkte ab. »Ich sehe gern gut aus.«

»Aber du siehst doch gut aus, Evelyn, genauso, wie du bist.«

Evelyn

Das Video war abgeschickt. Jetzt war es bereits dort.

Bethan hatte Vogelfutter um Evelyns Stuhl verteilt, damit die Pfauen sich um sie scharen, um sich an ihrem Abendessen zu erfreuen. Anschließend hatte sie ihr Handy hervorgeholt. Zunächst hatte sie die Landschaft gefilmt, hatte einen weiten Schwenk über die Bucht, den Berg hinauf und schließlich über den Knotengarten vor ihnen gemacht, ehe sie sich eine Weile den Pfauen mit ihrem farbenfrohen Gefieder gewidmet hatte. Dann erst hatte sie die Kamera auf Evelyn gerichtet.

»Okay«, flüsterte sie. »Du kannst loslegen.«

Evelyn blickte direkt auf die obere Ecke des Handys, genau, wie Bethan es ihr gesagt hatte.

»Hallo Jack. Du wolltest wissen, was aus Perry und Penelope geworden ist. Tja, wie du siehst, haben wir heute hier viele Pfauen, und es sind alles Nachfahren von unserem ursprünglichen Paar.« Sie unterbrach sich und wandte sich ab.

»Mehr willst du nicht sagen?«, fragte Bethan.

»Doch, doch. Ich will ihm erzählen, was passiert ist.« Evelyn blickte wieder in die Kamera. »Ich habe dir so viel zu erzählen, Jack, so viele Dinge zu erklären. Ich wusste bis vor zwei Tagen nicht, dass du am Leben bist. Ich wusste nicht, dass du den Krieg überlebt hast. Und ich habe auch nie erfahren, dass du gekommen bist, um mich zu holen. Von alldem habe ich nichts gewusst.« Evelyn berührte die Briefe in ihrem Schoß. »Ich habe sie gerade erst gelesen, Jack. Ich habe jeden einzelnen von ihnen gelesen.« Evelyn hielt kurz inne und atmete tief durch. »Ich habe so viele Jahre damit verbracht, die Erinnerung zu verdrängen.« Wieder legte sie eine kurze Pause ein. »Ich habe mich schuldig gefühlt. Ich habe mich geschämt. Billy ist gestorben. Er ist auf dem Berg gestorben, weil Mrs Moggs einen Brief gefunden hat, den ich dir geschrieben hatte. Sie hat herausgefunden, dass die Jungs Briefträger gespielt haben, und sie bestraft, und darum sind sie weggelaufen. Billy ist abgestürzt. Es war alles meine Schuld. Ich habe unser Baby verloren. Ich dachte, das sei meine Strafe. Und dann habe ich gehört, dass dein Flugzeug abgestürzt ist, also dachte ich, ich habe auch dich verloren. Noch eine Strafe.« Evelyn atmete noch einmal tief durch und schaute aufs Meer hinaus.

»Alles in Ordnung?«, flüsterte Bethan.

Evelyn nickte und konzentrierte sich wieder auf das Telefon.

»Ich habe siebzig Jahre hier verbracht, Jack, hier in diesem

Haus, das sich nie wie ein Zuhause angefühlt hat. Es war die einzige Verbindung, die mir zu der wunderbaren Liebe geblieben ist, die wir geteilt haben. So viele Jahre sind vergangen. Es ist, als gehöre der Krieg in eine andere Welt. Heute ist das alles so schwer vorstellbar. Hier ist damals das Lazarett gewesen.« Evelyn machte eine ausholende Geste. »Nachdem die Hütten abgebaut waren, habe ich hier wieder einen Garten angelegt. Dort, wo die Stationen waren, sind jetzt Rosen. An der Stelle, an der dein Bett stand, wächst eine *Crimson Glory*, Jack, eine rote Duftrose, die ich immer besonders gepflegt habe.« Evelyn signalisierte Bethan, sie solle die Kamera abstellen.

»Kein Abschied?«, fragte Bethan.

Evelyn schüttelte den Kopf. Sie konnte nicht sprechen, konnte nichts weiter sagen.

Bethan hatte Tom angerufen, und er und Tilly waren gekommen und hatten Evelyn und Bethan zum Bungalow chauffiert, damit sie Jack das Video mailen konnten.

Auf dem Weg zur Straße hatte Evelyn ununterbrochen protestiert.

»Ich wünschte, du hättest mich Lippenstift auflegen lassen, Bethan. Bestimmt sehe ich in dem Video wie eine Vogelscheuche aus.«

»Du siehst toll aus«, sagte Bethan vom Rücksitz aus.

»Du hast mir nicht mal gesagt, dass ich meine verdammte Lesebrille noch auf dem Kopf habe.«

»Es ist mir überhaupt nicht aufgefallen, Evelyn, und ich bin sicher, Jack ist das völlig egal.«

»Mir gefällt nicht, was ich gesagt habe«, fuhr Evelyn fort. »Ich hätte mir meine Worte erst aufschreiben sollen.«

»Was Sie gesagt haben, kam von Herzen«, wandte Tom ein. »Das ist viel besser.«

»Ich will nicht, dass Sie das abschicken. Ich werde morgen einen neuen Film machen.«

»Das Video ist perfekt«, widersprach Bethan. »Je schneller wir es abschicken, desto schneller hat Jack die Möglichkeit, dir zu antworten.«

»Das ist es ja, was mir Sorgen macht«, murrte Evelyn. »Ich glaube, ich hätte gern ein bisschen mehr Zeit, bevor ich seine Antwort zu hören bekomme.«

»Vielleicht noch mal siebzig Jahre?«, fragte Tilly vergnügt. Tom und Bethan brachen in Gelächter aus.

»Ja, Tilly«, sagte Evelyn. »Vielleicht noch mal siebzig Jahre.«

Nun waren Tom und Bethan in der Küche und kochten Tee, während Tilly versuchte, Evelyn zu zeigen, wie man am Computer ein Einhorn als Fee verkleiden konnte.

»Von diesen Flügeln kannst du dir welche aussuchen.« Tilly beugte sich über sie, um ihren Finger auf das kleine Quadrat unter der Tastatur zu drücken. »Aber keine von denen, die kosten Geld, und Daddy ist wirklich gemein und will sie nicht bezahlen.«

»Ich verstehe«, sagte Evelyn und versuchte zugleich zu verstehen, worüber sich Bethan und Tom in der Küche unterhielten.

Sie konnte ihre leisen Stimmen hören.

»Ich bin gespannt, was er sagt.«

»Zumindest wissen sie jetzt beide, dass sie nie aufgehört haben, aneinander zu denken.«

»Welche Flügel?«, fragte Tilly. »Die funkelnden blauen oder die goldenen, die so blinken?«

»Hmm? Die goldenen.«

»Und was ist mit der Tiara? Die mit den Perlen oder die mit den Diamanten?«

Der Computer gab ein Geräusch von sich, und in der rechten oberen Ecke des Monitors erschien das Bild eines Briefumschlags mit den Worten »Jack Valentine«.

Evelyn atmete tief ein.

»Soll ich sie aufmachen?« Tilly bewegte den kleinen Pfeil zu Jacks Namen.

»Nein, nicht.« Evelyns Herz fing an zu rasen. »Lass uns einfach noch ein bisschen warten.«

Aber es war schon zu spät, Tilly hatte die Mail bereits angeklickt.

Da standen eine Menge Wörter. Evelyn hatte ihre Brille nicht mehr auf dem Kopf. Sie hatte sie entsetzt abgenommen, als ihr klar geworden war, dass sie sie auch auf dem Video getragen hatte. Nun lag sie im Salon, wo sie mit Bethan zusammen auf Tom gewartet hatte.

»Was schreibt er?«, fragte sie Tilly.

»Ich weiß nicht«, antwortete Tilly. »Ich bin nicht gut im Lesen.«

Beide starrten schweigend den Monitor an.

»Kannst du es versuchen?«, bat Evelyn einige Sekunden später.

Tilly schüttelte den Kopf. »Lieber nicht.«

»Wie wäre es mit den ersten drei Worten?«

Wieder schüttelte Tilly den Kopf.

»Und wenn ich dir eine Packung Gummibärchen mitbringe, wenn ich das nächste Mal einkaufen gehe?«, drängelte Evelyn.

Tilly seufzte schwer, streckte aber den Arm aus und legte den Finger unter das erste Wort auf dem Monitor.

»M e i n e …«, fing sie an und sprach dabei langsam jeden Buchstaben einzeln aus. »L i e b…«

»Meine liebe?«, soufflierte Evelyn.

»Ja, genau.« Tilly nickte. »Meine liebe Ev…«

»Evelyn.«

»Mein Liebling Evelyn.«

»Gut gemacht, Tilly. Das war sehr gut. Wie ist es mit der nächsten Zeile?«

»Du – s ie h s t – so – en…z…ck…«

»Entzückend.«

»Entzückend«, wiederholte Tilly. »Du – sie h st – im mer – no ch – so – a u s – wie – d a m …«

»Du siehst immer noch aus wie damals.«

»Ja, du siehst immer noch so aus.«

»Du machst das gut, Tilly. Kannst du die nächste Zeile auch noch vorlesen?«

Wieder seufzte Tilly, aber sie las weiter.

»Und – b e i – d e i n… – An b l…«

»Und bei deinem Anblick.«

»W i r d – mir – k l – k l ar …«

»Wird mir klar.«

»Da ss – i c h – d i ch – immer noch l…«

»Dass ich dich immer noch liebe.«

»V o n – g an z e m – H e r z e n, Her z en, Herzen! Von ganzem Herzen.«

Mit einem strahlenden Lächeln blickte Tilly auf. »Das habe ich ganz allein gelesen!« Dann wurde sie ernst. »Warum weinen Sie?«

Evelyn wischte sich die Tränen mit den Fingerspitzen aus den Augen.

»Ich weiß nicht, Tilly; es sind einfach so schöne Worte, und du hast sie sehr, sehr gut vorgelesen. Danke!«

Ein Geräusch hinter ihr veranlasste Evelyn, sich umzublicken. Tom und Bethan standen in der Tür und beobachteten sie. Beide lächelten.

»Sehr gut gelesen, Tilly«, sagte Bethan.

»Jetzt bin ich müde!«, verkündete Tilly und ließ sich an die Stuhllehne sacken.

»Ich werde die E-Mail vergrößern und ausdrucken«, sagte

Tom. »Dann können Sie den Rest selbst lesen, Evelyn, während wir alle einen Tee trinken.«

Evelyn las die Mail zum hundertsten Mal, ehe sie das Blatt schließlich auf die Decke sinken ließ. Draußen hörte sie die Pfauen rufen, obwohl es schon seit mindestens zwei Stunden dunkel war. Es war, als hielten die Ereignisse des Tages sie wach, als wären sie genauso aufgeregt wie Evelyn selbst.

Jack würde kommen. Er würde tatsächlich herkommen. Er hatte noch eine weitere Mail geschickt, um ihr zu sagen, dass Mary auch herkäme. Sie hatten schon Flugtickets gekauft und würden in einer Woche hier sein.

Bethan öffnete die Schlafzimmertür.

»Hast du den Schock inzwischen verkraftet?«

Evelyn schüttelte den Kopf.

»Ich kann es immer noch nicht fassen. Jack Valentine kommt hierher. Mein armes altes Hirn gerät bei diesem Gedanken ganz durcheinander, und mein Herz springt wie ein Frosch in meiner Brust herum. Ich weiß nicht recht, ob das Vorhofflimmern ist oder gespannte Erwartung.«

Bethan setzte sich auf die Bettkante.

»Ich schätze, du bist ein bisschen nervös.«

»Bin ich, und mir ist egal, was du sagst, ich werde mir die Haare machen lassen, ehe er kommt. Und ich muss zur Kosmetikerin und zur Maniküre. Sarah wird mich nach Caernarvon fahren müssen. Außerdem habe ich in der *Vogue* so eine reizende Jacke im Kimonostil gesehen. Könntest du bitte herausfinden, wo es sie gibt, und sie für mich bestellen? Die wird diese scheußlichen Dinger verdecken.« Evelyn hielt die Gipsverbände hoch. »Wenn sie doch nur schon weg wären, wenn Jack kommt. Ich komme mir damit so plump vor.«

»Ich bestelle die Jacke gleich morgen«, versprach Bethan.

»Ich werde Sarah fragen, wann sie Zeit hat, und dann mache ich dir einen Termin beim Friseur und im Schönheitssalon. Wenn Jack kommt, schminke ich dich, genau so, wie du es willst, und ich verspreche, ich werde es dir sagen, wenn du deine Brille auf dem Kopf vergessen hast.«

Evelyn berührte Bethans Hand.

»Du bist ein wunderbares Mädchen. Nelli wäre so stolz auf dich.«

Bethan lächelte, wurde aber gleich darauf ernst.

»Es gibt da etwas, was ich dir sagen muss, Evelyn. Etwas, was dir vielleicht Kummer machen wird.«

Evelyn runzelte die Stirn. »Sag nicht, dass du erkannt hast, dass Malcolm der Mann ist, der deine emotionalen Bedürfnisse erfüllt, und dass du ihm vergeben hast und spornstreichs nach London zurückkehren wirst.«

Bethan verdrehte die Augen. »Nein!«

»Gott sei Dank. Was ist es dann?«

»Ich habe mit David Dashwood gesprochen. Er hat angerufen.«

»Und du bist zu dem Schluss gekommen, dass er der Mann ist, der deine emotionalen Bedürfnisse erfüllt – wenn er nicht gerade die von Chantal erfüllt oder versucht, mittels Vandalismus an ein Haus zu kommen, auf das er ungerechtfertigterweise Anspruch erhebt?«

Bethan schüttelte den Kopf.

»Nein, zu diesem Schluss bin ich überraschenderweise auch nicht gekommen.«

»Also, was ist es dann?«

»David und Chantal sind heute im Altersheim gewesen, um Margaret zu besuchen.«

»Haben Sie das Bild von Robert mitgenommen?«

»Ja, sie haben es mitgenommen. Margaret war überrascht, dass sie einen Bruder hatte, aber sie hat sich gefreut und war froh zu hören, dass er bei dir in diesem Haus ein gutes Leben gehabt hat. Das schien sie zu trösten. Denn David sagt, sie hätte zum ersten Mal seit Jahren nicht geklagt, wie unfair es sei, dass sie nie auf Vaughan Court hat leben können.«

»Ich kann ihr noch mehr Bilder schicken. Vielleicht bringt David sie ja mal zum Tee her, dann kann ich ihr alles über Robert erzählen. Ich habe so viele Geschichten über ihn und Alben voller Fotos, wie du weißt.«

»Bedauerlicherweise wird sie nicht zum Tee kommen können.« Bethan hielt inne und nagte an ihrer Unterlippe. »Als David nach dem Besuch wieder zu Hause war, hat das Altenheim angerufen. Margaret ist heute Abend gestorben. Eine Pflegerin hat sie vor dem Abendessen in einem Lehnsessel in ihrem Zimmer gefunden. Sie hatte das Foto von Robert in der Hand.«

Kapitel 27

Montag

Bethan

Bethan radelte im hellen Sonnenschein die Auffahrt hinunter. Das Fahrrad hatte sie im Wagenschuppen gefunden, und nachdem sie die Reifen aufgepumpt und die Schaltung geölt hatte, funktionierte es prima. Evelyn sagte, es hätte Robert gehört, und Bethan glaubte sogar, sich zu erinnern, wie er darauf gefahren war, als sie noch ein Kind war. Auf der Seite stand der Schriftzug *Happy Shopper*, und am Lenker hing ein kleiner Drahtkorb.

Bethan füllte den Korb mit Putzzeug: Staubtücher, Lappen, Holzpolitur, Handfeger und Kehrblech. Dazu kamen eine Packung Kerzen und eine Gartenschere, um die Brombeeren und die Rhododendronzweige ein Stück weiter zurückzuschneiden.

Sie bremste und stieg neben dem Pfad zum Sommerhaus ab.

»Gut gemacht«, sagte sie und tätschelte den Sattel, als hätte sie es mit einem Pferd zu tun. Dann lehnte sie das Fahrrad an einen Baumstamm.

Als Erstes griff sie zu der Gartenschere und schnitt den Weg zur Tür frei.

Das Schloss war verrostet. Bethan brauchte all ihre Kraft, um den Schlüssel hineinzubekommen und umzudrehen. Die Tür öffnete sich quietschend, und Sonnenlicht fiel auf die staubigen Dielen, als sie das Sommerhaus betrat.

»Ich glaube, du solltest wissen, dass ich die Gemälde im Sommerhaus gesehen habe«, hatte Bethan gesagt, als sie Evelyn am Vorabend ihre Tabletten gereicht hatte.

»Das Sommerhaus!«, rief Evelyn. »Niemand sollte es je wieder betreten. Darum habe ich es siebzig Jahre lang verschlossen gehalten. Ich war nicht mehr dort seit der letzten Nacht mit Jack …« Evelyns Stimme versagte. »Manchmal habe ich überlegt, ob ich es abreißen lassen soll«, fuhr sie dann leise fort, »aber ich schätze, solange das Sommerhaus da war, hat es sich für mich so angefühlt, als wäre auch ein kleiner Teil von Jack noch da. Allerdings habe ich immer weggeschaut, wenn ich daran vorbeigekommen bin. Ich wollte nicht an unser Glück denken, an unsere Liebe. An all das, was ich verloren hatte.«

»David Dashwood hat es mir gezeigt. Ich weiß, wir hätten nicht einbrechen dürfen.«

»Nein, das hättet ihr allerdings nicht!« Evelyn sah sie böse an. »Dieser verdammte Kerl! Ich werde Sergeant Williams anrufen und ihm sagen, dass ich mir die Sache mit der Anzeige wegen Hausfriedensbruch anders überlegt habe.«

Bethan holte ihr Handy hervor. »Ich habe ein paar Fotos gemacht«, sagte sie versöhnlich und setzte sich auf die Bettkante. »Ich nehme an, die Bilder an der Wand hat Jack gemalt.«

»Ich will sie nicht sehen«, sagte Evelyn und griff doch nach dem Handy.

Sie nahm es Bethan aus der Hand und fing an, auf das Display einzustechen.

»Wie funktioniert das vermaledeite Ding?«

Bethan zeigte ihr, wie sie mit der Fingerspitze wischen musste, um sich die Fotos anzusehen.

Schweigend betrachtete Evelyn ein Bild nach dem anderen.

»Es ist alles noch so wie damals«, sagte sie, nachdem sie einige Minuten lang hin und her gewischt hatte. »Nichts hat sich verändert, es sieht noch genauso aus, wie wir es verlassen haben. Bestimmt liegt auch noch die Platte von Perry Como auf dem Grammophon. Und dann sieh dir mich an.« Sie lachte auf. »Ganz die blonde Sexbombe!«

»Du warst wirklich wunderschön.«

»Ich glaube, ich habe gewartet«, sagte Evelyn. »Ich habe auf diesen Wänden gewartet.«

»Wie Tillys Geister unter der Terrasse«, sagte Bethan.

Evelyn nickte.

»Die Gemälde sind die Geister meiner Jugend, die Geister unserer Liebe.«

»Möchtest du sie dir noch einmal ansehen? Möchtest du das Sommerhaus sehen?«

Evelyn gab Bethan das Handy zurück.

»Ich denke schon«, sagte sie und ließ den Kopf zurück in die Kissen sinken. »Aber ich werde warten, bis Jack hier ist, und dann gehen wir gemeinsam dorthin.«

Bethan ging zurück zum Fahrrad und holte das Putzzeug. Sie wünschte, sie hätte einen Staubsauger benutzen können, aber erstens bezweifelte sie, dass es in dem Haus elektrischen Strom gab, und zweitens wäre sie niemals imstande gewesen, Evelyns uralten Electrolux den ganzen Weg hinunterzuschleppen.

Wenn sie mit dem Sommerhaus fertig war, wollte sie zum Golfclub gehen. Sie hatte eine Karte für David Dashwood, die Evelyn ihr diktiert hatte, eine Beileidsbekundung und die Bitte, an Margarets Bestattung teilnehmen zu dürfen.

Im Golfclub wollte sie außerdem das WLAN nutzen, um eine E-Mail an die Herausgeberin von *Frank* zu schicken und ihr zu erklären, warum sie mit dem Artikel über Evelyn so spät dran war und warum sie ihn nun gar nicht mehr einreichen würde. Auch ihrer Mutter wollte sie eine Nachricht schicken. Ihre Mutter würde entzückt sein über Evelyns Vorschlag, aber Bethan war sich nicht sicher, ob sie das wirklich konnte. Sie spürte die Angst in ihrem Bauch, aber ihr Herz hüpfte auch vor Aufregung, und durch ihren Kopf schwirrten tausend Ideen, wie sie anfangen könnte.

Evelyn und Bethan hatten sich beim Frühstück auf der Terrasse unterhalten. Trotz des Sonnenscheins war es kühl an diesem Morgen, aber Evelyn hatte darauf bestanden, dass sie sich mit Tee und Toast hinaussetzten. »Wenn ich noch eine Mahlzeit im Bett zu mir nehmen muss, schreie ich!«

Evelyn trug ihren langen Kimono und Schaffellstiefel und hatte sich ein wollenes Tuch um die Schultern gelegt.

Bethan hatte Evelyns Leopardenmantel und einen Filzschlapphut gewählt.

»Was möchtest du heute machen?«, fragte sie, als sie mit ihrem Marmeladentoast fertig waren. »Sollen wir mit *Aus Liebe zu Hermione* weitermachen? Es ist lange her, seit wir daran gearbeitet haben.«

Evelyn nippte an ihrem Tee und blickte aufs Meer hinaus.

»Weißt du, ich habe über *Aus Liebe zu Hermione* nachgedacht. Ich bin nicht sicher, ob das so funktioniert.«

»Der Plot?«, fragte Bethan.

Evelyn verzog das Gesicht.

»Die Protagonisten?«, hakte Bethan nach. »Der Teil mit dem Tanz?«

»Eigentlich das ganze verdammte Ding.« Evelyn seufzte. »Ich weiß einfach nicht, ob das für mich wirklich noch passt.«

»Wie meinst du das?«

»Ich dachte immer, dass ich all die Jahre geschrieben hätte, um Geld zu verdienen. Aber allmählich wird mir klar, dass es auch noch einen anderen Zweck erfüllt hat. Ich habe gewissermaßen in all diesen Herzoginnen und Vicomtes, Ladys und

Mägden stellvertretend gelebt. Ich habe ihnen meine Träume und Sehnsüchte angedichtet, damit ich nicht selbst danach streben musste.«

»Als könnten diese Geschichten die Leere in deinem Herzen füllen«, sinnierte Bethan.

Evelyn runzelte die Stirn. »Ich schätze, so würde man es ausdrücken, wenn man eine Lebenshilfe-Kolumne schreibt.«

»Und das hat sich jetzt geändert«, fuhr Bethan fort. »Jetzt kommt Jack, und du musst nicht mehr in irgendwelche erfundenen Geschichten flüchten, weil nun in der Realität eine echte Liebesgeschichte auf dich wartet.«

Evelyn zog die Brauen hoch. »So weit würde ich nicht gehen.«

»Du kannst nicht abstreiten, dass er ganze viertausend Meilen weit reist, nur um dich zu sehen…«

»Greifen wir besser nicht voraus«, fiel Evelyn ihr ins Wort. »Jack und ich sind beide extrem alt, viel zu alt für den Leichtsinn und die Leidenschaft, die wir vor all diesen Jahren hatten.«

Bethan schenkte ihnen beiden noch eine Tasse Tee ein.

»Na ja, ich glaube, ich habe in dem Video ein gewisses Funkeln in Jacks Augen gesehen.«

»Ich wünsche nicht über das Funkeln in Jacks Augen zu spekulieren. In seinem Alter könnte es sich auch um ein Symptom eines Katarakts handeln.« Evelyn lehnte sich in ihrem Korbstuhl zurück und hielt die dampfende Tasse zwischen ihren Fingerspitzen. »Ich sage nur, mich auf Hermione und Lord Melksham zu konzentrieren fällt mir augenblicklich schwer.«

Bethan rührte Zucker in ihren Tee.

»Wie wäre es, wenn du eine andere Geschichte schreiben würdest?«

»Du meinst, ich soll mit einem neuen Roman anfangen?«

»Ja.«

Evelyn schüttelte den Kopf.

»Ich kann mir jetzt wirklich keine neue Geschichte einfallen lassen. Und um ganz ehrlich zu sein, bin ich auch all diese Musselinkleider und die mit Bändern geschnürten Hauben und die Männer, die auf dampfenden Rössern durch die Lande reiten, leid. In meinem Kopf habe ich viel zu lange im England der Regency-Epoche gelebt. Ich denke, es wird Zeit, dass ich anfange, in meiner eigenen Welt zu leben, ehe es zu spät ist.«

»Exakt.« Bethan nippte an ihrem Tee. »Du könntest über *deine* Welt schreiben. Du könntest *deine* Geschichte aufschreiben.«

»Ich will keine Biografie schreiben, Bethan. So etwas kam mir immer schon schrecklich eitel und nutzlos vor.«

»Keine Biografie. Ich meine einen Roman über dich und Jack. Du könntest erzählen, wie ihr euch kennengelernt und euch vor dem Hintergrund des Krieges ineinander verliebt habt. Du kannst über dein Leben als junge Ehefrau auf Vaughan Court schreiben, über deinen lieblosen Ehemann und deine schreckliche Schwiegermutter und darüber, was passiert ist, als die Amerikaner hier ein Lazarett eingerichtet haben und wie es war, als sie hier waren. Du könntest darüber schreiben, wie du Jack aus dem brennenden Flugzeug gerettet hast und wie ihr euch wieder begegnet seid, als du als Krankenschwester gearbeitet hast. Dass euch verliebt habt und dass du gedacht hast, er wäre tot, und dich jahrelang in Arbeit und der Fürsorge für das Kind einer anderen Frau vergraben hast. Und wie du dann viele Jahre später erfahren hast, dass Jack noch lebt und …« Bethan stoppte.

»Und was?«, fragte Evelyn mit hochgezogenen Brauen.

»Na ja, wir wissen ja noch nicht, was als Nächstes passiert. Aber bis du zum Zukunftskapitel kommst, musst du ja erst mal die ganze Vergangenheit aufschreiben.«

Bethan sah Evelyn an, die in die Ferne blickte. Die alte Frau schien sich auf ein großes Schiff am Horizont zu konzentrieren, das langsam übers Meer glitt.

Schließlich wandte Evelyn ihren Blick wieder Bethan zu.

»Ich möchte diese Geschichte nicht schreiben.« Klirrend stellte sie ihre Tasse auf die Untertasse.

»Das verstehe ich«, sagte Bethan. »Sie ist sehr persönlich. Ich kann verstehen, dass du etwas so Intimes nicht öffentlich machen willst.«

Bethan schob sich den letzten Bissen Toast in den Mund. Am Rand ihres Tellers klebte noch etwas Marmelade. Sie stippte den Finger hinein und leckte ihn ab.

»Aber du könntest«, sagte Evelyn.

Bethan blickte von dem Teller auf.

»Ich könnte was?«

»Du könntest diese Geschichte aufschreiben«, erklärte Evelyn. »Du könntest aus unserer Geschichte einen Roman machen.«

»Du denkst, ich könnte eure Geschichte schreiben?« Bethan schüttelte den Kopf. »Aber ich habe keine ... Ich kann nicht ... Ich glaube nicht, dass ich das kann.« Sie stolperte über ihre eigenen Worte. »Dafür schreibe ich nicht gut genug. Und woher soll ich überhaupt wissen, was wirklich passiert ist?«

»Es reicht, wenn du es auf unserer Geschichte aufbaust. Du musst nicht unsere echten Namen benutzen. Du kannst mich weiter interviewen, so, wie du es wegen dieses Artikels getan hast. Nur habe ich jetzt nichts mehr zu verbergen. Also verspreche ich dir, ehrlicher zu antworten, und Jack lässt sich ja vielleicht auch von dir interviewen, wenn er kommt.«

Nun war Bethan diejenige, die aufs Meer hinausstarrte. Das Schiff war verschwunden, aber ein kleines Segelboot hüpfte auf den Wellen.

»Ich könnte es versuchen. Ich kann einen Plan machen, vielleicht ein paar Kapitel schreiben.« Sie drehte sich wieder zu Evelyn um. »Du könntest sie lesen und mir sagen, ob es sich lohnt weiterzumachen. Das ist die romantischste Geschichte, die ich je gehört habe.«

»Das hat deine Großmutter auch gesagt, als Jack und ich uns wiedergetroffen haben, nachdem ich ihn nach dem Flugzeugabsturz gerettet hatte.« Evelyn streckte den Arm aus und tätschelte Bethans Hand. »Und ich glaube, sie wäre sehr stolz, wenn sie wüsste, dass ihre Enkelin die Person ist, die diese Geschichte in Worte fassen wird.«

Bethan streckte sich mit dem Staubwedel empor, um die letzten Spinnweben aus einer Ecke des Raums zu entfernen. Dann trat sie zurück und sah sich um. Sie hatte gründlich sauber gemacht. Die Staubschicht war fort, die toten Fliegen und Spinnweben weggefegt. Sie hoffte, der Raum würde aussehen, als wäre kein Tag vergangen, seit Evelyn und Jack das letzte Mal hier gewesen waren.

Sie zog die Decke auf dem Bett glatt und versuchte, nicht an die leidenschaftlichen Momente mit David Dashwood zurückzudenken. Sie fragte sich immer noch, ob das Sommerhaus einen verführerischen Zauber auf sie ausgeübt hatte.

»Hallo?«

Bethan erschrak, als sie die Männerstimme hörte.

Als sie sich umdrehte, stand Tom in der Tür.

»Ich habe das Fahrrad gesehen und mir gedacht, dass Sie hier sind.« Tom betrat den Raum und blickte sich um. »Ich habe mich immer gefragt, wie es in diesem Häuschen wohl aussieht.« Er starrte die Wände an. »Diese Gemälde sind toll.«

»Evelyn will mit Jack nächste Woche herkommen. Ich dachte, ich putze ein bisschen für die beiden.« Bethan drehte sich um und entfernte mit dem Besen ein Spinnennetz, das sie mit dem Staubwedel nicht erwischt hatte.

»Was für eine schöne Frau!«, sagte Tom, und Bethan drehte sich wieder zu ihm um.

»Ich meinte Evelyn.« Mit einem Nicken deutete Tom auf

das Gemälde an der Wand hinter dem Bett, das Evelyn mit der Pfauenfeder zeigte.

»Ich hatte auch nicht gedacht, dass Sie mich meinen«, entgegnete Bethan mit einem leisen Lachen.

Tom sah zur Uhr.

»Ich war gerade auf dem Weg zum Haus, um mal nach Evelyn zu schauen und nach all der Aufregung gestern ihren Blutdruck zu kontrollieren.«

Bethan wischte mit dem Staubwedel über den leeren Kaminsims, obwohl sie den bereits vor zehn Minuten sauber gemacht hatte.

»Evelyn hat heute richtig gute Laune. Sarah ist bei ihr, und sie machen Termine für den Friseur und den Schönheitssalon in Caernarvon. Außerdem hat sich Evelyn einen ganzen Stapel Kataloge besorgt und ist fest entschlossen, sich ein neues Paar Schuhe mit hohen Absätzen zuzulegen.«

»Dann gehe ich mal zu ihnen.« Tom wich einige Schritte zurück und blieb wieder stehen. Bethan schaute ihn an. Er trug eine hellblaue Leinenjacke, die sie bisher noch nicht kannte, doch ihr fiel auf, wie gut sie zu den grauen Strähnen in seinem Haar passte.

»Hübsche Jacke«, sagte sie.

Tom strich sich über den Ärmel.

»Sarah und Tilly haben sie mir von ihrem Einkaufsbummel am Samstag mitgebracht. Sie sagen, ich müsse herausgeputzt werden.«

»Das ist gut«, sagte Bethan.

»Finden Sie auch, dass ich herausgeputzt werden muss?«

»Vielleicht ein bisschen.«

»Ich werde Sarah bitten, mir auch einen Termin im Schönheitssalon zu machen.« Tom lachte. »Und wie wäre es mit einem neuen Paar High Heels für mich?«

Er blickte auf seine abgewetzten ledernen Halbschuhe hinab.

»Vielleicht reichen auch ein paar passende Socken«, schlug Bethan vor.

Wieder sah Tom zur Uhr.

»Ich sollte besser gehen.«

»Okay. Auf Wiedersehen, Tom.«

»Auf Wiedersehen.« Tom winkte ihr zu.

Bethan bückte sich, um das Putzzeug einzusammeln. Draußen entfernten sich Toms Schritte, und plötzlich war es sehr still im Zimmer. Als es draußen leise raschelte, wusste Bethan nicht, ob Tom sich einen Weg durch die überhängenden Zweige bahnte oder ob der Pfau, von dem sie wusste, dass er nicht weit sein konnte, für das Geräusch verantwortlich war.

Als sie sich aufrichten wollte, fiel ihr auf, dass unter dem schmiedeeisernen Bett etwas lag. Sie kniete sich hin und versuchte dranzukommen und zog schließlich eine Pfauenfeder hervor, deren Blau, Grün und Gold verblasst war. Sie fragte sich, ob es wohl die war, die Evelyn auf dem Gemälde in den Händen hatte. Bethan stand auf und legte die Feder vorsichtig auf die Bettdecke.

Plötzlich hörte sie wieder Schritte. Tom war zurück.

»Hören Sie, Bethan, ich bin nicht gut in so was.« Tom fuhr sich mit einer Hand durchs Haar. »Ich wollte nicht sagen, dass Sie nicht schön sind. Als ich das vorhin gesagt habe ...« Er deutete auf die Wand. »... habe ich natürlich Evelyn gemeint, aber ...«

»Ist schon gut.« Bethan erhob sich, den Arm voller Putzmittel und Lappen. »Sie müssen mir nichts erklären.«

»Aber ich finde, dass Sie schön sind«, sagte Tom leise. »Sehr schön.«

Es klapperte hallend, als Bethan eine Dose Möbelspray entglitt und zu Boden fiel. Sie rollte auf Tom zu und blieb vor seinen Füßen liegen.

Tom bückte sich, um sie aufzuheben, und als er sich wieder aufrichtete, sah er ihr direkt in die Augen. »Als ich Sie das erste Mal gesehen habe, an der Rezeption in meiner Praxis, mit Schlamm bespritzt, bis auf die Haut durchnässt und voller Panik wegen Evelyn, hat mich Ihre Schönheit schon umgehauen.«

Bethan drückte die Putzlappen fester an ihre Brust und spürte, wie ihr Herz klopfte. Sie fragte sich, ob das Sommerhaus wirklich imstande war, Menschen zu verzaubern.

»Das habe ich schon lange von keiner Frau mehr gedacht«, fuhr Tom fort. »Nicht seit …« Er brach ab und atmete tief durch. »Nicht seit dem Tod meiner Frau.« Wieder brach er ab und starrte die Dose mit Politur in seiner Hand an. »Ich habe mich schuldig gefühlt, untreu Alice gegenüber. Ich denke, deshalb war ich ein bisschen …«

»Ungehobelt?«

»Ich wollte kurz angebunden sagen.«

»Vielleicht wäre wortkarg das passendere Wort.«

»Tja, welches Wort auch immer das richtige ist, es tut mir leid.« Tom drehte das Möbelspray in seiner Hand hin und her und schien die kleine Sprühdüse zu studieren. »Es war nur, weil ich …«

»Ich verstehe«, sagte Bethan.

»Wirklich?«, fragte er und blickte auf.

Bethan nickte. Es zischte, und eine Wolke wachshaltiger Politur verteilte sich über Toms neuer Jacke.

»Verdammt!« Er betrachtete erschrocken die Flecken, die sie hinterließ. »Sarah und Tilly werden ganz schön sauer sein.«

»Ich wische es ab.« Bethan trat auf ihn zu und fing an, mit einem ihrer Putzlappen an den Flecken herumzurubbeln.

»Danke«, sagte Tom.

»Danken Sie mir noch nicht.« Bethan rubbelte noch fester. »Es geht nicht ab. Ich fürchte, Sie müssen die Jacke in die Reinigung bringen.«

»Mein Danke hatte nichts damit zu tun, dass Sie versuchen,

meine Jacke zu reinigen.« Tom legte seine Hand auf ihre. »Was ich meine, ist, danke für alles, was Sie für mich getan haben.«

Bethan blickte zu ihm hoch, und es war, als sähe sie ihn zum ersten Mal. Die Erkenntnis, wie schön sein Gesicht war, traf sie wie ein Schlag.

»Ich habe doch gar nichts getan.«

Tom erwiderte ihren Blick.

»Sie haben dafür gesorgt, dass ich mich wieder lebendig fühle.«

Sie hörten ein Geräusch, drehten sich um und sahen einen Pfau auf der Schwelle stehen. Der Vogel beobachtete sie und machte einen Schritt in den Raum hinein.

Toms Hand lag immer noch auf der von Bethan. Sie fühlte sich warm und kraftvoll an. Er sah sie an und lächelte.

»Ich glaube, Evelyn und Jack haben geholfen, mir das Vertrauen in das Leben wiederzugeben. Gute Dinge geschehen, und Liebe kann alle Widrigkeiten überwinden.«

»Ich habe Sie nie für so einen Romantiker gehalten, Doktor Tom«, sagte Bethan und überspielte ihre plötzliche Verunsicherung mit einem Lachen.

»Es liegt nicht nur an der Geschichte von Evelyn und Jack, dass ich so empfinde.« Tom drückte Bethans Hand an seine Brust. »Immer, wenn ich in Ihrer Nähe bin, überwältigen mich all diese Gefühle, die ich nicht in Worte fassen kann.« Er schüttelte den Kopf. »Immer wenn ich in Ihrer Nähe bin, will ich nichts anderes als ...« Er brach ab.

»Meinen Sie vielleicht so etwas?«, fragte Bethan, stellte sich auf die Zehenspitzen und küsste sacht seine Lippen.

»Ja, genau das meine ich«, flüsterte Tom.

Er zog sie an sich, hielt sie fest in den Armen und erwiderte den Kuss. Der Geruch von Politur stieg ihr in die Nase, und in Bethans Kopf drehte sich alles. Sie dachte erneut über das kleine Holzhaus und seine magischen Kräfte nach. Doch dann ergab sie sich einfach den Gefühlen, von denen sie erst jetzt begriff, dass sie sie schon seit Tagen begleiteten. Toms Arme fühlten sich so stark an, und die Berührung seiner Hände spürte sie nicht nur auf der Haut, sondern auch in ihrem Herzen.

Der Pfau stieß einen Schrei aus. Sie lösten sich voneinander und sahen, dass der Schwanz des Pfaus ein schimmerndes Rad bildete, das beinahe die Hälfte des Raums ausfüllte.

»Ich glaube, er ist einverstanden«, sagte Tom lächelnd.

»Und Tilly?«, fragte Bethan und sah Tom in die dunklen Augen. »Wird sie auch einverstanden sein?«

»Sie mag dich sehr, Bethan.« Tom streichelte sanft ihr Gesicht. »Und ich habe deinen Rat befolgt.«

»Meinen Rat?«

»Ich habe ihr erzählt, was ihrer Mutter und ihrer Schwester zugestoßen ist.«

»Wie hat sie es aufgenommen?«

»Pragmatisch, nachdenklich, traurig darüber, dass Menschen anderen Menschen so etwas antun können. Aber sie war auch erleichtert, weil sie endlich verstehen konnte, was passiert ist. Seither hatte sie keine Albträume mehr, was vermutlich bedeutet, dass es richtig war, ihr die Wahrheit zu sagen.«

»Wenn es etwas gibt, das ich in den letzten Wochen gelernt habe«, sagte Bethan, »dann, dass die Wahrheit entscheidend sein kann für die Frage, ob man im Leben sein Glück findet oder nicht.«

Tom schlang die Arme um Bethan und zog sie wieder an sich. »Darum wollte ich ehrlich zu dir sein. Dir die Wahrheit über meine Gefühle sagen und keine Zeit mehr damit vergeuden, so zu tun, als würde ich dich nicht sehr, sehr, sehr mögen.«

Tom beugte sich erneut hinunter, um Bethan zu küssen, was der Pfau mit einem weiteren lang gezogenen Schrei quittierte, doch dieses Mal lösten sich Tom und Bethan nicht voneinander; sie nahmen ihn überhaupt nicht wahr.

Epilog

Drei Jahre später

Swan Lake Hotel, Minnesota, 2019

Bethan nahm das Kleid vom Bügel und stellte erleichtert fest, dass die Falten im Laufe der Nacht verschwunden waren. Es war eines von Evelyns Lieblingskleidern gewesen, ein blassrosafarbenes Stück von Dior. Bethan hatte es ändern lassen, damit der Saum nicht über den Boden schleifte, und sie hatte hinten zusätzlichen Stoff einsetzen lassen, um nicht den ganzen Tag die Luft anhalten zu müssen. Evelyn hatte darum gebeten, dass jeder sich farbenfroh ausstaffierte, also hatte Bethan außerdem zu einer fuchsienroten Pfingstrose aus Seide zum Anstecken und zu einem türkisgrünen Schal gegriffen.

»Bist du sicher, dass das nicht zu knallig ist?« Tom tauchte in der Tür zum Bad auf und war dabei, sich eine pink- und purpurfarben gepunktete Krawatte zu binden.

»Evelyn sagte, so fröhlich wie möglich.« Bethan lächelte. »Die hat Tilly persönlich für dich ausgesucht. Sie war ganz sicher, dass sie genau der Art von Fröhlichkeit entspricht, die Evelyn meint.«

Tom seufzte.

»Das ist ziemlich unkonventionell. Ich bin es gewohnt, dass es bei derartigen Ereignissen etwas förmlicher zugeht.«

»Ich glaube nicht, dass der heutige Tag sehr traditionell oder förmlich verlaufen wird.« Bethan ging zu Tom und rückte seine

Krawatte zurecht. »Aber es wird ein ganz besonderer Tag werden, mehr eine Feier als eine Formalität.« Sie stellte sich auf die Zehenspitzen und küsste Tom, ließ sich von ihm in den Arm nehmen und vergaß völlig, wie leicht der Stoff ihres Kleides wieder zerknittern konnte.

Die Tür zu ihrem Hotelzimmer öffnete sich, und Tilly spazierte herein.

»Hört ihr eigentlich nie damit auf?«, fragte sie lachend.

»Du solltest lernen anzuklopfen, junge Dame.« Widerstrebend ließ Tom zu, dass Bethan sich einen Schritt weit von ihm entfernte.

»Du siehst entzückend aus«, sagte Bethan lächelnd zu Tilly.

»Ich glaube, Schwarz war nicht erlaubt«, bemerkte Tom.

»Ich mag Schwarz«, sagte Tilly und warf sich aufs Bett. »Außerdem werde ich meine rote Wildlederjacke anziehen, wenn wir in die Kirche gehen.«

Bethan setzte sich zu ihr.

»Soll ich irgendwas mit deinem Haar machen?«

»Ich glaube, ich lasse es einfach offen.«

Tilly schüttelte den Kopf, sodass ihr das Haar in einer goldenen Welle über den Rücken fiel.

»Ich kann es dir flechten«, erbot sich Tom.

»Ich bin fast zwölf, Dad! Ich will keine Zöpfe. Ich trage seit Jahren keine Zöpfe mehr.«

Bethan und Tom wechselten lächelnd einen Blick. Tilly wurde so schnell erwachsen, und ziemlich groß war sie inzwischen auch geworden. Schon jetzt überragte sie Bethan. Seit sie die neue Schule besuchte, war auch ihr Selbstvertrauen gewachsen. Sie hatte den anderen Kindern etwas voraus, denn sie kannte das Gebäude sehr gut, trotz der vielen Veränderungen, die vorgenommen worden waren, um Raum für Klassenzimmer und all die Einrichtungen zu schaffen, die nötig waren, um Kindern zu helfen, auf ihre individuelle Art zu lernen.

Bethan genoss es, Tilly jeden Morgen die lange Auffahrt hinaufzufahren und vor dem Portikus abzusetzen, der nun so hübsch aussah. David Dashwood hatte eine exakte Nachbildung des steinernen Löwen beschaffen wollen, aber Evelyn hatte sich etwas anderes gewünscht, einen steinernen Pfau, der ein großes Rad schlug.

»Immerhin heißt das Haus jetzt nicht mehr Vaughan Court, sondern Peacock House School«, hatte Evelyn bei ihrer Ansprache anlässlich der Eröffnungsfeier gesagt. »Da ist es nur angemessen, wenn ein Pfau die Schüler jeden Morgen am Eingang willkommen heißt.«

Insgesamt besuchten hundert Kinder die Schule, sechzig Internatsschüler und vierzig Tagesschüler. Die Schule war Evelyns Idee gewesen.

»Es soll ein Ort sein, an dem ein kluges Kind wie Tilly all die Hilfe bekommen kann, die es braucht, um Lernerfolge zu erzielen und sein ganzes Potenzial zu entfalten.«

Bethan und Tom hatten ihr geholfen, eine Schule zu finden, die einerseits passte und andererseits an einem weiteren Standort in Wales interessiert war. Die Schulleitung war zu dem Schluss gekommen, dass Vaughan Court ein perfekter Ort für eine Schule wäre, das Gelände genug Platz für Sportplätze bot und die Nähe zum Gebirge und zum Meer zudem Möglichkeiten für diverse weitere Formen der Erlebnispädagogik eröffnete. Die Pfauen lebten immer noch dort. Die Kinder liebten es, sie zu füttern und ihre Federn im Gras aufzusammeln.

Evelyn war nur einmal zurückgekehrt.

»Vermissen Sie es, Lady Evelyn?«, hatte der Rektor gefragt, als Evelyn und Bethan mit ihm im Salon saßen, der nun sein Arbeitszimmer war.

»Nein.« Lächelnd nahm Evelyn die Tasse Tee, die die Sekretärin des Rektors ihr anbot. »Es hat sich für mich nie wie ein

Zuhause angefühlt. Es war immer nur das der Vaughans.« Mit einem Nicken deutete sie auf die Porträts, die als Teil der Geschichte des Hauses immer noch an den Wänden hingen.

»Dann fühlen Sie sich in Amerika zu Hause?«, erkundigte sich der Rektor.

Evelyn nickte. »Oh, ja. Jacks Haus am See ist ebenso sehr mein Zuhause wie seines.« Sie strahlte übers ganze Gesicht. Ihre Haut war vom Wetter gebräunt, die Wangen erglühten in einem dauerhaften Rosaton, der nicht Make-up, sondern guter Gesundheit geschuldet war. »Natürlich ist es viel kleiner, aber wir brauchen nicht viel Platz. Wir haben den größten Teil des Sommers draußen auf der Veranda verbracht und auf den See hinausgeschaut, und im Winter haben wir meist vor dem Feuer gesessen. Jacks Nichten sind so reizende Mädchen, sie sehen jeden Tag nach uns. Aber eigentlich sind wir auch glücklich, wenn wir einfach nur zu zweit sind.«

»Das klingt idyllisch«, bemerkte der Rektor.

»Das ist es auch«, stimmte Evelyn zu. »Das ist es wirklich.«

Es klopfte an der Tür des Hotelzimmers. Tilly sprang auf, um zu öffnen.

»Hallo, Liebling!« Bethans Mutter schlang die Arme um Tilly, ehe sie den Raum betrat. »Meine Güte, du bist jedes Mal ein Stück größer, wenn ich dich sehe.«

»Wie war die Reise?« Bethan ging zu ihrem Vater und umarmte ihn.

»Lang«, sagte ihr Vater. »Das Flugzeug ist mit Verspätung von Heathrow gestartet, und dann hat sich noch der Weiterflug von Chicago aus verzögert.«

»Aber jetzt sind wir hier.« Bethans Mutter umarmte erst ihre Tochter und dann Tom. »Und wir sind alle zusammen hier, das ist das Wichtigste.«

»Ich glaube, eine Menge Leute haben keine Mühe gescheut, um herzukommen«, meinte Bethan.

»Ach, ich hätte beinahe vergessen, dir etwas zu erzählen, Bethan«, sagte Tom und schlüpfte in sein Jackett. »Du wirst nie erraten, wen Tilly und ich heute Morgen in der Lobby gesehen haben, als wir zum Frühstück runtergegangen sind.«

»Wen?«, fragte Bethan.

»David Dashwood und Chantal.«

»Die hatte ich hier nicht erwartet«, sagte Bethans Mutter. »Aber ich nehme an, Evelyn hat Kontakt zu David gehalten, nachdem er den Golfclub verkauft hat. Ich glaube, sie hat eine kleine Schwäche für ihn, trotz allem, was er getan hat.«

»Ich habe gehört, Chantal hätte vor zwei Jahren ein Baby bekommen«, sagte Bethan.

»Es war nicht nur ein Baby.« Tom lachte. »Es waren Zwillinge! Einer von ihnen ist mit Höchstgeschwindigkeit durch die Lobby gerannt. David hat versucht, ihn einzufangen, indem er ihn mit einem Schokoriegel gelockt hat. Derweil hatte Chantal Mühe, den anderen daran zu hindern, sämtliche kostenlosen Pfefferminzbonbons vom Empfang zu klauen, während sie das Anmeldeformular ausfüllte.«

»Sie hat auch keine falschen Fingernägel mehr«, sagte Tilly. »Und David hat praktisch eine Glatze.«

»Das ist etwas übertrieben«, widersprach Tom grinsend. »Sichtbar zurückgehendes Haar wäre die treffendere Beschreibung.«

»Der arme David.« Bethan schüttelte den Kopf, während sie vor dem Spiegel versuchte, sich die Seidenblume anzustecken. »Ich wette, all diese tollen Autos ist er auch los.«

»Lass mich das machen.« Bethans Mutter nahm ihr die Blume aus der Hand. »Das ist so ein schönes Kleid. Ich freue mich, dass du so viele von Evelyns Sachen behalten hast.«

»Irgendwas Neues über den Film?«, fragte Bethans Vater.

»Die Produktionsfirma verhandelt immer noch mit meinem Verleger.«

»Wir drücken dir alle Daumen, Liebling.« Bethans Mutter trat ein Stück zurück, um den korrekten Sitz der Blume zu prüfen. »Aber eigentlich spielt das gar keine Rolle, nachdem sich das Buch so gut verkauft hat. Wir sind stolz auf dich, nicht wahr?« Sie sah Bethans Vater an.

»Ja, natürlich sind wir das«, sagte er und griff nach einer der Ausgaben, die Bethan für Jacks Nichten mitgebracht hatte. »Ich kann gar nicht glauben, dass unser kleines Mädchen es in die Bestsellerliste geschafft hat.«

»Ich bin auch sehr stolz.« Tom legte Bethan den Arm um die Schulter. »Das ist eine wunderbare Geschichte.«

»Es ist die Geschichte von Evelyn und Jack.« Bethan setzte sich auf die Bettkante und schob die Füße in ein Paar Valentino-Stilettos aus den Fünfzigern, die aus Evelyns Schuhsammlung stammten. »Ohne sie gäbe es das Buch gar nicht.«

Tom warf einen Blick auf sein Handy.

»Da wir gerade von Evelyn sprechen, ich habe eine SMS bekommen, dass der Wagen da ist.«

»Es wäre schrecklich, wenn wir zu spät kommen«, sagte Bethans Mutter.

»Ich bin fertig.« Bethan stand auf und schnappte sich den türkisfarbenen Schal. »Wie sehe ich aus?«

»Du siehst toll aus.« Tom küsste sie auf die Wange.

»Vergiss das nicht.« Tilly reichte Bethan eine lange schwarze Schachtel, die mit einem weißen Band verschnürt war.

»Danke, es wäre wirklich ärgerlich, wenn ich die vergessen hätte«, sagte Bethan und drückte Tilly kurz.

»Wir sehen uns in der Kirche«, sagte ihre Mutter.

»Ich fühle mich so geehrt, dass sie mich gebeten hat, das zu tun.« Bethan legte sich die Stola um die Schultern. »Ich hoffe, ich vermassele es nicht. Ich bin so nervös.«

»Du wirst das ganz wunderbar machen.«

Tom nickte ihr beim Hinausgehen aufmunternd zu.

Draußen reckte Bethan ihr Gesicht der Sonne entgegen und atmete tief durch, ehe sie zu dem Cadillac ging. Der Chauffeur war ganz in Weiß gekleidet; er stand neben dem Wagen und korrigierte den Sitz des Satinbands auf der Motorhaube. Als er Bethan sah, öffnete er ihr die Fondtür.

Evelyn saß im Wagen und winkte ihr auf eine Art zu, die Bethan an die Queen erinnerte.

Ihr Haar war perfekt frisiert und mit einem perlenbesetzten Band geschmückt. Sie trug eine helle Seidenjacke und hielt ein Bouquet Pfingstrosen in einem kraftvollen Pink in der Hand. Bethan glitt auf den cremefarbenen Ledersitz und wurde sofort eingehüllt von dem Duft von Chanel No. 5.

»Komm schon«, sagte Evelyn. »Ich will ihn nicht warten lassen.«

Bethan legte die als Geschenk verpackte Schachtel neben sich und ergriff Evelyns Hand. Evelyns Fingernägel schillerten rosarot, und an ihrem Finger funkelte ein Diamant.

»Danke, dass du mich gebeten hast, die Brautführerin zu sein.«

»Das war Jacks Idee. Schließlich würde dieser Tag gar nicht stattfinden, wenn du nicht wärest.« Evelyn drückte Bethans Hand.

»Hast du Jack schon erzählt, wo ihr eure Flitterwochen verbringen werdet?«

Evelyn schüttelte den Kopf. »Nein, aber ich habe ihm gesagt, dass er nur leichtes Gepäck braucht.«

»Er wird staunen, wenn er feststellt, dass er nur ein paar Meter am Ufer entlanglaufen muss.«

»Ich kann es kaum erwarten, sein Gesicht zu sehen«, entgegnete Evelyn lachend.

Der Chauffeur drehte sich auf dem Fahrersitz um. »Können wir fahren, Eure Ladyschaft?«

»Nennen Sie mich einfach Evelyn«, antwortete diese. »Und wenn wir die Kirche hinter uns haben, dann dürfen Sie Mrs Valentine zu mir sagen.«

»Haben wir noch Zeit für den Umweg?«, fragte Bethan.

Lächelnd startete der Chauffeur den Motor. »Oh ja, das steht alles auf dem Fahrplan für heute. Wir haben genug Zeit, um vor der Zeremonie zum See zu fahren. Es ist nicht weit.«

Der Wagen setzte sich in Bewegung und fuhr langsam eine breite Allee hinunter.

»Jack ahnt nichts«, sagte Evelyn. »Es war Glück, dass er so sehr mit der Vernissage für die Ausstellung in New York beschäftigt war. Deshalb waren wir gar nicht da, als die Handwerker alles aufgebaut haben.«

»Und als ihr zurück wart, hat er auch nichts gemerkt?«

»Da habe ich ihn mit den Vorbereitungen für heute auf Trab gehalten, und Mary hat ihn überredet, die letzte Nacht bei ihnen zu verbringen, damit die Braut ein wenig Zeit für sich hat. So konnte ich mich gestern noch vergewissern, dass auch wirklich alles perfekt war.«

»Wie sieht es aus?«, fragte Bethan.

»Fabelhaft.« Evelyn grinste und sah prompt um Jahre jünger aus. »Genauso wie 1944.«

Der Wagen verließ die Straße und holperte eine Schotterpiste hinunter, an die sich Bethan von ihren früheren Besuchen in dem hübschen Haus am See erinnerte.

Als sie sich dem Haus näherten, wurde der Wagen langsamer.

»Da drüben ist es.« Evelyn tippte gegen die Scheibe. Als der Wagen in einen kleineren Weg einbog, konnte Bethan das Dach sehen. Der Giebel reckte sich einem strahlend blauen Himmel entgegen, die Abschlussleisten waren mit kunstvollen Schnitzereien verziert, und die Buntglasfenster glänzten im Sonnenschein.

»Du meine Güte«, rief sie. »Ich kann nicht fassen, dass es wirklich hier ist.«

Der Wagen hielt an, und der Chauffeur ging um die Limousine herum, um Evelyn die Tür zu öffnen, während Bethan auf ihrer Seite ausstieg. Die beiden Frauen standen nebeneinander und starrten das kleine Holzhaus an, das am Seeufer stand, als wäre es einst für diesen Ort gebaut worden.

»Es sieht völlig unverändert aus«, sagte Bethan.

»Es ist völlig unverändert«, entgegnete Evelyn. »Sie haben es in Einzelteile zerlegt und perfekt wieder zusammengesetzt, nur dass es jetzt richtig stabil und standfest ist und nicht mehr die Gefahr besteht, dass es einstürzt. Wenn es in Wales geblieben wäre, wäre das früher oder später garantiert passiert.«

»Das ist so eine wundervolle Idee, Evelyn, so ein wundervolles Geschenk für Jack.«

»Es ist ein Geschenk für uns beide. Die Schule kann damit sowieso nichts anfangen, im Gegenteil, diese unanständigen Bilder hätten nur für Ärger gesorgt.«

»Also haben sie die Reise auch überstanden?«

»Komm mit und sieh selbst.« Evelyn nahm Bethans Arm und führte sie langsam zu der kleinen Rundbogentür, stieß sie auf und ging hinein. Bethan folgte ihr.

Alles war unverändert. Das Bett, die Kiste daneben, der Kamin und die Kerzen in ihren Gläsern und das Grammophon auf dem Boden. Sogar der Plattenstapel mit Perry Como obendrauf. Und da waren auch die Gemälde, so frisch und lebendig, als wären sie gerade erst gemalt worden. Evelyn sah hinreißend aus.

»Perfekt«, flüsterte Bethan, während sie sich umblickte.

»Ja.« Evelyn drückte ihren Arm. »Das ist es. Unser kleines Sommerhaus an Jacks See – etwas Perfekteres gibt es auf der ganzen Welt nicht.«

»Es ist bald so weit«, rief der Chauffeur von draußen.

Bethan lächelte, als sie Evelyns strahlendes Gesicht betrachtete.

»Es liegt nur an dir, dass all das geschehen konnte«, sagte Evelyn. »Es liegt nur an dir, dass ich doch endlich Jacks Kriegsbraut werden kann.«

Die beiden Frauen wandten sich zum Gehen.

»Oh, jetzt hätte ich es beinahe vergessen! Warte hier.« Bethan rannte hinaus zum Wagen und kehrte mit der langen Schachtel zurück. »Das ist für dich.« Sie reichte sie Evelyn. »Und für Jack.«

Vorsichtig löste Evelyn das Geschenkband. Sie öffnete die Schachtel, nahm die Pfauenfeder heraus und lächelte.

»Eine Erinnerung an Perry und Penelope.« Sie ging zum Bett und legte sie auf die Decke. Dann drehte sie sich zu Bethan um.

»Nach all diesen Jahren fühle ich mich endlich daheim. Jacks Haus, der See, und nun kommt noch dieser besondere Ort dazu.«

»Wir fahren besser, Lady Evelyn«, sagte der Chauffeur an der Tür. »Ich bilde mir etwas darauf ein, dass ich meine Bräute immer rechtzeitig an der Kirche abliefere.«

»Oh, ich fürchte, dafür wäre in diesem Fall ein Wunder nötig.« Evelyn lächelte ihm zu, als sie hinaus in den Sonnenschein trat. »Ich bin jetzt schon mindestens siebzig Jahre zu spät dran.« Sie schaute sich noch einmal zum Sommerhaus um. »Aber Wunder geschehen. Ich glaube fest daran.«

Fünf Frauenschicksale aus verschiedenen Zeiten – tragisch, anrührend und kunstvoll miteinander verwoben!

Julia Kelly
DAS GEHEIMNIS DES
WINTERGARTENS
Roman
Aus dem amerikanischen
Englisch von
Barbara Röhl
464 Seiten
ISBN 978-3-404-18513-9

1944. Wie viele andere herrschaftliche Güter dient Highbury House während des Kriegs als Lazarett. Nur mit Mühe gelingt es der Hausherrin, ihren prachtvollen Garten gegen die Bedürfnisse der Landarmee zu verteidigen. Er bedeutet ihr alles – erst recht nachdem ihr Sohn dort verunglückt.
2020. Als die junge Gärtnerin Emma den Park erblickt, ist sie fasziniert. Dies ist der letzte Garten, den die Landschaftsarchitektin Venetia Smith angelegt hat, bevor sie nach Amerika emigrierte. Niemand weiß, was sie dazu veranlasste. Als die Gutsherrin eine alte Skizze des Gartens findet, stehen Emma und sie vor einem Rätsel. Über dem Garten des Winters steht ein Name: Celeste ...

Lübbe

Drei Frauen, die Jahrhunderte voneinander trennen. Ein prächtiger Garten, der sie verbindet

Inez Corbi
DIE GÄRTEN VON
HELIGAN - SPUREN
DES AUFBRUCHS
Roman

368 Seiten
ISBN 978-3-404-18419-4

Die Londonerin Lexi sieht erwartungsvoll ihrem neuen Job entgegen: der Planung der großen Jubiläumsfeier in den verwunschenen »Lost Gardens of Heligan« in Cornwall. Bei ihren Recherchen kommt sie der rätselhaften Geschichte der Waisen Damaris und Allie auf die Spur, die im Jahre 1781 auf dem Landgut ihres Cousins Henry Tremayne aufwachsen. Dieser träumt davon, einen großen Garten anzulegen – ein Traum, den er mit der pflanzenkundigen Damaris teilt. Henrys Ehefrau missfällt die enge Verbindung der beiden, dabei hat Damaris sich längst in einen anderen verliebt – den geheimnisvollen Wildhüter Julian. Doch die Dämonen seiner Vergangenheit drohen ihr Glück zu gefährden …

Lübbe

Die Community für alle, die Bücher lieben

- In der Lesejury kannst du Bücher lesen und rezensieren, die noch nicht erschienen sind
- Gemeinsam mit anderen buchbegeisterten Menschen in Leserunden diskutieren
- Autoren persönlich kennenlernen
- An exklusiven Gewinnspielen und Aktionen teilnehmen
- Bonuspunkte sammeln und diese gegen tolle Prämien eintauschen

Jetzt kostenlos registrieren: www.lesejury.de

Folge uns auf Instagram & Facebook:
www.instagram.com/lesejury
www.facebook.com/lesejury